Sara Douglass
Diener des Bösen

PIPER

Zu diesem Buch

England im vierzehnten Jahrhundert, eine Ära furchterregender Seuchen und dunkler Dämonen, die die Herrschaft über die Menschen anstreben. Die Suche nach einem magischen Buch, das die Mächte der Finsternis bannen soll, führt den ehemaligen Mönch Thomas Neville an den Hof des Duke of Lancaster. Dort kann Thomas mit seiner geliebten Margaret die gemeinsame Tochter aufziehen. Doch schon bald werfen die politischen Ereignisse ihren Schatten über den Frieden am Hof: Verschwörer bereiten den Sturz des tyrannischen Königs Richard II. vor, und die Anzeichen für einen Krieg mehren sich. Während Thomas immer tiefer in die dramatischen Ereignisse hineingezogen wird, bereiten dunkle Kräfte ungehindert den Sturm auf die Welt vor.

Sara Douglass, geboren 1957, ist Historikerin. Mit ihrer Kompetenz als Professorin für mittelalterliche Geschichte verleiht sie ihren Romanen eine einzigartige Authentizität und Lebensnähe. Auf Deutsch erschienen die Epen »Unter dem Weltenbaum«, »Die Macht der Pyramide« und »Im Zeichen der Sterne« sowie der neue Zyklus »Das dunkle Jahrhundert«, der ins von Krieg und dämonischen Mächten beherrschte Mittelalter führt. Seit 2005 bewohnt Sara Douglass das romantische Anwesen Nonsuch (Ohnegleichen) auf Tasmanien.
Mehr zur Autorin unter www.saradouglass.com

Sara Douglass

DIENER DES BÖSEN

DAS DUNKLE JAHRHUNDERT 3

Aus dem australischen Englisch von
Sara Riffel

Piper München Zürich

Von Sara Douglass liegen bei Piper vor:
Hüter der Macht. Das dunkle Jahrhundert 1
Tochter des Krieges. Das dunkle Jahrhundert 2
Diener des Bösen. Das dunkle Jahrhundert 3
Gesandter des Teufels. Das dunkle Jahrhundert 4
Die Sternenbraut. Unter dem Weltenbaum 1
Sternenströmers Lied. Unter dem Weltenbaum 2
Tanz der Sterne. Unter dem Weltenbaum 3
Der Sternenhüter. Unter dem Weltenbaum 4
Das Vermächtnis der Sternenbraut. Unter dem Weltenbaum 5
Die Göttin des Sternentanzes. Unter dem Weltenbaum 6
Die Weltenbaum-Saga 1. Das Original. Die Sternenbraut · Sternenströmers Lied
Die sterblichen Götter Tencendors. Im Zeichen der Sterne 1
(im Taschenbuch geteilt in: Die Erben der Götter und Dämonensturm)
Die Wächter der Zeiten. Im Zeichen der Sterne 2
(im Taschenbuch geteilt in: Wächter der Träume und Sternensohn)
Die letzte Schlacht um Tencendor. Im Zeichen der Sterne 3
(im Taschenbuch geteilt in: Gebieterin des Dunkels und Weltenschlacht)
Der Herr des Traumreichs
Die Glaszauberin. Die Macht der Pyramide 1
Der Steinwandler. Die Macht der Pyramide 2
Die Macht der Pyramide. Die Glaszauberin · Der Steinwandler. Zwei Romane in einem Band

Mix
Produktgruppe aus vorbildlich bewirtschafteten
Wäldern und anderen kontrollierten Herkünften
www.fsc.org Zert.-Nr. GFA-COC-001223
© 1996 Forest Stewardship Council
FSC

Ungekürzte Taschenbuchausgabe
Juni 2010

Titel der australischen Originalausgabe:
»The Wounded Hawk. The Crucible: Book Two«, Teil 1,
Voyager / Harper Collins Publishers, Sydney 2001

Umschlagkonzeption: semper smile, München
Umschlaggestaltung: Guter Punkt, München | www.guter-punkt.de
Umschlagabbildung: Stjepan Sejić
Autorenfoto: A. J. Jennings
Satz: Satz für Satz. Barbara Reischmann, Leutkirch
Papier: Munken Print von Arctic Paper Munkedals AB, Schweden
Druck und Bindung: CPI – Clausen & Bosse, Leck
Printed in Germany ISBN 978-3-492-26743-4

Diener des Bösen *ist Diana Harrison gewidmet,*
die mir an einem verregneten Nachmittag in Bendigo
an meinem Küchentisch den Weg in parallele Welten
gewiesen hat (wobei uns wie üblich einige Gläser Wein
gute Dienste geleistet haben).

Weinen möcht ich
wenn den Heiland
am Kreuz ich seh,
und neben ihm
Maria und Johannes,
sein Rücken wund,
die Brust gar blutig,
den Menschen zuliebe;
weinen möcht ich,
und abschwör'n der Sünde,
wenn ich die Liebe finde,
wenn ich die Liebe finde,
wenn ich die Liebe finde.

– Frühes vierzehntes Jahrhundert

Was bisher geschah

Der Dominikanermönch Thomas Neville erhält vom heiligen Michael den Auftrag, eine geheimnisvolle Schatulle zu suchen, die einst dem Ordensbruder Wynkyn de Worde gehörte. Darin befindet sich ein Buch mit magischen Beschwörungsformeln, die Neville dabei helfen sollen, die Dämonen, die sich in Menschengestalt unter die Christen gemischt haben, wieder in die Hölle zurückzuverbannen. In seine Heimat England zurückgekehrt, macht er sich auf den Weg zum Kloster am Bramhamer Moor, wo die Schatulle angeblich aufbewahrt wird. Dort muss er jedoch feststellen, dass jemand anderes ihm zuvorgekommen ist. Wynkyns Schatulle bleibt weiterhin verschollen.

Nevilles Beziehung zu der schönen Margaret Rivers und ihre von Magie durchdrungene Liebesnacht ist nicht ohne Folgen: Margaret wird schwanger und bringt eine Tochter namens Rosalind zur Welt. Als der Ordensgeneral der Dominikaner, Richard Thorseby, Nevilles heimliche Verbindung mit Margaret aufdeckt, verpflichten ihn sein Onkel Raby und der Herzog von Lancaster dazu, sie zu heiraten. Auch wenn Neville Margaret weiterhin mit Argwohn begegnet und sie für eine Dämonin hält, wird er ihr Ehemann und tritt aus dem dominikanischen Orden aus. Der einstige Mönch verwandelt sich wieder in einen weltlichen Edelmann.

Derweil kommt es in England zu großen Unruhen. Zu Weihnachten des Jahres 1378 stirbt nicht nur der alte König Eduard III., sondern auch sein Thronfolger, der schwarze

Prinz. An ihrer statt gelangt der jugendliche Richard auf den Thron, der ein weitgehend unbeschriebenes Blatt ist. Ist Richard der Dämonenkönig, dessen Aufstieg vom Erzengel Michael prophezeit wurde? Und können Thomas Neville und Hal Bolingbroke etwas gegen den wachsenden Einfluss der Dämonen am englischen Königshof unternehmen?

TEIL EINS

Margaret die Himmlische

Ein schlechter Vater bringt dem Haus kein Glück,
weder Wissen noch Geschick.

Thomas Tusser
Fünfhundert Ratschläge für den Haushalt

KAPITEL EINS

Am Fest der Enthauptung Johannes des Täufers
Im ersten Jahr der Regentschaft Richard II.
(Montag, 29. August 1379)

In Gedanken versunken stand Margaret auf einem der abgeernteten Felder an der nördlichsten Grenze von Halstow Hall. Ein warmer Wind umspielte ihre Röcke und ihr Haar. Die Ernte war eingebracht worden, und feiner Weizenstaub umgab ihren Kopf wie ein Heiligenschein. Die Sonne stand hoch am Himmel, und obwohl Margaret wusste, dass sie schleunigst ins Haus zurückkehren sollte, wenn sie sich nicht einen Sonnenbrand auf Wangen und Nase holen wollte, verweilte sie noch ein wenig und ließ den Blick ruhig und nachdenklich über die Landschaft schweifen.

In der Ferne sah sie die Mauern von Halstow Hall aufragen. Dort lag Rosalind in ihrem Bettchen und schlief, behütet von ihrem Kindermädchen Agnes. Margarets Augen glitten über die hohen Mauern, die den Gutshof umschlossen. Wie jeden Nachmittag übte sich Thomas dort vermutlich gerade im Fechten, zusammen mit seinem Knappen Robert Courtenay, der sich vor kurzem bei ihm verdungen hatte, einem sympathischen und gut aussehenden jungen Mann von ausgesuchter Höflichkeit und Ausgeglichenheit.

Margaret presste die Lippen zusammen, als sie an die Scherze dachte, die die beiden Männer für gewöhnlich während der Waffenübungen austauschten. Thomas begegnete Courtenay mit freundschaftlicher Achtung. Wie sehr wünschte sie, sie könnte dasselbe von sich behaupten!

»Wie kann ich auf seine Liebe hoffen«, flüsterte sie, den Blick immer noch auf die Mauern gerichtet, »wenn ich nicht einmal seine Freundschaft erringen kann?«

Margaret war zwar Thomas' Gemahlin, doch wusste sie seit ihrer Hochzeitsnacht, dass er sie nicht liebte.

Margaret hätte nicht geglaubt, dass seine Gleichgültigkeit sie so sehr schmerzen würde. Allerdings war ihr zuvor auch nicht klar gewesen, wie dringend sie seine Liebe brauchen würde; wie sehr sie hoffte, sie könne ihm so viel bedeuten, dass er ihr Wohlergehen über alles andere stellte.

Das war das Ziel, das sie und die Ihren zu erreichen hofften – Thomas dazu zu bringen, dass er Margaret zuliebe seine Verpflichtungen der Kirche und den Engeln gegenüber vergaß –, doch Margaret wusste, dass ihre Sehnsüchte noch weit darüber hinausgingen. Sie wünschte sich ein Zuhause und eine Familie, und vor allem wünschte sie sich einen Gemahl, der ihr Achtung und Liebe entgegenbrachte.

Sie sehnte sich von ganzem Herzen nach Thomas' Liebe, doch bislang war all ihr Hoffen vergebens gewesen.

Margaret wandte den Blick von Halstow Hall ab und betrachtete das Land und die Möwen, die in der Ferne über der Mündung der Themse ihre Kreise zogen.

Sie hatten ein paar schöne Monate in Halstow Hall verbracht – trotz Thomas' Reserviertheit und seiner Ungeduld, nach London zurückzukehren und seine Suche nach Wynkyn de Wordes verfluchter Schatulle wieder aufzunehmen. Thomas hatte von den Engeln erfahren, dass in der Schatulle der Schlüssel zu finden sei, mit dessen Hilfe die Dämonen, die sich unter die Menschen gemischt hatten, wieder in die Hölle verbannt werden konnten. Als ehemaliger Mönch und Diener Gottes hatte sich Thomas ganz der Aufgabe verschrieben, die der Erzengel Michael ihm gestellt hatte, und war fest entschlossen, die Schatulle zu finden und seine Mission zu erfüllen. Margaret musste es gelingen, die harte, kalte Schale zu durchdringen, von der Thomas umgeben war, seit er nach dem furchtbaren Selbstmord seiner Geliebten Alice in die Kirche eingetreten war. Sie musste Thomas' Liebe erringen, bevor er die Schatulle fand.

Doch den Weg zu seinem Herzen hatte sie bislang noch nicht gefunden, obwohl sie sich in den letzten Monaten die größte Mühe gegeben hatte.

Oft war sie mit Thomas morgens durch die klaren Bäche gewatet oder am Mittag das sumpfige Ufer der Flussmündung entlanggeritten, während sich um sie herum die Fischreiher unter lauten Rufen in die Lüfte erhoben hatten. Nachmittags waren sie auf die Felder hinausgegangen, auf denen am Ende der Erntezeit geschäftiges Treiben herrschte, und am Abend hatten sie gemeinsam mit den Bauern des Landguts und ihren Familien um die Erntefeuer getanzt. Sie hatten viel miteinander gelacht und waren sich sogar hin und wieder sehr nahe gekommen, wenn sie sich in den langen, warmen Nächten in ihrem Schlafgemach geliebt hatten.

Und manchmal war Margaret im Morgengrauen aufgewacht und hatte sich noch halb im Schlaf gefragt, ob sie ihr Ziel nicht womöglich schon erreicht hatte und der Sommer nie enden würde.

Sie wusste jedoch, dass diese glücklichen Momente nur von kurzer Dauer sein konnten. Allzu bald würden sie wieder vorbei sein. In diesem Augenblick schon näherte sich das Getrappel von Pferdehufen über die Straßen und Wege, die nach

Halstow Hall führten. Vier Pferde waren es, angetrieben vom Ehrgeiz vierer Männer, die sie erneut in die tödlichen Intrigen des bevorstehenden Kampfes zwischen den Engeln des Himmels und den Dämonen der Hölle hineinziehen würden.

Margarets Augen füllten sich mit Tränen. Doch sie kämpfte dagegen an, als sie die Gestalt sah, die in der Ferne über die Felder schritt. Sie musste lächeln, als sie den Verwalter von Halstow Hall erkannte, und machte sich dann auf den Weg zum Haus zurück.

In Kürze würden Besucher eintreffen, und Margaret wollte die Gäste begrüßen.

Meister Thomas Tusser, Verwalter der Anwesen der Nevilles, ging raschen Schrittes über die Stoppelfelder, die Arme hinter dem gerade aufgerichteten Rücken verschränkt. Er war recht zufrieden. Die Ernte war ohne Zwischenfälle verlaufen: Alle Erntearbeiter, die Leibeigenen ebenso wie die bezahlten Helfer, waren jeden Tag pünktlich erschienen und hatten gute Arbeit geleistet. Das Wetter war schön gewesen, aber nicht übermäßig heiß, die Raben und Krähen hatten sich über die Felder ihrer Nachbarn hergemacht und ihre eigenen verschont, und es war kaum etwas verkommen – wie die Männer hatten auch die Frauen und Mädchen der umliegenden Dörfer sich größte Mühe gegeben und jedes noch so winzige Körnchen Getreide auf den Feldern aufgelesen.

Sie würden für das nächste Jahr genügend zu essen haben und konnten sogar noch Vorräte für die unvermeidlichen schlechten Zeiten anlegen.

Auf den Feldern waren nun keine Arbeiter mehr zu sehen, doch es gab noch immer genug zu tun. Die Drescher würden sich schweißüberströmt in den Scheunen von Halstow Hall abplagen, um die kostbaren Getreidekörner von den Ähren zu trennen, während ihre Frauen und Töchter die Körner zu Haufen zusammenkehrten und sie dann in die Vorratslager karrten.

Tussers Schritte wurden langsamer, er runzelte die Stirn und murmelte leise vor sich hin. Dann hellte sich sein Gesicht plötzlich auf. Er grinste und deklamierte laut:

»Bei der Ernte nichts vergeude, alles hüte, nichts
verschwende,
Bei der Saat sei flink und rege, bei der Mahd behände,
Füll die Speicher und die Scheunen mit dem Korn fürs
täglich Brot,
Denn mit gut gefüllter Scheuer musst du leiden
keine Not.«

Tusser besaß zwar einen guten Ruf als Verwalter, doch hatte er ihn sich hart erarbeiten müssen. In seiner Jugend hatte er viele Fehler gemacht – hatte die Frühjahrssaat zu spät auf den Feldern ausbringen und das Unkraut zu hoch wachsen lassen oder auch vergessen, den Teer, mit dem nach dem Scheren die Wunden der Schafe behandelt wurden, mit Gänseschmalz zu vermischen. Er hatte festgestellt, dass es ihm bedeutend leichter fiel, den Überblick über die zahlreichen Aufgaben zu behalten, die auf einem Gutshof anfielen, wenn er sie in Reime fasste. Im Laufe der Zeit – Tusser näherte sich bereits der Lebensmitte – hatte er viele dieser Reime aufgeschrieben. Vielleicht würde er sie irgendwann als Zeichen seiner Dankbarkeit seinem Herrn überreichen.

Doch, so Gott wollte, lag dieser Tag noch in weiter Ferne und ihm blieben noch viele Jahre, um die Reime in richtige Verse zu fassen.

Tusser hatte den Feldrand erreicht und sprang leichtfüßig

über den Abflussgraben, der das Feld vom Weg trennte. Er blickte sich rasch auf der staubigen Straße um, um sich zu vergewissern, dass ihn niemand beobachtete, und führte dann einen kleinen Freudentanz auf.

Die Ernte war eingebracht! Die Ernte war eingebracht!

Gemächlichen Schrittes ging er schließlich weiter und seufzte tief vor Erleichterung. Die Ernte war eingebracht, Gott sei's gedankt, auch wenn es kein einfaches Jahr gewesen war. Jedes Jahr brachte seine Herausforderungen mit sich, doch wenn dazu noch mitten im Sommer ein neuer Herr die Ländereien übernahm …

Als Tusser vor elf Jahren die Stelle als Verwalter von Halstow Hall angetreten hatte, war er stolz darauf gewesen, dem mächtigen Herzog von Lancaster zu dienen … auch wenn der Herzog den Gutshof nie besucht hatte und es Tusser nie vergönnt gewesen war, seinen Herrn kennenzulernen. Doch Lancaster hatte seine vierteljährlichen Berichte erhalten und sie stets aufmerksam gelesen. Mehr als einmal hatte er Tusser in einem Brief für seine gute Arbeit gedankt und ihn zu den Erträgen des Gutes beglückwünscht.

Doch im letzten März hatte Tusser erfahren müssen, dass Lancaster Halstow Hall Lord Thomas Neville zur Hochzeit geschenkt hatte. Tusser war zutiefst gekränkt gewesen: Hielt der Herzog so wenig von seiner Arbeit, dass er das Anwesen ohne mit der Wimper zu zucken einfach verschenken konnte? War der Herzog insgeheim unzufrieden mit Tusser gewesen und wollte ihn nun bestrafen, indem er ihn einem neuen Herrn unterstellte, der auf dem Gutshof wohnen würde? Ein Herr, der ständig anwesend sein würde? Was für eine Vorstellung! Mit wachsender Bestürzung hatte Tusser die Nachricht des Herzogs gelesen. In Zukunft würde er auf Halstow Hall nun nicht mehr uneingeschränkt schalten und walten können … nein, irgendein adliger Dummkopf würde ihm die ganze Zeit dabei über die Schulter sehen und Unsinn von sich geben … oder womöglich mit seinem Schlachtross in vollem Galopp über die junge Saat preschen.

Ein guter Herr ist gesegnet alle Tage,
Ein schlechter Herr ist des braven Bauern Plage:
Ist trunken und faul und nicht recht gescheit,
Und bringt seinem Lehnsmann nur Kummer und Leid.

So kam es, dass Tusser grollend und unsicher zugleich Lord Thomas Neville, seine Gemahlin und ihre neugeborene Tochter im Hof des Anwesens erwartet hatte.

Doch kurz darauf hatte er wieder vor Freude und Stolz gestrahlt.

Lord Thomas Neville hatte ihn nach seiner Ankunft mit so viel Lob überschüttet, dass er ganz verlegen geworden war. Und dann hatte Lord Neville ihn ins Haus gebeten und ihm eröffnet, dass er von nun an auch noch die anderen Ländereien der Familie verwalten sollte.

Er würde der Oberste Verwalter sein! Während Tusser über den Feldweg auf die Gebäude zuging, die Halstow Hall umgaben, musste er unwillkürlich lächeln. Er wachte nun nicht mehr nur über Halstow selbst, sondern auch über die Verwalter von Nevilles Ländereien im Norden und die des Landguts in Devon, das Lancaster diesem überlassen hatte. Zugegebenermaßen bedeutete das für Tusser viel zusätzliche Arbeit. Er war dafür zuständig, Nevilles Wünsche und Anordnungen an die anderen Verwalter weiterzuleiten und in vierteljährlichen Abständen ihre Bücher zu prüfen. Doch dank dieser Arbeit konnte er nun endlich seine Talente zur vollen Entfaltung bringen.

Er konnte sogar seine Verse an die Verwalter schicken, die ihm unterstellt waren! Jeden zweiten Sonnabend setzte sich Tusser hin, ordnete seine Gedanken und schrieb in Versform seine Anweisungen nieder. Er war davon überzeugt, dass die anderen Verwalter seine Gedichte und guten Ratschläge zu schätzen wussten.

Er versuchte keinen übermäßigen Stolz ob der großen Verantwortung zu empfinden, die ihm übertragen worden war, doch vor Gott und der Heiligen Jungfrau musste er sich eingestehen, dass es ihm nicht ganz gelang.

Neville hatte Tusser nicht nur für seine Fähigkeiten gelobt und seinen Zuständigkeitsbereich ausgeweitet, sondern er erwies sich auch als klug genug, sich in Tussers Verwaltung des Landgutes nicht einzumischen. Ihm lag das Anwesen sehr am Herzen, und er wachte aufmerksam darüber, doch er ließ Tusser bei der Verwaltung freie Hand und behinderte ihn nicht bei der Ausübung seiner Pflichten.

Neville war ein guter Herr und wahrlich von Gott gesegnet. Und seine Gemahlin erst! Tusser seufzte noch einmal. Lady Margarets einnehmendes Wesen übertraf noch ihre große Schönheit, und jeden Morgen betete Tusser darum, dass es ihm vergönnt sein möge, ihr liebliches Lächeln auch an diesem Tag zu sehen.

Ja, Gott war Halstow Hall und seinen Bewohnern wahrlich wohlgesonnen.

Tusser ließ eine Wegbiegung hinter sich und sah Halstow Hall vor sich. Es war ein schöner Bau, ganz aus Stein und Ziegeln, der zwei oder drei Generationen alt war. Ursprünglich hatte er nur aus dem großen Saal mit der Holzbalkendecke und einer Galerie, mehreren Küchen und Speisekammern und einem riesigen Kellergewölbe bestanden, das sich unter dem gesamten Haus erstreckte und als Vorratsraum benutzt wurde. Doch über die Jahre hatte Lancaster zahllose Anbauten errichten lassen, obwohl er nie selbst hier gelebt hatte. Vom Ende des Saals ging nun eine Reihe von Wohngemächern ab, die es einem im Haus wohnenden Edelmann und seiner Familie gestatteten, sich vom öffentlichen Leben im Saal zurückzuziehen. Im Hof waren außerdem neue Ställe und Scheunen gebaut worden.

Das Getrappel von Pferdehufen ließ Tusser aus seinen Gedanken hochfahren, und er wirbelte herum.

Vier Reiter näherten sich ihm. Tusser kniff die Augen zusammen und versuchte gegen das Licht der Sonne etwas zu erkennen … dann erschrak er und runzelte die Stirn, als ihm klar wurde, dass drei der vier Reiter die Gewänder von Geistlichen trugen.

Verfluchte Pfaffen! Zweifellos waren sie gekommen, um sich im Namen der Nächstenliebe von Halstow Hall ausgiebig verköstigen zu lassen, bevor sie weiterritten.

Doch als sie näher kamen, musste Tusser einräumen, dass ihre Ordensgewänder recht armselig wirkten und er an ihnen weder Gold noch Juwelen funkeln sah. Der Anführer war ein alter Mann, so dürr, dass er fast wie ein Skelett wirkte. Haar und Bart waren lang und ungepflegt.

Seine Miene war grimmig und von einem fanatischen Leuchten erfüllt, und er musterte Tusser so durchdringend, als wolle er seine geheimsten Sünden erkunden.

Heute wird das Abendgebet weder fröhlich noch heiter sein, dachte Tusser und richtete den Blick auf den vierten Reiter, dessen Anblick ihn nachdenklich stimmte.

Es war ein Soldat. Strohblondes Haar hing ihm in das faltige, sonnenverbrannte und von Narben durchzogene Gesicht, und über seinem Kettenhemd trug er eine Tunika, auf der das Wappenzeichen des Herzogs von Lancaster prangte. Während die Männer auf Tusser zuritten, der immer noch mitten auf dem Feldweg stand, setzte sich der Soldat an ihre Spitze, brachte sein Pferd vor dem Verwalter zum Stehen und schenkte ihm ein freundliches Lächeln.

»Guter Mann«, sagte er, »seid Ihr vielleicht der viel gepriesene Meister Tusser, über den man bei Hofe nur voller Bewunderung spricht?«

Tussers Miene hellte sich augenblicklich auf, und er strahlte voller Stolz.

»Der bin ich«, erwiderte er. »Wie ich sehe, seid Ihr Abgesandte des Herzogs von Lancaster. Wen darf ich im Namen von Lord Neville in Halstow Hall willkommen heißen?«

»Mein Name ist Wat Tyler«, sagte der Reiter, »und ich gehöre der Garde des Herzogs von Lancaster an. Ich wurde als Geleitschutz für diese verehrten Herren abgestellt«, Tyler drehte sich im Sattel um und wies auf die drei Geistlichen hinter ihm, »die mit Lord Neville gut bekannt sind und gern in seinem Haus übernachten würden. Vielleicht habt Ihr schon einmal von Meister John Wycliffe gehört«, er nickte in Richtung des alten Priesters mit dem grimmigen Gesicht. »Seine beiden Gefährten heißen John Ball und Jack Trueman.«

Tusser verneigte sich vor den Geistlichen und seine Augen wurden schmal. Den Namen John Wycliffe kannte er und wusste, dass der abtrünnige Geistliche die gesamte Kirche für einen einzigen Sündenpfuhl hielt und forderte, dass ihre weltlichen Güter beschlagnahmt und an die Armen verteilt wurden. Inzwischen verbreiteten viele von Wycliffes Anhängern, die im Volksmund Lollarden genannt wurden, seine Lehren im ganzen Land, und Tusser war hin und wieder einem von ihnen auf dem großen Markt in Kent begegnet.

Der Verwalter musterte den Geistlichen einen Moment lang, doch dann schenkte er ihm ein herzliches Lächeln. »Meister Wycliffe. Ich möchte Euch und Eure Gefährten auf Halstow Hall willkommen heißen. Ich bin sicher, mein Herr und seine Gemahlin werden über Euren Besuch höchst erfreut sein.«

»Zumindest die Gemahlin«, rief eine Stimme hinter Tusser, und er blickte über die Schulter und sah Margaret über den Feldweg auf sich zukommen. Er verneigte sich und machte ihr Platz.

Margaret blieb stehen und ließ den Blick über die vier Männer wandern. »Seid gegrüßt«, sagte sie, »ich freue mich, Euch zu sehen. Für meinen Gemahl kann ich freilich nicht sprechen.«

Wycliffe und Tyler mussten über ihre Worte lächeln.

Margaret zögerte einen Moment und bedeutete ihnen dann, weiterzureiten. »Willkommen in meinem glücklichen Zuhause«, sagte sie.

Thomas Neville war alles andere als glücklich darüber, John Wycliffe und seine beiden Gefährten in seinem Haus willkommen heißen zu müssen. Er hatte gerade seine Waffenübungen mit Courtenay abgeschlossen, als er Hufgetrappel im Hof hörte.

Er drehte sich um und sah mit Entsetzen die schwarze Gestalt von John Wycliffe an Margarets Seite den Hof betreten, gefolgt von zwei weiteren Geistlichen, zweifellos Lollarden, und Wat Tyler, der ihre Pferde führte. Tusser, der den Schluss bildete, nahm Tyler die Pferde ab und übergab sie der Obhut von ein paar Stallburschen.

Margaret sagte nichts und zögerte nur kurz, als Neville auf sie zukam.

»Was wollt Ihr hier?«, fauchte Neville Wycliffe an.

Wycliffe neigte den Kopf zur Begrüßung. »Meine Gefährten und ich sind auf dem Weg von London nach Canterbury, Herr«, sagte er, »und hoffen, heute Nacht Eure Gastfreundschaft in Anspruch nehmen zu dürfen.«

»Mein Haus liegt nicht auf dem direkten Weg nach Canterbury«, sagte Neville. »Ich frage Euch noch einmal: Was wollt Ihr hier?«

»Wir hoffen auf Eure Barmherzigkeit«, erwiderte Wycliffe mit leiser Stimme, die beinahe ebenso bedrohlich wirkte wie sein Blick, »wie es uns der Herzog von Lancaster geraten hat. Ich überbringe Euch Grüße und Neuigkeiten von Johann von Gent, Neville. Es ist Euch überlassen, ob Ihr Lancasters Abgesandte in Eurem Haus empfangen wollt.« Wycliffe hielt inne. »Nur für eine Nacht. Ich und die Meinen werden am Morgen wieder aufbrechen.«

Wütend über die Nötigung – er konnte Lancasters Bitte, Wycliffe Unterkunft und Verpflegung zu gewähren, nicht ablehnen – nickte Neville knapp und wies auf die Tür des Hauptgebäudes. Während Margaret Wycliffe und die beiden anderen Geistlichen ins Haus führte, warf Neville Tyler einen scharfen Blick zu.

»Und du?«, fragte er.

Tyler zuckte mit den Achseln. »Ich begleite diese Herren auf Lancasters Wunsch hin, Tom. Kein Grund, mich so finster anzusehen.«

Nevilles Gesichtsausdruck veränderte sich nicht, doch er sagte nichts mehr, während sie ins Haus gingen. Wat Tyler und er kannten sich schon lange, doch waren sie nicht immer gut aufeinander zu sprechen gewesen. Tyler hatte Neville das Kämpfen gelehrt und war ihm in unzähligen Schlachten beigestanden. Doch er umgab sich auch mit zweifelhafter Gesellschaft – dass er den Dämon Wycliffe begleitete, war nur ein Beispiel, Neville war sich sicher, dass er auch einen der beiden anderen Geistlichen von irgendwoher kannte. Thomas wusste einfach nicht, ob er Tyler trauen konnte.

In einer Zeit, in der die Dämonen nach Belieben die Gestalt wechseln konnten, um ihn in die Irre zu führen, musste er auf der Hut sein. Er hatte den Franzosen Etienne Marcel für einen Freund gehalten – und doch war dieser ein Dämon gewesen, der Gottes Ordnung auf Erden abschaffen und Neville von seinem himmlischen Auftrag ablenken wollte. Tyler umgab sich mit Dämonen, und das hatte Thomas' Argwohn geweckt.

Margaret wusch sich sorgfältig die Finger in der Wasserschale, die einer der Diener ihr hinhielt, und trocknete sie an einem Stofftuch ab. Schließlich faltete sie die Hände in ihrem Schoß, senkte den Blick und betete zum Heiland, dass er ihr Geduld schenken möge, um dieses furchtbare Abendessen durchzustehen.

Thomas war auch sonst nicht gerade der angenehmste Gesellschafter, doch mit John Wycliffe und seinen beiden Anhängern zusammen, die ihn ständig zur Weißglut brachten … Margaret erschauerte und blickte auf.

Normalerweise nahm sie die Mahlzeiten nur mit Thomas, Robert Courtenay und Thomas Tusser im großen Saal von Halstow Hall ein. Meistens herrschte dabei eine fröhliche, mitunter sogar ausgelassene Stimmung, besonders wenn Courtenay seine gutmütigen Scherze mit Tusser trieb, der stets mit einem gereimten Spruch konterte. Heute Abend saßen doppelt so viele Leute an diesem Tisch, doch die Stimmung war dadurch nicht heiterer geworden.

Sie hatten vor dem unbeheizten Kamin im Saal zu Abend gespeist, und nun, da die Teller leer und die Krümel vom

Tisch gefegt waren, stützten sich die Männer mit den Ellbogen auf dem schneeweißen Tischtuch auf, um sich ganz dem Wein und den Gesprächen zu widmen.

Margaret seufzte. Unter den gegebenen Umständen wäre es sicher wenig ratsam, über Glaubensdinge zu sprechen.

Neville drehte den Stil seines Weinkelchs in der Hand und sah Wycliffe nicht an, der seinerseits seinen Wein nicht angerührt hatte, sondern nur steif und aufrecht dasaß und seinen Gastgeber unverwandt musterte.

Margaret vermutete, dass sich Wycliffe und seine beiden Gefährten, John Ball und Jack Trueman, recht gut amüsierten. Als sie vor ihrer Hochzeit mit Neville an Lancasters Hof weilte, hatte sie Geschichten darüber gehört, dass Wycliffe Gesprächspartner gern mit seinen revolutionären Ideen herausforderte, bis sie vor Wut schäumten. Margaret war überzeugt, dass Wycliffe sich diese Gelegenheit, Thomas zu ärgern, der ihn offensichtlich nicht ausstehen konnte, nicht entgehen lassen würde.

»Ihr würdet mir also darin zustimmen«, sagte Wycliffe mit schmeichelnder Stimme, »dass es Sündern nicht gestattet sein sollte, große Reichtümer zu besitzen?«

»Im Grunde schon«, erwiderte Neville und konzentrierte sich weiter auf den Weinkelch, »aber wer soll entscheiden, ob jemand ein Sünder …«

»Und Ihr seid außerdem der Ansicht, dass viele der hochrangigen Geistlichen der Kirche ein sündiges Leben führen?«

Neville dachte an die Verderbtheit, deren Zeuge er in Rom geworden war, und an die Verfehlungen vieler Kardinäle und Päpste. Er antwortete nicht, sondern füllte sich bedächtig Wein nach.

Am anderen Ende des Tisches wechselten Courtenay und Tusser einen Blick.

»Die Verderbtheit der hohen Geistlichen der Kirche ist wohlbekannt«, sagte Margaret. »Sogar einige Päpste haben versucht, den schlimmsten Missbrauch …«

»Und woher weißt du plötzlich so genau über diese Dinge Bescheid?«, fragte Thomas.

»Man muss nicht sonderlich gebildet sein, um zu wissen, dass viele Bischöfe und Äbte dem Laster verfallen sind«, sagte Tusser, und die drei Geistlichen nickten zustimmend.

Neville warf Tusser einen argwöhnischen Blick zu, doch der Verwalter sonnte sich stattdessen lieber im dankbaren Lächeln seiner Herrin. Er nickte, zufrieden, dass er seine Meinung kundgetan hatte, und beschloss, es damit bewenden zu lassen.

»Ihr seid doch sicher kein Verteidiger der Kirche, Lord Neville«, sagte John Ball. »Schließlich habt Ihr Eure heiligen Gelübde widerrufen, um ein weltliches Leben als Edelmann zu führen.«

»Als Edelmann kann ich Gottes Auftrag besser erfüllen denn als Priester«, fuhr Neville ihn an.

Ball lachte leise und ungläubig. »Wie schön für Euch, Lord Neville.«

Neville unterdrückte eine Welle von Schuldgefühlen, die in ihm aufsteigen wollte. Dass er den Orden der Dominikaner verlassen hatte, war die richtige Entscheidung gewesen. Als Edelmann hatte er viel besseren Zugang zu den Kreisen, die am englischen Hof ihr Teufelswerk betrieben. Er suchte nach Worten, um dem selbstgefälligen Priester zu erklären, warum er diese Wahl getroffen hatte, doch dann begnügte er sich lediglich mit einem feindseligen Blick in Balls Richtung. Ihm war wieder eingefallen, wo er ihn schon einmal gesehen hatte – in Chauvigny, in Frankreich, wo der Geistliche in aller Öffentlichkeit ketzerische Reden gehalten hatte. Damals war Wat Tyler ebenfalls anwesend gewesen.

»Womöglich ist es Euch schwergefallen, das Gelübde der Armut einzuhalten?«, fragte Ball und erwiderte ungerührt Nevilles Blick. »Oder das der Gehorsamkeit? Ihr führt jetzt ein wesentlich luxuriöseres Leben, als es Euch als dominikanischer Mönch zustand, nicht wahr?«

»Mein Gemahl ist lediglich seinem Gewissen gefolgt«, sagte Margaret, in der Hoffnung, Thomas' Wut beschwichtigen zu können, ehe er die Beherrschung verlor. Sie warf Wycliffe einen warnenden Blick zu.

»Wir können es Lord Neville nicht zum Vorwurf machen, dass er aus einer Kirche ausgetreten ist, die so sehr der Verderbtheit anheimgefallen ist«, sagte Wycliffe besänftigend und erwiderte Margarets Blick. »Eher sollten wir ihn dazu beglückwünschen.«

»Warum legt dann nicht auch Ihr Eure geistlichen Gewänder ab, Abtrünniger?«, fragte Neville.

»Ich kann *mit* ihnen mehr erreichen als ohne sie«, sagte Wycliffe, »genauso wie Ihr an Lady Margarets Seite besser aufgehoben seid.«

Neville wandte sich wieder seinem Weinkelch zu und nahm einen tiefen Schluck daraus. *Warum hatte er nur das Gefühl, als würden sie mit ihm spielen wie mit einem Fisch am Haken?*

»Herr«, meldete sich Jack Trueman zu Wort, der bisher geschwiegen hatte, »darf ich dazu etwas sagen?« Er fuhr fort, ohne eine Antwort abzuwarten. »Auch ich bin der Meinung, dass gegen den Niedergang der Moral bei den hochrangigen Geistlichen der Kirche vorgegangen und ihr auf unrechtmäßige Weise erworbener Reichtum unter den Bedürftigen verteilt werden muss. Jesus selbst lehrt uns, dass es besser ist, den Reichtum den Armen zu schenken, anstatt ihn für sich selbst anzuhäufen.«

Die Männer am Tisch nickten, sogar Neville, wenn auch zögernd, da er sich fragte, worauf Trueman hinauswollte. Für einen Lollarden klangen seine Worte erstaunlich vernünftig.

»Aber«, sagte Trueman, »vielleicht können wir sogar noch mehr tun, um die Not der Armen und der Landarbeiter, die die Felder bestellen und das Getreide ernten, zu lindern.«

»Mir war nicht bekannt, dass die Landarbeiter ›Not‹ leiden«, erwiderte Neville.

»Ihr habt nie das Leben eines Bauern geführt«, sagte Trueman sanft. »Ihr könnt daher nicht wissen, ob sie nicht nachts über ihr Los Tränen der Verzweiflung vergießen.«

»Vielleicht«, mischte sich nun auch Wat Tyler in das Gespräch ein, »ist Tom ja der Meinung, dass sie tagsüber so hart auf den Feldern arbeiten, dass sie nachts nur noch in tiefen Schlaf sinken können.«

»Unsere Brüder, die Bauern, schlafen«, warf Wycliffe ein, bevor Neville etwas erwidern konnte, »und sie träumen. Und wovon träumen sie? Von der Freiheit!«

»Der Freiheit?«, sagte Neville. »Freiheit wovon? Sie haben Land, sie haben ihre Häuser, ihre Familien. Ihnen fehlt es an nichts …«

»Außer an dem Recht, über ihr Schicksal selbst bestimmen zu können«, fiel Wycliffe ihm ins Wort. »Die Möglichkeit, ihren Weg frei zu wählen. Was wisst Ihr schon über die Mühen und Ängste der leibeigenen Männer und Frauen in diesem Land, Lord Neville?«

Neville erstarrte. Beinahe dieselben Worte hatte er aus dem Mund von Etienne Marcel gehört, dem Vorsteher der Kaufleute von Paris, bevor dieser die Pariser in einem Aufstand gegen die Kirche und den Adel angeführt hatte, der von vornherein zum Scheitern verurteilt gewesen war. Viele Tausende hatten dabei ihr Leben lassen müssen. Nicht nur die

Irregeleiteten, die gegen ihre Herren aufbegehrt hatten, sondern auch viele Unschuldige. Neville erinnerte sich an das furchtbare Blutbad, dessen Zeuge er auf seiner Reise nach Paris geworden war, die ermordeten und verstümmelten Leichen der Familie Lescolopier. Marcel und nun auch Wycliffe hatten Reden gehalten, die zu viel Leid und Tod führten, niemals jedoch zu Verbesserungen.

»Gebt acht, Meister Wycliffe«, sagte er leise, »denn ich werde nicht zulassen, dass in meinem Haus aufrührerische Worte gesprochen werden!«

Courtenay blickte sich unbehaglich am Tisch um. »Die Ordnung der Gesellschaft ist von Gott bestimmt«, sagte er. »Wie können wir uns da eine andere wünschen? Oder sie verbessern wollen?«

»Es gibt Gerüchte«, sagte Jack Trueman, »dass nicht nur kirchliche Würdenträger ihren Reichtum auf Kosten der Armen mehren, sondern auch viele weltliche Edelleute in Saus und Braus leben, während ihre Leibeigenen die größte Not leiden.«

»Verfügt Ihr über Männer, die an das Land von Halstow Hall gebunden sind und Euch als Herrn unterstehen, Lord Neville?«, fragte Wycliffe. »Habt Ihr nie darüber nachgedacht, sie aus den Ketten ihrer Leibeigenschaft zu befreien?«

»Genug!« Neville erhob sich. »Wycliffe, ich kenne Euch und ich weiß, was Ihr seid. Mit Widerwillen biete ich Euch heute Nacht ein Dach über dem Kopf und auch nur, weil Ihr unter dem Schutz des Herzogs von Lancaster steht. Aber ich würde es begrüßen, wenn Ihr bei Morgengrauen weiterreistet.«

Wycliffe stand ebenfalls auf. »Die Welt verändert sich, Thomas«, sagte er. »Steht dem Wandel nicht im Weg.«

Er wandte sich Margaret zu und verneigte sich vor ihr.

»Mylady«, sagte er, »ich danke Euch für Eure Gastfreundschaft. Wie Euer Gemahl wünscht, werden ich und die Meinen uns morgen sehr früh auf den Weg machen. Ich möchte mich deshalb jetzt schon von Euch verabschieden.« Er hielt inne.

»Lebt wohl, hochverehrte Dame. Möge der Heiland Euch behüten.«

»Und Euch ebenso«, erwiderte Margaret leise.

Wycliffe nickte, sah Margaret noch einen Moment lang an und verließ dann unter dem Rascheln seiner schwarzen Gewänder den Raum.

John Ball und Jack Trueman verbeugten sich ebenfalls vor Margaret und Neville und eilten hinter ihrem Meister her.

Wütend darüber, dass er vor Courtenay und Tusser das Gesicht verloren hatte, wandte sich Neville an Tyler.

»Und ich nehme an, du stimmst mit Wycliffes Unsinn überein?«

Tyler erwiderte ungerührt Nevilles Blick. »Mir geht es ebenfalls darum, die Not unserer armen Brüder zu lindern«, sagte er. »Ja, Tom, ich stimme mit Wycliffes ›Unsinn‹ überein.«

»Aber wie kannst du behaupten, Wycliffe würde im Namen des Heilands handeln?«

»Wycliffe hat sein Leben der Aufgabe gewidmet, die Armen und Unterdrückten aus der Abhängigkeit von ihren weltlichen und kirchlichen Herren zu befreien. Hat denn Jesus Christus nicht dafür sogar sein Leben gegeben?«

»Ihr werdet Tod und Zerstörung über dieses Königreich bringen, Wat«, sagte Neville mit ruhiger Stimme, »wie einst Marcel über Paris.«

Tylers Mund zuckte, als wollte er etwas erwidern, doch er sagte nichts.

Schließlich wandte er sich Margaret zu, verneigte sich vor ihr und verabschiedete sich. »Möge der Heiland Euch behüten, Mylady.«

»Und Euch ebenso, Wat.« Margaret wandte den Kopf ab, als sie diese Worte sprach, damit Thomas nicht die Tränen sah, die in ihren Augen glänzten.

Würde sie Wat heute zum letzten Mal sehen?

Wat Tyler blickte Margaret noch einen Moment lang an, dann verließ auch er den Raum.

Kapitel zwei

Am Dienstag vor dem Fest des heiligen Ägidius und des heiligen Priskus
Im ersten Jahr der Regentschaft Richard II.
(30. August 1379)

Als Neville sich im Morgengrauen erhob, waren Wycliffe, Tyler und die anderen beiden Priester bereits aufgebrochen. Obwohl er froh war, dass der abtrünnige Geistliche gegangen war, fühlte sich Neville auch ein wenig missmutig. Er hätte Wycliffe lieber in irgendeiner Weise in Gewahrsam nehmen sollen, bevor er noch mehr Schaden anrichtete ... doch damit hätte er sicher Lancasters Zorn auf sich gezogen, und das wollte er um jeden Preis vermeiden.

Also musste er den Dämon – und er zweifelte nicht daran, dass Wycliffe ein Dämon war – entkommen lassen.

Neville ging seinen morgendlichen Verrichtungen in der Hoffnung nach, dass sie ihn von seinen Gedanken ablenken würden, doch stattdessen wurde seine Laune nur immer noch schlechter, je weiter der Tag fortschritt. Hier draußen in der Wildnis von Kent konnte er nichts erreichen! Wann würde Hal ihn an den Hof zurückrufen? Hal Bolingbroke, der Sohn des Herzogs von Lancaster, war nicht nur einer der ranghöchsten Adligen Englands, sondern auch Nevilles ältester Freund und Gönner. Lancaster hatte Thomas gebeten, Hals

Sekretär zu werden – ein einflussreicher Posten, der ihm bei seiner Suche nach Wynkyn de Wordes Schatulle von großem Nutzen sein und ihn vor den Dämonen beschützen würde, die sich bei Hofe eingeschlichen hatten. Doch Neville konnte seine Suche nicht fortsetzen, ehe Hal ihn nicht nach London zurückgeholt hatte.

Seine Laune besserte sich lediglich ein wenig, als er Margaret und Rosalind im Morgenzimmer Gesellschaft leistete. Er liebte seine Tochter und nahm sich jeden Tag mindestens eine Stunde Zeit, um sich mit ihr zu beschäftigen.

Er schlenderte in den Raum, nickte Margaret flüchtig zu und nahm ihr Rosalind ab.

Er lächelte verschmitzt und zauste Rosalinds schwarzes, lockiges Haar, das sie von ihm geerbt hatte. Für ihre sechs Monate war sie recht kräftig und wohlgenährt. Sie hatte sich von dem Schock ihrer Geburt gut erholt ... vielleicht lag es an dem Blut der Nevilles, das in ihren Adern floss, dachte Thomas, denn seine ganze Familie war von robuster Konstitution und eiserner Entschlusskraft.

Margaret betrachtete ihn traurig. Ihr Gemahl war Courtenay freundschaftlich zugetan und liebte seine Tochter von ganzem Herzen, doch welche Rolle spielte sie in seinem Leben? Sie holte tief Luft und rang um ihre Beherrschung, als sie plötzlich ein Geräusch an der Tür vernahm.

Neville sah sie beunruhigt an und wandte sich dann der Tür zu, als Courtenay den Raum betrat.

»Mein Lord!«, sagte Courtenay. »Wir haben schon wieder Gäste!«

Weiter kam er nicht, denn in diesem Moment trat ein gut aussehender Mann in Hal Bolingbrokes neuer Livree als Herzog von Hereford an Courtenay vorbei in den Raum.

Nevilles Augen weiteten sich vor Überraschung, denn er

erkannte in ihm Roger Salisbury, einen jungen Ritter von edler Herkunft, der seit einiger Zeit zu Hals Gefolge gehörte.

Roger Salisbury blieb in der Mitte des Raumes stehen und verbeugte sich.

»Lord Neville«, sagte er, doch Thomas fiel ihm ins Wort.

»Bolingbroke braucht mich«, sagte er.

»Ja, mein Lord. Ich bringe Euch Grüße von meinem Herrn, dem Herzog von Hereford, und soll Euch mitteilen, dass Ihr innerhalb einer Woche zu ihm nach London zurückkehren sollt.«

Neville wandte sich an Margaret. »Endlich! Ich habe schon geglaubt, Bolingbroke hätte mich vergessen!«

Er ging zu ihr hinüber und legte ihr Rosalind vorsichtig in die Arme. »Ich werde sie vermissen«, sagte er, ohne den verletzten Blick in Margarets Augen zu bemerken.

Salisbury räusperte sich. »Der Herzog von Hereford wünscht außerdem, dass Euch Lady Margaret und Eure Tochter begleiten.«

Nevilles Augen verengten sich argwöhnisch. »Margaret soll mit mir mitkommen?«

»Ja, mein Lord«, sagte Salisbury. »Bolingbroke« – er ging zu der vertrauten Anrede über, denn obwohl Hal nun der Herzog von Hereford war, wurde er unter seinen Freunden immer noch Bolingbroke genannt – »wird noch vor Ende dieses Monats Lady Mary de Bohun zur Frau nehmen, und sie wünscht, dass Eure Gemahlin ihr als Kammerfrau zur Seite steht.«

Nevilles Mundwinkel zuckten. »Mary de Bohun kennt Lady Margaret doch gar nicht«, sagte er. »Das ist wohl eher Bolingbrokes Wunsch.«

Er hielt inne und Argwohn stieg in ihm auf. *Warum wollte Hal Margaret in seinem Haus haben? Gewiss war es doch besser, wenn sie und Rosalind in Halstow Hall in Sicherheit wären. Es gab keinen Grund, warum sie ihn begleiten sollte, es sei denn … nein, nein. Das konnte nicht sein … Außerdem war da noch Richard. In London wäre Margaret in Richards Nähe … viel zu nah …*

»Richard …«, sagte er, ohne seine Gedanken näher auszuführen.

Salisbury blickte Neville an. Bolingbroke hatte ihm gesagt, dass Neville um die Keuschheit seiner Gemahlin fürchtete, wenn sie sich in der Nähe eines Königs befand, der keinen Hehl daraus gemacht hatte, dass er sie begehrte.

»Bolingbroke wird Lady Margaret unter den Schutz seines Hauses stellen«, erwiderte Salisbury bedächtig. »Unter dem Dach meines Herrn wird ihr kein Leid geschehen.«

Vielleicht wird Richard ihr nichts anhaben können, dachte Neville. *Doch wie steht es mit Hal? Er hat mir gegenüber offen zugegeben, dass er Mary nur ihrer Ländereien wegen heiratet. Will er jetzt die Frau, die er in Wahrheit liebt, in sein Haus zurückholen?* Neville hatte schon vermutet, dass Hal und Margaret während der Zeit, die beide im Gefolge des schwarzen Prinzen in Frankreich verbracht hatten, mehr als nur Reisegefährten gewesen waren. Margaret war die Geliebte von Baron Raby gewesen, Thomas' Onkel, doch war ihre Bekanntschaft mit Hal tatsächlich nur oberflächlicher Natur? Neville hatte die beiden hin und wieder zusammen gesehen, obwohl sie keinen wirklichen Grund dazu gehabt hatten, und er erinnerte sich daran, wie rührend Hal sich um Margaret gekümmert hatte, als sie schwanger und bei schlechter Gesundheit gewesen war. Lag das nur an Hals Fürsorge gegenüber Schwächeren … oder hegte er womöglich tiefere Gefühle für Margaret?

Neville schob den Gedanken beiseite. Woher kam diese plötzliche Eifersucht?

»Thomas«, sagte Margaret und erhob sich, »du hast gesagt, Lancaster hätte einst den Wunsch geäußert, dass ich seiner Gemahlin, Lady Katherine, diene. Nun, da du in Bolingbrokes Diensten stehst, statt in denen seines Vaters, ist es nur selbstverständlich, dass ich stattdessen seiner Gemahlin zur Hand gehe.«

Neville warf ihr einen scharfen Blick zu, nickte dann jedoch und gab seine Zustimmung, denn er wusste, dass ihm ohnehin keine andere Wahl blieb.

»Also gut«, sagte er und schwor sich, darüber zu wachen, dass Margaret kein Leid geschah und dass sie ihrerseits keines anrichtete.

Kapitel Drei

Am Fest der Entrückung des heiligen Ägidius und des heiligen Priskus
Im ersten Jahr der Regentschaft Richard II.
(Donnerstag, 1. September 1379)

Richard Thorseby, Ordensgeneral der Dominikaner in England, saß an seinem Schreibtisch im tiefsten Innern des Klosters Blackfriars in London und drehte langsam einen Brief in den Händen hin und her. Seine Augen waren in die Ferne gerichtet, sein scharfkantiges Gesicht blieb ausdruckslos, während sein ebenso scharfer Verstand voll von Erinnerungen an die letzte Fastenzeit war, statt über den Inhalt des Briefes nachzudenken ...

Das dominikanische Kloster in der Stadt Lincoln in Nordengland. Lady Margaret Rivers, die unter Tränen gestanden hatte, dass Bruder Thomas Neville der Vater des unehelichen Kindes war, das sie erwartete. Neville selbst, sein Benehmen, seine Kleidung und seine Haltung, die eindeutig von der Missachtung seiner Gelübde zeugten. Und Johann von Gent, der Herzog von Lancaster, der Thorseby gedemütigt und Neville gestattet hatte, aus dem Orden der Dominikaner auszutreten.

In den vergangenen Monaten hatte Thorseby diesen Schimpf nicht vergessen und auch nicht von seinem Vorhaben abgelassen, Neville seiner gerechten Strafe zuzuführen.

Was einst nur ein Vorhaben gewesen war, war für ihn inzwischen fast schon zur Besessenheit geworden. Wenn es sein musste, würde Thorseby Himmel und Hölle in Bewegung setzen, um Neville für seine Vergehen büßen zu lassen.

Aber wie sollte er es anstellen? Lancaster und sein Sohn Bolingbroke waren mächtige Männer, und Neville genoss ihre Unterstützung. Wenn sogar der Erzketzer John Wycliffe unter Lancasters Schutz der Strafe der Kirche entgangen war, was konnte Thorseby dann gegen Thomas Neville ausrichten, der sich viel weniger hatte zuschulden kommen lassen? Dass Lancaster Thorseby beleidigt hatte, würde niemanden davon überzeugen, mit ihm gemeinsam gegen den Herzog und seine Anhänger vorzugehen. Eine Zeitlang hatte Thorseby geglaubt, er könne Nevilles vor langer Zeit verstorbene Geliebte Alice und ihre drei Töchter für seine Zwecke benutzen. Alice stammte doch sicher aus einer einflussreichen Familie, die es begrüßen würde, wenn Neville für Alice' Tod zur Rechenschaft gezogen wurde. Selbst ihr betrogener Ehemann hätte ihm von Nutzen sein können.

Doch Alice' Familie und ihr Gemahl erwiesen sich als Sackgasse. Sie waren allesamt tot: ihre Eltern, ihre Schwester, sogar ihr Ehemann, der vor vier Jahren während einer diplomatischen Mission in Venedig einem schweren Fieber zum Opfer gefallen war. Die Mitglieder ihrer Familie, die noch lebten – mehrere entfernte Vettern –, kümmerte Alice' Schicksal wenig … jedenfalls nicht genug, um sich deswegen mit Lancaster und Bolingbroke anzulegen.

»Ich werde schon noch dafür sorgen, dass Ihr Eure gerechte Strafe erhaltet, Neville«, murmelte Thorseby und sah blinzelnd auf den Brief hinab, den er in Händen hielt.

Er war vor einer Stunde eingetroffen und enthielt einen Ruf nach Rom, wo eine Adventssynode der dominikanischen

Ordensgeneräle stattfinden würde. Normalerweise hätte ein solcher Ruf Thorseby verstimmt. Im November und Dezember durch Europa zu reisen, war nie sonderlich angenehm, besonders in der Advents- und Weihnachtszeit, wenn es in England viel zu tun gab. Doch diese Reise würde Thorseby Gelegenheit geben, sich mit Brüdern zu treffen, die Neville während seiner Zeit in Rom gekannt hatten, wo er seine Ordensgelübde zum ersten Mal gebrochen hatte.

Irgendwo in Europa würde Thorseby die Beweise finden, die er brauchte, um Neville zu überführen. Irgendjemand musste etwas gesehen haben, das Neville auf alle Zeit verdammen würde.

Wenn Thorseby etwas von seinen Ordensbrüdern bei der Inquisition gelernt hatte, dann, dass Ungehorsam nie gänzlich unbemerkt und unkommentiert blieb.

Thorseby faltete den Brief sorgfältig wieder zusammen und legte ihn zur Seite. Er hielt kurz inne und trommelte mit den Fingern auf den Schreibtisch. Dann beugte er sich vor, nahm eine Feder zur Hand und begann den ersten einer Reihe von Briefen zu verfassen, die er am späteren Abend abschicken wollte.

Obwohl sie dies Neville gegenüber behauptet hatten, hatten Wycliffe und seine Gefährten keineswegs vor, in der nächsten Zeit nach Canterbury zu reisen. Müde und zumindest in Wycliffes und Tylers Fall betrübt darüber, dass sie sich von der Frau, die beide auf ihre Weise liebten, nicht richtig hatten verabschieden können, ritten sie von Halstow Hall aus direkt nach Süden zur Hafenstadt Rochester.

Dort trafen sie in einem ruhigen Zimmer in einem Gasthof wie verabredet mehrere Männer – zwei Handwerker und einen weiteren Priester der Lollarden.

»Nun?«, sagte Wycliffe, als er den Raum betrat.

»Es ist alles bereit«, sagte einer der Handwerker. Er wies auf einige Bündel Papier. »Mehrere hundert, wie Ihr gewünscht habt.«

»Zeigt sie mir.«

Der Handwerker nahm ein großes Blatt Papier von einem der Stapel und reichte es Wycliffe. Tyler, Ball und Trueman drängten sich um ihn und versuchten, über seine Schulter hinweg etwas zu erkennen.

Wycliffe atmete auf und schenkte den drei Männern, die auf ihn gewartet hatten, ein warmes Lächeln. »Sehr gut. Wat?«

Wat legte bereits seine Livree mit dem Wappenzeichen Lancasters ab und zog die Kleider an, die ihm einer der Handwerker reichte. Kurz darauf besaß er nicht mehr die geringste Ähnlichkeit mit einem Soldaten, sondern sah eher wie ein wohlhabender Bauer aus.

»Habt Ihr Maultiere für diese Männer?«, fragte Wycliffe.

»Ja«, erwiderte der Priester.

»Gut.« Wycliffe wandte sich Tyler, Trueman und Ball zu. »Meine Freunde, vor Euch liegt keine leichte Aufgabe. Gebt auf Euch acht.«

Dann erhellte ein Lächeln seine sonst eher finsteren Züge. »Denkt daran, als Adam pflügte und Eva spann ...«

»Gab es keinen Edelmann«, beendete Wat den Satz für ihn.

Die Männer brachen in Gelächter aus, und die Samen des Aufruhrs waren gesät.

KAPITEL VIER

Am Fest der Entrückung
des heiligen Cuthbert
Im ersten Jahr der Regentschaft Richard II.
(Montag, 5. September 1379)

– I –

Die Themse war ruhig – die meisten Schiffe und Boote befanden sich im Hafen, damit ihre Besatzungen den Feiertag begehen konnten –, und das graublaue Wasser plätscherte leise an den Rumpf des kleinen Segelbootes, als es an Wolwych am Südufer vorbeifuhr. Noch eine Flussbiegung weiter, und die riesige, verrauchte Silhouette Londons würde über den Kornfeldern und Obstgärten jenseits der sumpfigen Ufer auftauchen.

Neville saß voller Ungeduld auf einer Holzbank im Heck des Bootes.

Vor zwei Tagen waren sie von Halstow aufgebrochen und hatten an diesem Tag in der Morgendämmerung in Gravesend das Boot bestiegen, während ihnen einige Männer von Roger Salisburys Eskorte an Land in gemächlicherem Tempo hinterherritten. Zu dieser Jahreszeit waren die Straßen, die von Kent und den anderen südlichen Grafschaften nach London führten, voller Kaufleute und Bauern, die ihr Getreide zum Markt brachten, und die vielen Wagenräder und Pferdehufe hatten die Straße so sehr aufgewühlt, dass sie an manchen Stellen kaum noch passierbar war. Auf der Themse reiste es sich schneller und weniger beschwerlich, und Salisbury hatte nichts dagegen einzuwenden gehabt, als Neville am vorangegangenen Abend vorgeschlagen hatte, ihre Reise mit dem Boot fortzusetzen. Es war nicht nur bequemer, der Fluss war auch wesentlich sicherer, und sie konnten direkt an der dem Fluss zugewandten Seite des Savoy Palace anlegen, anstatt durch die staubigen Straßen Londons reiten zu müssen.

Margaret saß neben Neville, die schlafende Rosalind im Schoß. Der Wind, der über den Fluss wehte, strich ihr kühl und besänftigend über Gesicht und Haar und erfüllte sie mit Zufriedenheit. Zugleich blickte sie den vor ihr liegenden Ereignissen jedoch auch mit Furcht entgegen. Sie warf ihrem Gemahl einen Blick zu. Er saß leicht vorgebeugt da, den Blick auf den Fluss vor ihm gerichtet, und ließ ein Seil durch seine Hände laufen.

Margaret erschauerte und sah zu Rosalinds Kinderfrau hinüber, die gegen einen Wollsack gelehnt döste. Agnes Ballard war eine einfache Frau Ende dreißig, die vor drei Monaten nicht nur ihren neugeborenen Sohn an ein böses Fieber verloren hatte, sondern auch ihren Mann, der dem Angriff eines Ebers zum Opfer gefallen war. Sie war über ihren tragischen Verlust immer noch nicht hinweggekommen und hatte Tränen der Dankbarkeit in den Augen gehabt, als Margaret ihr vorgeschlagen hatte, Rosalinds Kindermädchen zu werden und die Amme zu ersetzen, die Margaret und Neville ursprünglich von London nach Halstow Hall begleitet hatte und inzwischen nach Hause zurückgekehrt war. Agnes diente Margaret zugleich auch als Zofe, und Margaret genoss ihre mütterliche Fürsorge beinahe ebenso sehr, wie es Rosalind offenbar tat. Agnes war eine schlichte Frau – wenn auch nicht so schlicht, dass sie nicht das eine oder andere Geheimnis gehabt hätte –, ehrlich und hilfsbereit und ließ sich von den ungeduldigen und missmutigen Bemerkungen, die Neville gelegentlich über die Lippen kamen, nicht aus der Ruhe bringen.

Hinter Agnes, im Bug des Bootes, saß Robert Courtenay mit Roger Salisbury, der leise mit den restlichen Männern seiner Eskorte und den drei Besatzungsmitgliedern des Segelbootes scherzte. Sie würfelten und teilten sich dabei eine Flasche Wein.

Margaret lehnte sich zurück, machte es Rosalind etwas bequemer und hoffte, dass der Wein nicht allzu stark war. In diesem Boot saßen die beiden wichtigsten Menschen im bevorstehenden Kampf der Engel gegen die Dämonen – Thomas und sie selbst –, und Margaret musste beinahe lächeln, als sie sich vorstellte, wie die Hoffnungen der Engel und der Dämonen im Schlamm der Themse versanken, sollte die betrunkene Mannschaft die Kontrolle über die Segel verlieren und das Boot zum Kentern bringen.

Wer würde zu unserer Rettung herbeieilen?, überlegte sie. Würden die Diener des Himmels und der Hölle gleichzeitig vor Schreck aufschreien, weil all ihre Komplotte zunichtegemacht waren?

»Worüber lächelst du?«

Margaret fuhr aus ihren Gedanken hoch und blickte ihren Gemahl an. »Ich hoffe, Roger macht die Besatzung nicht allzu sehr betrunken, denn es wäre eine Katastrophe, wenn das Boot umkippen würde.«

Sie drückte Rosalind an sich, während sie sprach, was Neville nicht entging.

Er legte ihr beruhigend die Hand auf den Arm. »Es besteht keine Gefahr, Margaret. Nichts kann …«

Plötzlich gab Margaret einen ängstlichen Schrei von sich und drückte Rosalind so fest an die Brust, dass das Kind aufwachte und zu weinen anfing.

Neville runzelte die Stirn und wollte etwas sagen, doch dann bemerkte er, dass Margarets Blick auf etwas gerichtet war, das sich auf ihrer Seite des Bootes im Wasser befand.

Er sah zu ihr hinüber und ihm stockte vor Schreck der Atem, sodass er schon meinte, ihm sei das Herz stehen geblieben.

Ein goldenes Leuchten hatte sich über die Wellen des Flusses ausgebreitet.

Neville reckte den Kopf, um über das Bootsdeck nach vorn zu blicken. Das Leuchten erstreckte sich etwa gleich weit zu beiden Seiten des Bootes über das Wasser.

»Tom!«, rief Margaret.

»Pst!«, sagte er und packte sie am Arm. »*Sei still!*«

Er sah zu Agnes hinüber und zu Courtenay, Roger und ihren Gefährten, die hinter ihr saßen.

Agnes schlief noch immer, und die Männer waren weiterhin in ihr Würfelspiel vertieft, als sei nichts Ungewöhnliches geschehen.

»Der heilige Michael!«, sagte Neville, und Margaret wimmerte und wand sich, als wollte sie über Bord springen.

»Schweig!«, herrschte Neville sie an, hielt sie fest und blickte ihr fest in die vor Furcht geweiteten Augen.

»Wenn du wirklich so unschuldig bist, wie du immer behauptest«, sagte er langsam und bedächtig, »wovor hast du dann Angst?«

Gütiger Himmel, warum machte er es ihr so leicht, ihn zu hassen? »Ich kann nicht unschuldig sein«, zischte sie, während Wut in ihr aufstieg, »wenn du es mir nicht gestattest!«

Während Margaret sprach, lief das Leuchten auf beiden Seiten des Bootes zusammen, wanderte unter den Kiel des Gefährts, stieg dann durch das Holz auf und verwandelte sich kaum zwei Schritte vor ihnen in eine glühende Feuersäule. Die Säule nahm die durchscheinende Gestalt des Erzengels an, und dann vernahmen sie seine donnernde Stimme.

Du bist die Fleisch gewordene Sünde, Margaret. Ein Scheusal, das niemals das Licht der Welt hätte erblicken dürfen.

Agnes schlief weiter, und die Männer fuhren in ihrer Beschäftigung fort – nur Margaret und Neville konnten den Engel sehen.

Margaret verzog angesichts der Worte des Heiligen den Mund. Wenn er ihr Liebenswürdigkeiten zugeflüstert hätte, hätte er sie damit vernichten können, doch so verwandelte sein Hass Margarets Furcht lediglich in Wut.

Ihr Gesicht verzog sich voller Abscheu. »Wenn ich die Fleisch gewordene Sünde bin«, sagte sie, »dann komme ich ganz nach meinem Vater!«

Das Gesicht des Engels nahm einen furchterregenden Ausdruck an, und er breitete die Arme aus – Margaret und Neville schien es fast, als würden sie von einem Flussufer zum anderen reichen. Er gab ein Zischen von sich, das wie das Brausen göttlicher Vergeltung klang.

Geschmeiß!

»Ich mag von zweifelhafter Herkunft sein«, sagte Margaret, den Blick fest auf das Gesicht des Engels gerichtet, »aber ich habe ein ehrbares Leben geführt!«

»Margaret!« Neville war sich nicht sicher, worum es bei dem Gespräch zwischen den beiden ging. *Beschuldigte der*

Heilige Margaret der Hexerei oder machte er ihr lediglich zum Vorwurf, dass sie eine Tochter Evas war – die Bürde, die auf allen Frauen lastete? Doch Margarets Worte und der Zorn, mit dem sie sie dem Erzengel entgegenschleuderte, erschreckten ihn.

»Heiliger«, sagte Neville, ließ Margarets Schulter los und sank vor dem Erzengel auf die Knie. »Verzeih ihre Worte …«

Weißt du denn nicht, was sie ist, Thomas?

Neville antwortete nicht.

Weißt du es wirklich nicht? Sie ist das, was du vernichten sollst, Thomas.

Neville gab immer noch keine Antwort, sondern senkte nur den Blick auf die Planken vor ihm.

Was tut sie hier an deiner Seite, Thomas? Warum hast du sie und ihren Nachwuchs nicht getötet?

Schließlich hob Neville den Blick und sah den heiligen Michael an. »Sie kann mir noch von Nutzen sein.«

Von Nutzen?

»Sie wird andere ihrer Art anlocken, auf dass ich sie erkennen und vernichten kann.« Neville hielt inne und fragte sich, ob seine Worte in den Ohren des Erzengels genauso unglaubwürdig klangen wie in seinen eigenen.

Das Böse fühlt sich ohnehin von dir angezogen, Thomas. Du weißt, dass die Dämonen versuchen werden, dich zu töten, bevor du sie zur Strecke bringen kannst.

»Sie kann mir noch von Nutzen sein. Schließlich ist sie eine Frau.« Schon besser.

Dann sieh zu, dass du eine Verwendung für sie findest, Thomas, aber lass dich nicht für ihre Zwecke einspannen. Denk daran, was auf dem Spiel steht, solltest du versagen.

Neville lachte leise und selbstsicher – und in diesem Moment empfand Margaret tatsächlich nur noch Hass für ihn.

Wie hatte sie sich jemals wünschen können, er möge sich in sie verlieben?

»Die Dämonen wollen die Menschheit der ewigen Verdammnis überantworten, indem sie mich dazu bringen, Margaret meine Seele zu opfern, Heiliger«, sagte Neville zu dem Erzengel. »Aber es besteht keine Gefahr. Ich werde mich niemals in sie verlieben.«

Sie ist am Leben, Thomas. Allein das macht sie schon gefährlich.

»Sie ist nicht gefährlich«, sagte Neville mit solch fester Überzeugung, dass Margaret die Augen schließen und den Hass niederringen musste, den sie für ihn empfand. *Wenn sie dem Hass erlag, hatten die Engel schon gewonnen ... War das der Grund, warum sich der heilige Michael vor Thomas und ihr zeigte? Um sie dazu zu bringen, ihren Gemahl zu hassen?*

Der Erzengel musterte Margarets Gesicht, und was er dort sah, schien ihn zufriedenzustellen.

Gut, sagte er. *Thomas, Jeanne hat ihren Platz eingenommen, und bald wirst auch du es tun. Große Gefahren drohen euch, aber ihr müsst standhaft bleiben.*

»Die Schatulle ...«, sagte Neville.

Befindet sich in London. Sie ruft nach dir ... hörst du sie denn nicht in deinen Träumen?

»Doch, ich höre sie«, flüsterte Neville.

Du wirst sie bald finden. Aber gib acht, Thomas, denn sie enthält die alleinige Wahrheit. Kümmere dich nicht um das, was die Dämonen dir ins Ohr wispern.

»Nein«, sagte Neville, diesmal mit kräftigerer Stimme.

Gesegnet seist du, Thomas, sagte der Erzengel und verschwand.

Neville hielt den Blick noch eine Weile auf die Stelle gerichtet, wo der Erzengel ihnen erschienen war, dann schaute er Margaret an.

Was sie in seinen Augen sah, ließ ihren Mut sinken, doch sie zwang sich, das Wort zu ergreifen, bevor er es tat, obwohl es sie große Anstrengung kostete, ihre Stimme ruhig klingen zu lassen.

»Jede Wahrheit zählt«, sagte sie, »ob sie nun in Wynkyns verfluchter Schatulle enthalten ist oder nicht.«

»Dämonin«, sagte er. Seine Stimme klang schrecklich ausdruckslos.

Ihre Augen füllten sich mit Tränen. »Nein, ich bin keine Dämonin und bin es auch nie gewesen. Doch erst, wenn du die Wahrheit erfährst, wirst du das verstehen.«

Ihre Worte schienen ihn einen Moment lang unsicher werden zu lassen, und das gab Margaret die Kraft weiterzusprechen.

»Wenn du deine Tochter liebst«, sagte sie, »kannst du ihre Mutter nicht für eine Dämonin halten … denn was wäre dann Rosalind?«

Neville blinzelte und wandte seine Augen ab. »Du hast nur meine Vernichtung im Sinn. Du würdest alles sagen, wenn es dir nützlich erschiene.«

»Nein«, flüsterte sie, und angesichts der Trauer, die in ihrer Stimme lag, hob Neville erneut den Blick. »Ich will doch nur, dass du glücklich bist.«

In diesem Moment flatterten die Segel und füllten sich mit Wind, gerade als sie eine weitere Flussbiegung hinter sich gelassen hatten, und Roger Salisbury sprang auf und stieß einen Schrei aus, als London in der Ferne in Sicht kam.

»Tom! Tom!« Mit anmutiger Sicherheit eilte Bolingbroke lachend und winkend die Stufen am Flusstor des Savoy Palace hinunter. Die Sonne glänzte auf seinem hellen Haar und seine grauen Augen besaßen einen silbrigen Farbton. »Ach Tom, ich habe dich so vermisst!«

Neville sprang vom Boot auf den Kai hinab und schloss Bolingbroke mit der gleichen Herzlichkeit in seine Arme wie dieser ihn. »Ihr seht so glücklich aus, mein Lord, obwohl Ihr doch bald schon verheiratet sein werdet.«

»Ach Tom, so etwas solltest du nicht sagen, wenn deine Gemahlin in der Nähe ist.«

Bolingbroke wandte sich von Neville ab und streckte Margaret seine Hände entgegen, die vorsichtig aus dem Boot gestiegen kam, nachdem sie Rosalind in Agnes' Obhut übergeben hatte.

»Lady Margaret«, sagte Bolingbroke leise und küsste sie sanft auf den Mund.

Neville, der einen Schritt beiseite getreten war, musterte argwöhnisch Margarets Gesichtsausdruck, als sie Bolingbroke in die Augen blickte.

Die tiefste und reinste Liebe lag darin.

Und obwohl Neville Bolingbrokes Gesicht nicht sehen konnte, konnte er sich des Eindrucks nicht erwehren, dass dieser Margarets Liebe voll und ganz erwiderte.

Thomas wurde mit einem Mal von Grauen erfüllt, auch wenn er nicht recht wusste, weshalb.

Sie will Hal gegen mich aufbringen, dachte er in dem verzweifelten Versuch, seine Ängste zu begründen. *Sie will ihre Liebeskünste dazu benutzen, ihn auf ihr Lager zu locken ...*

»Tom«, sagte Bolingbroke und drehte sich wieder zu ihm um, »du siehst aus, als würden sämtliche Fische der Themse in deinem Magen umherschwimmen.«

»Wir hatten eine beschwerliche Reise«, sagte Neville schließlich und verzog den Mund zu einem verkrampften, wenig überzeugenden Lächeln.

»O ja, das hatten wir«, murmelte Margaret, und Bolingbroke warf ihr einen fragenden Blick zu.

Kapitel fünf

Vesper am Fest der Entrückung
des heiligen Cuthbert
Im ersten Jahr der Regentschaft Richard II.
(Montag, 5. September 1379, früher Abend)

– II –

»Margaret?« Bolingbroke schloss leise die Tür des Lagerraums hinter sich und blieb einen Moment lang stehen, bis seine Augen sich an das trübe Licht gewöhnt hatten. Das sanfte, warme Leuchten der Herbstsonne fiel durch die halb geschlossenen Läden der hohen Fenster, doch anfangs nahm Bolingbroke nur die Umrisse von Getreidesäcken und Bierfässern wahr, die an der gegenüberliegenden Wand lehnten oder unter den Fenstern aufgestapelt waren.

Dann trat die Gestalt einer Frau aus den Schatten in das goldene Zwielicht, und Bolingbroke gab ein leises Seufzen von sich, trat vor und schloss sie in die Arme. Sie waren so lange voneinander getrennt gewesen, und auch wenn sie Neville die wahre Natur ihrer Beziehung im Moment noch nicht offenbaren durften, würde sich Bolingbroke diesen kurzen Augenblick des Zusammenseins mit einer Frau, die er von ganzem Herzen liebte und die für ihr Vorhaben von größter Bedeutung war, nicht nehmen lassen.

»Meg! Gütiger Himmel, ich wusste nicht, ob du meine Nachricht erhalten hast!«

Sie zitterte, das Gesicht an seine Schulter gedrückt, und ihm wurde klar, dass sie leise weinte.

Er schob sie von sich, damit er ihr Gesicht sehen konnte. »Meg? *Was ist geschehen?*«

Margaret schenkte ihm ein kleines Lächeln. »Aber Hal? Bekomme ich nicht einmal einen Begrüßungskuss?«

Verärgert und besorgt drückte Bolingbroke ihr einen flüchtigen Kuss auf die Stirn. »Was ist passiert?«

»Der große Erzengel ist uns erschienen, als wir die Themse hinuntergesegelt sind.«

»Der heilige Michael hat es gewagt …?«

»O ja, er hat es gewagt.« Margarets Gesicht verzog sich vor Wut und Abscheu, als sie sich daran erinnerte. »Er hat mich als Geschmeiß bezeichnet und als Scheusal.«

Bolingbroke zog sie wieder an sich und versuchte, sie zu trösten. »Und Tom?«, flüsterte er und spürte, wie sie sich in seinen Armen versteifte.

»Der Erzengel hat ihn vor mir gewarnt und ihm gesagt, ich sei das, was er vernichten soll.«

»Wir haben von Anfang an gewusst, dass Tom dich verdächtigen würde …«

»Ja, aber Tom hat gesagt, ich könne ihm noch von Nutzen sein und dass ich ihm nicht gefährlich werden könne.«

Bolingbroke drückte sie fest an sich. »Er liebt dich nicht?«

»Nein. Und ich glaube auch nicht, dass er sich jemals in mich verlieben wird.«

Hal schwieg einen Moment lang. »Das können wir nicht hinnehmen«, sagte er schließlich mit leiser Stimme. »Thomas muss sich in dich verlieben. Er muss einfach.«

Margaret seufzte und löste sich aus seiner Umarmung.

»Wenn er wüsste, dass ich in diesem Augenblick hier bei dir bin …«

»Er wird es nicht erfahren. Ich habe ihn nach Cheapside geschickt, zu dem Goldschmied, der Marys Hochzeitsschmuck anfertigt, damit er darüber wacht, dass das Geschmeide sicher im Savoy Palace ankommt. Er wird noch über eine Stunde fort sein. Margaret, die Ereignisse schreiten schneller voran, als wir vermutet haben.«

»Diese Jeannette … diese Jeanne d'Arc.«

»Mit einer wie ihr haben wir nicht gerechnet, und auf ihre Einmischung sind wir nicht vorbereitet. Der Heiland möge uns beistehen, wenn es ihr gelingen sollte, die Franzosen gegen uns zu vereinen … ach! Aber ich kann jetzt nicht darüber sprechen. Dies ist einer der wenigen Momente, in denen wir zusammen sein können, Meg, und ich muss das Beste daraus machen.«

Er ließ sie los und begann in dem engen Lagerraum auf und ab zu gehen. »Ich hatte angenommen, uns blieben noch zwei oder drei Jahre, doch jetzt glaube ich, dass wir nur noch wenige Monate haben. Höchstens noch ein Jahr.«

Er blieb stehen und sah Margaret an. »Er muss sich noch vor Ende dieses Jahres in dich verlieben.«

»Aber wie soll ich das anstellen? Er hält mich für Abschaum! Gütiger Himmel, Tom macht nur das, was sein geliebter Erzengel ihm sagt!«

Bolingbroke schüttelte nachdenklich den Kopf. »Nein, das glaube ich nicht. Er ist dem Erzengel nicht vollkommen hörig. Schon einmal hat er sich seinen Wünschen widersetzt, als er ihn aufgefordert hat, dich zu töten. Wat hat uns erzählt, er habe die Wut des Erzengels gespürt, als er in Lincoln mit dem Arzt in dein Zimmer kam.«

Margaret musste lächeln, als sie an Wats leider viel zu kurzen Besuch in Halstow Hall dachte. »Damals hat er sich geweigert«, erwiderte sie, »aber wenn er eines Tages wieder vor die Wahl gestellt wird, wird Thomas mich ohne zu zögern töten.«

»Nicht, wenn wir es verhindern können«, sagte Bolingbroke. »Liebste Meg, er ist zur Liebe fähig, zu den tiefsten Empfindungen, aber man muss ihm den richtigen Weg weisen.«

Sie seufzte resigniert. »Das glaube ich nicht. Er ist zu kaltherzig … zu hochmütig. Viel zu sehr von sich selbst eingenommen und seinem verfluchten Gott zutiefst ergeben.«

»Meg, ich kenne Tom seit vielen Jahren. Ich kannte ihn schon als kleinen Jungen, noch bevor seine Eltern gestorben sind. Früher war er viel sanftmütiger und freundlicher und besaß eine mitfühlende Seele, doch dann hat Gott eingegriffen … und sein Leben zur Hölle gemacht. Erst sind seine Mutter und sein Vater gestorben, und dann hat sich auch noch die furchtbare Tragödie von Alice' Tod ereignet. Dieser glückliche, sanftmütige Junge steckt immer noch irgendwo in ihm, und es ist deine Aufgabe, Meg, ihn wieder zum Leben zu erwecken. Er muss genügend Vertrauen zu dir entwickeln, um wieder lieben zu lernen.«

»Und wie soll ich das Unmögliche erreichen?«

Bolingbroke holte tief Luft, nahm Margarets Hände in die seinen und weihte sie mit leiser Stimme in seinen Plan ein.

Als er geendet hatte, starrte Margaret ihn mit weit aufgerissenen Augen an. »Das kann ich nicht tun!«

»Wir müssen rasch handeln«, sagte Bolingbroke. »Margaret, es tut mir leid, dass wir auf eine so abscheuliche Täuschung zurückgreifen müssen, aber …«

»Täuschung? Wer wird hier getäuscht, Hal? Tom … oder ich?«

»Margaret …«

»Wie kannst du mich um so etwas bitten? Habe ich nicht schon genug gelitten?«

»Meg …«

Sie entriss ihm ihre Hände. »Du würdest uns alle opfern, um dein Ziel zu erreichen, nicht wahr? Mich … Tom … und jetzt auch noch«, ihre Stimme wurde schrill, »diese Mary de Bohun! Warum heiratest du sie, wenn dein Herz doch einer anderen gehört?«

Bolingbroke erstarrte und seine Augen wurden schmal.

»Unser gesamtes Vorhaben hängt davon ab, dass du eine andere heiratest«, fuhr Margaret fort. »Wirst du dich ihrer genauso leicht entledigen, wenn sie dir nicht mehr von Nutzen ist?«

»Du weißt, warum ich Mary heiraten muss«, sagte Bolingbroke. »Sie ist die einzige Erbin der riesigen Ländereien der Familie Hereford, und ihr Land wird meine Macht stärken. Diese Stärke werde ich brauchen, Margaret. Die Mitgift, die sie in unsere Ehe einbringt, wird meine Position gegenüber Richard festigen …«

»Und wenn dir Mary nun einen Erben schenkt? Willst du wirklich auf diese Weise dein Blut verwässern …«

Bolingbroke seufzte. »Das wird sie nicht.«

Margaret zog eine Augenbraue hoch. »Sie soll also Jungfrau bleiben? Aber gefährdet das nicht deinen Anspruch auf ihre Ländereien?«

»Ich werde die Ehe mit Mary vollziehen – das ist das Mindeste, was ich für sie tun kann.« Bolingbroke hielt inne. »Margaret, wenn du dich um Mary kümmerst, blick ihr tief in die Augen und du wirst die Schatten darin sehen. Dann weißt du, was ich meine.«

»Sie ist krank?«

Bolingbroke nickte.

»Wie günstig für dich«, sagte Margaret.

»Ich habe damit nichts zu tun!«, erwiderte Bolingbroke.

»Erzähl ihr in eurer Hochzeitsnacht ruhig von deinen Wünschen und Zielen, Hal. Und dass du hoffst, ihre Krankheit möge zum Tod führen. Und natürlich auch, dass sie möglichst bald das Zeitliche segnet.«

»Du hast kein Recht, so mit mir zu reden!«

»Ich habe alles Recht dazu!«, gab Margaret zurück, den Tränen nahe. Es war ein furchtbarer Tag gewesen, und Hal hatte ihn gerade noch um einiges schlimmer gemacht.

Er streckte die Hand aus und strich ihr über die Wange. »Margaret, du musst stark sein. Weine nicht und versuch mir nicht zu erzählen, was recht und was unrecht ist. Dafür sind unsere Pläne schon zu weit gediehen.«

Er hob die Hand, als wollte er ihr über das Haar streichen, ließ sie dann jedoch sinken. Er zögerte noch einen Moment und eilte schließlich an ihr vorbei aus dem Raum.

Margaret führte zitternd die Hand zum Mund, lehnte sich gegen die Tür und wartete eine Weile, während sie gegen die Tränen ankämpfte, damit Bolingbroke genügend Zeit blieb, um zu seinen Gemächern zurückzukehren.

Schließlich verließ auch sie den Raum.

Lady Mary de Bohun war ebenfalls im Savoy Palace untergebracht, unter dem wachsamen Auge ihrer Mutter Cecilia, und am frühen Abend, eine Stunde bevor das Abendessen im Saal serviert wurde, stellte Bolingbroke seiner Verlobten ihre neue Gefährtin vor.

Gefasst und formvollendet machte Margaret einen Hofknicks vor Lady Mary, die sie ein wenig argwöhnisch musterte und dann auf einen Schemel neben ihrem Stuhl wies und Margaret bedeutete, sich zu setzen.

Margaret kämpfte gegen den Drang an, zu Hal hinüberzusehen, und fügte sich Marys Wünschen.

Mary lächelte sie unsicher an – *Diese Margaret war so schön ... was bedeutete sie Hal?* –, beugte sich dann vor und fing ein Gespräch über die Ereignisse bei Hofe mit ihr an.

Margaret antwortete stets, ohne zu zögern, hielt den Blick jedoch gesenkt, wie es sich in Anwesenheit einer solch hochrangigen Dame ziemte.

Bolingbroke musterte sie noch einen Moment lang, wandte sich dann Neville zu, der vor einiger Zeit vom Goldschmied zurückgekehrt war, und schenkte ihm ein jungenhaftes Lächeln.

»Nun, da die Damen beschäftigt sind«, sagte Bolingbroke, »können wir zwei vielleicht noch vor dem Abendessen ein paar Worte miteinander wechseln.«

Bolingbroke verfügte im Savoy Palace über eine Suite aus mindestens acht Gemächern, und das Zimmer, in das er Neville nun führte, diente ihm als Amtsstube. Die Einrichtung – zwei Tische, zwei Holzstühle, drei Schemel, mehrere große Truhen und unzählige kleinere – verschwand beinahe unter den zahllosen Pergamentrollen mit amtlichen Aufzeichnungen und mehreren großen Büchern, die aufgeschlagen dalagen und deren Seiten mit Spalten voller arabischer Zahlen bedeckt waren, sowie halb entfalteten Papieren, von Landkarten bis hin zu den Bauplänen eines Uhrwerks.

Von den Deckenbalken hingen mehrere seltsame mechanische Apparate herab. Neville erfuhr später, dass es sich bei zweien davon um die miteinander verbundenen Gehäuse und Zahnräder zweier Uhren handelte. Ein anderer stellte eine merkwürdige und eher misslungene Mischung aus einer Uhr und einem Bogen dar. Wieder ein anderer sollte angeblich

Gewitter vorhersagen können, indem er die Spannung in der Luft maß. Bei einem weiteren handelte es sich um eine seltsame Form von Abakus. Darüber hinaus gab es noch eine Ansammlung von funkelnden Zahnrädern aus Messing und Kupfer, deren Zweck lediglich darin bestand, dass sie sich bei jedem Luftzug bewegten und dabei ein angenehmes leises Klimpern erzeugten.

Bolingbroke machte eine entschuldigende Geste. »Ich habe mehrere Bedienstete, die versuchen, hier Ordnung zu halten …, aber wie du siehst, Tom, brauche ich dich dringend.«

Neville duckte sich, nachdem er sich beinahe den Kopf an dem seltsamen Abakus gestoßen hätte. »Gütiger Himmel, Hal. Was liegt unter diesem ganzen Wirrwarr begraben?«

Einen Moment lang funkelten Hals Augen belustigt, doch dann trat ein besorgter und verärgerter Ausdruck in sein Gesicht. »Was dort liegt? Rechnungen, Belege, Meldungen, Bittschriften und Notizen von mindestens vier Komitees des Unterhauses, die ich lesen soll; eine Reihe von Geleitbriefen, die in den letzten fünf Monaten verfasst wurden; Berichte über die Ernte und die Anzahl der neugeborenen Lämmer von einigen meiner Verwalter; Auszüge aus Prozessen, die in den Anwaltskammern geführt wurden; Zusammenfassungen von …«

»Genug!« Neville wehrte mit den Händen ab und wandte sich dann lachend Bolingbroke zu. »Was habe ich mir zuschulden kommen lassen, mein Freund, dass du mich mit so vielen Einzelheiten überschüttest?«

»Einzelheiten schmieren das Getriebe der englischen Bürokratie, Tom, das weißt du doch sicher. Und die Bürokratie soll dafür sorgen, dass die Adligen Englands so beschäftigt sind, dass sie keinen Unfug anstellen. Eine Aktennotiz kann eine tödliche Waffe sein. Weitaus wirksamer als eine Axt.«

Neville schüttelte den Kopf, wurde jedoch sofort wieder ernst. »Es ist schön, dich wiederzusehen, Hal.«

Bolingbroke drückte kurz Thomas' Hand. »Ganz meinerseits. Tom, wir müssen uns unterhalten, und es hat nichts mit diesem Wirrwarr hier zu tun.«

»Ja, über Richard.«

»Gut erkannt.« Bolingbroke ging zu einem der Tische, schob die Papiere darauf beiseite und setzte sich auf die Tischkante. »Mit jedem Tag festigt er seine Stellung in England mehr.«

»Hal, der Erzengel Michael ist mir auf dem Weg nach London erschienen.«

Bolingbroke wirkte überrascht. »Was hat er gesagt?«

»Dass sich die Schatulle in London befindet und nach mir ruft. Und dass ich von einem Lügengespinst umgeben bin, das jedoch zerreißen wird, sobald ich die Wahrheit im Inneren der Schatulle entdecke.«

»Sicherlich hält Richard die Schatulle versteckt«, sagte Bolingbroke.

»Hast du irgendetwas in Erfahrung bringen können?«

»Über die Schatulle? Nein.«

»Und über Richard?«

Bolingbroke verzog das Gesicht. »Erinnerst du dich, dass sich Richard vor Jahren, als du noch bei Hofe warst, mit Oxfords Sohn zusammengetan hat?«

»Robert de Vere? Ja … er war ein paar Jahre älter als Richard.« Neville strich sich über den kurzen Bart und erinnerte sich an die Gerüchte, die damals über die beiden Jungen im Umlauf gewesen waren. »De Vere ist sicher derjenige, der Richard beigebracht hat, im Stehen zu pinkeln.«

»Zweifellos hat der ›liebe Robbie‹ Richard auch noch ein paar andere Dinge beigebracht, die er mit seinem Stängel anstellen kann. Nun, heute trägt de Vere den Titel des Grafen von Oxford … sein Vater ist vor zwei Jahren gestorben«, ein Lächeln umspielte Bolingbrokes Lippen, »als du dich noch in deinem Kloster versteckt hast. Außerdem hat er Philippa geheiratet, Hotspurs Schwester.«

Neville hob eine Augenbraue – diese Hochzeit stellte eine wichtige und möglicherweise gefährliche Verbindung zwischen den Adelshäusern von Oxford und Northumberland her.

»De Vere hat seine Gemahlin in seiner zugigen Burg zurückgelassen und ist an den Hof gekommen, wo er beim König hoch in der Gunst steht.« Bolingbrokes Lächeln verblasste und wich einem Ausdruck der Verachtung. »Oder man könnte wohl eher sagen, dass de Vere dem König seine Gunst gewährt. Es heißt, Richard würde keine einzige Entscheidung treffen, ohne ihn vorher zu Rate zu ziehen. Gütiger Himmel, Tom, wenn de Vere behaupten würde, Schwarz wäre Weiß, würde Richard ihm glauben! Außerdem ist mir zu Ohren gekommen, die beiden würden eine … nun ja, unnatürliche … Beziehung zueinander pflegen.«

»Du willst doch nicht etwa sagen, dass sie immer noch den Narrheiten ihrer Jugend frönen?«

»O doch, genau das will ich sagen. Sie können einfach nicht die Hände voneinander lassen, wenn sie sich nicht gerade irgendeine bedauernswerte Frau aus den Gassen hinter der St. Paul's Kathedrale in ihr Schlafgemach geholt haben.«

Neville war so erschüttert, dass er einen Moment lang die Augen schließen musste. *Der heilige Michael hatte recht behalten – das Böse hatte sich tatsächlich am englischen Königshof eingeschlichen. Bald würde der gesamte Hof – womöglich das ganze Land – nach Richards Pfeife tanzen.*

»Ich muss die Schatulle finden!«, sagte Neville. In der

Schatulle befand sich Wynkyn de Wordes Buch, und dieses wiederum enthielt den Schlüssel, mit dessen Hilfe er die Dämonen zurück in die Hölle verbannen konnte, wo sie hingehörten.

»Ja«, sagte Bolingbroke. »Und sie muss sich in Westminster befinden. Wo sonst könnte sie sein?«

»Aber wie soll ich …«

»Geduld, mein Freund. Ich habe dich nicht nur nach London zurückgerufen, um meiner bevorstehenden Hochzeit beizuwohnen und dieses Wirrwarr hier zu beseitigen« – Bolingbroke deutete auf die Stapel von Schriftrollen und Berichten um sie herum –, »sondern auch, weil mir Richard bald einen Grund dafür geben wird, nach Westminster zu kommen – und damit auch dir.«

Neville, der voll Verzweiflung durch ein kleines Fenster auf den Fluss hinabgeblickt hatte, drehte sich zu Bolingbroke um. »Und was für ein Grund soll das sein?«

»Erinnerst du dich noch an die Bedingungen, die der schwarze Prinz – möge der Heiland seiner Seele gnädig sein – gestellt hat, damit König Johann nach Frankreich zurückkehren kann?«

Vor einem Jahr hatte der schwarze Prinz den französischen König während der Schlacht bei Poitiers gefangen genommen. Seither hatten die Engländer versucht, aus den Franzosen ein hohes Lösegeld für ihren König herauszupressen. »Ja«, sagte Neville. »Karl sollte … wie viel war es gleich? Siebenhunderttausend englische Pfund als Lösegeld für seinen Großvater zahlen?«

Bolingbroke nickte.

»Außerdem sollten sowohl Johann als auch Karl ein Friedensabkommen unterzeichnen, das den schwarzen Prinzen zum rechtmäßigen Erben des französischen Throns erklärte ... und Karl sollte damit ein für allemal auf seinen Anspruch verzichten.«

»Richtig.« Mit einem leisen Rascheln fiel ein Stapel Pergamente auf dem Tisch neben Bolingbroke um und verteilte sich rund um ihn auf dem Boden. Missmutig schob er die Pergamente mit dem Fuß beiseite, ohne auf Nevilles Blick zu achten.

»Aber«, fuhr Bolingbroke fort, verschränkte die Arme und musterte Neville sorgfältig, »die Umstände haben sich geändert. Eduard ist tot. Der schwarze Prinz ist tot. Nun sitzt ein junger und unerfahrener König auf dem Thron. Wir haben die Franzosen zwar bei Poitiers besiegt, doch jetzt mangelt es uns an einem erfahrenen Kriegsherrn, um unseren Vorteil auch zu nutzen.«

»Und was ist mit dir?«, sagte Neville ruhig.

Bolingbroke ging jedoch nicht darauf ein. »Mein Vater hat nicht vor, den Rest seines Lebens damit zu verbringen, bewaffnete Reiter gegen die Franzosen anzuführen. Außerdem ist er schon immer eher auf dem Feld der Diplomatie zu Hause gewesen als auf dem Schlachtfeld. Northumberland ist ebenfalls nicht mehr der Jüngste.« Bolingbrokes Mund zuckte. »Allerdings habe ich gehört, dass Hotspur nichts dagegen einzuwenden hätte, sich an die Spitze eines Feldzugs gegen die Franzosen zu setzen.«

Und du?, dachte Neville, doch diesmal sprach er die Frage nicht aus. *Wie steht es mit deinem Ehrgeiz, Hal?*

»Richard musste also die Bedingungen des Friedensabkommens überdenken«, sagte Bolingbroke. »Das hat er auch getan – zweifellos mit de Veres Hilfe –, und Johann hat den neuen Bedingungen zugestimmt. Oder man könnte wohl eher sagen, dass Johann inzwischen so alt und schwachsinnig geworden ist, dass es ihn nicht mehr kümmert, was er unterschreibt.«

»Wie lauten die Bedingungen?«

»Die Forderung der siebenhunderttausend Pfund wurde fallen gelassen. Stattdessen verlangt Richard ungehinderten Zutritt zu den flämischen Häfen für unsere Wollhändler. Johann soll sämtliche noch verbliebene Seeblockaden abbauen.«

Neville schüttelte verwundert den Kopf. Der schwarze Prinz hätte die französischen Blockaden einfach mit Gewalt zerschlagen ... Richard hatte den Franzosen nun im Grunde siebenhunderttausend Pfund dafür bezahlt, sie abzubauen.

Bolingbroke musterte Neville aufmerksam. »Aber Richard besteht weiterhin auf seinem Anspruch auf den französischen Thron. In zwei Tagen wird König Johann in Westminster ein Abkommen unterzeichnen, das Richard zum rechtmäßigen Erben des französischen Throns erklärt.«

Neville zog die Augenbrauen hoch. Vielleicht waren es die siebenhunderttausend Pfund doch wert gewesen.

»Und«, fuhr Bolingbroke mit leiser Stimme fort, »Richard verlangt nicht mehr, dass Karl ebenfalls unterzeichnet. Stattdessen hat er jemanden in der Hinterhand, der noch weitaus einflussreicher ist und ihm mit seiner Unterschrift die Herrschaft über Frankreich sichern kann.«

»Wen?«

»Isabella von Bayern.«

»Was? Karls verräterische Mutter?«

Bolingbroke lachte. »Ja. Lady Isabella wird Karl offiziell zum Bastard erklären. Offenbar ist ihre Erinnerung zurückgekehrt, und sie ist sich nun sicher, dass es der königliche Falkner war, der Karl gezeugt hat.«

»Und was hat Richard ihr dafür bezahlt, dass ihre Erinnerung zurückkehrt?«

»Eine Burg irgendwo, einen Stall voller williger Lustknaben … wer weiß? Aber es war genug, dass Isabella nun bereit ist, bei der Heiligen Schrift und ein paar Überresten des wahren Kreuzes, die sicher noch irgendwo in der Abtei von Westminster verwahrt werden, zu schwören, dass Karl ein uneheliches Kind ist. Und damit ist Richard, Johanns Großneffe zweiten Grades, der Erbe, der dem Thron am nächsten steht.«

Neville verzog das Gesicht. »Johann verflucht sicher den Tag, als sein Vater seine Schwester an Eduard II. verheiratet hat.«

»Ich möchte wetten, dass er diesen Tag schon sein ganzes Leben lang verflucht. Und nun ist das Ungeheuerliche geschehen. Johann muss den Thron einem entfernten Verwandten aus England überlassen.«

»Und was ist mit Katherine?«

»Katherine?«

»Ja, Katherine … Karls Schwester.« Neville fragte sich, warum Hal so überrascht aussah … er hatte doch sicher auch ihren Anspruch erwogen. »Ist Katherine ebenfalls ein uneheliches Kind? Oder hat Johanns schwachköpfiger Sohn Ludwig es tatsächlich geschafft, sie gemeinsam mit Isabella zu zeugen? Wenn Katherine nämlich kein Bastard ist, wird der Platz an ihrer Seite und in ihrem Schlafgemach eine begehrte Trophäe für jeden französischen Adligen sein, der einen Anspruch auf den Thron erheben will. Auch wenn Katherine aufgrund der Lex Salica den Thron selbst nicht besteigen kann.«

»Ich bin mir sicher, dass Ludwig nicht der Vater dieser jungen Frau ist«, sagte Bolingbroke. »Zweifellos wurde sie von irgendeinem Stallburschen gezeugt, den sich Isabella an einem lauen Sommerabend in ihr Bett geholt hat.«

»Und wenn Katherine nun doch von Ludwig stammt?«, beharrte Neville und musterte Bolingbroke genauso sorgfältig, wie dieser zuvor ihn betrachtet hatte. »Wir wissen alle, wer dann der Erste wäre, der mit ihr das Lager teilen würde.«

Bolingbroke sah Neville mit ausdrucksloser Miene an und hob dann fragend die Augenbrauen.

»Philipp steht auf Karls Seite, Hal.« Philipp, der König von Navarra, auch Philipp der Schlechte genannt, wegen seiner Intrigen und den ständigen Versuchen, den französischen Thron an sich zu reißen. »Du weißt, dass er mit Karl nur deshalb gemeinsame Sache macht, weil er den größtmöglichen Gewinn für sich herausschlagen will. Philipp hatte es schon immer auf den französischen Thron abgesehen. Richard ist nicht der einzige männliche Verwandte Johanns, der dem Thron nahe steht – Philipp glaubt sogar noch einen größeren Anspruch darauf zu haben. Wenn die Kunde von Johanns Abkommen Frankreich erreicht, wird Philipp mit einem siegesgewissen Grinsen auf seinem hübschen Gesicht unter Katherines Bettdecke kriechen.«

»Das würde sie nicht zulassen.«

»Warum nicht? Sie ist selbst sehr ehrgeizig und muss außerdem ihre Zukunft sichern. Philipp wäre einer der wenigen Männer der Christenheit, die ihr einen Platz nahe dem Thron garantieren könnten.«

Unvermittelt stand Bolingbroke auf. »Nun, wie dem auch sei. De Wordes Schatulle interessiert dich sicher mehr als die Frage, mit wem ein junges Mädchen ihr Lager teilt.« Er ging zur Tür. »In drei Tagen werde ich als Zeuge der Unterzeichnung des Abkommens nach Westminster gerufen werden. Du wirst mich begleiten, und zusammen können wir unsere freie Zeit damit verbringen, die Keller und Korridore der Palastanlage zu durchsuchen ... die Schatulle muss sich irgendwo dort befinden! Jetzt« – Bolingbroke streckte die Hand nach dem Türgriff aus und öffnete die Tür – »sollten wir erst einmal unsere Frauen abholen und meinem Vater und seiner Gemahlin beim Abendessen im Saal Gesellschaft leisten … Sie fragen sich sicherlich schon, wo wir bleiben.«

»Hal, warte! Da ist noch etwas!«

Bolingbroke runzelte ungeduldig die Stirn.

»Ein paar Tage bevor wir Halstow Hall verlassen haben, haben mir Wycliffe, Wat Tyler und zwei Priester der Lollarden namens Jack Trueman und John Ball einen Besuch abgestattet.«

Die Ungeduld in Bolingbrokes Gesicht wich einem überraschten Ausdruck. »Was? Weswegen denn?«

»Zweifellos, um mich zur Weißglut zu treiben.« Neville hielt inne. »Wycliffe behauptete, auf dem Weg nach Canterbury zu sein, angeblich auf Wunsch deines Vaters hin. Deshalb wurde er von Wat Tyler begleitet.«

Bolingbroke schüttelte langsam den Kopf. »Ich dachte, Wycliffe sei nach Oxford zurückgekehrt. Er hält sich also in Kent auf?«

Neville nickte, und Bolingbroke runzelte beunruhigt die Stirn.

»Ich muss meinem Vater sagen, dass sich Wycliffe unerlaubt seines Namens bedient«, sagte er, überlegte es sich dann jedoch anders. »Nein. Ich werde selbst Nachforschungen anstellen. Ich will meinen Vater nicht unnötig beunruhigen.«

Dann wies Bolingbroke mit gezwungener Fröhlichkeit erneut auf die Tür. »Aber jetzt müssen wir zu unseren Frauen zurückkehren, Tom!«

Damit verschwand Bolingbroke im Gang, und Neville blickte ihm nachdenklich hinterher.

Cecilia de Bohun, die verwitwete Gräfin von Hereford, hielt mit gerötetem Gesicht den Atem an.

»Was habt Ihr, Madam?«, fragte Mary, beugte sich vor und legte ihrer Mutter besorgt die Hand auf den Arm.

Cecilia holte tief Luft und schenkte ihrer Tochter ein unsicheres Lächeln. »Ich fürchte, du musst mich für einen Moment entschuldigen, Mary. Ich …«

Sie erhob sich und ging rasch auf die Tür zu. Mit größter Anstrengung sammelte sie sich und drehte sich noch einmal zu ihrer Tochter um.

»Bevor wir essen … muss ich noch … die Garderobe …«, stammelte sie und eilte dann so würdevoll wie möglich zur Tür hinaus.

Margaret wusste nicht, was sie tun sollte. Was sollte sie sagen? Sollte sie überhaupt irgendetwas sagen? Erwartete Lady Mary, dass sie ihrer Mutter hinterhereilte? War es Lady Mary unrecht, dass Margaret ihre Mutter in einem solch aufgelösten Zustand sah?

»Margaret«, sagte Mary de Bohun, »macht Euch keine Gedanken. Meiner Mutter wird es gleich wieder gut gehen. Es ist nur … in ihrem Alter …«

Dankbar dafür, dass Mary ihre Unsicherheit erkannt und sie daraus errettet hatte, lächelte Margaret und nickte. »Ich habe gehört, Mylady, dass die Phase, wenn der weibliche Zyklus nachlässt und schließlich ganz wegbleibt, eine schwierige Zeit im Leben einer Frau ist.«

»Aber wir müssen Gott dafür danken, wenn wir die Gefahren der Kindgeburt überleben, um überhaupt ein solches Alter zu erreichen, Margaret.«

Margaret nickte und betrachtete Mary schweigend. Sie war eine schlanke Frau mit dichtem, honigfarbenem Haar und schimmernden, haselnussbraunen Augen. Man konnte sie nicht eben als schön bezeichnen, aber sie war recht ansehnlich. Und trotz ihrer hohen Stellung und ihres großen Reichtums war Mary weitaus bescheidener, als es die Sitte erforderte. Als Margaret neben ihr Platz genommen hatte, hatte sie sie zunächst für hochmütig und abweisend gehalten, doch in der letzten halben Stunde war ihr klar geworden, dass Mary zwar ein wenig zurückhaltend war, doch nichts dagegen einzuwenden hatte, sich einer neuen Gefährtin gegenüber zu öffnen, die nicht nur von niedererem Rang war als sie, sondern deren Ruf zudem auch noch befleckt war. Mary war sicher zu Ohren gekommen, dass Margarets Tochter außerhalb der Ehe geboren worden war, auch wenn sie möglicherweise nichts von Margarets Affäre mit dem Grafen von Westmorland, Ralph Neville, während ihrer Zeit in Frankreich wusste.

Margaret hatte außerdem festgestellt, dass Hal recht hatte: Mary war tatsächlich von irgendeiner Krankheit befallen. Ein leichter Schatten lag in ihren Augen; die kaum wahrnehmbare Spur von etwas Finsterem und Bösartigem, das sich unter der Oberfläche verbarg.

Margaret erschauerte, denn aus Hals Worten und ihren eigenen Beobachtungen – schließlich war sie vor ihrer Ehe mit Thomas zehn Jahre lang mit einem schwer kranken Mann verheiratet gewesen – schloss sie, dass irgendeine zehrende Krankheit von Mary Besitz ergriffen hatte.

Nachdem sie den Schatten gesehen hatte, wusste Margaret, dass Marys schlanke Gestalt nicht nur darauf zurückzuführen war, dass sie sich beim Essen zurückhielt, und ihre Wangen nicht nur deshalb so blass waren, weil sie sich nicht der Sonne aussetzte. Und ihre glänzenden Augen deuteten womöglich weniger auf ein fröhliches Gemüt hin als vielmehr auf ein Fieber, das noch nicht zum Ausbruch gelangt war.

Die Anzeichen von Marys Krankheit waren noch so schwach und wenig wahrnehmbar, dass sogar Mary selbst sie vermutlich noch nicht bemerkt hatte.

Wie typisch für Hal, dachte sie, *dass er ihre Krankheit gesehen und sofort die Möglichkeiten erkannt hatte, die sich daraus ergaben. Und wie traurig, dass diese wunderbare Frau auf diese Weise ausgenutzt werden sollte. Von ihrem zukünftigen Gemahl nicht wegen ihres freundlichen Wesens geschätzt, sondern weil sie bald das Zeitliche segnen würde.*

»Margaret«, sagte Mary und runzelte die Stirn. »Warum schaut Ihr mich so an?«

Margaret wurde rot und ließ den Blick sinken. »Es tut mir leid, Mylady. Ich … habe mich lediglich an meine eigenen Zweifel vor meiner Hochzeit erinnert.«

Als sie die Worte ausgesprochen hatte, wurde Margaret noch röter. *Und wenn Mary nun gar keine Zweifel hatte? Womöglich fühlte sie sich durch Margarets Worte und ihr aufdringliches Verhalten beleidigt?*

»Mylady«, fügte Margaret hastig hinzu, »ich habe meine Worte schlecht gewählt. Ich wollte damit nicht andeuten, dass …«

»Keine Sorge«, sagte Mary. »Ihr habt mich nicht beleidigt.«

Sie zögerte und biss sich auf die Unterlippe. »Lady Margaret … ich freue mich, Euch als Gefährtin an meiner Seite zu wissen. Ich bin dankbar dafür, mich einer Frau anvertrauen zu können, die in meinem Alter ist.«

Mary blickte sich rasch im Gemach um, um sich zu vergewissern, dass die anwesenden Bediensteten nicht in Hörweite waren. »Ihr seid selbst einmal eine Jungfrau gewesen und seid nun verheiratet und habt ein Kind. Ihr habt die Reise unternommen, die auch mir bald bevorsteht.«

Margaret neigte den Kopf, als ihr klar wurde, dass Mary durchaus Zweifel an ihrer bevorstehenden Hochzeit hegte. Nun, das überraschte sie nicht.

»Mylady«, sagte sie, »es ist eine Reise, die die meisten Frauen unternehmen. Und die meisten von ihnen überleben sie.«

Wenn auch nicht ohne Verletzungen, dachte sie, doch so etwas durfte sie Mary gegenüber nicht äußern.

»Der Herzog von Hereford«, fuhr Margaret fort, »wird sich zweifellos als großmütiger und liebevoller Gemahl erweisen.«

Wieder blickte sich Mary im Gemach um. »Margaret, darf ich Euch etwas anvertrauen und Euch bitten, es niemandem weiterzuerzählen?«

Oh, Mary, gib acht, wem du dich anvertraust!

»Mylady, Euer Geheimnis ist bei mir sicher.«

Als sie diese Worte aussprach, wurde ihr bewusst, dass es die Wahrheit war. Was immer Mary ihr anvertrauen würde, würde sie niemandem weitererzählen.

Mary holte tief Luft. »Margaret … die Vorstellung, Bolingbroke zu heiraten, ängstigt mich sehr. Er ist ein seltsamer Mann, und manchmal weiß ich nicht recht, was ich von ihm halten soll. Mitunter frage ich mich, was für ein Ehemann er sein wird.«

Margaret schloss die Augen und sprach im Geiste ein kurzes Gebet, um den Heiland um Vergebung für die Lüge zu bitten, zu der sie nun Zuflucht nehmen musste. Jesus war ihr Gebieter und Hals ebenso, und er wusste besser als jeder andere, wie verschlungen der Weg zur Erlösung manchmal sein konnte.

»Mylady«, sagte sie und schenkte Mary ein beruhigendes Lächeln, »Eure Ängste sind die einer jeden jungen Frau vor der Hochzeitsnacht und dem Unbekannten, das sie erwartet. Seid unbesorgt – der Herzog von Hereford wird bestimmt einen höchst liebevollen Ehemann abgeben, mit dem jede Frau mit Freuden das Lager teilen würde.«

Mary musterte Margaret prüfend und wollte noch etwas sagen, doch in diesem Moment öffnete sich die Tür zum Gemach.

»Mary! Margaret!«, rief Bolingbroke, der in das Zimmer trat, gefolgt von Neville. »Das Abendessen wartet! Kommt, hebt Euch Euren Klatsch und Tratsch für später auf, und hakt Euch bei uns ein, damit wir Lord und Lady Lancaster im Saal unsere Aufwartung machen können.«

Als Margaret Mary ihren Arm anbot, um ihr vom Stuhl aufzuhelfen, war sie überrascht über Marys festen Griff.

Kapitel sechs

Nach der Komplet, am Fest der Entrückung
des heiligen Cuthbert
Im ersten Jahr der Regentschaft Richard II.
(Montag, 5. September 1379, tief in der Nacht)

– III –

Neville kehrte erst spät in der Nacht in das Gemach zurück, das er mit Margaret teilte. Lancaster und Bolingbroke hatten ihn nach dem Abendessen gebeten, ihnen noch etwas Gesellschaft zu leisten, um über das Abkommen zu reden, das demnächst in Westminster unterzeichnet werden würde. Neville war äußerst besorgt über Lancasters Aussehen gewesen: Er wirkte müde und teilnahmslos, als hätte ihn sein Amt als Richards Berater um Jahre altern lassen.

Das war sicher nicht weiter verwunderlich. Einen gottesfürchtigen Mann wie Lancaster musste es zweifellos erschöpfen, wenn er ständig mit Richards teuflischen Plänen zu tun hatte. Neville wusste aus seinen Gesprächen mit dem Erzengel Michael und Jeanne d'Arc, dass die Dämonen einen neuen König hatten, und dieser König war niemand anderer als Richard.

Als Katherine schließlich das Gespräch der Männer unterbrach und taktvoll darauf hinwies, dass es für Lancaster Zeit war, ins Bett zu gehen, war das Neville nur recht gewesen. Es war ein langer Tag voller Überraschungen gewesen, und Neville brauchte dringend Schlaf. Er hatte furchtbare Kopfschmerzen und seine Glieder waren bleiern vor Müdigkeit.

Er blieb vor der geschlossenen Tür seines Gemachs stehen und lehnte die Stirn gegen das Holz, während er nach dem Türgriff tastete. Obwohl er sich nichts sehnlicher wünschte, als sich hinlegen und die Augen schließen zu können, wusste er, dass ihm dies in der nächsten Stunde noch nicht vergönnt sein würde.

Bisher hatte sich ihm noch nicht die Gelegenheit geboten, sich ungestört mit Margaret zu unterhalten ... und nach dem Erscheinen des Erzengels am Nachmittag musste Neville unbedingt mit seiner Gemahlin reden.

Er wusste nicht genau, was er ihr sagen oder von ihr hören wollte, aber sie mussten über die Ereignisse sprechen, denn Neville konnte sich nicht einfach neben sie legen, als sei nichts geschehen.

Nicht nach dem, was der Erzengel gesagt hatte.

Ein Scheusal ...

Er richtete sich auf, öffnete die Tür und schloss sie dann wieder leise hinter sich.

Hal hatte dafür gesorgt, dass sie in einem schönen Gemach untergebracht waren, das hell und luftig war. Es gab mehrere Truhen, in denen sie ihre Habseligkeiten unterbringen konnten, und ein Bett, das großzügig mit Bettwäsche und Decken ausgestattet war. Saubere, gewobene Binsenmatten bedeckten den Holzfußboden und in mehreren Wandleuchtern brannten Öllichter. Die Läden der großen Fenster waren geschlossen – am Fluss war die Nacht kühl, obwohl der Herbst noch kaum begonnen hatte –, und in einem Kamin neben dem Bett loderte ein helles Feuer.

Margaret kniete neben dem Kamin am Boden. Sie war einfach gekleidet, mit einem weiten Nachthemd aus feiner, elfenbeinfarbener Wolle. Ihr bronzefarbenes Haar war offen und ergoss sich über ihre Schultern.

Rosalind lag schlafend in ihrem Schoß, und als Neville eintrat, blickte Margaret hoch und schenkte ihm ein unsicheres Lächeln.

Dann sah sie zu Agnes hinüber, die gerade Kleider in eine der Truhen legte. »Lass uns bitte für einen Moment allein, Agnes. Du kannst Rosalind später holen.«

Agnes nickte, machte einen Knicks vor Margaret und Thomas und ging durch eine schmale Tür hinaus, die in ein kleineres Zimmer führte, in dem sie und Rosalind die Nacht verbringen würden.

Neville rieb sich müde den Nasenrücken und überlegte, was er sagen oder tun sollte.

Margaret nickte in Richtung eines Stuhls, der ihr gegenüber am Kamin stand. »Tom, setz dich doch und zieh deine Stiefel aus. Du hast heute lange genug das Schicksal der Welt auf den Schultern getragen.«

»Ja.« Neville sank auf den Stuhl und streifte mit einem erleichterten Seufzen die Stiefel ab. »Aber es gibt immer noch etwas, das auf mir lastet, Margaret.«

Margaret blickte auf ihre Tochter hinab und strich mit dem Finger sanft über die Stirn des schlafenden Mädchens. »Auf mir ebenso, Thomas.«

»Margaret ...«

Sie hob den Kopf und sah ihm in die Augen. »Warum hasst du mich so sehr? Womit habe ich das verdient?«

»Margaret, ich weiß nicht recht, was ich von dir halten soll. Wie soll ich verstehen, was heute Nachmittag geschehen ist? Der heilige Michael hat mich aufgefordert, dich umzubringen. Er behauptet, du seist Geschmeiß, ein Scheusal, das niemals das Licht der Welt hätte erblicken dürfen. Er sagte, du seist das, was ich vernichten muss.«

»Und trotzdem tötest du mich und unsere Tochter nicht. Weil du glaubst, ich könnte dir noch von Nutzen sein und durch meine Anwesenheit die Dämonen aus ihren Verstecken locken. Zumindest«, Margaret blickte ihm fest in die Augen, »ist das die Erklärung, die du dem Erzengel gegeben hast.«

Neville schwieg.

»Habe ich jemals Dämonen aus ihren Verstecken gelockt, Tom?«

Immer noch antwortete er nicht, denn er musste an Wycliffes kurzen Besuch denken und die Achtung, die der Geistliche Margaret entgegengebracht hatte.

»Oder habe ich dir nicht eher Verbündete für deinen Kampf gegen das Böse zugeführt?«, fuhr sie ruhig fort. »Ohne mich wärst du immer noch in der Kirche gefangen. Ohne mich könntest du jetzt nicht Lancaster und Bolingbroke deine stärksten Verbündeten nennen. Ohne mich würdest du nicht über die Mittel verfügen, um noch besser gegen die Dämonen kämpfen zu können.«

»Und wer sind die Dämonen, von denen ich umgeben bin, meine Liebe?«

Ihr Gesicht erstarrte angesichts des spöttischen Tons, mit dem er das Kosewort aussprach. »Wer, wenn nicht Richard! Richard ist das Gestalt gewordene Böse. Zweifellos hat er die Schatulle in seinem Besitz, nach der du so verzweifelt suchst.«

Neville beugte sich vor. »Du verrätst dich selbst, Margaret. Du hast schon immer mehr gewusst, als du hättest wissen dürfen. Meine Liebe, heute Nacht wirst du mir die Wahrheit sagen, oder ich schwöre bei Gott, ich werde dir Rosalind aus den Armen nehmen und sie aus dem Fenster werfen und dich gleich hinterher!«

»Du würdest deiner Tochter kein Leid zufügen!« Margaret drückte Rosalind fester an sich, doch es nützte nichts, denn Neville sprang auf und entriss ihr das Kind.

Rosalind brach in Weinen aus, doch Neville achtete nicht auf sie. »Wenn du mich nicht auf der Stelle davon überzeugst, dass Rosalind kein dämonisches Blut in sich hat, dann verspreche ich dir, werde ich sie töten! Und dich ebenso!«

Margaret versuchte, Rosalind aus Nevilles Griff zu befreien, doch es gelang ihr nicht. »Du liebst deine Tochter! Du kannst sie nicht umbringen!«

»Hast du nicht heute Nachmittag selbst gesagt«, flüsterte Neville mit so viel Boshaftigkeit in der Stimme, dass Margaret ganz bleich wurde und einen Moment lang in ihren Versuchen, ihre Tochter zu retten, innehielt, »dass ich dich nicht für eine Dämonin halten kann, weil dann auch Rosalind eine wäre? Du bist des Teufels, Margaret, das weiß ich jetzt, und die Brut des Teufels würde ich eher umbringen, als dass ich sie lieben würde!«

»Nein! Halt ein!« Voller Verzweiflung versuchte Margaret es mit einer anderen Herangehensweise. »Bolingbroke würde dir nicht gestatten ...«

»Hal wird glauben, was ich ihm sage!«

Rosalind schrie nun laut und strampelte in Nevilles Händen, und Margaret, die mit entsetzter Miene vor ihm stand, wurde klar, dass er jedes seiner Worte ernst meinte. *Warum hatte sie heute Nachmittag nur so gedankenlose Dinge gesagt?*

Und Hal. *Hal würde Thomas umbringen, wenn er Rosalind oder ihr ein Leid antat. Doch Thomas wusste das nicht und würde es auch nicht glauben, bis Hal ihn aus Rache mit dem Schwert durchbohrte.*

»Herr? Herrin?« Agnes hatte Rosalinds Weinen gehört und war aus ihrem Zimmer herbeigeeilt. Nun stand sie mitten im Gemach und rang die Hände.

»Verschwinde!«, knurrte Neville sie an, und Agnes ergriff die Flucht.

»Bitte …« Margaret versuchte noch einmal, Rosalind Nevilles Armen zu entreißen, doch er hielt das Kind nur umso fester. »Bitte, Thomas, in der Nacht ihrer Geburt hast du so verzweifelt um Rosalinds Leben gekämpft …«

»Und woher weißt du das, du Hexe? Ich dachte, du seist bewusstlos gewesen?«

»Thomas …«

»Ich will die Wahrheit hören, denn ich habe es satt, mich ständig zu fragen, ob deine Lügen möglicherweise mein Verderben sein werden.«

»Wirst du mir die Wahrheit glauben, wenn ich sie dir sage?«, fragte Margaret voller Niedergeschlagenheit und Angst um Rosalinds Leben.

»Ja«, erwiderte Neville und blickte Margaret in die Augen, »das werde ich.«

Margaret versuchte, sich zu beruhigen. »Also gut, dann werde ich es dir erzählen, aber nur, wenn du Rosalind Agnes' Obhut übergibst. Ich werde nicht eher reden, als bis sie in Sicherheit ist.«

Neville zögerte und nickte dann. »Agnes!«, rief er und das Kindermädchen trat zögernd zu ihnen.

Margaret schenkte ihr ein beruhigendes Lächeln, obwohl sie wusste, dass ihr die Angst sicher immer noch ins Gesicht geschrieben stand, und griff nach dem Kind.

Neville reichte ihr Rosalind, behielt Margaret jedoch im

Auge, während sie das Mädchen an sich nahm, es einen Moment lang beruhigte und dann an Agnes weiterreichte.

»Unser sinnloser Streit hat Rosalind Angst gemacht und dir ebenso«, sagte Margaret zu der Zofe. »Ich möchte mich dafür entschuldigen. Bitte nimm sie mit und pass gut auf sie auf.«

Und beschütze sie vor ihrem Vater, sollte er in das Zimmer stürmen!

Immer noch ein wenig ängstlich, nahm Agnes Rosalind auf den Arm, die sich wieder beruhigt hatte, nachdem Margaret sie besänftigen konnte, und ging raschen Schritts in ihr eigenes Zimmer zurück.

Sobald die Tür hinter ihr ins Schloss gefallen war, verspürte Margaret ein wenig Hoffnung.

Sie würde Tom so viel wie möglich von der Wahrheit verraten, aber würde das ausreichen? Würde er ihr glauben?

Wenn er es nicht tat und seine Drohung wahr machte, war alles verloren.

Wenn er ihr allerdings glaubte, wäre Margaret und den Ihren der Sieg beinahe sicher.

Doch warum forderte der Sieg stets einen so hohen Preis? Warum musste sie so sehr leiden, um ihr Ziel zu erreichen?

Dann keuchte sie vor Schmerz auf, denn Neville hatte ihr Handgelenk gepackt. Er zog sie dicht an sich heran und verdrehte ihr den Arm, bis sie aufschrie.

»Die Wahrheit«, sagte er.

»Und was für eine Wahrheit kann das sein, die du dir durch Schmerzen erkaufst, Thomas?«, sagte sie, ihr Gesicht vor Qualen verzerrt. »Die Wahrheit ist nur etwas wert, wenn sie dir jemand freiwillig gibt.«

»Ach!« Er ließ sie los, und Margaret wich vor ihm zurück

und rieb sich mit Tränen in den Augen ihr schmerzendes Handgelenk.

Vor dem Kamin blieb sie stehen, nahm dann all ihren Mut zusammen und drehte sich wieder zu Neville um. »Was willst du von mir wissen?«

»Bist du eine Dämonin?«

»Nein«, sagte sie mit klarer Stimme und erwiderte dabei seinen Blick.

Seine Augen verengten sich. »Bist du also eine einfache Frau wie alle anderen auch?«

»Nein«, sagte sie erneut.

»Wenn du keine Dämonin und auch keine einfache Frau bist, wer bist du dann?«

»Ich gehöre zu den Engeln.«

»*Was?*« Neville trat einen Schritt zurück. Er konnte kaum fassen, was sie gerade gesagt hatte. »Wie meinst du das?«

»Mehr kann ich dir nicht sagen ...«

Nevilles Überraschung verwandelte sich augenblicklich in mörderische Wut, und er drehte sich um und ging auf die Tür zu Agnes' Zimmer zu.

»Nein!« Margaret eilte ihm hinterher, packte ihn mit beiden Händen am Arm und drehte ihn zu sich um. »Du willst die Wahrheit wissen? Dann hör mir zu!«

Jetzt war sie wütend, und das überzeugte Neville mehr als alles andere davon, dass sie vielleicht doch die Wahrheit sprach: Hätte sie Angst gehabt, hätte er gewusst, dass sie log.

»Der heilige Michael hat gesagt, die einzig wirkliche Wahrheit sei in Wynkyn de Wordes Schatulle verborgen, und das stimmt auch. *Der Inhalt der Schatulle wird bestätigen, dass ich die Wahrheit sage!* Aber Thomas, sie enthält auch solche furchtbaren Gräuel, dass es dein Ende wäre, wenn ich dir davon erzählte. Der heilige Michael hat dir einmal gesagt, du müsstest deine eigenen Erfahrungen machen, weil Worte allein nichts nützen, richtig?«

Einen Moment lang verschlug es Neville die Sprache. Er starrte Margaret an, und in ihren Augen leuchtete dasselbe Licht, das auch den heiligen Michael umgeben hatte, bei den seltenen Anlässen, wenn er ihm erschienen war. *Genau dasselbe Licht!* Gütiger Himmel, sie sagte die Wahrheit!

»Habe ich recht?«, wiederholte Margaret, und in ihren Augen leuchtete immer noch der himmlische Zorn.

»Ja«, brachte Neville heraus, »das hat er gesagt.«

»Und das heißt«, fuhr sie mit leiserer Stimme fort und der Griff ihrer Hände lockerte sich etwas, »dass meine Worte erst ›bewiesen‹ werden können, wenn du den Inhalt der Schatulle gelesen hast. Aber«, sie hob die Hand und legte sie ihm auf die Brust, »du kannst heute Nacht in diesem Gemach selbst entscheiden, ob du mir Glauben schenken willst.«

»Dann lege ich nicht nur mein Leben in deine Hände, sondern auch das Schicksal der Christenheit.«

»Ja, Tom, das tust du. In die Hände einer … wie hast du mich genannt? Ach ja, in die Hände einer Hure.«

Sie ging zum Feuer zurück und blieb mit dem Rücken zu ihm stehen, während sie in die Flammen blickte.

»Margaret, das war voreilig von mir.« *Obwohl ihr Gesicht nun abgewandt war, konnte er noch immer den Zorn der Engel in ihren Augen sehen. Er konnte diesen Zorn nicht leugnen, er musste sich ihm beugen.* Es war nicht nur seine Ehrfurcht vor den Engeln, die ihn dazu brachte, ihren Worten Glauben zu schenken, sondern auch etwas, das so tief in ihm verborgen war, dass es ihm selbst nicht einmal bewusst war, und das ihn verzweifelt hoffen ließ, dass sie keine Dämonin war.

»O ja, das war es.« Immer noch stand sie mit dem Rücken zu ihm da.

Neville erinnerte sich daran, wie die Prostituierte in Rom ihn verflucht hatte.

»Margaret, stimmt es, was mir die Engel und Dämonen gesagt haben … dass das Schicksal der ganzen Christenheit davon abhängt, ob ich einer Frau meine Seele schenke?«

Sie drehte sich zu ihm um, damit er ihr Gesicht sehen konnte. »Ja.«

»Und bist du diese Frau?«

»Ja.« Sie hielt inne und runzelte die Stirn. »Wer sollte es sonst sein?«

»Wenn du zu den Engeln gehörst, wie kommt es dann, dass der heilige Michael mir nichts von dir erzählt hat?«

»Tom, nicht so laut! Du bringst Rosalind wieder zum Weinen, sogar noch durch die Wände hindurch.«

»Antworte mir!«

»Das wirst du nicht verstehen, ehe du nicht den Inhalt der Schatulle kennst.«

»Heute Nachmittag hast du gesagt, dass die Schatulle nicht die alleinige Wahrheit enthält … Kannst du mir nicht wenigstens erklären, was das bedeuten soll?«

Margaret schüttelte den Kopf. »Tom, es tut mir leid, aber du musst noch mehr in Erfahrung bringen, ehe ich …«

»Dann kann ich dich nicht lieben.«

»Ich weiß, und es spielt keine Rolle.«

Ärgerlich, weil er sie mit seinen Worten hatte verletzen wollen und sein Ziel nicht erreicht hatte, ging Neville zu einem Stapel Betttücher hinüber, die auf einer Truhe lagen, ließ die Hand darüber gleiten und drehte sich dann wieder zu Margaret um.

»Wie kommt es, dass der heilige Michael dich mit Flüchen belegt, wenn du angeblich zu den Engeln gehörst?«

»So wie in Gottes Kirche auf Erden Uneinigkeit herrscht,

liegen auch die himmlischen Heerscharen im Streit miteinander.«

»Die Engel sind uneins? Aber das bedeutet ja ...«

»Das Böse hat sich überall eingeschlichen, Tom. Das hat dir der heilige Michael ebenfalls gesagt. Hier, in diesem Zeitalter, wird die letzte Schlacht geschlagen.«

»Und welche Rolle spielst du dabei?«

»Du kennst meine Rolle, Tom. Wir haben gerade darüber gesprochen. Meine Aufgabe ist es, dich in Versuchung zu führen. Dich einer Prüfung zu unterziehen.«

Er sah sie noch einen Moment lang an, dann ging er langsam zu ihr hinüber, ohne den Blick abzuwenden. Als er sie erreicht hatte, hob er sanft ihr Kinn an, beugte sich vor und küsste sie.

»Dann spielst du deine Rolle gut«, sagte er schließlich und stellte überrascht fest, dass der Kuss heftiges Verlangen in ihm geweckt hatte und in Margaret ebenso.

»Deswegen bin ich hier«, flüsterte sie.

Neville schloss einen Moment lang die Augen und löste sich dann von ihr. Er setzte sich auf einen Stuhl, denn plötzlich waren die Kopfschmerzen zurückgekehrt, die ihn schon seit Stunden geplagt hatten. Jetzt durchzuckte ein unerträgliches Stechen seine Schläfen.

Margaret sah, wie er den Kopf in die Hände sinken ließ. Schweigend ging sie zu seinem Stuhl hinüber und legte ihm die Hände auf die Schläfen.

Er fuhr zusammen, ließ jedoch zu, dass sie seinen Kopf und seine Schultern aufrichtete, bis sie gerade gegen den Stuhlrücken lehnten. Ihre Finger strichen über seine Schläfen, und er atmete überrascht und dankbar auf, als der Schmerz nachließ.

Sie ließ die Hände sinken und setzte sich auf den Teppich vor ihn.

»Danke«, sagte er, und sie neigte den Kopf, ohne etwas zu sagen.

Neville zögerte, doch er konnte nicht vergessen, wie Margaret Bolingbroke an diesem Nachmittag nach ihrer Ankunft angesehen hatte. »Eine Frage habe ich noch.«

Sie hob den Kopf, und angesichts ihrer Schönheit stockte ihm der Atem.

»Liebst du Hal?«

»Ja«, erwiderte sie, ohne zu zögern. »Aber nicht so, wie du glaubst. Als ich im englischen Lager Rabys Geliebte wurde, hat Bolingbroke eine Freundschaft mit mir angefangen, wie es ein hoher Herr gegenüber einer Dame von niederem Stand gelegentlich tut. Raby hat mich gut behandelt, ist aber nie sonderlich freundlich zu mir gewesen. Bolingbroke hat sich meiner erbarmt. Er ist ein sehr mitfühlender Mensch.«

Neville blickte sie mit ausdruckslosem Gesicht an und wusste nicht recht, ob er ihr glauben sollte.

»Ich habe nie mit Bolingbroke das Lager geteilt«, fuhr Margaret fort. »Nur mit dir und Raby. Tom, wenn Bolingbroke mich begehren würde, hätte er sich dann von Raby aufhalten lassen?«

Neville ließ schließlich erleichtert die Schultern sinken. »Nein.«

»Es geht mir nur um dich«, flüsterte Margaret. »Um niemanden sonst.«

Neville glitt von seinem Stuhl auf den Teppich neben sie. Er vergrub eine Hand in ihrem Haar, küsste sie innig und ließ endlich seinem Verlangen freien Lauf.

Wenn sie ihn heute Nacht angelogen hatte – und das konnte er nicht glauben, nachdem er den himmlischen Zorn in ihren Augen gesehen hatte –, dann hatte sie ihren Tod lediglich hinausgezögert. Wenn er die Schatulle gefunden hatte, würde er die Wahrheit erfahren.

»Ich werde mich nie in dich verlieben«, sagte er, »und ich werde nicht das Schicksal der Welt für dich opfern, aber das bedeutet nicht, dass ich dich nicht ebenso gut behandeln kann, wie Raby es getan hat, oder so freundlich zu dir sein kann wie Hal.«

Und damit zog er sie an sich und schob ihr das Wollhemd von den Schultern.

Margaret seufzte, schlang die Arme um ihn und richtete im Geist ein kurzes Dankesgebet an den Heiland, dass Rosalind und sie immer noch am Leben waren und Thomas ihren Worten Glauben geschenkt hatte.

Alles würde gut werden … und vielleicht würde Hals furchtbarer Plan gar nicht nötig sein. Vielleicht würde sich Tom auch ohne Hals schreckliche Täuschung in sie verlieben. Neville war völlig von seinem Begehren überwältigt, seine gesamte Welt bestand nur noch aus ihren ineinander verschlungenen Leibern, und Margaret stöhnte und drückte sich fester an ihn, als er in sie eindrang.

Und während Neville in Leidenschaft versank, hob Margaret leicht den Kopf, sodass sie über seine Schulter blicken konnte, und schenkte dem Erzengel Michael, dessen golden leuchtende Gestalt stumm und wütend an der gegenüberliegenden Seite des Raumes stand, ein ebenso siegessicheres wie hasserfülltes Lächeln.

Der Erzengel schrie auf, und sein Schrei hallte in Himmel und Hölle wider und verklang im selben Moment, als Neville mit einem Aufschrei auf Margarets Körper zusammenbrach.

»Liebster Tom«, flüsterte Margaret und strich sanft mit der Hand über seinen Rücken.

KAPITEL SIEBEN

Am Fest von Mariä Geburt
Im ersten Jahr der Regentschaft Richard II.
(Donnerstag, 8. September 1379)

– I –

Es war ein warmer, stürmischer Tag am Fest von Mariä Geburt, und die Londoner drängten sich mit ihren Verwandten aus den nahe gelegenen Dörfern und Städten in den Straßen und auf den Marktplätzen der Stadt. Geistliche standen auf den Kirchenstufen und erinnerten die Vorbeigehenden daran, dass sie diesen Tag in den heiligen Stätten verbringen und um Vergebung für ihre zahlreichen Sünden bitten sollten, wenn sie auch nur die leiseste Hoffnung auf Erlösung haben wollten.

Doch die Menschen achteten nicht auf sie. Es war schließlich ein Feiertag, und niemand würde ihn darauf verschwenden, in einer eiskalten, düsteren Kirche sinnlose Gebete zu murmeln. Die Herbstmärkte waren in vollem Gange: Die Stände bogen sich unter der Last der Ernte, Scharen von Gänsen und Schweinen schnatterten und quiekten in ihren Verschlägen, Tagelöhner standen auf Kisten und boten ihre Dienste Landbesitzern an, die nach billigen Arbeitern suchten, und Hausierer und Quacksalber priesen ihre Waren und Wunderkuren an.

Kauft meine Medizin! Kauft meine Medizin, Leute! Ein vorzüglicher und höchst kostbarer Trank, wohltuend und bekömmlich für Jung und Alt und besonders hilfreich bei hysterischen Anfällen in der Schwangerschaft. Tag und Nacht zu verwenden, ohne Gefahr, je nach Stärke des Anfalls. Dieser hervorragende Trank reinigt den Körper, befreit die Niere von Steinen und Grieß, wirkt Juckreiz und Krätze entgegen, und auch gegen Frostbeulen. Er lindert Gichtschmerz und Zahnschmerz, befreit den Darm von Blähungen und Pein, vertreibt Geräusche im Kopf oder in den Ohren, tötet alle Arten von Würmern und hilft gegen Knochenerweichung und Skorbut. Und das ist längst nicht alles! Nein, dieses Wundermittel fördert auch die Milchbildung in der Brust der Amme!

»Ich schwöre beim Heiland«, murmelte Bolingbroke, als sie mit ihren Pferden den Savoy Palace verließen und in südliche Richtung den *Strand* hinunterritten, »wenn dieses Wundermittel auch dazu geeignet wäre, England von seinem König zu befreien, würde ich diesem grässlichen Quacksalber auf der Stelle seinen gesamten Vorrat abkaufen!«

Neville lachte, obwohl die Angelegenheit viel zu ernst war. »Ich bin überzeugt«, flüsterte er und ritt dicht an Bolingbroke heran, damit nur dieser ihn hören konnte, »dass die Gefängniswärter in diesem schönen Land ein besseres Rezept für ein schnell und sicher wirkendes Gift kennen. Ich würde dir eher raten, dich an sie zu wenden, mein Freund, statt an diesen Honigwasserverkäufer.«

Bolingbroke warf Neville einen nachdenklichen Blick zu. »Du würdest Mord in Betracht ziehen, um uns von diesem Dämon zu befreien, Tom?«

Bevor Neville antworten konnte, hatten die Menschen, die

den *Strand* entlang gen Westminster strömten, Bolingbroke und seine Eskorte bemerkt.

»Prinz Hal! Unser strahlender Prinz!«

»Hal! Hal!«

Ein Schrei hallte über den *Strand,* der sich in ein mehrstimmiges Gebrüll verwandelte.

Hal! Hal! Geliebter Prinz Hal!

Neville zügelte sein Pferd und blieb bei den acht Soldaten zurück, die ihre Eskorte bildeten, damit Bolingbroke voranreiten und sich von der Menge feiern lassen konnte.

Bolingbrokes silbrig glänzendes Haar war unbedeckt, und die blassgrauen Augen in seinem schönen Gesicht funkelten, als er sich in seinen Steigbügeln aufrichtete und den Menschen zuwinkte. Er trug eine Tunika aus prächtigem himmelblauem Samt, mit elfenbeinfarbenen Leinen- und Seidenstoffen darunter, und funkelte von Juwelen in allen Farben. An seiner Hüfte hing ein großes Zeremonialschwert und ein Basilard-Dolch, die beide in mit Gold und Edelsteinen verzierten roten Lederscheiden steckten. Als das Jubeln der Menge immer lauter wurde, schnaubte und tänzelte Bolingbrokes schneeweißes Schlachtross unruhig, doch Hal hielt es fest am Zügel, und mit jedem Aufbäumen des Hengstes schwoll das Jubeln der Menschen noch mehr an.

Im Zeitalter der Heiden hätte man ihn wie einen Gott verehrt, dachte Neville und konnte ein freudiges und stolzes Lächeln nicht unterdrücken. *Heute beten die Menschen ihn lediglich an.*

Eine Frau mit einem Kind auf den Armen kam am Rand der Menge ins Stolpern, und Bolingbroke ritt zu ihr hinüber. Er beugte sich vor und ergriff ihren Arm, um ihr aufzuhelfen und die Menge johlte und pfiff anerkennend.

Die Frau lief vor Freude rot an, dass sich Bolingbroke so um sie bemühte, und hob ihr Kind hoch – ein Mädchen von vielleicht zwei Jahren.

Bolingbroke ließ die Zügel seines Hengstes fahren, sodass er das Tier nun lediglich mit Schenkeln und Knien lenkte, und nahm das Kind auf den Arm.

Neville hielt es für einen klugen Schachzug, um das Wohlwollen der Menge zu erregen, doch als er Bolingbrokes Gesicht sah, bemerkte er, dass Hal das Mädchen mit solch liebevollem Blick betrachtete, dass Neville sich schon fragte, ob es womöglich sein eigenes Kind war, das Ergebnis einer flüchtigen Liebelei.

Er musterte die Frau. Nein, sicherlich nicht ... es war eine einfache Frau, noch dazu in mittleren Jahren. Sie hätte wohl kaum Bolingbrokes Interesse wecken können.

Neville sah wieder Bolingbroke an, der das Kind gerade aufs Haar küsste, und musste an Rosalind denken. *Vielleicht mag er einfach Kinder,* dachte Neville. *Nun, so Gott will, wird Mary ihm bald welche schenken.*

Bolingbroke hob das Kind hoch und zeigte es der Menge. »Ist sie nicht wunderschön?«, rief er. »Trägt sie nicht das Gesicht Englands?«

Nun, das war hübsch gesprochen, dachte Neville und lächelte kurz.

Wieder jubelte und klatschte die Menge, und mit offensichtlichem Bedauern reichte Bolingbroke das Mädchen an ihre Mutter zurück, nahm die Zügel seines Hengstes wieder auf und trieb das Pferd zu einem langsamen Trab an.

»Wohin reitet Ihr?«, rief ein Mann mit einem schweren ländlichen Akzent ihm zu, und die Frage wurde von der Menschenmenge aufgegriffen.

Wohin reitet Ihr, schöner Prinz?

Bolingbroke bat mit einer Geste um Ruhe, und der Lärm

der dicht gedrängten Menge ebbte ab, bis nur noch ein leises Murmeln zu hören war.

»Ich reite nach Westminster«, rief Bolingbroke, »um die Kapitulation des verfluchten französischen Königs entgegenzunehmen!«

Die Menge jubelte auf, und Neville lachte bewundernd. *Hal ließ die Menge glauben, dass er allein König Johann auf dem Schlachtfeld gefangen genommen hatte und dann ein Abkommen ausgehandelt hatte, damit ganz Frankreich zitternd vor dem niedersten englischen Bauern auf die Knie sank!*

Bolingbroke drehte sich kurz im Sattel um und grinste Neville verschwörerisch zu. Dann trieb er seinen Hengst an, während sich die Menge vor ihm teilte wie einst die Fluten des Meeres vor Moses.

Als sie an Charing Cross vorbeiritten und Westminster vor ihnen aufragte, schloss Neville wieder zu Bolingbroke auf.

»Sie würden dich gern als König sehen!«, rief er über das anhaltende Jubeln der Menge hinweg.

»Glaubst du wirklich?«, sagte Bolingbroke, den Blick auf Thomas gerichtet. »Sollen wir womöglich doch auf das Gift zurückgreifen, Tom?«

Und damit trieb er wieder sein Pferd an, ritt weiter und winkte der Menschenmenge zu. Neville folgte ihm mit dem Blick und fragte sich nicht zum ersten Mal, wie ehrgeizig Bolingbroke tatsächlich war.

Wenn es ihnen gelang, Richard zu stürzen – und das war es doch, was sie vorhatten, nicht wahr? –, wer würde dann den Thron besteigen? Wer konnte für Englands Sicherheit sorgen, wenn nicht Bolingbroke?

Richard hatte unter freiem Himmel, vor der Treppe, die zum großen Saal von Westminster führte, einen Tisch aufstellen lassen. Der Saal war wegen Renovierungsarbeiten geschlossen, denn Richard ließ gerade ein größeres Dach errichten, damit sein Regierungssitz umso prachtvoller wurde. Deshalb sollte das Abkommen auf dem Hof unterzeichnet werden, wo nicht nur die ranghöchsten Adligen des Königreichs zuschauen konnten, sondern auch das englische Volk, allerdings in sicherem Abstand hinter den Barrieren.

Als Bolingbroke und Neville den Hof erreicht hatten, stiegen sie von ihren Pferden und wurden von Mönchen aus der Abtei von Westminster zu ihren Plätzen auf der Tribüne rechts neben dem Tisch geführt. Hier hatten sich bereits die mächtigsten Adligen mit ihren engsten Vertrauten versammelt, und Bolingbroke führte Neville direkt zu seinem Vater.

»Lord Lancaster«, sagte Bolingbroke förmlich und begrüßte seinen Vater mit einer ebenso förmlichen Verbeugung. Katherine, die Herzogin von Lancaster, war nicht anwesend: Frauen waren bei diesem Anlass nicht erwünscht.

Neville murmelte Lancaster ebenfalls eine Begrüßung zu und verneigte sich noch tiefer als Bolingbroke, doch Lancaster musterte ihn nur flüchtig, ehe er sich wieder seinem Sohn zuwandte.

»Ich wünschte, Richard hätte auf meinen Rat gehört und würde dieses verfluchte Abkommen nicht im Freien unterzeichnen lassen.« Lancaster, der im Licht der Mittagssonne noch erschöpfter und blasser aussah als im trüben Kerzenschein des Savoy Palace, wies auf den Tisch, der mehrere Schritte entfernt stand. Er war mit Damasttüchern bedeckt und bog sich unter der Last von goldenen und silbernen Kerzenhaltern und einem großen goldenen Salzfässchen. »Wenn die Menge keinen Aufruhr veranstaltet und alles in Unordnung bringt, wird sicher ein Rabe herbeigeflogen kommen und sich über dem Abkommen erleichtern. Johann macht uns auch so schon genug Schwierigkeiten … einen Haufen Vogelkot würde er zweifellos als schlechtes Vorzeichen ansehen und sich weigern, zu unterzeichnen.«

»Immerhin ist überhaupt ein Abkommen zustande gekommen«, sagte Bolingbroke.

Lancaster seufzte, den Blick immer noch auf den Tisch gerichtet. »Ja. Aber ein Abkommen, das Karl zum Bastard und Richard zum französischen Thronfolger erklärt, ist kaum mehr wert als ein Haufen Vogelkot.«

»Warum denn, mein Lord?«, fragte Neville.

Lancaster drehte sich um und musterte Neville mit seinen kalten grauen Augen. »Glaubt Ihr etwa, die Franzosen werden niederknien und tausend Jahre ihrer stolzen Geschichte in Richards Hände legen, nur weil er im Besitz eines solchen Abkommens ist? Er kann damit winken, so viel er will. Solange er nicht bereit ist, es auch mit dem Schwert durchzusetzen und französisches Blut zu vergießen, ist es im Grunde wertlos.«

»Kein Franzose wird es anerkennen, wenn er nicht dazu gezwungen wird«, sagte Bolingbroke.

»Ja«, sagte eine unbekannte Stimme hinter ihnen, »und zweifelt nicht daran, mein junger Lord Hereford, dass englische Schwerter den französischen Stolz schon bald in die Knie zwingen werden.«

Die drei Männer drehten sich nach dem Neuankömmling um.

»Lord Oxford«, sagte Lancaster, ohne sich zu verbeugen, »schön, Euch zu sehen. Allerdings hatte ich Euch eher an Richards Seite erwartet.«

Robert de Vere, der Graf von Oxford, verzog verächtlich

den Mund. Er war etwa fünfundzwanzig oder sechsundzwanzig Jahre alt und besaß die breitschultrige Statur, die sich in späteren Jahren häufig in Dickleibigkeit verwandelt. Sein Gesicht passte jedoch nicht zu seinem Körper: Es war schmal und finster, und die Haut besaß einen gelblichen Farbton, während Wangen und Nase von Pockennarben überzogen waren. Dennoch war es ein einnehmendes Gesicht, denn seine dunklen Augen und der volle Mund waren von überraschender Schönheit. Wenn man de Vere zum ersten Mal sah, fragte man sich unwillkürlich, ob er Augen und Mund nicht womöglich von irgendeinem gut aussehenden Toten gestohlen hatte.

»Und werdet Ihr es sein, der unsere siegreichen englischen Ritter und Bogenschützen im Kampf gegen die Franzosen anführt?«, fragte Bolingbroke.

De Vere lächelte gekünstelt, sein Gesichtsausdruck eher herausfordernd als kokett. »Nun, mein lieber Hal, ich ziehe das gemütliche Feuer im heimischen Herd und den Liebreiz unserer englischen Schönheiten einem solchen Unterfangen bei weitem vor. Doch vielleicht«, plötzlich wurde seine Miene drohend, »würdet Ihr eine solche Schlacht gern anführen? Wenn Euer Vater den Gedanken ertragen kann, dass Ihr womöglich von der Lanze irgendeines französischen Grafen aufgespießt werdet, heißt das. Nun? Was sagt Ihr, tapferer Ritter?«

Neville wurde plötzlich klar, dass Richard und de Vere sicher gehört haben mussten, wie die Menschen Bolingbroke zugejubelt hatten, und er fragte sich, ob ihnen vielleicht der gleiche Gedanke gekommen war wie ihm.

Wie ehrgeizig war Bolingbroke tatsächlich?

Und welcher Gefahr setzte er sich dadurch aus?

»Richard ist doch sicher froh, dass das Abkommen endlich

unterzeichnet wird«, sagte Neville, um de Veres Aufmerksamkeit auf sich zu lenken.

»Ah … Neville, nehme ich an?« Der drohende Ausdruck in de Veres Miene ließ ein wenig nach. »Ich habe von Richard gehört, dass Ihr vor kurzem eine schöne und äußerst begehrenswerte Frau zur Gemahlin genommen habt. Zwar hat sie keine große Mitgift in die Ehe eingebracht«, ein Ausdruck der Gehässigkeit trat in de Veres Gesicht, »doch die Freuden des Schlafgemachs trösten einen über solche Kleinigkeiten leicht hinweg, habe ich nicht recht?«

»Genug!«, sagte Lancaster. »De Vere, Ihr habt bisweilen ein höchst lästerliches Mundwerk und blickt auf Männer hinab, die von Geburts wegen und ihrem Benehmen nach weit über Euch stehen. Ihr seid hier nur geduldet, weil Ihr Richards Schoßhündchen seid. Nehmt Euch in Acht, dass Ihr nicht eines Tages einen Dolch im Rücken habt, solltet Ihr einmal nicht mehr in seiner Gunst stehen!«

»Ihr solltet lieber auf Euch selbst achtgeben, damit Euch nicht ein ähnliches Schicksal ereilt!«, erwiderte de Vere, drehte sich um und bahnte sich einen Weg durch die versammelten Adligen, die nach ihren Plätzen suchten.

»Vater!«, rief Bolingbroke empört und wollte dem Grafen von Oxford hinterhereilen.

»Nein!« Lancaster packte seinen Sohn am Arm. »Lass ihn! Er ist unausstehlich, aber harmlos.«

»Wie kannst du das sagen!«, erwiderte Bolingbroke. »Wie kann er es wagen, dir zu drohen!«

Lancaster lächelte traurig. »Die Welt hat sich verändert«, sagte er. »Mein Vater und mein Bruder sind tot, und nichts ist mehr, wie es früher war. Vielleicht sollten wir uns einfach damit abfinden.«

Bolingbroke wollte noch etwas sagen, doch Lancaster

brachte ihn mit einer Handbewegung zum Schweigen. »Nein. Sprich es nicht aus, Hal. Nicht heute, denn ich bin zu müde. Komm, lass uns unseren Platz suchen ... Tom, ich glaube, Ihr sollt hinter uns stehen. Komm, Hal, vergiss de Veres hässliche Worte.«

Nachdem die Adligen Platz genommen und ihre Anhänger und Bewaffneten hinter ihnen Aufstellung bezogen hatten, während die Menschenmenge, die aus London herbeigeströmt war, um die öffentliche Demütigung der Franzosen mit anzusehen, von hölzernen Barrieren und scharfen Speeren und Lanzen in Schach gehalten wurde, ertönte eine Trompetenfanfare, und die Monarchen von England und Frankreich kamen in einer würdevollen Prozession hinter einer Reihe von Abschirmungen hervor, die den Eingang zur Palastanlage verdeckten.

Oder zumindest Richard schritt würdevoll einher, mit Isabella von Bayern am Arm. König Johann schlurfte mit finsterer Miene auf den Tisch zu und blickte hin und wieder zum Himmel hoch, fast, als hoffte er, dort einen Raben zu entdecken, der ihm einen willkommenen Grund lieferte, das Abkommen, das auf dem Tisch vor ihnen lag, nicht zu unterzeichnen.

Angesichts der ausgelassenen Menge hatten jedoch sämtliche Vögel auf den Turmspitzen von Westminster Hall, Abtei und Palast schleunigst das Weite gesucht, um sich irgendwo am ruhigen Ufer der Themse niederzulassen.

Johanns Hoffnung war dahin; der letzte Grund, das Abkommen nicht unterzeichnen zu müssen, war davongeflogen.

Verräterische Vögel!

Hatte Johanns Altersschwäche in den letzten Monaten

noch zugenommen, so hatte sich Richard, seit Neville ihn das letzte Mal gesehen hatte, von einem Knaben in einen jungen Mann verwandelt.

Sein Amt als König bekam ihm offensichtlich gut. Er war immer noch grün gekleidet, fast als könne er den fröhlichen Maitag seiner Krönung nicht vergessen, oder wollte alle um sich herum ständig daran erinnern, doch nun waren seine Kleider mit so vielen Juwelen und Goldketten verziert, dass er die Sonne selbst an Macht und Herrlichkeit zu übertreffen schien. Sein Gesicht wirkte reifer, kantiger … und irgendwie wissender und gerissener, wenn das denn überhaupt möglich war.

Jeder seiner Schritte strahlte Selbstsicherheit aus, in jeder Bewegung seines gekrönten Hauptes spiegelte sich die Macht, die er besaß.

Richard war der König, und das war nicht zu übersehen.

Isabella von Bayern schritt an seinem Arm aufrecht und stolz einher. Sie war zwar nicht mehr die Jüngste, doch Neville konnte sich nicht erinnern, jemals eine schönere und begehrenswertere Frau gesehen zu haben. Ihre Haare waren grau, die Haut von Falten durchzogen und ihre schlanke Gestalt vom Alter leicht gebeugt, doch ihre Augen funkelten saphirblau im Licht und ihr Gesicht … ihre Gesichtszüge waren so außerordentlich zart, dass Neville glaubte, dass es wohl kaum einen Mann gäbe, der nicht mit einer solchen Schönheit das Lager würde teilen wollen.

Das englische Volk jedoch verabscheute sie. Die Frauen pfiffen und die Männer brüllten ihr unanständige Worte zu und entblößten sich vor ihr, bis die Wachen sie zur Ordnung riefen und sie dazu brachten, sich wieder zu bedecken.

Isabella beachtete sie überhaupt nicht. Ihr ganzes Leben lang hatte sie Beleidigungen über sich ergehen lassen müssen, doch dank ihrer Macht und ihres Reichtums konnte ihr nichts davon etwas anhaben. Männer wie Frauen hassten sie, fürchteten sich jedoch zu sehr vor ihrer Rache, um tatsächlich etwas gegen sie zu unternehmen. Auf ihre alten Tage noch ließ sie Könige und Päpste nach ihrer Pfeife tanzen, und niemand konnte ihre Unabhängigkeit antasten. Sie hatte ihren eigenen Kopf und konnte dank des Reichtums ihres Gemahls, den sie in den Wahnsinn getrieben hatte, nach Herzenslust ihren Ehrgeiz befriedigen. Isabella von Bayern war eine Frau, die über alles erhaben war.

Sie hob die Hand und winkte der ausspuckenden und brüllenden Menge herablassend zu.

Lancaster stöhnte und verdrehte die Augen.

Als sie nur noch wenige Schritte von Lancaster entfernt war, warf Isabella ihm einen raschen und verschwörerischen Blick zu, sodass sich Neville fragte, ob Lancaster womöglich auch schon einmal ihren Reizen erlegen war. *Warum hatte Lancaster die Hochzeit zwischen Katherine von Frankreich und Bolingbroke so überstürzt abgesagt? Hatte Isabella ihm in einem Brief zwischen den Zeilen zu verstehen gegeben, dass es sich um eine inzestuöse Verbindung handelte?*

Neville musste sich ein Lachen verbeißen. Er stellte sich vor, wie sämtliche hochrangige Adlige und Prinzen in ganz Europa sich insgeheim fragten, ob sie womöglich der Vater von Karl oder Katherine waren.

Hatte ganz Europa an der Zeugung von König Johanns Erben mitgewirkt, der in Kürze zum Bastard erklärt werden würde?

Schließlich ließ Neville seinem Gelächter freien Lauf, und unter allen, die sich nach ihm umdrehten, war Isabella von Bayern die Einzige, die ihn mit fröhlichem Gesichtsausdruck ansah.

Im strahlenden Sonnenschein, umweht von Windböen und unter den Rufen der Menge, beugte sich Isabella von Bayern über das elfenbeinfarbene Pergament, auf dem das Abkommen von Westminster verfasst war und versetzte der Selbstachtung ihres Sohnes mit ihrer Unterschrift den Todesstoß.

Dann richtete sie sich wieder auf, reichte die Feder an den finster dreinblickenden König Johann weiter und lachte lauthals und aus purer Freude über die Schönheit des Lebens.

Kapitel acht

Komplet von Mariä Geburt
Im ersten Jahr der Regentschaft Richard II.
(Donnerstagabend, 8. September 1379)

– II –

Am Abend hielt Richard ein Festbankett in der *Painted Chamber* ab, zu dem alle Adligen eingeladen waren, die der Unterzeichnung des Abkommens beigewohnt hatten, und diesmal durften auch ihre Gemahlinnen sie begleiten, nachdem alle ernsten Angelegenheiten geregelt waren.

Neville und Margaret nahmen beide an dem Bankett teil, wenn auch nicht als geladene Gäste, sondern als Gefährten hochrangiger Edelleute.

Es war ein glanzvoller Abend: Richard erwies sich als großzügiger Gastgeber, de Vere wahrte den guten Ton und Isabella von Bayern leuchtete wie der Abendstern an Richards Seite – da fiel es kaum ins Gewicht, dass König Johann es abgelehnt hatte, an dem Fest teilzunehmen.

Die Gespräche der Gäste waren sehr unterschiedlich, doch zumeist drehten sie sich um das Abkommen und die gegenwärtige Situation in Frankreich. Würde Richard das Abkommen durchsetzen können? Und was würde Karl unternehmen, der nunmehr zum Bastard erklärt worden war? Den letzten Berichten zufolge versteckte er sich immer noch in La Roche-Guyon und grübelte darüber nach, was er tun sollte und wie er sich das unerwartete Hinscheiden Eduards III. und des schwarzen Prinzen zunutze machen könnte. Nachdem der schwarze Prinz Chauvigny verlassen hatte, war Philipp der Schlechte aus Châtellerault abgerückt und hatte sich Karl in La Roche-Guyon angeschlossen, zweifellos, um den Dauphin im Auge zu behalten und den größtmöglichen Nutzen aus seiner Situation zu ziehen. Es waren auch Gerüchte über Jeanne d'Arc im Umlauf und den stärkenden Einfluss, den sie auf den Dauphin ausübte. Wenn es Karl nun tatsächlich gelang, die Franzosen unter seinem Banner zu vereinen und sämtliche englischen Stellungen in Frankreich zurückzuerobern? Würde Richard auf ein solches Vorgehen reagieren oder würde er wütend auf seinem Thron in Westminster sitzen bleiben und mit seinem nutzlosen Abkommen wedeln?

Der Abt von Westminster hatte während des Banketts neben Bolingbroke gesessen, doch nachdem das Geschirr abgeräumt worden war, entschuldigte er sich, weil er noch einiges in der Abtei zu erledigen hatte.

Als der Abt gegangen war, winkte Bolingbroke Neville an seine Seite.

Er vergewisserte sich, dass der Mann zu seiner Linken ins Gespräch vertieft war, beugte sich dann dicht zu Neville hinüber und flüsterte ihm ins Ohr: »Richard wird Isabella von Bayern mit einer Abschrift des Abkommens zu Karl schicken. Ein guter Plan, der Karls Entschlusskraft noch weiter schwächen dürfte … und Isabellas Hexerei wirkt vielleicht als Gegenmittel gegen diese Heilige« – Bolingbroke sprach das Wort mit größter Verachtung aus – »Jeanne, über die wir so viel zu hören bekommen.«

Neville blickte zur Haupttafel hinüber. Isabella von Bayern

saß gelassen auf ihrem Stuhl und ließ ihre leuchtenden Augen durch den Saal wandern, das Gesicht zu einem kleinen Lächeln verzogen ... vielleicht freute sie sich über den Verrat, den sie heute begangen hatte.

»Isabella ist wohl kaum eine Hexe«, sagte Neville, »sondern eher eine Frau, der es gelungen ist, ihre eigene Schwäche als Werkzeug zur Verwirklichung ihrer Pläne einzusetzen.«

»Tom! Höre ich da etwa Bewunderung aus deiner Stimme heraus? So kenne ich dich ja gar nicht. Ich glaube fast, die Ehe hat dich verweichlicht.«

Nevilles Gesicht nahm einen nachdenklichen Ausdruck an. »Hal ... du weißt, dass ich Margaret der Hexerei verdächtigt habe.«

»Ja«, erwiderte Bolingbroke vorsichtig.

Nevilles Blick richtete sich in die Ferne, als er sich daran erinnerte, was zwischen ihm und Margaret vor einigen Nächten vorgefallen war.

»Sie ist nicht, was sie zu sein scheint«, sagte Neville bedächtig, »und sie hat mich mehrfach angelogen.«

Bolingbroke war sehr ruhig und schaute Neville fest an.

»Ich habe es nicht mehr länger ertragen und sie deshalb in der Nacht, als wir in London eintrafen, zur Rede gestellt. Gütiger Himmel, Hal, der heilige Michael hat mir gesagt, ich solle sie töten!«

»Was ist geschehen, Tom?«

Neville lachte freudlos und als er Bolingbroke wieder ansah, bemerkte er, wie angespannt dieser war.

»Ich habe Margaret angedroht, sie und Rosalind umzubringen«, sagte er, »wenn sie mir nicht die Wahrheit sagt. Herrgott, Hal, ich glaube, ich hätte meine Worte sogar wahr gemacht, so außer mir war ich vor Zorn und Zweifel.«

Er schüttelte den Kopf. »Ich kann immer noch nicht glauben, dass ich sogar Rosalind bedroht habe.«

Alles Blut war aus Bolingbrokes Gesicht gewichen. »Du hast damit gedroht, ein Kind zu töten? Tom, sag mir, was geschehen ist!«

Neville blickte Bolingbroke in die Augen. »Ich war wütend auf Margaret, nicht nur, weil ich sie für eine Dämonin gehalten habe, sondern auch, weil ich dachte, sie sei deine Geliebte.«

Bolingbroke blickte ihn einen Moment lang ungläubig an und brach dann in lautes und aufrichtiges Gelächter aus – sehr zu Thomas' Überraschung, der mit allen möglichen Reaktionen gerechnet hatte, nur nicht damit.

Andere Gäste drehten sich nach ihnen um, und Bolingbroke beherrschte sich wieder, obwohl ihm immer noch Lachtränen über die Wangen liefen und er sich Mühe geben musste, nicht erneut loszuprusten. »Ich kann nicht glauben, dass du dachtest … ich … mit *ihr*? Nein, Tom, da hast du nichts zu befürchten!«

Nachdem sich Nevilles Zweifel, was Margaret und Bolingbroke betraf, damit ein für allemal in Luft aufgelöst hatten, fühlte er sich nun ein wenig gekränkt, dass Bolingbroke Margarets Reizen gegenüber offenbar so gänzlich unempfänglich war.

»Margaret ist eine sehr schöne Frau«, sagte er.

»Oh, das schon!« Bolingbroke wischte sich mit der Hand die Tränen aus dem Gesicht. »Aber … ich … und sie …« Er hielt inne, holte tief Luft und gewann endlich die Beherrschung wieder. »Tom, ich bitte dich um Entschuldigung, wenn ich dich oder deine Gemahlin gekränkt haben sollte. Margaret ist eine äußerst begehrenswerte Frau, aber sie ist deine Gattin und war einmal Rabys Geliebte, und ich bringe dir und Raby viel zu viel Liebe und Achtung entgegen, als dass ich sie für ein flüchtiges Abenteuer in Betracht ziehen würde. Aber sag mir, was hat sie auf deine andere Anschuldigung erwidert? Dass sie eine Dämonin sei?«

»Sie hat mir merkwürdige Dinge erzählt«, sagte Neville. »Doch in ihren Augen leuchtete ein solch himmlischer Zorn, dass ich ihren Worten Glauben schenken musste.«

»Und ...?«

Wieder blickte Neville Bolingbroke an. »Sie hat gesagt, dass sie keine Dämonin, aber auch keine gewöhnliche Sterbliche sei. Sie behauptet, zu den Engeln zu gehören.«

Jede Fröhlichkeit, die noch in Bolingbrokes Augen oder Gesicht verblieben war, verschwand auf der Stelle. »Und was hat sie dir noch gesagt?«, fragte er leise.

Neville erzählte Bolingbroke alles, was zwischen ihm und Margaret vorgefallen war, und berichtete ihm auch von dem Fluch, mit dem die Prostituierte in Rom und der Dämon ihn belegt hatten, was er ihm bisher verschwiegen hatte. »Hal«, schloss er, »sie hatte ein solches Leuchten in den Augen, dass ich ihr einfach glauben musste.«

»Was für ein Leuchten?«

»Dasselbe, das ich auch schon in den Augen des heiligen Michael gesehen habe. Sie hat die Wahrheit gesagt, als sie behauptete, sie würde zu den Engeln gehören.«

Bolingbroke dachte einen Moment lang nach, ehe er antwortete. »Dann ist Margaret tatsächlich eine bemerkenswerte Frau. Tom, nachdem sie dir gesagt hat, dass sie dich in Versuchung führen soll, um dich auf die Probe zu stellen, kannst du ihr wirklich widerstehen?«

»Ich muss«, sagte Neville. »Und das werde ich auch. Ich werde sie mit der Achtung und dem Mitgefühl behandeln, die sie verdient hat, aber ich werde mich nicht in sie verlieben.

Und das weiß sie auch.« Das waren starke Worte, doch noch während er sie aussprach, fragte sich Neville, ob sie wirklich ganz der Wahrheit entsprachen. In der Nacht, als er Margaret zur Rede gestellt hatte, hatte er eine gewaltige Kraft in ihr gesehen – nicht nur die Macht der Engel, sondern noch etwas anderes, das tief in ihr steckte –, und ein Teil seiner selbst hatte heftig darauf reagiert. Es war eine Kraft, die seine Achtung erforderte … und vielleicht sogar noch etwas mehr. Neville war zutiefst beunruhigt, denn er war es nicht gewohnt, eine solche Stärke und Entschlossenheit in einer Frau zu finden.

Bolingbroke bemerkte Nevilles Zweifel, aber er sagte nichts dazu. Er streckte die Hand aus, legte sie ihm beruhigend auf die Schulter und brachte Neville dazu, ihn wieder anzusehen.

»Und wenn der Scheiterhaufen entfacht ist, Tom? Schaffst du es wirklich, sie dann den Flammen zu überantworten?«

Neville sah Bolingbroke einen Moment lang an, ehe er den Blick abwandte. »Ob ich sie opfern kann? Ich muss es tun, Hal. Ich darf meine Aufgabe nicht aus den Augen verlieren – die Engel und ihr Bestreben, die Dämonen zurück in die Hölle zu verbannen.«

»In der Nacht, als Rosalind geboren wurde, hast du es nicht übers Herz gebracht, sie sterben zu lassen, nicht wahr? Wirst du sie wirklich für deinen göttlichen Auftrag opfern können?«

»Das war etwas anderes! Sie musste überleben, denn sie hatte noch eine Rolle zu erfüllen!« *Und deshalb habe ich in jener Nacht so inbrünstig darum gebetet, dass sie überlebt,* sagte sich Neville.

Bolingbroke wandte sich mit Entsetzen und Furcht in den Augen ab. »Gott hat in dir einen mächtigen Streiter, Tom.

Kein Wunder, dass der ganze Himmel von deinem Namen widerhallt!«

Neville nickte, doch ihm war schwer ums Herz. »Aber die Schatulle … die Schatulle.« Er warf einen Blick zur Haupttafel hinüber, wo sich Richard gerade zu Isabella von Bayern hinüberbeugte und sie in ein Gespräch verwickelte, während sich Fröhlichkeit und Begehren in ihrer beider Gesichter widerspiegelten.

Es wäre sicher keine Überraschung, wenn es Isabella von Bayern gelänge, den jugendlichen König in ihr Schlafgemach zu locken. Oder war es womöglich Richard, der Isabella verführte?

»Wir können nichts tun, ehe Richard uns nicht zu sich befiehlt«, sagte Bolingbroke, und in seiner Stimme lagen kaum verhohlener Zorn und Verzweiflung. »Und im Augenblick gefällt es dem Dämonenkönig, diesen Befehl noch hinauszuzögern.«

Neville nickte erneut und beobachtete Richard und Isabella, während er an Margaret denken musste. Er hatte nur Verachtung für sie empfunden, doch im Laufe der letzten Tage – im Laufe der letzten Monate, wenn er ehrlich war – hatten sich seine Gefühle ihr gegenüber verändert. Zwar hatte das himmlische Leuchten in ihrem Gesicht ihm Angst eingejagt und ihn mit Ehrfurcht erfüllt, doch seit ihrer Hochzeit hatte sich Margaret sehr anständig und ehrbar verhalten und war ihm eine treue und gehorsame Ehefrau gewesen. Wenn Neville ihr gegenüber unfreundlich und abweisend gewesen war, dann nur deshalb, weil er das Gefühl hatte, er müsste Abstand zu ihr halten.

Anständige und ehrbare Frauen hatte Neville schon immer bewundert, und während der wenigen Monate, die sie verheiratet waren, hatte er sich des Öfteren gefragt, ob Margaret eine solche Frau war, auch wenn sie von zweifelhafter Herkunft sein mochte.

Doch wenn sie tatsächlich zu den Engeln gehörte … Neville erschauerte. Mit jedem Tag und jeder Nacht, die er an Margarets Seite verbrachte, fiel es ihm schwerer, seine Verachtung und seine abweisende Haltung ihr gegenüber aufrechtzuerhalten.

Margaret war im Begriff, seine Seele zu erobern, und Neville wusste nicht, was er dagegen tun konnte.

Isabella streckte den Arm aus und bewunderte ihre zarte, feste Haut und das Funkeln der Juwelen an ihren Armreifen und Ringen. Die Edelsteine glitzerten und schillerten im Kerzenlicht und unterstrichen die vornehme Blässe ihrer elfenbeinfarbenen Haut.

Abgesehen von ihrem Schmuck war Isabella von Bayern vollkommen nackt.

In den Schatten um sie herum gingen unter leisem Rascheln ihre Kammerfrauen geschäftig ihren Aufgaben nach, falteten Isabellas Kleider zusammen und gossen mit Rosenblüten versetztes Wasser in eine Wanne, damit sie nun, nach dem Bankett und dem Liebesspiel mit Richard, ein Bad nehmen konnte. Isabella verzog den Mund, als sie daran dachte: Richard hatte nicht einmal den Anschein von Anstand gewahrt, sondern sie, noch ehe alle Bankettgäste den Saal verlassen hatten, hinter den Vorhang gedrängt, der sein Bett von der Haupttafel auf dem Podest in der *Painted Chamber* trennte, und sie ohne Umschweife genommen.

Isabella senkte den Arm und seufzte. Vielleicht forderte das Alter nun doch seinen Tribut von ihr, jedenfalls hatte sie den Liebesakt mit Richard nur mit größtem Widerwillen über sich ergehen lassen. Kaum hatte er von ihr abgelassen, hatte sie sich erhoben und ihre Röcke wieder in Ordnung gebracht.

»Ich werde meinem Sohn Euren Gruß ausrichten«, hatte sie gesagt und ihn dann verlassen, um zu ihrem eigenen Gemach im Palast von Westminster zurückzukehren.

»Madam«, sagte eine der Kammerfrauen und machte einen tiefen Knicks vor ihr.

Isabella seufzte noch einmal und musterte die Frau – eigentlich war sie kaum mehr als ein Mädchen. Wer war sie doch gleich? Richard schickte ihr ständig neue Damen, damit sie zu keiner von ihnen eine engere Bindung aufbauen und sie womöglich auf ihre Seite ziehen konnte, und Isabella fiel es schwer, sich all die Gesichter und Namen zu merken. Ach ja, jetzt fiel es ihr wieder ein …

»Mary, nicht wahr?«, fragte sie. Ihre Stimme war tief und wohlklingend und mit dem schweren Akzent ihres Heimatlandes behaftet.

»Mary de Bohun«, sagte das Mädchen und blickte auf. Sie wurde rot, offenbar hatte Isabellas Nacktheit sie aus der Fassung gebracht.

»Und ich glaube fast, dass diese Mary de Bohun noch Jungfrau ist?«, sagte Isabella und lächelte.

»Ja, aber sie wird bald verheiratet sein«, sagte eine andere Frau, die aus den Schatten in den Kerzenschein trat, der Isabella umgab.

»Und wer ist das?«, fragte Isabella, der es nicht gefiel, wenn man sie unterbrach.

Mary de Bohuns Gesicht wurde noch röter, aber sie wahrte die Fassung. »Das ist Lady Margaret Neville«, sagte sie, während Margaret vor Isabella einen Knicks machte. »Sie ist eine meiner Gefährtinnen, die mir heute Abend zur Hand geht, und außerdem eine meiner engsten Vertrauten.«

Isabella schenkte Margaret, deren Schönheit es beunruhigenderweise fast mit ihrer eigenen aufnehmen konnte, nicht weiter Beachtung.

»Ihr geht also bald den Bund der Ehe ein, meine Liebe«, sagte Isabella zu Mary. »Und welchem Adligen fällt das Vergnügen zu, Euch zu seiner Frau zu machen?«

»Lord Hereford«, sagte Mary. »Hal Bolingbroke.«

Isabellas Gesicht erstarrte und sie setzte einen gelangweilten Ausdruck auf, was sie einige Mühe kostete, wie Margaret bemerkte.

»Ich habe diesen Bolingbroke schon einmal von weitem gesehen«, sagte Isabella, streckte die Hand nach einem Salbengefäß aus, das neben ihr auf einer Truhe stand, und versuchte, den Korken herauszuziehen. »Er hat ein hübsches Gesicht und sein Gang verrät die Zeugungskraft eines Stiers. Ich an Eurer Stelle würde bei der Hochzeitsfeier ordentlich essen, meine Liebe, denn ich glaube, Ihr werdet Kraft brauchen für die Nacht, die vor Euch liegt.«

Isabella stellte das Gefäß mit Nachdruck wieder auf die Truhe und beugte sich zu Mary hinüber. »Sicherlich wird er Euch Schmerzen zufügen und Euch zum Weinen bringen, aber zumindest werdet Ihr am nächsten Morgen das blutbefleckte Laken vorweisen können, das Euren Zofen und dem ganzen Hof unter Beweis stellen wird, dass Ihr eine folgsame Ehefrau seid, eine weitere willige Zuchtstute für die Hengste der Familie Plantagenet.«

Isabella lehnte sich zurück und musterte die erschrockene Mary mit einem boshaften Lächeln. »Ihr seid keine sonderlich begehrenswerte Frau, Mary. Der arme Bolingbroke wird sich gewiss die Gesichter anderer Frauen in Erinnerung rufen müssen, um Euch besteigen zu können. Aber keine Sorge, am nächsten Morgen wird er umso zufriedener sein, denn er weiß, dass ihm seine Mühen großen Reichtum eingebracht haben, bei all den Ländereien, die in seinen Besitz übergehen, wenn er Euer jungfräuliches Blut auf die Laken vergießt.«

Mary starrte Isabella noch einen Moment lang an, dann stand sie mit bleichem Gesicht auf und verließ das Gemach.

»Das waren grausame und völlig unnötige Worte, Madam«, sagte Margaret zu Isabella. »Schiere Bosheit hat sie Euch eingegeben!«

Sie erhob sich ebenfalls, doch anstatt Isabella ihren finsteren Gedanken zu überlassen, beugte sie sich vor und sagte so leise, dass nur Isabella es hören konnte: »Wenn Ihr in Karls Lager zurückkehrt, *dann sagt Katherine, dass Bolingbroke Mary zur Frau nehmen wird. Sagt es ihr!*«

Margaret wandte sich zum Gehen, doch Isabellas Hand schoss vor und packte sie am Ärmel. »Und wer seid Ihr, dass Ihr glaubt, Ihr könntet mir Befehle erteilen?

»Ich bin Katherines Freundin und Seelengefährtin«, sagte Margaret. »Und Ihr wisst ebenso gut wie ich, dass Katherine von Bolingbrokes Plänen erfahren muss.«

Etwas in Margarets Blick, vielleicht Verachtung, möglicherweise auch Mitleid, brachte Isabella dazu, die Hand sinken zu lassen.

»Schickt dieses Mädchen, Mary, noch einmal zu mir«, sagte sie und seufzte. »Sie ist fast noch ein Kind und ich habe ihr Unrecht getan. Vielleicht ist es noch nicht zu spät, den Schaden, den ich angerichtet habe, wiedergutzumachen.«

KAPITEL NEUN

Quatembersamstag im September
Im ersten Jahr der Regentschaft Richard II.
(17. September 1379)

Der Quatembersamstag im September war Fevershams wichtigster Markttag im Jahr. An diesem Tag kamen Männer und Frauen aus den ländlichen Gemeinden der Grafschaft Kent in die Stadt, um ihre Waren und ihre Arbeitskraft feilzubieten. Die Herbstmärkte waren die beste Gelegenheit für Wanderarbeiter, einen Jahresvertrag mit einem der reichen Landbesitzer oder freien Bauern zu ergattern.

Zur Terz hatte sich bereits eine große Menschenmenge auf dem Markt versammelt. Waren stapelten sich auf provisorischen Tischen und eilig aufgebauten Ständen. Schweine, Kühe, Pferde und Schafe drängten sich in engen Pferchen oder zerrten an den Stricken, mit denen sie angebunden waren. Hunde bellten, Gänse, Hühner und Enten schnatterten und krähten, und die Menschen riefen durcheinander, lachten, feilschten und begutachteten lauthals die Waren, die zum Verkauf standen.

Ein Großteil der Menschen strömte jedoch zu der Kirche, die an den Platz angrenzte.

Dort nagelte gerade ein schmutziger, zerlumpter Geistlicher mit langem, zerzaustem Haar einen Handzettel an die

Kirchentür. Ein Bündel weiterer Handzettel lag zu seinen Füßen und raschelte in der leichten Brise.

Während er das Blatt an die Tür nagelte, verkündete der Geistliche etwas verkürzt, was der Handzettel enthielt:

»Hat Gott Fürsten und Leibeigene geschaffen? Nein! Vor dem Herrn sind alle Menschen gleich! Warum sollt ihr in zugigen Hütten wohnen und grobes Brot essen, während eure Fürsten in Schlössern leben und sich von Weißbrot ernähren und die reichen Pfaffen im Überfluss schwelgen? Wie kommt es, dass sie behaupten, es sei unser Los, im Schmutz und im kalten Regen zu arbeiten, während sie kostbare Pelze tragen und teuren Wein aus der Gascogne trinken? Die Wahrheit wird uns vorenthalten, meine Freunde, und es wird Zeit, sie ans Tageslicht zu bringen!«

Der Geistliche bückte sich, hob den Stapel Blätter auf und fing an, sie an die Menge zu verteilen, die sich um ihn drängte. Er wusste, dass nur wenige von ihnen lesen konnten, aber an einem geschäftigen Markttag wie diesem würden die wenigen, die des Lesens mächtig waren, den Inhalt des Handzettels an Tausende andere verbreiten.

»Wir wissen alle, wie verdorben und verkommen die Kirche ist«, fuhr der Geistliche fort. »Werden wir nicht seit Generationen Zeugen der Sünden, die Äbte und Bischöfe begehen? Hat unser schönes England nicht lange genug unter dem Joch der *römischen Kirche …*«

»Und der Franzosen!«, rief jemand in der Menge, und Gelächter war zu hören.

»… gelitten? Warum sollen wir feisten Bischöfen und ausländischen Päpsten Gehör schenken, die uns erzählen, dass wir nicht erlöst werden können, wenn wir nicht noch mehr Kirchensteuer zahlen? Ist Erlösung etwa etwas, das sich mit Geld erkaufen lässt, meine Freunde?«

Ein Raunen ging durch die Menge, und schließlich brüllten die Leute: »Nein! Nein!«

»Ihr werdet erlöst durch das Opfer unseres Herrn Jesus Christus«, rief der Geistliche und wedelte mit den Armen, während er die Handzettel verteilte. »Das ist sein Geschenk an uns! Es gibt keinen Grund, die Kirche für unsere Erlösung zu bezahlen!«

Wieder brüllte die Menge los – der Priester hatte mitten in ein Wespennest gestochen.

»Und wie steht es mit euren Fürsten? Leben sie nicht ebenfalls in Saus und Braus, während ihr in der Erde wühlt? Erheben sie nicht so hohe Steuern, dass ihr kaum noch eure Kinder ernähren könnt, um damit ihre reizenden Turniere und Kriege zu bezahlen?«

Der Rand der Menschenmenge geriet in Bewegung, und der Geistliche sah, weshalb. Berittene Soldaten.

»Wer trägt in dieser unglücklichen, leidvollen Welt das Gesicht des Heilands? Nicht die feisten Pfaffen, nein! Und auch nicht die raffgierigen Fürsten. Ihr tragt das Gesicht des Heilands, meine Freunde. Jeder Einzelne von euch, durch eure harte Arbeit und eure Armut!«

Die Soldaten waren schon nahe bei ihm, und das Gesicht des Priesters glänzte vor Schweiß. Nicht weil er sich davor fürchtete, gefangen genommen zu werden – damit rechnete er schon lange –, sondern weil er der Menge noch so viel wie möglich sagen wollte, ehe die Soldaten ihn erreicht hatten.

»Die Besitztümer der Kirche und der Fürsten gehören euch, dem Antlitz Christi auf Erden! Nicht den Bischöfen und Herzögen, denen Seide wichtiger ist als die verhärmten Gesichter eurer Kinder!«

Die Menschen begannen durcheinanderzurufen, manche, um ihrer Zustimmung zu den Worten des Priesters Ausdruck zu verleihen, andere, um den herannahenden Soldaten ihre Wut entgegenzuschreien.

»Mein Name ist John Ball«, rief der Priester nun an die Soldaten gewandt, die nur noch wenige Schritte von ihm entfernt waren. »John Ball! Ich fürchte mich nicht vor den sündigen und skrupellosen Fürsten und Bischöfen! Mein Name ist John Ball, und *ich bin die Stimme des Volkes und des Heilands, der um sein Volk trauert!*«

Lautes Gebrüll ertönte, und die Soldaten preschten vor, packten John Ball am Kragen seines Gewandes und zerrten ihn zappelnd und schreiend auf eines ihrer Pferde hoch.

Einer der Soldaten ritt zur Kirchentür und riss den Handzettel ab.

»Lasst ihn los! Lasst ihn los!«, schrie die Menge, und die zwanzig Soldaten mussten mit ihren Schwertern um sich schlagen und ihre Pferde vorantreiben, um sich den Weg freizukämpfen.

»Es sind die Männer des Erzbischofs von Canterbury!«, rief jemand in der Menge, und die anderen schrien und stießen und schlugen nach den Soldaten. »Der Erzbischof von Canterbury möge verflucht sein! Verflucht!«

John Ball, der von einem der Soldaten auf dem Sattel festgehalten wurde, hob den Kopf und rief der Menge eine letzte aufsässige Botschaft zu: »Als Adam pflügte und Eva spann, wer war da der Edelmann?«

Schließlich hatten sich die Soldaten einen Weg durch die Menge gebahnt, trieben ihre Pferde zum Galopp an und ließen die aufgebrachten Menschen hinter sich, während diese die Handzettel an diejenigen von ihnen weiterreichten, die sie lesen konnten.

»Hast du davon gewusst?«, fragte Lancaster und schleuderte einen der Handzettel vor Bolingbroke auf den Tisch.

»Mein Lord«, sagte Bolingbroke, hielt dann inne und fasste den Handzettel so vorsichtig an, als handele es sich um Schießpulver.

Lancasters wütender Blick richtete sich auf Neville, der direkt hinter Bolingbroke stand. Die beiden Männer waren vor wenigen Minuten zu Lancaster gerufen worden und hatten noch nicht einmal Zeit gefunden, Platz zu nehmen.

»Mein Lord«, sagte Bolingbroke noch einmal. »Ich habe gewusst, dass Meister Wycliffe mit mehreren seiner Männer in Kent ist ...«

»Und du hast mir nichts davon gesagt? Gütiger Himmel, Hal, warum nicht? Warum hast du nichts gegen sie unternommen? Glaubst du, es freut mich, wenn Männer aus meinem Haus an solchen aufrührerischen Aktivitäten beteiligt sind? Diesmal ist Wycliffe zu weit gegangen.«

Neville wusste, dass er Lancasters Zorn auf sich ziehen würde, weil er ihm nichts von Wycliffes Besuch in Halstow Hall gesagt hatte, doch im Augenblick fühlte er sich nur erleichtert. Lancaster hatte endlich erkannt, dass es gefährlich war, den Dämon Wycliffe zu unterstützen, und würde nun vielleicht die nötigen Schritte unternehmen, um ihm das Handwerk zu legen.

»Ich habe es selbst erst vor ein paar Tagen erfahren«, sagte Bolingbroke. »Ich wollte noch mehr darüber herausfinden, ehe ich dich davon in Kenntnis setze.«

»Mein Lord«, sagte Neville. »Das ist ganz allein meine Schuld und nicht Lord Herefords. An dem Tag, bevor Salisbury nach Halstow Hall kam, um mich zurück nach London zu holen, habe ich Besuch von Wycliffe erhalten, in Begleitung von Wat Tyler ...«

Lancaster sprang von seinem Stuhl auf. »Was?«

»... und zwei Priestern der Lollarden namens John Ball und Jack Trueman. Mein Lord, ich bitte Euch um Verzeihung, aber sie haben mir gesagt, sie würden in Eurem Auftrag nach Canterbury reisen. Ich habe nicht daran gedacht, Euch darüber Mitteilung zu machen.«

Lancaster stieß einen leisen Fluch aus, trat an das Fenster und warf einen Blick hinaus, ehe er sich wieder den beiden Männern zuwandte. »Und jetzt reisen Wycliffe, Tyler und die beiden anderen durch den ganzen Südosten und nageln ihre aufrührerischen Botschaften an jede Wand, die sie finden können? Nein, sagt nichts, ich will es nicht hören!«

»Nun«, seufzte er und strich sich nachdenklich über den Bart, »zumindest Ball ist im Gefängnis von Lord Canterbury in Gewahrsam und wird uns im Augenblick keine Schwierigkeiten bereiten ... Es sei denn, er beschließt, mein ganzes Haus in den Verrat mit hineinzuziehen.«

»Mein Lord«, sagte Bolingbroke und machte einen Schritt auf ihn zu, »das wird er sicher nicht tun!«

»Ist etwas darüber bekannt, wo sich die anderen drei aufhalten?«, fragte Neville.

»In Wycliffes Fall ja«, sagte Lancaster. »Was Tyler und Trueman angeht, jedoch nicht. Der gute Meister Wycliffe befindet sich seit ein paar Tagen in Rochester. Ich habe vierzig vertrauenswürdige Soldaten ausgeschickt, um ihn ergreifen zu lassen.«

»Ihr werdet ihn doch wohl nicht hierher bringen lassen, mein Lord!«, sagte Neville.

Lancaster musterte ihn. »Nein, ich möchte ihn nicht in Londons Nähe wissen, Tom. Er wird auf mein Gut Lutterworth in Leicestershire gebracht, wo er in einem von Mauern umgebenen Kräutergarten über die Sünden der Welt nachdenken kann. Was Tyler betrifft – was ist nur in den Mann gefahren? – und Trueman … sie haben sich unter die Landbevölkerung Kents gemischt. Ich habe Befehl erteilt, sie festzunehmen, aber ich kenne Wat. Wenn er nicht gefunden werden will …«

»Und Richard?«, fragte Bolingbroke leise.

Lancaster wirkte ein wenig erleichtert. »Wir drei hier in diesem Zimmer sind die Einzigen, die von Wycliffes und Wat Tylers Beteiligung an der Sache wissen. Diese beiden könnten direkt mit meinem Haus in Verbindung gebracht werden. Die Handzettel tragen Gott sei Dank keine Unterschrift und erwähnen weder Wycliffes Namen noch den eines anderen Mitgliedes meines Hauses. Was John Ball betrifft, so hat Lord Canterbury eingewilligt, ihn im Augenblick ohne eine öffentliche Verlautbarung gefangen zu halten.«

Neville atmete auf. Simon Sudbury, der Erzbischof von Canterbury, stand tief in Lancasters Schuld, weil dieser vor einigen Jahren seine Wahl zum Erzbischof unterstützt hatte.

»Wir können also nur hoffen, dass Tyler und Trueman keinen Aufruhr anzetteln, der dem König zu Ohren kommen könnte«, sagte Bolingbroke.

»Ja«, sagte Lancaster. »So ist es.«

John Ball zog sein fadenscheiniges Gewand etwas fester um sich, schloss die Augen, damit er die düstere und schmutzige Zelle nicht mehr sehen musste, und betete zum Heiland um Stärke.

Plötzlich ertönten Schritte vor der Tür, und Ball öffnete die Augen wieder und versuchte, etwas zu erkennen.

Ein Schlüssel klapperte im Schloss, und die Tür öffnete sich.

Einer der Wärter erschien, ein Bündel warmer Kleider und ein Säckchen mit Essen in den Händen.

»Von einem Freund«, sagte der Wärter und warf Ball das Bündel und das Säckchen zu. »Ein guter Mann, der einmal mein Vorgesetzter gewesen ist. Ich soll Euch sagen, dass Ihr stark sein sollt und nicht verzagen dürft. Wenn die Zeit gekommen ist, wird Eure Stimme die Schlacht entscheiden.«

Ball nickte, und als die Tür wieder verriegelt wurde, schloss er erneut die Augen, um dem Heiland für die Freundschaft jenes Mannes zu danken, der Wat Tyler genannt wurde.

KAPITEL ZEHN

An der Vigil des Festes des heiligen Michael
Im ersten Jahr der Regentschaft Richard II.
(Mittwoch, 28. September 1379)

Der Sieg des schwarzen Prinzen bei Poitiers hatte dem Stolz und dem Tatendrang der Franzosen einen schweren Schlag versetzt. Außerdem hatten die verfluchten Engländer König Johann gefangen genommen, und die Blüte des französischen Hochadels war den Pfeilen der englischen Bogenschützen und den Lösegeldforderungen der englischen Adligen zum Opfer gefallen.

Doch inmitten dieses Elends hatte Gott in seiner grenzenlosen Güte den rechtschaffenen Franzosen in Gestalt der Jungfrau Jeanne d'Arc neue Zuversicht geschenkt und die bösen Engländer seine Vergeltung spüren lassen, indem er nicht nur das Leben Eduard III., sondern auch das seines Sohnes genommen hatte.

Am schwärzesten Tag ihrer Niederlage hatte Gott den Franzosen ein Tor der Hoffnung geöffnet.

Und Isabella von Bayern wollte dieses Tor nun vor ihrer Nase wieder zuschlagen.

»Und so, mein lieber Junge«, sagte Isabella und kostete jeden Augenblick aus, »habe ich dir mit diesem Abkommen dein

Erbe und den Thron genommen. Aber es ist die Wahrheit, und eines Tages musste sie ans Licht gebracht werden. Hier«, sie reichte Karl, der sie mit blassem Gesicht und gequälter Miene ansah, eine Abschrift des Abkommens von Westminster.

Isabella stand noch einen Moment lang mit ausgestrecktem Arm da, doch als Karl sich nicht rührte, ließ sie das Abkommen zu Boden fallen.

»Nun«, sagte sie, »es spielt letzten Endes auch keine Rolle.«

Sie ging an ihrem Sohn vorbei und bedachte die restlichen Anwesenden, die im Saal von La Roche-Guyon versammelt waren, mit einem boshaften Lächeln. »Warum schaut ihr alle so überrascht drein? Habt ihr mich nicht seit Jahren hinter meinem Rücken eine Hure und Dirne genannt? Nun, jetzt habt ihr endlich den Beweis.« Isabella breitete theatralisch die Arme aus. »Ich bin tatsächlich eine Hure! Es war der königliche Falkner – ich wünschte, ich könnte mich an seinen Namen erinnern – mit seiner bäurischen Manneskraft und seinem nach Zwiebeln stinkenden Atem, der Karl gezeugt hat. Und … seht doch selbst!«

Isabella klatschte in die Hände und drehte sich wieder zu Karl um, als könnte sie sich von seinem Anblick nicht losreißen. »Hat mein Sohn nicht die Vorliebe seines Vaters für die Ställe geerbt? Ich schwöre bei Gott, auf einem Dunghaufen würde er sich wohler fühlen als in diesem prächtigen Saal. Und … seht!«

Jetzt wirbelte Isabella herum und blickte Jeanne an, die unförmig und plump in Männerkleider gehüllt in ihrer Nähe stand.

»Pflegt er nicht die Gesellschaft von Bauern, genau wie sein Vater? Die Menschen, mit denen er sich umgibt, verraten ihn, denn mein Sohn zieht den bäuerlichen Gestank dem Wohlgeruch des Adels vor.«

Karls Gesicht war nun so weiß, dass es aussah, als würde jeden Moment alles Leben aus ihm weichen. Im Vergleich zu seinen blutleeren Wangen strahlten seine blassblauen Augen, die sich mit Tränen der Scham füllten, umso heller.

Seine Mutter, seine verhasste Mutter, hatte ihn noch nie in aller Öffentlichkeit so gründlich gedemütigt. Was bislang nur hinter vorgehaltener Hand geflüstert worden war, hatte sie ihm nun mit vernichtender und rücksichtsloser Offenheit ins Gesicht geschleudert. Isabella war eine mächtige Frau, die über großen Reichtum, Ländereien und damit auch einer eigenen Armee verfügte und die sich bei Hofe stets mit einflussreichen Anhängern umgab. Trotz ihrer Gehässigkeit würde es niemandem einfallen, etwas gegen sie zu unternehmen oder ihre Worte in Zweifel zu ziehen. Karl jedenfalls vermochte es nicht.

Er war der Sohn eines Bauern – wie konnte das jetzt noch jemand leugnen?

Er blickte auf das Abkommen hinab, das auf dem Boden lag. *Ganz Frankreich – und England – machte sich wahrscheinlich über ihn lustig.* Er zitterte, und seine Hände krampften sich ineinander. Jeannes ganzes Bemühen, seinen Mut zu stärken, war mit diesem Abkommen zunichtegemacht … während seine Mutter, die Hure, ihren Spott über ihn ausschüttete!

»Madam«, sagte Jeanne und warf Karl einen Blick zu, während sie vortrat. Ihr Gesicht wirkte heiter, doch ihre Haltung drückte strenge Missbilligung aus. »Ihr seid es, nicht Euer edler Sohn, die in diesem Saal Gestank verbreitet. Ihr lügt, weil Ihr daraus einen Vorteil ziehen und Euren Ehrgeiz befriedigen könnt. Vor Gott wisst Ihr, dass Ludwig Karls wirklicher Vater ist. Gebt es zu, oder Eure Seele wird auf ewig im Fegefeuer brennen.«

Isabellas hochmütiger Gesichtsausdruck erstarrte. Ein wilder Blick trat in ihre Augen, sie presste die Lippen zusammen und ihre Hände krallten sich in ihre Röcke.

Sie versuchte, Jeanne mit ihrem Blick zu bezwingen, doch die heitere und selbstsichere Miene des Mädchens veränderte sich nicht, und schließlich war es Isabella, die die Augen abwandte.

Sie sah, dass Karl Jeanne fast ängstlich musterte.

Ein vollkommen nutzloser Mann, dachte Isabella. *Er würde viel lieber mir glauben als Jeanne. Denn wenn er Jeanne Glauben schenkt, bedeutete das, dass er tatsächlich etwas tun müsste, um sein Königreich zurückzuerobern. Zweifellos hat er gehofft, dass es niemals dazu kommen würde.*

»Schaut ihn euch an«, sagte Isabella leise. »Kann irgendjemand glauben, dass er von einem Edelmann gezeugt wurde? Er ist nichts als ein Häuflein Elend. Wollt ihr ihn wirklich zu eurem König machen?«

Nachdem sie wieder ein wenig Mut gefasst hatte, wagte Isabella es erneut, Jeanne anzublicken, die immer noch dieselbe aufrechte und fröhliche Miene zur Schau stellte.

»Gott allein weiß, Jeanne«, sagte Isabella, »dass er wirklich gut im Bett sein muss, denn ich kann mir nicht vorstellen, warum Ihr sonst einen Dummkopf wie ihn unterstützt.«

Jeanne lächelte leise und ein wenig verächtlich, aber es war Karl, der schließlich seine Stimme wiederfand.

»Ich habe sie nicht angerührt, Madam!«, sagte er mit schrecklich schriller Stimme. »Ihr Leib ist heilig ... Ich ... ich würde es nie wagen, sie anzufassen.«

»Willst du damit etwa sagen, dass du nicht mit ihr das Lager geteilt hast?«, sagte Isabella und zog eine Augenbraue hoch. »Was stimmt nicht mit dir, mein Junge?«

Karls blasse Wangen wurden plötzlich rot, und die Röte vertiefte sich noch, als ihm klar wurde, dass die Augen aller auf ihn gerichtet waren.

Seine Mutter verzog höhnisch den Mund.

»Ihr seid sicher erschöpft von der Reise«, stammelte Karl, zu sehr eingeschüchtert von der bösen Zunge seiner Mutter, die er seit Jahren ertragen musste, um sich dagegen zur Wehr zu setzen, und in dem verzweifelten Bemühen, sich ihrem Einfluss zu entziehen. »Vielleicht solltet Ihr Euch vor dem Abendessen etwas ausruhen. Philipp!«

Philipp, der König von Navarra, trat aus der Menge der Edelleute hervor, die das Geschehen verblüfft mit angesehen hatten. Sein hübsches Gesicht mit den schwarzen Augenbrauen wirkte nachdenklich, doch er lächelte und verbeugte sich höflich vor Isabella.

»Vielleicht könnt Ihr meine Mutter zu ihrem Gemach geleiten«, sagte Karl, und Philipp bot Isabella seinen Arm an.

»Mit Vergnügen«, sagte er.

Als sie den Saal verlassen hatten, wandte sich Jeanne an Karl. »Majestät«, flüsterte sie eindringlich, »Ihr dürft ihren Worten keinen Glauben schenken.«

»Ich bin der Sohn eines Bauern«, murmelte Karl niedergeschlagen und blickte sich um. »Siehst du denn nicht, dass sie alle daran glauben?«

»Gott unser Herr sagt, dass Ihr der Nachkomme eines Königs seid!«, erwiderte Jeanne, verärgert über Karls Rückgratlosigkeit.

»Ich bin nichts wert … gar nichts …«

Jeanne legte ihm die Hand auf den Arm – eine unerhörte Vertraulichkeit, die einigen der Anwesenden nicht entging –, und näherte sich seinem Ohr. »Ihr seid der Mann, der Frankreich zum Sieg gegen die verfluchten Engländer führen wird«, sagte sie leise und drängend. »Das müsst Ihr mir glauben.«

Karl schniefte, blickte sie an und sah sich dann im Saal um.

Einer der Edelleute trat vor – Gilles de Noyes. »Ihr seid unser Fürst«, sagte er und verbeugte sich vor Karl, »und wir werden Euch überallhin folgen. Wir wissen, dass Eure Mutter nicht die Wahrheit spricht, schließlich hat die Heilige an Eurer Seite es gesagt.«

Einer nach dem anderen traten die Anwesenden vor und schworen Karl die Treue, und so gelang es ihm schließlich, seine Fassung zurückzugewinnen.

Jeanne lächelte ihn an, atmete auf und nickte de Noyes dankbar zu.

De Noyes hatte sich inzwischen in Fahrt geredet. »Mein Prinz«, sagte er, »Ihr werdet uns durch die Felder des Blutes und des Schmerzes zum Sieg führen!«

Felder des Blutes und des Schmerzes? Karl schluckte und zuckte zusammen, als Jeanne sich vorbeugte, das Abkommen von Westminster aufhob und in Stücke riss.

Müde und erschöpft lag Isabella auf ihrem Bett und versuchte, die Gedanken zu verscheuchen, die sie unaufhörlich beschäftigten, damit sie schlafen konnte.

Doch die Ereignisse des Nachmittags ließen ihr keine Ruhe.

Isabella hatte geglaubt, Karl würde zittern und jammern, wenn sie ihm das Abkommen zeigte, das ihn offiziell zum Bastard erklärte. Und dann so schnell wie möglich die Gelegenheit ergreifen, sich in irgendeinem Erdloch vor dem Gelächter seiner Landsleute zu verstecken.

Sicher, Karl hatte gezittert und gebebt angesichts des Abkommens und des verächtlichen Tons in der Stimme seiner Mutter … doch er hatte sich nicht versteckt! Und warum nicht? Weil diese heilige Hure es ihm nicht erlaubt hatte! Er tanzte nach ihrer Pfeife … und das erfüllte Isabella mit großem Zorn.

Wie konnte diese verfluchte Bäuerin es wagen, ihren Sohn zu beeinflussen?

Wenn Jeanne nicht gewesen wäre, hätte Isabella Karl sicher dazu überreden können, von seinen albernen Versuchen, den Thron wiederzugewinnen, abzulassen.

Aber nein, diese verfluchte heilige Hure hatte ihn so sehr mit ihrer göttlichen Rechtschaffenheit angesteckt, dass es Karl gelungen war, Haltung zu bewahren.

Gütiger Himmel. Wenn Jeanne nicht gewesen wäre, wäre er ganz sicher zur Tür hinausgestürmt.

Hure! Isabella hatte viel zu verlieren, wenn Richard nicht auf den französischen Thron gelangte, und sie hatte das Gefühl, dass der englische König sich als äußerst unangenehmer Gegner erweisen könnte, sollte jemand seine Pläne durchkreuzen.

Und wie stand es mit Philipp? Die wenigen Worte, die sie mit ihm gewechselt hatte, hatten den Eindruck hervorgerufen, dass er dem Heiligenschein, mit dem die Hure sich umgab, ebenso verfallen war wie Karl. Aber war das wirklich echte Ehrfurcht oder täuschte er sie nur vor? Isabella kannte Philipp schon sehr lange und wusste, dass er es ebenso auf den französischen Thron abgesehen hatte wie der englische König und dass er äußerst hinterhältig und verräterisch sein konnte.

Isabella von Bayern hatte Philipp immer gemocht.

Sie seufzte und wälzte sich auf ihrem Lager herum, wütend auf sich selbst, weil sie nicht einschlafen konnte.

Wie konnte sie Karl davon überzeugen, dass er tatsächlich

der Sohn eines Falkners war? Wie konnte sie ihn ganz vernichten und ihre eigenen Ziele erreichen?

Plötzlich waren alle Gedanken an Karl und Jeanne vergessen, und sie schrak im Bett hoch.

Irgendjemand hatte den Raum betreten.

Isabella versuchte in der Dunkelheit etwas zu erkennen und verfluchte die Kammerzofe dafür, dass sie die Fensterläden geschlossen hatte, damit kein Nachmittagslicht hereinfiel. Ihr Herz hämmerte wie wild, aus Furcht, es könne sich um einen Mörder handeln.

»Madam?«

Isabella atmete erleichtert auf. »Katherine.«

Katherine kam zu Isabella herüber, und diese stand vom Bett auf und zog sich einen wollenen Umhang über ihr Leinennachthemd. Im Kamin brannte ein Feuer, und Isabella wies auf eine Truhe, die daneben stand, und bedeutete Katherine, sich zu setzen.

Eine Zeitlang saß sie nur schweigend da und betrachtete ihre rätselhafte Tochter, während diese sie musterte.

Katherine. Isabella hatte nie recht gewusst, was sie von ihr halten sollte … besonders angesichts der merkwürdigen Umstände ihrer Empfängnis. Katherine war nicht ganz so schön wie Isabella, aber mit ihrer blassen Haut, den dunklen Haaren und den blauen Augen, die sie von ihrer Mutter geerbt hatte, war sie durchaus reizvoll, und ihren wohlgeformten Leib würde wohl kein Mann verschmähen.

Doch von Körper und Gesicht einmal abgesehen, war Katherine Isabella ein Rätsel, obwohl sie vermutete, dass ihre Tochter ebenso ehrgeizig und stark war wie sie.

Wie alt war sie jetzt? Achtzehn? Neunzehn?

»Neunzehn«, sagte Katherine, und Isabella zuckte leicht zusammen und schenkte ihr ein unsicheres Lächeln.

»Ich hatte ganz deine beunruhigende Fähigkeit vergessen, meine Gedanken zu lesen«, sagte sie.

»Ich habe Eure Gedanken nicht gelesen, Madam, aber wenn Ihr die Stirn so in Falten zieht, weiß ich, dass Ihr entweder versucht, Euch an meinen Namen oder an mein Alter zu erinnern. Und da Ihr mich bereits mit meinem Namen angesprochen habt, konnte es nur noch das Alter sein.«

»Ah.« Isabella ließ sich von dem Unterton in Katherines Stimme nicht aus der Ruhe bringen. Und da sie nie viel für weibisches Getue übrig gehabt hatte, kam sie direkt zur Sache. »Ich frage mich, was du hier in La Roche-Guyon tust, Katherine. Es gibt doch sicher angenehmere Orte, an denen du dich aufhalten könntest, bis die gegenwärtige Krise überwunden ist. Bist du vielleicht auch eine von Karls Ratgeberinnen, die ihn umschmeicheln?«

Katherine schenkte ihr ein trockenes Lächeln. »Ich bin hier, Madam, weil ich nirgendwo anders hingehen kann und mein Schicksal im Augenblick mit dem von Karl verknüpft ist …«

Isabella winkte ärgerlich ab. »Sei keine Närrin. Nimm dein Schicksal selbst in die Hand.«

Katherine ging nicht auf ihren Einwurf ein. »Und was meine Meinung über Jeanne betrifft …« Sie lachte bitter. »Wenn Karl noch weiter auf ihr Gerede hört, wird sie uns irgendwann alle ins Verderben stürzen.«

»Aber es ist doch sicher sehr lobenswert«, sagte Isabella vorsichtig, »dass sie sich so sehr für Karls Ziele einsetzt?«

Katherine blickte ihrer Mutter direkt in die Augen. »Wir wissen beide, Madam, dass Frankreich verloren wäre, sollte Karl jemals auf den Thron gelangen. Er kommt wahrhaftig nach seinem Vater.«

Isabella zögerte und nickte dann. »Ja, du hast recht. Ich bedaure den Tag, als ich ihn gemeinsam mit diesem Schwachkopf gezeugt habe.«

»Ah, jetzt kommt die Wahrheit an den Tag. Es war also doch nicht der Falkner?«

Isabella machte eine herablassende Geste. »Das ist doch nur ein Vorwand. Mein Ruf als Hure hat mir über die Jahre gute Dienste geleistet.«

»Wie viel hat Richard Euch dafür geboten, dass Ihr Karl verraten habt, Madam?«

»Ein Schlösschen hier, ein Schlösschen da, einen Stall voller williger Lustknaben … du kennst doch die Geschäfte, die ich mache, Katherine.«

Isabella stand auf und ging vor dem Feuer auf und ab. Dann blieb sie stehen und sah Katherine an.

»Meine Liebe«, sagte sie, und ihre Stimme klang so sanft, dass Katherine kaum glauben konnte, dass es ihre Mutter war, die da sprach. »Du und ich, wir sind uns nie besonders nahe gestanden und wir haben uns auch noch nie so unterhalten wie jetzt. Du warst immer noch ein Kind.«

»In dem Jahr, das vergangen ist, seit wir das letzte Mal miteinander gesprochen haben, bin ich doch ein wenig erwachsener geworden.« Isabella hatte sich nie sonderlich für ihre Kinder interessiert, und Katherine war fern ihrer Mutter in einer Reihe von Schlössern und Palästen aufgewachsen.

»O ja, das bist du. Katherine, ich habe Karl zum Wohle Frankreichs verraten. Wie du schon vermutet hast, möchte ich, dass Frankreich einen König erhält, der dem Land neuen Glanz verleihen kann, und nicht einen pickligen Angsthasen, der sich vor seinem eigenen Schatten fürchtet.«

»Ihr wollt Frankreich also Richard überlassen? Bisher habe ich nur wenig Gutes über ihn gehört.«

Isabella ließ sich auf einem Stapel Kissen auf dem Boden vor Katherine nieder. Das Licht des Kaminfeuers flackerte über ihr Gesicht, ließ ihre Augen funkeln und überzog ihr Haar mit einem silbrigen Schimmer.

»Meine Liebe, ich habe den Weg frei gemacht, damit sich der richtige Mann zum Thron vorkämpfen kann«, sagte sie sehr leise. »Und ich glaube nicht, dass Richard dieser Mann sein wird.«

Katherine blickte ihre Mutter lange an.

»Ihr kommt vom englischen Hof«, sagte sie schließlich. »Was gibt es für Neuigkeiten?«

Isabella senkte den Blick und spielte mit einer Troddel an ihrem Umhang. »Ich habe eine Nachricht für dich von einer gewissen Margaret Neville«, sagte sie.

Katherine beugte sich vor. »Margaret? Was für eine Nachricht?«

Isabella hob den Kopf und sah ihr in die Augen. »Sie hat gesagt, ich solle dafür sorgen, dass dir der neuste Klatsch zu Ohren kommt.«

»Und?«

»Hal Bolingbroke wird Mary de Bohun, die schüchterne kleine Erbin der Ländereien und Titel von Hereford, zur Frau nehmen, und zwar am Michaelistag … morgen.«

Katherine sah aus, als habe sie der Schlag getroffen. Sie schwankte und alles Blut wich aus ihrem Gesicht. Nur zwei unnatürlich rote Flecken blieben auf ihren Wangen zurück. »Das kann ich nicht glauben!«, flüsterte sie.

»Aber es ist wahr«, erwiderte Isabella. »Ich habe selbst mit dieser Mary gesprochen.« Sie lachte gehässig. »Die Ärmste. Sie fürchtet sich vor ihrer Hochzeitsnacht.«

Katherines Augen füllten sich mit Tränen, und Isabella musterte sie argwöhnisch. »Ich wusste nicht, dass du ein Auge auf Bolingbroke geworfen hast, Katherine. Warum bringt dich diese Nachricht so sehr aus der Fassung?«

»Vor einiger Zeit war einmal die Rede … von einer Hochzeit zwischen uns.«

»Es wird immer geredet und es gibt viele Verhandlungen, ohne dass dabei etwas herauskommt. Das weißt du genauso gut wie jedes andere Mädchen von edler Herkunft. Und um die Wahrheit zu sagen, hat sich Bolingbroke nie sonderlich um den Erfolg der Verhandlungen bemüht. Er stand der Sache recht gleichgültig gegenüber. Aber wie ich sehe, hast du einen Narren an ihm gefressen. Schade, denn du wirst ihn nie bekommen.«

Wut spiegelte sich in Katherines Gesicht, und Isabella lächelte zufrieden.

»Er wird dir nicht gehören«, sagte sie noch einmal, »es sei denn, du kämpfst um ihn und weckst sein Begehren.«

»Wie meint Ihr das?«

»Ich kenne die Prinzen der Plantagenets sehr gut.« Sie lächelte. »Viel zu gut. Nun, zumindest die ältere Generation. Aber, wie dem auch sei, die Prinzen der Plantagenets sind alle gleich – es verlangt sie nach Macht und den Frauen, die sie nicht haben können. Ich glaube nicht, dass Bolingbroke da anders ist.«

»Und …«

Isabella zuckte mit den Achseln. »Mary ist nicht nach seinem Geschmack. Das sieht doch jeder. Sie besitzt nicht die Persönlichkeit, um seine Achtung zu erringen. Eines Tages, Katherine, wird er es sehr bedauern, dass er nicht um dich gekämpft hat. Meine Liebe«, Isabella beugte sich vor und ergriff die Hand ihrer Tochter, »bringe ihn dazu, um dich zu kämpfen!«

»Aber er wird bald verheiratet sein!«

»Ach! Das hat doch nichts zu bedeuten! Bei Gott, Katherine, du kannst ihm Frankreich in den Schoß legen!«

»Aber wenn er Mary erst geheiratet hat …«

»Was ist schon eine Ehefrau? Ehefrauen kommen und gehen … Und ich habe das Gefühl, dass Mary de Bohun von so schwacher Gesundheit ist, dass sie sich schon im nächsten Herbst eine Erkältung zuziehen und das Zeitliche segnen könnte. Wir können uns ihrer entledigen, wenn die Zeit gekommen ist, doch in der Zwischenzeit kann sie Hals Macht vergrößern, damit sein Begehren und sein Ehrgeiz sich irgendwann auch auf den Kontinent erstrecken können.«

Isabellas Lächeln blitzte auf. »Und während du wartest, kannst du durchaus dafür sorgen, dass er ein wenig ins Schwitzen gerät … und zugleich kommen wir unserem Ziel näher, uns diese Jeanne vom Hals zu schaffen.«

Katherine, die mit Hoffnung und Verzweiflung gleichzeitig kämpfte, warf ihrer Mutter einen vorsichtigen Blick zu. »Wie meint Ihr das?«

»Du hast gesagt, dass uns Jeanne noch alle ins Verderben stürzen wird, wenn sie weiter ihr Geschwätz verbreitet. Aber ich habe doch recht mit der Vermutung, dass die meisten Leute hier im Schloss sie tatsächlich für das Sprachrohr Gottes halten, oder nicht?«

Katherine verzog das Gesicht. »Ich glaube, die meisten hier würden jedes einzelne Haar aufheben, das sie verliert, in der Meinung, es handle sich dabei um eine Reliquie. Seit die Leute von ihr gehört haben, kommen sie in Strömen ins Schloss, um sie zu sehen. Und in diesem Narrenhaus ist Karl der größte Narr von allen!«

»Und wie steht es mit Philipp?«

»Was soll mit Philipp sein?«

»Wie denkt er darüber? Hat er auch eine Sammlung von heiligen Haaren unter seinem Kopfkissen liegen?«

»Wer weiß schon, was in seinem Kopf vorgeht.«

»Ich glaube, wir müssen es herausfinden«, sagte Isabella vorsichtig, »denn er könnte sich als unser wichtigster Verbündeter erweisen. Und ich glaube, dass du am ehesten in der Lage bist, seine Geheimnisse zu erkunden.«

»Nein«, flüsterte Katherine und versuchte, ihre Hand zu befreien.

Doch trotz ihrer scheinbaren Zerbrechlichkeit war Isabella ungewöhnlich stark, und sie hielt Katherines Hand fest umklammert. »Sei keine Närrin! Ich habe dir vorhin schon gesagt, dass du dein Schicksal selbst in die Hand nehmen musst. Mach dich nicht von anderen abhängig! Bolingbroke benutzt die Menschen in seiner Umgebung, um seine Ziele zu erreichen, Katherine. Nur weil du eine Frau bist, heißt das nicht, dass du nicht dasselbe tun kannst.«

»Philipp wird mich dazu benutzen wollen, um auf den Thron zu gelangen.«

»Natürlich! Ich würde nichts Geringeres von ihm erwarten. Aber, Katherine, verstehst du denn nicht? Wenn Philipp der Meinung ist, mit deiner Hilfe auf den Thron gelangen zu können, *wird er sich von Jeanne abwenden!* Irgendwie werden wir sie mit seiner Hilfe vernichten können, und wenn sie erst einmal weg ist …«

»Wird Karl scheitern.«

»Ja. Er wird nicht die Kraft haben, aus eigenem Antrieb um sein Erbe zu kämpfen.«

Katherine holte tief Luft. »Ich wollte meine Jungfräulichkeit eigentlich bewahren, bis …«

»Ach, hör auf, über Jungfräulichkeit zu reden!« Isabella lachte aufrichtig belustigt. »Du hast dich vom Geschwätz frommer Priester und schwachsinniger Kindermädchen beeinflussen lassen. Gib dich Philipp hin, er wird gut für dich sein.«

»Seid Ihr sicher, dass Ihr diese Aufgabe nicht lieber selbst übernehmen wollt, Mutter?«

»Ich glaube, es wird Zeit, dass du flügge wirst, mein Kind. Außerdem ist es dein Leib und dein Schoß, der einen starken Mann auf Frankreichs Thron bringen wird, und nicht der meine. Jedenfalls nicht mehr. Ich habe dir diese Macht vererbt, Katherine. Nutze sie.«

Nachdem Katherine gegangen war, lehnte sich Isabella zurück und ließ ihre Gedanken treiben.

Sie wurde aus Katherine nie recht schlau, aber besonders merkwürdig war die Tatsache, dass sie eigentlich gar nicht auf der Welt sein dürfte.

Sie hatte Katherine während jenes Winters empfangen, als sie vom Herzog von Burgund in einer Festung gefangen gehalten wurde. Der Herzog wollte König Johann um ein Lösegeld für sie erpressen, bis ihm nach vier Monaten endlich klar wurde, dass der König nicht ein Goldstück dafür bezahlen würde, seine Schwiegertochter wiederzubekommen. Schließlich hatte der Herzog sich gezwungen gesehen, sie unter Flüchen und Verwünschungen wieder freizulassen.

Katherine war nicht Ludwigs Tochter. Bei Hofe wurde im Allgemeinen angenommen, dass sich Isabella während ihrer Gefangenschaft mit irgendeinem Wärter oder einem Koch vergnügt hatte.

Nur Isabella selbst kannte die Wahrheit. Während dieser vier Monate hatte sie keinem einzigen Mann beigewohnt. Als Isabella zwei Wochen bevor der Herzog sie schließlich freiließ, feststellte, dass sie schwanger war, war sie außer sich vor Furcht gewesen.

Welcher Kobold hatte ihr dieses Kind angehängt? Was für eine Missgeburt würde sie zur Welt bringen?

Da sie die Antwort auf beide Fragen nicht wissen wollte, hatte sie jeden Trank und jedes Kraut ausprobiert, das sie kannte, um sich von dem Kind zu befreien, das in ihr heranwuchs. Doch es hatte nichts genützt. Voller Furcht war Isabella ins Gebärzimmer gegangen, der festen Überzeugung, dass sie die Geburt des Kindes nicht überleben würde.

Doch die Geburt war überraschend einfach und schmerzfrei verlaufen, und Isabella hatte sich schnell wieder davon erholt. Das Kind, Katherine, hatte menschliche Züge gehabt, und Isabella hatte sich irgendwann eingeredet, dass sie wohl doch eines Abends zu sehr dem Wein zugesprochen und sich mit irgendeinem der übelriechenden Wärter getröstet haben musste.

Doch manchmal, so wie heute, fühlte sie sich stark genug, um sich die Wahrheit einzugestehen.

Katherine war von keinem sterblichen Mann gezeugt worden, und bei ihrer Empfängnis war es nicht mit rechten Dingen zugegangen.

KAPITEL ELF

Das Fest des heiligen Michael
Im ersten Jahr der Regentschaft Richard II.
(Donnerstag, 29. September 1379)

– MICHAELISTAG –

– I –

Marys Mutter Cecilia und Bolingbroke hatten keine Kosten gescheut, um Mary mit den schönsten Gewändern auszustatten.

Schade nur, dachte Margaret, als sie Mary vorsichtig in ihr Hochzeitskleid half, *dass sie nicht etwas gewählt haben, das besser zu Marys schlichter und zurückhaltender Schönheit passt.*

Das Kleid bestand aus einem schweren dunkelroten Damaststoff, und sein Mieder und die weiten Röcke und prunkvollen Ärmel waren über und über mit Perlen und Edelsteinen besetzt. Farbe und Schmuck des Kleides waren viel zu pompös für die bescheidene Mary, und sein Schnitt viel zu figurbetont und eng, wodurch Marys kleine Brüste und jungenhafte Hüften noch kümmerlicher wirkten.

Das Kleid war viel zu *lebendig* für sie. Margaret konnte fast das leise Flüstern des Schattens hören, der tief in Mary verborgen war. Das lebhafte Blutrot des Kleides würde ihn womöglich noch mehr ans Tageslicht locken.

Margaret erschauerte und ärgerte sich sofort darüber.

»Stimmt etwas nicht?«, fragte Mary und versuchte, über die Schulter zu erkennen, womit Margaret gerade beschäftigt war.

»Nein, nein. Das Mieder ist zugeschnürt. Jetzt lasst mich sehen, ob Euer Haar gut sitzt.«

Margaret schob Mary einen Schemel hin, und als sie saß, zupfte sie an ihrer raffinierten Frisur herum, an der Cecilia, Margaret und zwei andere Frauen den halben Vormittag lang gearbeitet hatten. Sie hatten Marys langes, dichtes honigfarbenes Haar zu zwei Zöpfen geflochten, die sie über ihrer Stirn festgesteckt hatten. Dann hatten sie einen Schleier von derselben sinnlichen Farbe wie das Kleid über Marys Scheitel drapiert und ihn mit edelsteinbesetzten Haarnadeln befestigt. Schließlich hatten sie einen breiten Reif aus miteinander verflochtenen goldenen und silbernen Drähten, in dessen Windungen wunderschöne blassgrüne Chrysolithe eingelassen waren, über die Zöpfe gelegt, damit er den Schleier hielt. Das untere Ende des Schleiers hing auf Marys Rücken hinab.

Kleid und Kopfschmuck waren atemberaubend – oder zumindest wären sie das gewesen, wenn Mary genügend Ausstrahlungskraft und majestätische Haltung besessen hätte, um sie richtig zur Geltung zu bringen.

Katherine hätten sie gut zu Gesicht gestanden …

Margaret verscheuchte den Gedanken. Isabella hatte Katherine ihre Nachricht inzwischen sicher übermittelt – *doch was würde Katherine tun? Nichts … gar nichts.*

Und Hal. Margaret konnte verstehen, warum er Mary heiratete. Diese Ehe würde ihm große Macht verleihen. *Aber konnte er es sich wirklich leisten, Katherine auf diese Weise vor den Kopf zu stoßen?* Sie mussten stark bleiben und zusammenhalten. Sie konnten es sich nicht erlauben, Katherine zu beleidigen. Womöglich verweigerte sie ihnen sonst ihre Hilfe, wenn sie sie brauchten.

Die arme Mary, dachte Margaret. *In einem solch erbitterten Kampf zwischen die Fronten zu geraten. Sie wird es nicht überleben.*

»Edle Damen?« Ein Page erschien in der Tür. »Es ist so weit.«

Bolingbroke hatte beschlossen, nicht in der Kapelle des Savoy Palace zu heiraten und auch nicht in der Abtei oder der St. Stephen's Kapelle von Westminster, sondern in der St. Paul's Kathedrale im Westen Londons. Es war eine wohlüberlegte Entscheidung, denn Bolingbroke wollte, dass die Bewohner Londons an der Hochzeit teilnehmen konnten. Diese Ehe war nicht nur eine Verbindung zwischen Mary de Bohun und Hal Bolingbroke, sondern würde zugleich die Bindung zwischen Bolingbroke und dem englischen Volk festigen.

Die Londoner liebten Bolingbroke umso mehr, weil er sich für St. Paul's entschieden hatte, und deshalb war es eine überaus gute Wahl gewesen. In anderer Hinsicht war sie jedoch weniger glücklich, denn Richard – wie immer in Begleitung von Robert de Vere, dem Grafen von Oxford – war ebenfalls anwesend.

Zur Mittagszeit setzte sich eine große Prozession vom Savoy Palace aus in Bewegung. An ihrer Spitze befanden sich Bolingbroke und Mary – Bolingbroke saß auf seinem großen, tänzelnden schneeweißen Schlachtross und Mary wesentlich bescheidener auf einem kastanienbraunen Zelter, der von einem Pagen geführt wurde.

Hinter ihnen ritten Seite an Seite Johann, der Herzog von

Lancaster, und Richard, der einige Stunden zuvor mit dem Schiff von Westminster im Savoy Palace eingetroffen war. Dahinter folgten mehrere Adlige des Reiches, unter ihnen der Graf von Westmorland, Ralph Raby, der vor einer Woche von Sheriff Hutton angereist war, und Robert de Vere, der Graf von Oxford. Thomas Neville ritt hinter dem Hochadel, zusammen mit einigen anderen Begleitern der Herzöge, Grafen und Barone.

Vom Savoy Palace bis zur St. Paul's Kathedrale, eine Strecke, die zu Fuß höchstens zwanzig Minuten in Anspruch nahm, war es nur ein kurzer Ritt. Nachdem sie die Tore des Savoy Palace hinter sich gelassen hatte, ritt die Prozession in nordöstlicher Richtung den *Strand* hinunter. Ein Jubeln erhob sich unter den Zuschauern, die sich am Straßenrand drängten, und Bolingbroke lächelte und verbeugte sich vor der Menge. Neville konnte sehen, wie sich Richards Rücken versteifte.

Sie ritten langsam den *Strand* entlang und passierten die Anwaltskammern zu ihrer Rechten. Die großen Rechtsschulen und Gerichte von England waren in einem alten Gebäude untergebracht, das einstmals dem Templerorden gehört hatte.

Dahinter ragte ein weiteres großes Gebäude auf, wie eine schwarze Krähe, die auf ihrer Beute hockt: Blackfriars, der Sitz der Dominikaner in London. Der Vergleich mit der gefräßigen Krähe war durchaus passend, denn Blackfriars hatte sich so stark vergrößert, dass es inzwischen den gesamten Teil der Stadtmauer vom Ludgate bis zur Themse einnahm.

Neville musste ein Schaudern unterdrücken. *War der Ordensgeneral von England, Richard Thorseby, irgendwo dort drinnen und sann darüber nach, wie er Thomas zu Fall bringen konnte?*

Ein Schatten fiel auf ihn, und er erschrak, ehe er bemerkte, dass es der Schatten des Ludgate war. Er blickte hoch, als er unter dem Tor hindurchritt, und stellte sich vor, er könnte die Schreie der Gefangenen hören, die in dem finsteren Kerker eingesperrt waren.

Er schüttelte sich. *Was fiel ihm ein? Heute war ein Tag der Freude!*

In diesem Moment ließen Bolingbroke und Mary an der Spitze der Prozession den Schatten des Ludgate hinter sich und ritten auf die breite Straße hinaus, die zur St. Paul's Kathedrale führte.

Auf dem Hof der Kathedrale drängten sich die Bewohner Londons, und als Bolingbroke und Mary in Sicht kamen, erhob sich großer Jubel.

Hal! Hal! Geliebter Prinz Hal!

Und Neville sah, wie sich Richard noch mehr versteifte und de Vere über die Schulter hinweg einen finsteren Blick zuwarf.

Hal! Hal! Geliebter Prinz Hal!

Die Menge teilte sich, um der Prozession Platz zu machen, und als Bolingbroke und Mary schließlich an der Kathedrale angekommen waren, eilten Knechte herbei, um die Zügel ihrer Pferde zu übernehmen.

Neville stieg von seinem Hengst, warf die Zügel einem Jungen zu, der herbeigelaufen kam, und begab sich rasch an Bolingbrokes Seite.

Margaret, die hinter Neville hergeritten war, saß ebenfalls mithilfe eines Pagen ab und ging zu Mary hinüber.

Nachdem Bolingbroke vom Pferd gestiegen war, vergewisserte sich Neville, dass die Tunika des Prinzen, die aus dem gleichen edelsteinbesetzten roten Stoff bestand wie Marys Kleid, wozu er Gamaschen und einen weißen Umhang trug, gerade saß und sein Zeremonialschwert und sein Dolch sich nicht im Umhang verfangen hatten.

»Gebt acht, mein Lord«, flüsterte er, »Richard gefällt der Jubel der Menge ganz und gar nicht.«

Bolingbroke drehte sich um, lächelte und verneigte sich leicht vor Richard, dann wandte er sich wieder der Kathedrale zu, während die Menge um ihn herum tobte und sämtliche Kirchen Londons die Glocken läuteten.

»Glaubst du, Richard würde es wagen, mir vor aller Augen einen Dolch in den Rücken zu stoßen?«, sagte Bolingbroke.

»Das nicht, aber er ist wohl der Meinung, dass es langsam an der Zeit ist, seine Klinge zu schärfen«, sagte Neville und verstummte gleich darauf, wie der Rest der Menge, als der Erzbischof von Canterbury, Simon Sudbury, auf den Stufen der Kathedrale erschien und mit einer Geste Schweigen gebot.

Bolingbroke und Mary gingen auf den Erzbischof zu, Mary zu Bolingbrokes Linken. Sie stolperte leicht, und Bolingbroke reichte ihr mit einem Lächeln die Hand. Sie ergriff sie, und gemeinsam stiegen sie die Stufen der Kathedrale hinauf, um vor dem Erzbischof niederzuknien.

»Meine Brüder!«, rief Sudbury mit lauter Stimme, die über den ganzen Hof hallte. »Wir sind heute hier vor Gott, den Engeln und allen Heiligen versammelt, um Zeuge zu werden, wie dieser Mann und diese Frau den Bund der Ehe schließen …«

Sudbury blickte auf Bolingbroke und Mary hinab und fuhr fort: »Sie sollen nun ein Leib sein und zwei Seelen, vereint im Glauben und Gesetz Gottes, auf dass sie einst eingehen in das Himmelreich.«

Nun hob Sudbury den Blick und richtete sich an die Menge. »Im Namen des Vaters, des Sohnes und des Heiligen

Geistes fordere ich die hier Versammelten auf, wenn einer von ihnen einen Grund kennt, warum dieses Paar nicht den rechtmäßigen Bund der Ehe eingehen sollte, so möge er jetzt sprechen oder für immer schweigen.«

Stille herrschte. Margaret musste an Katherine denken und biss sich auf die Zunge, damit sie sich nicht verriet und alles, wofür sie und die Ihren gekämpft hatten. Da hörte sie plötzlich eine Stimme in der Menge.

»Ich weise darauf hin, dass eigentlich der falsche Bräutigam vor Euch kniet, verehrter Erzbischof.«

Richard.

»Es wäre wohl besser, wenn ich die schöne Mary heiraten würde, ehe Bolingbroke so viel Macht an sich reißt, dass er mich vom Thron stürzen kann.«

Erschrockenes Schweigen senkte sich über die Menge. Bolingbroke richtete sich auf einem Knie auf, drehte sich um und starrte Richard an, der ihn unverschämt angrinste.

Neville trat einen Schritt vor, gefolgt von mehreren anderen Männern, unter ihnen auch Lancaster und Raby, doch in diesem Moment hob Richard die Hand.

»Das war nur ein Scherz«, sagte er und lachte. »Ich wollte diese ernste Angelegenheit ein wenig auflockern.«

Immer noch herrschte Schweigen, doch dann fing de Vere an zu kichern und eine Welle aus gekünsteltem Gelächter breitete sich in der Menge aus.

»Fahrt fort, verehrter Bischof«, sagte Richard und wedelte mit der Hand. »Bolingbroke soll ruhig genießen, was die Dame ihm zu bieten hat.«

Neville schloss kurz die Augen und holte tief Luft. *Gütiger Himmel, was würde sich der Dämon noch einfallen lassen, um den Tag zu verderben?*

Bolingbroke sank langsam wieder auf die Knie, sein Gesicht starr und ausdruckslos, wandte sich dann Sudbury zu und flüsterte ein paar beruhigende Worte in Marys Ohr, die erschrocken und unglücklich aussah.

Sudburys Gesicht hatte sich vor Zorn verfärbt, und er musste mehrmals tief Luft holen, bevor er fortfahren konnte.

Währenddessen stellte Richard weiterhin sein freches Grinsen zur Schau, wann immer jemand in seine Richtung blickte.

Doch nur wenige taten es.

»Heinrich«, sagte Sudbury, »willst du Mary, die Gott dir anvertraut hat, als deine Ehefrau lieben und ehren …«

Das Eheversprechen wurde ohne weitere Unterbrechungen geleistet, obwohl sich so mancher Blick hin und wieder auf den grinsenden Richard heftete, während die Leute sich fragten, was er als Nächstes tun mochte.

Nachdem Bolingbroke seinen Schwur abgelegt hatte, sprach auch Mary ihren mit klarer Stimme, und dann segnete Sudbury den Ring – einen schweren Goldring, in den ein großer Rubin eingelassen war.

Ein weiterer Fehler, dachte Margaret, *denn dieser Ring wird niemals passen. Marys Hände sind viel zu klein.*

Bolingbroke nahm den Ring und blickte Mary in die Augen. »Mit diesem Ring nehme ich dich zu meiner Frau. Ich will dich lieben und ehren, in guten wie in schlechten Zeiten, bis dass der Tod uns scheidet.«

Dann schob er Mary den Ring auf den Daumen ihrer linken Hand und sagte: »Im Namen des Vaters …«

Ein großer Schwarm Tauben erhob sich von den Gebäuden in der Umgebung der Kathedrale, und das Rauschen ihrer Flügel erfüllte die Luft.

Bolingbroke steckte Mary den Ring auf den Zeigefinger und fuhr fort: »… des Sohnes …«

Margaret blickte zum Himmel hinauf, und in diesem Moment brach das Licht der Sonne durch den grauschwarzen Taubenschwarm, und ein einzelner Sonnenstrahl fiel auf Marys Haupt.

Nun steckte Bolingbroke den Ring auf Marys Mittelfinger und sagte: »… und des Heiligen Geistes …«

Einige Leute, die an diesem Tag anwesend waren, schworen hinterher, ein leichtes Beben hätte die Erde unter ihren Füßen erschüttert, als Bolingbroke diese Worte sprach.

Schließlich schob Bolingbroke den Ring auf Marys Ringfinger, wo er bleiben würde.

»Amen«, sagte er, und die Tauben kreischten auf, denn in diesem Moment stürzte sich ein Falke auf sie, packte eine große schneeweiße Taube und stieg mit einem triumphierenden Krächzen in den Himmel auf.

Als der Falke sein Krächzen ausstieß, blickte Bolingbroke zu Richard hinüber, und diesmal wirkte sein Gesicht genauso triumphierend wie der Ruf des Falken.

Margaret bürstete Marys Haar aus und hoffte, dass die Nacht ebenso harmonisch verlaufen würde wie der Rest der Hochzeitszeremonie und der Feier. Nachdem Bolingbroke Mary den Ring auf den Finger gesteckt hatte, hatte Sudbury ihnen seinen Segen erteilt, und der Erzbischof, Braut und Bräutigam und alle geladenen Gäste waren zur Hochzeitsmesse in die Kathedrale gegangen. Nachdem die Messe vorbei war – es war eine äußerst ermüdende Angelegenheit gewesen, die sich über zwei Stunden hingezogen hatte –, war die Prozession unter dem Jubeln der Menge zum Savoy Palace zurückgekehrt und hatte sich zu einem opulenten Hochzeitsmahl im großen Saal versammelt.

Nun stand der letzte Ritus bevor, der aus Mary rechtsgültig eine Frau machen und Bolingbrokes Anspruch auf die Ländereien und den Reichtum, den sie als Mitgift in die Ehe einbrachte, besiegeln würde: der Vollzug der Ehe.

Mary schien niedergeschlagen und ängstlich, doch Margaret wusste, dass sie Glück hatte, dass der alte Brauch, wonach sechs Mitglieder des Geheimen Rates im Schlafgemach anwesend sein mussten, um Zeuge des Ehevollzugs zu werden, schon lange nicht mehr befolgt wurde. Bolingbroke und Mary würden bei ihrer ersten körperlichen Vereinigung allein sein, doch sie mussten noch die Segnung des Schlafgemachs über sich ergehen lassen – während beide nackt im Bett lagen, die schneeweißen Laken bis zu den Schultern hochgezogen. Und am nächsten Morgen würden drei Mitglieder des Geheimen Rates die Laken inspizieren, um sich zu vergewissern, dass tatsächlich eine Vereinigung stattgefunden hatte und Mary noch Jungfrau gewesen war, als sie Bolingbroke zum ersten Mal beigewohnt hatte.

Bolingbroke war ein mächtiger Adliger des Reiches, ein möglicher Thronerbe, zumindest so lange, bis Richard selbst einen Nachfolger gezeugt hatte, und der Geheime Rat wollte sichergehen, dass jedes Kind, das Mary gebar, tatsächlich von Bolingbroke stammte.

Den ganzen Abend lang verspürte Margaret Erleichterung darüber, dass sie einen Adligen von niederem Stand geheiratet hatte und deshalb den ganzen unangenehmen Teil der Hochzeitsbräuche, wie er bei den Edelleuten des Reiches üblich war, nicht hatte über sich ergehen lassen müssen.

Schließlich war sie mit Marys Haar fertig, und an dem Rascheln und Flüstern hinter dem Wandschirm, wo Bolingbroke von Neville und zwei seiner Kammerdiener entkleidet wurde, konnte sie erkennen, dass es Zeit wurde, Mary ins Bett zu bringen.

»Kommt«, flüsterte sie und beugte sich zu Mary hinab, die vor ihr saß. »Fürchtet Euch nicht. Bolingbroke ist ein schöner Mann, und es gibt viele Frauen in London, die Euch heute Nacht beneiden werden.«

»Seht nur«, sagte Mary und zeigte Margaret ihre Hände. Sie zitterten leicht.

»Nun, wenn Bolingbroke und Ihr endlich allein seid, erzählt ihm von Eurer Furcht, und er wird sanft mit Euch umgehen. Kommt, Mylady, der Erzbischof und Eure Gäste warten schon.«

Mary erhob sich zögernd, und zugleich trat Bolingbroke hinter dem Schirm hervor, gefolgt von Neville.

Margarets und Nevilles Blicke trafen sich und dann lösten sie die leichten Gewänder, die Bolingbroke und Mary trugen, und schlugen die Laken zurück, damit die beiden darunter kriechen konnten.

Einer der Kammerdiener ging zur Tür des Schlafgemachs, und der Erzbischof, Richard, de Vere, Lancaster und Katherine sowie etwa fünfzehn andere hohe Edelleute kamen herein. Manche von ihnen grinsten und zwinkerten den Brautleuten zu oder flüsterten unanständige Worte, doch die meisten von ihnen wahrten den Anstand, als Sudbury die Hand hob und das Ehebett segnete.

Margaret glaubte schon, dass Richard wieder eine Bemerkung machen würde, um die Stimmung des Tages noch mehr zu verderben, und sah zu ihm hinüber.

Doch Richard und de Vere, der neben ihm stand, schenkten der Zeremonie nicht die geringste Beachtung.

Stattdessen blickten beide Männer zu Margaret hinüber.

Kapitel zwölf

Am Fest des heiligen Michael
Im ersten Jahr der Regentschaft Richard II.
(Donnerstag, der 29. September 1379)

– MICHAELISTAG –

– II –

Katherine zögerte kurz vor der Tür, dann öffnete sie sie, ohne zu klopfen.

Philipp, so nackt wie Gott ihn schuf, senkte sich gerade auf den ebenfalls nackten Leib einer Frau hinab, die auf seinem Bett lag.

»Bei allen Heiligen!«, rief Philipp und sprang aus dem Bett, während die Frau ihre Blöße rasch mit einem Bettlaken bedeckte.

Katherine lächelte, wurde dann wieder ernst und wandte sich an die Frau, die sie als eine der Wäscherinnen erkannte, die in La Roche-Guyon beschäftigt waren.

»Du darfst dich anziehen und gehen«, sagte sie. »Seine Gnaden wird deine Dienste nicht mehr benötigen.«

Beunruhigt sah die Frau zu Philipp hinüber, der ein weites Hemd übergestreift hatte und gerade mit seinen Gamaschen kämpfte. »Tu, was sie sagt«, fuhr er sie an, und die Frau stand eilig auf, bedeckte ihre Brüste mit den Händen und lief zur gegenüberliegenden Seite des Zimmers hinüber, wo ihr Kleid am Boden lag.

Philipp hatte es schließlich geschafft, seine Gamaschen hochzuziehen, richtete sich auf und blickte Katherine an, die immer noch in der Tür stand.

»Gütiger Himmel, Katherine, was tut Ihr hier?«

Katherine schwieg, deutete mit dem Kopf auf die Wäscherin, die sich rasch anzog, und trat dann beiseite, als die Frau an ihr vorbei zur Tür hinauseilte.

Katherine schloss die Tür und verriegelte sie. »Ich muss mit Euch reden«, sagte sie.

Philipp ging zu einem Tisch hinüber und goss sich etwas Wein aus einem Krug ein. Er hob den Krug hoch und blickte Katherine mit fragend hochgezogenen Augenbrauen an.

Sie nickte, und er goss ihr ebenfalls einen Becher voll und reichte ihn ihr, während sie zu ihm hinüberging.

»Wir hätten uns auch morgen früh unterhalten können«, sagte er leise und blickte sie aufmerksam an, während er an seinem Wein nippte.

»Ich wollte aber heute Abend mit Euch sprechen.« Sie trank den Wein und reichte Philipp den leeren Becher, wobei sie darauf achtete, dass ihre Finger sich berührten.

»Vorsicht, Katherine«, sagte er noch leiser als zuvor, »Ihr spielt ein gefährliches Spiel.«

Seine Worte beunruhigten Katherine, nicht wegen ihrer Bedeutung, sondern wegen des besorgten Untertons, der in seiner Stimme lag.

Sie hatte das seltsame Gefühl, dass die Besorgnis echt war.

»Wir spielen alle ein gefährliches Spiel«, sagte sie, wandte sich von ihm ab und ging zum Kamin hinüber, wo immer noch die letzte Glut eines Feuers glimmte. »Frankreich ist in

Aufruhr, und Isabella hat erneut Zweifel an Karls Abstammung ausgestreut.«

»Wer glaubt schon einer Frau, deren Erinnerung sich wandelt, je nachdem, wie viel ihr geboten wird?« Philipp trat hinter Katherine und legte ihr sanft die Hand auf die Hüfte.

Es war eine Prüfung. *Wenn sie jetzt vor ihm zurückwich, wusste er, dass sie nicht den Mut hatte, das Spiel zu spielen.*

Katherine versteifte sich ein wenig, was alles hätte bedeuten können, und lehnte sich dann gegen seine Hand, was nur eines bedeuten konnte.

Philipp holte tief Luft. *Also gut.*

»Mag sein«, sagte Katherine und schloss kurz die Augen, als Philipp langsam mit der Hand über ihren Rücken strich. »Aber Frankreich braucht einen starken König, und ob er nun von Ludwig gezeugt wurde, dem königlichen Falkner oder einem verfluchten Pfau, Karl besitzt einfach nicht die nötige Stärke.«

»Und Ihr besitzt sie?«

Katherine drehte sich um und blickte ihm ins Gesicht, nur eine Armlänge von ihm entfernt. »Ich bin eine Frau, und Ihr kennt die Lex Salica – ich kann den Thron nicht besteigen.«

Philipps Hand wurde nun fordernder und zog sie dichter zu sich heran. »Aber …«

»Aber ich kann dafür sorgen, dass ein starker Mann auf den Thron gelangt.«

Philipp erstarrte. »Weswegen seid Ihr hier, Katherine?«

»Ich bin hier, um ein Bündnis zwischen uns vorzuschlagen«, sagte sie, »besiegelt durch die Vereinigung unserer Leiber.«

»Beim Heiland!«, sagte Philipp, wandte sich dann abrupt ab und ging zu dem Tisch mit dem Weinkrug hinüber. »Was verlangt Ihr dafür?«, fragte er über die Schulter.

»Dass Ihr zu mir haltet und mir allein treu seid, mich beschützt und mich achtet.«

Philipp drehte den Krug eine Zeitlang in den Händen, stellte ihn dann ab und ging zu Katherine hinüber. Er hob die Hand und ergriff sanft ihr Kinn; sein hübsches Gesicht mit den dunklen Augenbrauen verriet nichts über seine innersten Gedanken. »Dann werdet meine Gemahlin.«

»Nein«, sagte sie, und seine Finger erstarrten. »Ich werde mit Euch das Lager teilen und Euch überallhin begleiten. Ich werde Euch bei Euren ehrgeizigen Plänen unterstützen und Euch zur Seite stehen.« Ihre Stimme wurde sehr leise und ruhig. »Und Euch jedes Kind überlassen, das aus unserer Verbindung entstehen sollte. Aber ich werde Euch nicht ehelichen.«

Seine Augen verengten sich argwöhnisch. Sie wollte ihn für irgendein Vorhaben benutzen, das sie ihm noch nicht näher erklären wollte. Aber in gewisser Weise war sie durchaus ehrlich zu ihm … und das, was sie ihm geboten hatte – ihre Unterstützung bei der Verwirklichung seiner Pläne und jedes Kind, das er mit ihr zeugen mochte –, reichte aus, um den Thron für sich beanspruchen zu können.

Vielleicht würde sie irgendwann versuchen, ihn zu verraten, doch im Augenblick …

Er ließ ihr Kinn los, und Katherine drehte sich um, schob ihren geflochtenen Zopf über die Schulter und bot seinen Augen schweigend die Ösen an der Rückseite ihres Kleides dar.

Philipp zögerte, streckte dann die Hand nach ihrem Nacken aus und begann langsam, die Haken zu öffnen. Als er den letzten erreicht hatte, direkt über der Rundung ihres Gesäßes, schob er ihr sanft den Stoff ihres Kleides von den Schultern.

Sie trug keine Unterkleider.

Er ließ die Hand über ihre Hüfte und ihren Bauch gleiten und zog sie dicht zu sich heran. Ihre Haut war warm und unendlich weich.

»Was wir tun werden«, sagte er, »lässt sich nicht mehr rückgängig machen. Geh jetzt, wenn du noch irgendeinen Zweifel hast.«

Als Antwort darauf hob Katherine ihre Hände und legte sie auf die seinen. Sie schob sie zu ihren Brüsten hoch und zuckte leicht zusammen angesichts der Empfindungen, die sie durchfluteten, als er ihre Brüste streichelte.

»Ich habe keine Erfahrung in diesen Dingen«, sagte sie. »Ich weiß nicht, wie man das macht.«

Philipp musste ein Lächeln unterdrücken – sicherlich hatte Isabella ihr diese Worte beigebracht: *Sie werden sein Begehren noch mehr anstacheln, meine Liebe, denn welcher Mann kann schon widerstehen, ein junges Mädchen in die Liebeskunst einzuführen?*

Sein Lächeln erstarb. *Isabella war eine äußerst weise Frau.*

»Dann will ich es dir zeigen«, flüsterte er und schob ihr das Kleid von den Hüften, sodass sie nackt vor ihm stand.

Es war eine Nacht der Entdeckungen und unerwarteten Wunder. Katherine hatte viele Dinge von Philipp dem Schlechten erwartet, aber nicht die Sanftheit, Achtung und Geduld, die er ihr entgegenbrachte. Sie redeten, lachten und schwiegen abwechselnd, während er ihren Leib erforschte und sie dann ermunterte, das Gleiche mit dem seinen zu tun. Alles war so neu und wunderbar für Katherine. Sie bewunderte Philipps Leib, überrascht, nicht nur darüber, wie er auf sie reagierte, sondern auch, wie ihr Körper auf den seinen reagierte. Es war weder unangenehm noch schmerzhaft, nur das Entdecken neuer Ebenen der Empfindung und des Daseins; kein Gefühl des Verlusts, nur das unbeschreibbare Wissen darum, dass zwei Körper und zwei Seelen eins werden konnten.

Es gab einen Moment, an den sie sich wohl ihr ganzes Leben lang erinnern würde. Philipp war über ihr und tief in ihr. Er richtete den Oberkörper ein wenig auf, sein Gesicht schweißüberströmt, während ihm das dunkle Haar in die Stirn hing.

»Du bist die Einzige für mich«, sagte er und irgendwie berührten Katherine diese Worte so sehr, dass sie anfing zu weinen, und Philipp beugte sich wieder über sie, küsste ihre Tränen fort und begann selbst zu weinen.

Sie erwachte langsam aus tiefem Schlaf. Es war noch finstere Nacht, doch Philipp lag ruhig atmend neben ihr, und sie war nicht mehr allein.

Sie war nicht mehr allein.

Ihr ganzes Leben lang war sie allein gewesen, ohne einen Vater und oft auch ohne eine Mutter, da Isabella sich nur selten um sie gekümmert hatte.

Bolingbroke hatte nicht um sie gekämpft … aber Philipp, der verräterische, unzuverlässige Philipp, war in dieser Nacht ehrlich zu ihr gewesen und hatte ihr etwas geschenkt, das der Liebe nahe kam.

Sie seufzte und streckte sich und schmiegte sich noch enger an Philipps Leib. Sie war von unbeschreiblicher Zufriedenheit erfüllt. Heute Nacht hatte Bolingbroke Mary de Bohun beigewohnt, und Katherine hätte weinend auf ihrem Lager liegen können, doch sie hatte getan, was Isabella ihr vorgeschlagen hatte und hatte ihr Schicksal selbst in die Hand genommen.

Dabei hatte Katherine etwas von unschätzbarem Wert in Philipp entdeckt … etwas, das ihr vielleicht auch zur Gefahr werden konnte.

Könnte Hal damit mithalten? Wie stark war er wirklich?

Ihre Bewegung hatte Philipp geweckt, und er regte sich.

»Katherine.« Er legte die Hand auf eine ihrer Brüste, und sie lachte kehlig und drängte sich dichter an ihn. »Woran denkst du?«

Katherine lächelte in der Dunkelheit, beugte sich vor und küsste ihn auf den Mund. »Ich habe in der letzten Nacht ein großes Glück erfahren. Nur wenige Frauen, ob von niederer Herkunft oder edler Geburt, verlieren auf so angenehme Weise ihre Jungfräulichkeit. Du hättest nicht so sanft mit mir sein müssen, doch du bist es gewesen. Und dafür möchte ich dir danken.«

»Das war doch selbstverständlich, meine Geliebte.«

Die unerwartete Zärtlichkeit in seiner Stimme ließ Katherine erneut Tränen in die Augen treten, und sie holte zitternd Luft.

Er berührte mit den Fingern ihre Wange. »Und dennoch musste ich dir die ganze Nacht lang die Tränen von der Wange küssen. Vielleicht war ich doch nicht so sanft, wie du sagst.«

Sie lächelte. »Dann müsst Ihr mich von meinem Schmerz ablenken, Euer Gnaden.«

»Und wie soll ich das anstellen?«

Sie lachte, als seine Hand über ihren Bauch strich. »Darf ich dich etwas fragen?«

Er stöhnte übertrieben auf. »Wenn es sein muss.«

»Ich habe überlegt, mein König von Navarra, ob du jemals meiner Mutter beigewohnt hast.«

Seine Hand erstarrte augenblicklich, und nach einem Moment richtete er sich auf dem Ellbogen auf. »Warum fragst du das?«

»Ich bin nur neugierig, Philipp, denn ich weiß, dass sie viel für dich übrig hat. Es macht mir nichts aus, wenn es so ist.«

Philipp dachte schweigend nach und beschloss dann, ehrlich zu antworten. »Nein, ich habe nie das Lager mit ihr geteilt.«

Er lachte kurz auf, als er sich erinnerte. »In meiner Jugend, als ich vielleicht dreizehn oder vierzehn Jahre alt war, habe ich sie schrecklich begehrt, und jedes Bauernmädchen, das ich dazu überreden konnte, sich mit mir ins Gras zu legen, trug in meiner Vorstellung ihr Gesicht. Als ich älter wurde und sie besser kennengelernt habe, mochte ich sie zu sehr und habe ihr zu viel Achtung entgegengebracht, um ein weiterer Strich auf ihrer Liste von Liebhabern zu werden.«

Katherine streckte die Hand aus und umfasste sein Kinn. »Dann ist meiner Mutter etwas entgangen, denn ich glaube, sie hat ihr ganzes Leben lang nach jemandem wie dir gesucht.«

»Und ich glaube, meine Liebe«, sagte er leise und betrachtete ihr Gesicht im blassen Licht des Morgens, »dass wir beide heute Nacht viel mehr gewonnen haben, als wir je geglaubt hätten.«

»Ja«, flüsterte sie.

Und Hal hat einiges verloren, dachte sie, als sich Philipps Lippen sanft auf die ihren legten.

In dieser Nacht des Michaelistages lagen noch drei andere Menschen wach, die Katherines Nacht der Wunder geteilt hatten.

Wat Tyler schritt tief in den südöstlichen Grafschaften Englands, wo er heimlich seinen Angelegenheiten nachging, durch die Straßen des kleinen Dorfes, wo er über Nacht Halt gemacht hatte.

Er war wütend auf Katherine und Bolingbroke.

Nun konnten sie nicht mehr unbemerkt vorgehen, nicht, nachdem Katherine mit Philipp das Lager geteilt hatte. Etienne hatte recht gehabt – der Donner der Revolution in den Straßen war weitaus wirksamer, um ihr Ziel zu erreichen, als Bolingbrokes hübsche Raffinessen.

Margaret lag neben dem schlafenden Tom, und Tränen der Freude und des Neids liefen ihr über die Wangen. Sie hätte nicht geglaubt, dass Katherine das tun würde – und was sie getan hatte, stellte den Erfolg ihres ganzen Unterfangens in Frage –, aber Margaret war froh, dass Katherine endlich doch ein wenig Glück gefunden hatte … *und was für ein Glück das war!*

Bolingbroke lag ebenfalls wach, während Mary still und reglos neben ihm lag.

Er war außer sich vor Wut. Als er sich Mary zugewandt hatte, nachdem die Tür hinter den letzten Hochzeitsgästen ins Schloss gefallen war, hatte er gespürt, was Katherine gerade tat.

Als Philipp Katherine berührt hatte, hatte er Mary berührt.

Als Philipp Katherine geküsst hatte, hatten sich seine Lippen auf Marys gelegt.

Und als Philipp in Katherine eingedrungen war, hatte er das Gleiche mit Mary getan.

Doch während Katherine vor Erstaunen gelacht hatte, hatte Mary vor Schmerz und Furcht aufgeschrien.

Und während Katherine Philipp noch enger an sich gezogen hatte, hatte Mary erfolglos versucht, Bolingbroke von sich zu stoßen.

Bolingbroke hatte gewusst, dass sie sich vor dieser Nacht fürchtete, und hatte deshalb sanft und geduldig mit ihr sein wollen. Doch als er gespürt hatte, was Katherine tat, war er von blinder Wut und Eifersucht überwältigt worden, und seine Hände und sein Leib waren hart und unnachgiebig geworden, und Marys Ängste waren Wirklichkeit geworden.

Hinterher versuchte er, sie zu trösten, doch was sollte er sagen?

Was konnte er schon sagen?

So lagen sie also beide da, Bolingbroke und seine Gemahlin, während der langen Nacht des Michaelistages, und fragten sich, was wohl aus einer Ehe werden sollte, die so lieblos begonnen hatte.

Und der Schatten, der sich tief in Mary verbarg, freute sich schon auf das Unheil, das er einmal anrichten würde.

Kapitel Dreizehn

Am Fest des heiligen Hieronymus
Im ersten Jahr der Regentschaft Richard II.
(Freitag, 30. September 1379)

Beim ersten Zeichen der Morgendämmerung im Osten erhob sich Bolingbroke von seinem Hochzeitslager. Kaum hatte er sich angezogen, klopfte es leise an der Tür, und Margaret trat ein, den Blick geflissentlich abgewendet.

»Lady Neville«, sagte Bolingbroke mit ausdrucksloser Stimme, während Margaret Marys Gewand holte.

Schließlich sah Margaret ihm doch in die Augen.

Vor Mary konnte er nicht über Katherine sprechen, doch er musste einen Blick mit Margaret wechseln, und wenn auch nur, um seine stumme Pein und seine Wut mit ihr zu teilen.

Sie erwiderte seinen Blick. *Was hast du erwartet? Hast du geglaubt, sie würde untätig warten und Tränen vergießen?*

Bolingbroke presste die Lippen zusammen. »Meine Gemahlin braucht Euren Beistand, Lady Neville«, sagte er. »Wie es scheint, habe ich ihr heute Nacht nur Verdruss bereitet.«

Und damit verließ er das Gemach.

Sobald sich die Tür hinter ihm geschlossen hatte, hob Mary zitternd die Hand an den Mund, und Margaret setzte sich zu ihr auf das Bett und schloss sie in die Arme.

Neville fand Bolingbroke im Hof des Savoy Palace bei der Waffenübung, während die Glocken der Prim den Morgen über London einläuteten. Die Stadt erwachte zum Leben: Boote wurden zu Wasser gelassen, und die Rufe der Fischer und Kohlehändler hallten seelenvoll über die Palastmauern; Karrenräder und Pferdehufe klapperten über den *Strand* und brachten Waren zu den Märkten; Huren gingen nach Hause, um nach getaner Arbeit auszuruhen, während die Priester von Londons Kirchen die Türen ihrer Gotteshäuser aufstießen, um den Sünden der Stadt entgegenzutreten.

Neville blieb im Schatten eines Bogenganges stehen und sah zu Bolingbroke hinüber.

Dieser war mit einer dicken Ledertunika bekleidet, die bis über seine Schenkel reichte, und trug mit Nieten besetzte Handschuhe. Ein Kettenhemd mit Kapuze bedeckte seinen Kopf, seine Schultern und den Oberkörper. In den Händen hielt er ein großes Schwert und tauschte Streiche mit einem Unteroffizier aus. Oder vielmehr schien es so, als wolle er den Offizier erschlagen, denn dieser war bereits sichtlich erschöpft.

Während Neville aus dem Schatten trat, sank der Soldat entkräftet zu Boden, und Bolingbroke machte einen Schritt nach vorn und hob das Schwert mit beiden Händen.

Sein Gesicht war verzerrt, sein Blick leer.

»Bolingbroke«, sagte Neville leise und packte sein Handgelenk. »Halte ein. Dieser Mann ist nicht dein Feind.«

Bolingbroke riss sich los, sein Schwert fiel klirrend zu Boden, und er fuhr zu Neville herum.

Seine Augen funkelten vor Wut. Er wollte etwas sagen, rang dann jedoch sichtlich um Beherrschung und zwang sich, ruhig zu bleiben.

Er holte tief Luft. »William«, sagte er an den Unteroffizier gewandt, »es tut mir leid. Ich wollte dich nicht verletzen.«

Der Mann lächelte, doch seine Hände zitterten, als er sein Schwert in die Scheide schob. »Wenn Ihr diesen Zorn eines Tages gegen die Franzosen richtet, mein Lord, dann habe ich nichts dagegen, Euch während einer Waffenübung als Ziel zu dienen.«

»Nun, der Heiland gebe, dass es mir eines Tages vergönnt sein wird«, sagte Bolingbroke und bedeutete dem Mann mit einem Nicken, dass er entlassen sei.

»Und dieser Tag ist womöglich näher, als du denkst«, sagte Neville, als William gegangen war.

»Wieso? Gibt es Neuigkeiten?«

»Dein Vater hat mich zu dir geschickt, Hal. Richard hat eine Versammlung aller Edelleute einberufen, die sich gegenwärtig in London befinden. Sie wird in einer Stunde stattfinden.«

Bolingbroke starrte Neville an, murmelte dann einen Fluch und eilte ins Haus.

Auf dem Hof des Palastes von Westminster drängten sich Pferde, bewaffnete Soldaten, Pagen, Stallknechte, Kammerdiener, Knappen und übellaunige Adlige, die nach ihren Gefolgsleuten riefen.

Was wollte Richard von ihnen?

Obwohl auch die Mitglieder des Geheimen Rates bei der Versammlung anwesend sein würden, war dies nicht im eigentlichen Sinne ein Treffen des Rates, denn es würden darüber hinaus noch viele andere Edelleute daran teilnehmen.

Bolingbroke und Neville stiegen von ihren Pferden und warfen die Zügel den Männern ihrer Eskorte zu. Während sie sich einen Weg durch die Menge bahnten, sahen sie Simon Sudbury, den Erzbischof von Canterbury, den Palast betreten, dicht gefolgt von Thomas Brantingham, dem Bischof von Exeter.

Mit wehenden blauroten Umhängen verschwanden sie in dem Palast.

»Sudbury und Brantingham?«, murmelte Bolingbroke. »Was geht hier vor? Ah, sieh nur, dort ist mein Vater!«

Johann von Gent, der Herzog von Lancaster, war aus einem Seiteneingang getreten und stand nur wenige Schritte von Bolingbroke und Neville entfernt.

»Vater?«, rief Bolingbroke ihn leise an.

Lancasters Gesicht war aschfahl – doch dieses Mal vor Wut und Verzweiflung und nicht wegen seines schlechten Gesundheitszustandes. »Richard hat beschlossen, die Regierung des Landes selbst in die Hand zu nehmen«, sagte er und hob die Hand, als Bolingbroke etwas sagen wollte. »Er ist nun achtzehn Jahre alt, und sein Großvater hat im selben Alter die Regierung übernommen. Er hat das Recht dazu ... und die Mitglieder des Geheimen Rates haben mit den altersschwachen Köpfen genickt und ihre Zustimmung gegeben.«

»Aber warum?«, fragte Bolingbroke.

Lancaster blickte seinen Sohn düster an. »Warum nicht? Richard hat ein Recht darauf, das Land allein zu regieren. Meine Mitregentschaft konnte nicht ewig dauern.«

»Aber er wird dich doch sicher als Berater behalten?«

Lancasters Blick wurde noch düsterer. »Nein, Hal. Richard möchte sich von den Ketten der vergangenen Monarchen befreien ... und offenbar bin ich die größte Last, derer er sich entledigen muss.«

Bolingbroke und Neville tauschten einen Blick, doch Lancaster sprach weiter, ehe einer von ihnen etwas sagen konnte. »Es hat keinen Sinn, hier draußen zu stehen und uns zu fragen, was geschehen ist. Kommt, lasst uns hören, was unser König zu sagen hat.«

Richard würde die Adligen in der *Painted Chamber* empfangen. Als Bolingbroke und Neville eintraten, fiel ihnen auf, dass der Saal ein wenig umgestaltet worden war, seit sie ihn das letzte Mal gesehen hatten. Richards Bett war von dem Podest an der Stirnseite des Saals verschwunden. Offenbar war er in die Gemächer gezogen, die an die *Painted Chamber* angrenzten, vermutlich in die leer stehenden Gemächer der Königin. Anstelle des Bettes standen nun mehrere Tische auf dem Podest, die mit Kisten, Karten, kleinen Schatullen und zahlreichen Urkunden übersät waren. Neville fühlte sich augenblicklich an das Wirrwarr in Bolingbrokes Amtsstube erinnert, das er immer noch nicht in Ordnung gebracht hatte.

In der Mitte des Saals waren mehrere Tische zusammengeschoben worden, um eine lange Tafel zu bilden. Zu beiden Seiten der Tafel standen Edelleute und flüsterten miteinander, manche nippten an Weinbechern.

Einige Gesichter wirkten besorgt, andere zuversichtlich.

Ein lautes Lachen ertönte, und Bolingbroke und Neville blickten zu den drei Männern hinüber, die in der Nähe des Podests standen. Robert de Vere, Heinrich Percy, Graf von Northumberland, und sein Sohn Hotspur.

Die drei standen nahe beieinander, und de Vere hatte den Arm um Hotspurs Schultern gelegt.

Das Lachen war von diesen beiden gekommen, und sie blickten dabei in Bolingbrokes Richtung.

»Eine schlimme Sache«, sagte eine Stimme hinter ihnen, und Lancaster, Bolingbroke und Neville drehten sich um.

Ralph Neville, Thomas' Onkel, der Baron von Raby und Graf von Westmorland, hatte sich ihnen angeschlossen und nickte in Richtung der Männer. »Diese drei verstehen sich heute überraschend gut. Ich frage mich, warum wohl?«

»De Vere ist mit Northumberlands Tochter Philippa verheiratet«, sagte Neville. »Vielleicht …«

Raby hatte den Blick nicht von den drei Männern abgewendet, die äußerst unverschämt zurückstarrten. »Aber das ist längst nicht alles«, sagte er. »Ich glaube, die drei verbindet mehr als nur eine Frau.«

Neville sah wieder zu den Männern hinüber und fragte sich, was diese Verbindung für seinen Onkel bedeuten mochte. Raby und Northumberland waren Rivalen um die Macht im Norden Englands … und nun, da sich Richard offenbar von Lancasters Einfluss befreien wollte, während Raby eng mit dessen Haus verbunden war, hatte es nichts Gutes zu bedeuten, dass sich Northumberland und Hotspur mit Richards Günstling gut stellten.

Es hatte ganz und gar nichts Gutes zu bedeuten! Richard befreite sich von jedem, der sich ihm vielleicht in den Weg stellen würde, und verbündete sich mit all jenen, die aufgrund ihres eigenen Ehrgeizes seine teuflischen Pläne gutheißen würden.

»Ah!«, sagte Lancaster. »Da ist Gloucester. Wir sollten uns ihm anschließen.«

Sie gingen zu Thomas von Woodstock hinüber, dem Herzog von Gloucester, Lancasters jüngstem Bruder, der mit seinen Begleitern den Saal betreten hatte. Gloucester begrüßte seinen Bruder, seinen Neffen und Raby herzlich und nickte sogar Neville höflich zu, obwohl dieser ihn einst öffentlich angegriffen hatte, als Gloucester Margaret für den Tod seiner Gemahlin im Kindbett verantwortlich gemacht hatte.

»Der kleine Kobold hat ein paar neue Freunde gewonnen«, sagte Gloucester und wies mit seinem Kinn auf die Percys und de Vere, die immer noch zu Bolingbroke und Lancaster herübersahen.

»De Vere?«, sagte Lancaster. »Ja, in der Tat, und ich glaube nicht, dass …«

»Ihr Fürsten!«, rief ein Diener am Nebeneingang des Saals. »Euer König ist hier!«

Und in diesem Augenblick betrat Richard den Saal und lächelte den versammelten Edelleuten zu. Sein schlanker Leib steckte in eng anliegenden schwarzen Gewändern – eine Farbe, die er nun offenbar dem Grün vorzog –, und bis auf einen schmalen Goldreif trug er keinerlei Juwelen oder Zeichen seines Ranges.

Richard hat sich den schlechten Neuigkeiten, die er gleich verkünden wird, entsprechend gekleidet, dachte Neville.

Während sich die Edelleute verneigten, ging Richard zu dem Thron an der Spitze der Tafel, setzte sich und bedeutete den Adligen, es ihm gleichzutun.

Neville trat einen Schritt zurück, während Lancaster, sein Bruder Raby und Bolingbroke an der Mitte der Tafel Platz nahmen.

Sie hätten rechts neben dem König sitzen müssen, dachte Neville.

Die Begleiter der Edelleute, unter ihnen Thomas, standen zwei Schritte hinter den Stühlen ihrer Herren.

»Adlige des Reiches«, sagte Richard, hob langsam den Kopf und blickte sich am Tisch um, »es ist einige Monate her, seit mein geliebter Großvater und mein Vater gestorben sind …«

Warum sagst du nicht die Wahrheit, Dämon?, dachte Neville. *Sie wurden ermordet.* Er musterte Richard finster, und einen kurzen Moment lang sah auch Richard in seine Richtung und erwiderte seinen Blick.

»… und wir haben ihr Hinscheiden angemessen betrauert, wie es dem Brauch entspricht. Doch nun ist das Zeitalter meines Vaters und meines Großvaters vorbei, und ein neuer, junger König sitzt auf Englands Thron. Während dieser Monate des Übergangs war ich es zufrieden, die Hände in den Schoß zu legen, doch nun kann ich nicht mehr länger untätig sein ...«

Alle im Saal hielten den Atem an. *Was meinte er damit? Wer würde seinen Kopf verlieren, und wer würde eine Beförderung erhalten?*

»... und mich vom Einfluss der Vormunde und Regenten befreien«, Richard blickte Lancaster an, »die mich in den Fesseln meiner Kindheit gefangen halten wollen.«

»Majestät«, sagte Lancaster angespannt, »es war nie unsere Absicht, Euch ›gefangen zu halten‹. Ihr seid zu überraschend auf den Thron gelangt, ohne die Erfahrung, die Ihr während der Regierungszeit Eures Vaters hättet sammeln können. Wir ...«

»Ihr habt mich eingeschränkt«, sagte Richard. »Außerdem ist mir in den letzten Wochen aufgefallen, dass es manchem unter Euch«, sein Blick war immer noch auf Lancaster und seine Begleiter gerichtet, »gelungen ist, eine Beliebtheit beim Volk zu erlangen, die sich durchaus gegen mich wenden könnte.«

Hier kommt er, dachte Neville, *der Dolch, der sich in Bolingbrokes Rücken bohren wird. Nein, in die Rücken aller, die mit Bolingbroke und seinem Vater in Verbindung stehen.*

Wieder richtete sich Richards Blick auf Thomas, um dann wieder ruhelos über die versammelten Edelleute zu gleiten.

»Ich glaube mich in Gefahr zu befinden«, sagte er leise. »Schlimmer noch, ich glaube, dass England in Gefahr schwebt. Hört deshalb meine Entscheidungen. Lancaster, Ihr seid aus Eurem Amt als Regent entlassen. Ich wünsche Euch Gesundheit und ein langes Leben, aber ich möchte mich lieber mit Ratgebern umgeben, denen ich bedingungslos vertrauen kann.«

Diesmal war fast zu hören, wie die Edelleute am Tisch die Luft anhielten. Manche der Versammelten frohlockten sicher innerlich, denn wenn Lancaster nicht mehr in der Gunst des Königs stand, konnte das ihren eigenen Einfluss nur vergrößern, doch alle wunderten sich über den Hochmut, mit dem Richard den mächtigsten Mann Englands aus seinem Amt entließ und vor allen Anwesenden demütigte.

»Auch die anderen Regierungsämter werde ich neu besetzen«, fuhr Richard fort. »Der Erzbischof von Canterbury«, er nickte in Sudburys Richtung, »wird mein neuer Kanzler sein, und der Bischof von Exeter«, dieses Mal nickte er Brantingham zu, »wird das Amt des Schatzmeisters innehaben.«

Gütiger Himmel, dachte Neville, *der Dämon fühlt sich so sicher, dass er sich mit den hochrangigsten Männern der Kirche umgibt*. Er blickte zu Sudbury und Brantingham hinüber. *Aber waren sie tatsächlich Männer der Kirche? Oder womöglich ebenfalls Dämonen?*

Wie als Antwort darauf warf Sudbury Lancaster einen entschuldigenden, fast verlegenen Blick zu – die beiden waren jahrelang enge Verbündete gewesen. Neville nahm seinen Argwohn gegenüber Sudbury zurück; offensichtlich hatte dieser Richard noch nichts von dem aufrührerischen John Ball erzählt, den er im Gefängnis von Canterbury gefangen hielt. Denn hätte er es getan, würde sich Lancaster längst im Tower befinden.

»Statt Lancaster wird Robert de Vere den Platz des besten Freundes und engsten Vertrauten an meiner Seite einnehmen, dem ich das Amt des Haushofmeisters übertrage und«, Richard hielt inne und ließ belustigt den Blick über die Tafel schweifen, »die Schlösser und Ländereien von Oakham und Queenborough vermache ...«

Ein Murmeln erhob sich rund um den Tisch.

»… sowie das Schloss von Berkhamsted. Außerdem erhebe ich ihn zum Oberrichter von Chester und North Wales …«

Schweigen herrschte am Tisch, während die Edelleute Richard entsetzt anstarrten.

»… und als Zeichen meiner Freundschaft und meines Vertrauens ernenne ich ihn zum Herzog von Irland.«

Aufruhr brach am Tisch los. *Herzog von Irland?* Viele Männer äußerten ihren Unmut, während andere sich mit dem neuen Günstling des Königs gut stellen wollten und ihm gratulierten, doch am lautesten beschwerte sich Gloucester.

Er sprang auf und schlug mit der Faust auf den Tisch.

Augenblicklich herrschte Stille.

»Majestät«, rief Gloucester wütend, »diese Bevorzugung ist vollkommen unangemessen! Ihr habt diesem Mann damit so viel Macht verliehen, dass …«

»Zweifelt Ihr daran, dass mein Onkel Lancaster Böses im Schilde führt?« Richard war ebenfalls aufgesprungen, und Neville war sich sicher, dass Gloucester an diesem Tag sein eigenes Todesurteil unterschrieben hatte.

»Lancaster führt nichts Böses im Schilde!«, rief Gloucester. »Glaubt Ihr etwa, Ihr hättet so leicht auf den Thron gelangen können, wenn es so wäre? Ihr seid ein dummer Lümmel und seht einfach nicht …«

»Gloucester!« Nun war auch Lancaster aufgesprungen und versuchte, Gloucester wieder auf seinen Stuhl hinabzuziehen und ihn zum Schweigen zu bringen.

»Meint Ihr, ich wüsste nicht, was mein Onkel und sein geliebter Sohn treiben?«, brüllte Richard. »Habt Ihr gestern nicht gehört, wie das Volk seinem ›geliebten Prinzen Hal‹ zugejubelt hat?« Richards Gesicht verzerrte sich vor Hass. »*Ich werde an meinem Hof keine Rivalen dulden!*«

Er hielt inne und holte tief Luft, um seine Fassung wiederzugewinnen.

Am ganzen Tisch herrschte Stille und Spannung lag in der Luft. Lancaster war es schließlich gelungen, Gloucester wieder auf seinen Stuhl hinabzuziehen, während Neville sich Bolingbroke einen Schritt genähert hatte, der Richard erschrocken und ungläubig anstarrte.

Wer hätte gedacht, dass der Dämon so bald schon Schritte unternehmen würde, um seine Macht zu festigen?

»Ihr habt Glück, mein strahlender Prinz Hal«, sagte Richard, »dass ich Euch für Eure verräterischen Gedanken nicht in den Tower einsperren lasse.«

»Majestät«, sagte Bolingbroke, und die Anwesenden staunten über die Ruhe, die er ausstrahlte. »Ich hege keine verräterischen Gedanken und auch keine ehrgeizigen Pläne, die sich gegen Euch als meinen Gebieter und König richten. Ich bitte Euch, mir das zu glauben.«

»Dann müsst Ihr mein Vertrauen gewinnen, Bolingbroke, denn ich bin immer noch der Ansicht, dass es Euch insgeheim nach dem Thron verlangt und dass Ihr vorhabt, Euch seiner mithilfe der Ländereien und des Reichtums von Lancaster und Hereford zu bemächtigen.«

Wieder war es ganz still.

»Majestät«, sagte Bolingbroke leise, »am Tag Eurer Krönung bin ich vor Euch auf die Knie gegangen und habe Euch Gefolgschaft und Treue geschworen. Was habe ich seither getan, dass Ihr mich für einen Verräter haltet?«

Richard erwiderte Bolingbrokes Blick, dann sagte er: »Ich treffe lediglich Vorkehrungen, damit Ihr nicht zum Verräter werdet, Bolingbroke«, sagte er. »Dankt dem Herrn, dass ich Euch Eure Ländereien und Euer Leben gelassen habe.«

Bolingbroke lehnte sich in seinem Stuhl zurück und wandte

den Blick ab. Er war bleich vor Wut, und in seiner Wange zuckte ein Muskel.

Wenn es Richard möglich gewesen wäre, dachte Neville, *dann hätte er ihm tatsächlich seine Ländereien und sein Leben genommen. Doch Lancaster und seine Anhänger sind immer noch zu stark, und Richard lauert wie eine Spinne in ihrem Netz auf den richtigen Moment. Gott sei Dank weiß er nichts von John Ball und davon, dass Wycliffe in Lutterworth eingesperrt ist!*

Richard wandte den Blick von Bolingbroke ab und machte noch einige eher unbedeutende Ankündigungen. Dann sagte er: »Ich habe ein Hilfegesuch erhalten.« Er erhob sich von seinem Thron, stieg den Podest hinauf und holte ein Pergament hervor. Er tat so, als würde er es lesen, dann sprach er mit lauter Stimme weiter, damit ihn alle am Tisch hören konnten.

»Ich habe vor, diesem Gesuch stattzugeben, denn es könnte sich zu Englands Vorteil erweisen. Graf Pedro von Katalonien hat mich um meine Unterstützung in einem Zwist gebeten, der zwischen ihm und seinem unehelichen Halbbruder Heinrich ausgebrochen ist.«

Richard warf Bolingbroke erneut einen wütenden Blick zu, als wolle er damit ausdrücken, dass sich alle Verwandten mit dem Namen Heinrich früher oder später als Verräter erweisen mussten.

»Offenbar hat Heinrich Pedros Ländereien und Einkünfte an sich gerissen. Pedro benötigt Hilfe, um sie zurückzuerobern. Meine engsten Ratgeber«, Richard wies auf de Vere, Northumberland und Hotspur, aber auch auf Sudbury und Brantingham, »und ich haben beschlossen, Truppen nach Katalonien zu entsenden, um …«

»Majestät, das ist Irrsinn!« Nun war Raby aufgesprungen, und Neville musste ein Aufstöhnen unterdrücken. *Hatte es denn jeder, der ihm bei seiner Suche nach der Schatulle behilflich sein konnte, darauf abgesehen, es sich mit dem König zu verscherzen?*

»Wenn Ihr Truppen nach Katalonien entsenden wollt«, fuhr Raby fort, »müsst Ihr welche aus dem Süden Frankreichs abziehen, wo wir sie bitter nötig haben ...«

»Westmorland, schweigt!«, fauchte Richard. »Ich habe Euch in dieser Angelegenheit nicht um Euren Rat gebeten.«

»Wichtiger noch«, sagte Lancaster, »Katalonien befindet sich unter der Herrschaft des Königs von Aragonien. Es wird ihm sicher nicht gefallen, wenn England Truppen in ein Gebiet entsendet, das er als sein ...«

»Und *Euer* Rat ist schon gleich gar nicht erwünscht!«, sagte Richard. »Pedro könnte ein wichtiger Verbündeter werden, wenn wir die Sache richtig anpacken ...«

Angesichts dieser Bemerkung wandten mehrere Männer am Tisch den Blick ab und bissen sich auf die Lippen, um ein Lachen zu unterdrücken.

»... und ihm unsere Hilfe gewähren.« Richard hielt inne. »Der Sohn des Grafen von Northumberland, Hotspur, wird den Feldzug nach Katalonien anführen.«

Neville richtete den Blick auf Hotspur. *Kein Wunder, dass er sich so gut mit de Vere verstanden hatte! Aber konnte Hotspur einen solchen Feldzug führen? Zweifellos besaß er großen Mut, doch er war viel zu jung für ein Unterfangen, das die Fähigkeiten eines Diplomaten ebenso erforderte wie die Schwertkünste eines erfahrenen Kriegers.*

»Majestät, England kann sich die Kosten eines solchen Feldzuges kaum leisten.« Nun erhob sich Sir Richard Sturry, ein vertrauenswürdiger Berater des verstorbenen Königs Eduard. »Wir haben bereits große Schulden wegen unseres Krieges gegen Frankreich, der immer noch andauert ...«

»Dieser Krieg ist mit dem Abkommen von Westminster beendet«, sagte Richard und bedeutete Sturry, sich wieder zu setzen. »Wir können uns diesen Feldzug leisten … und wir werden es tun. Es wird Zeit, dass ich nicht nur in England, sondern auch in Europa ein Zeichen setze. Adlige des Reiches«, Richard ließ den Blick durch den Saal schweifen und gestattete sich ein kleines Lächeln, »das ist alles für heute.«

Viele der Edelleute erhoben sich, und ein Murmeln erfüllte den Saal.

Doch Neville konnte den Blick nicht von Richard abwenden.

Der König stand hinter einem der Tische auf dem Podest und sah mit einem listigen Lächeln zu ihm herüber …

… während seine linke Hand auf einer kleinen, mit Messing beschlagenen Schatulle auf dem Tisch ruhte!

»Gütiger Himmel«, flüsterte Bolingbroke, der sich Neville angeschlossen hatte. »Dort ist sie!«

TEIL ZWEI

Die geschundene Gemahlin

Meine liebe Schwester, ich möchte Euch noch einmal ins Gedächtnis rufen, dass es Euch zuallererst obliegt, Eurem Ehemanne zu gehorchen, und dass die weise Frau durch Gehorsam die Liebe ihres Mannes gewinnt, um am Ende doch ihren Willen zu bekommen.

Ein Pariser Ehemann an seine Gemahlin, 1392

Kapitel eins

Vor Matutin, am Fest des heiligen Melorius
Im ersten Jahr der Regentschaft Richard II.
(Samstag, 1. Oktober 1379, 1 Uhr)

Während der letzten zwei Stunden waren zahlreiche kleine Boote geräuschlos durch das Wasser der Themse geglitten, hatten kurz am Kai vor dem Savoy Palace Halt gemacht, mehrere vermummte Männer abgeladen und waren dann weitergefahren. Die Männer, die aus den Booten gesprungen waren, liefen so leise wie möglich die Stufen zum Palasttor hinauf, flüsterten ihren Namen dem Mann zu, der dort stand, worauf dieser ihnen ebenfalls im Flüsterton die Anweisung gab, in einem unterirdischen Lagerraum zu verschwinden.

Insgesamt begrüßte Neville an die sechzehn Mann, darunter einige der mächtigsten Adligen Englands. Als der letzte eingetroffen war, begleitete Neville ihn in den Lagerraum, der von flackernden Fackeln nur spärlich erleuchtet war.

Nachdem Neville die Tür hinter sich geschlossen und auf einem kleinen Fass Platz genommen hatte, senkte sich Schweigen über den düsteren Raum.

Es war ein gefährliches Unterfangen. Mehr als das, denn die Männer wussten, dass ihr Bündnis so leicht zerreißbar und vergänglich wie ein Spinnennetz war.

Verrat konnte ebenso von innen wie von außen über sie hereinbrechen.

Johann von Gent, Herzog von Lancaster, stand neben einigen aufeinander gestapelten Bierfässern, sein Bruder Gloucester auf der einen und Bolingbroke auf der anderen Seite. In seiner Nähe saß Ralph Neville, Baron von Raby und Graf von Westmorland. Diese Männer vertrauten einander, doch über die anderen hier Versammelten waren sie sich nicht so sicher.

Aber hatten die anderen sich nicht an *sie* gewandt?

Und nun befanden sich hier in diesem Raum einige der mächtigsten Fürsten Englands. Richard, Graf von Arundel und Surrey, den Lancaster und seine Verbündeten immer für eines der Mitglieder des Geheimen Rates gehalten hatten, denen Richard am meisten vertraute – was tat er hier eigentlich?

Weniger überraschend war die Anwesenheit von Thomas Mowbray, Graf von Nottingham und Herzog von Norfolk. Er war einmal ein enger Freund Richards gewesen – sie waren im selben Alter und zusammen aufgewachsen. Doch nun war Nottingham zugunsten de Veres zurückgewiesen worden, und der Blüte von Englands Ritterschaft war sein Unmut wohlbekannt.

Dass Thomas Beauchamp, Graf von Warwick, hier war, war ebenfalls wenig überraschend: Er hatte Richard nie sonderlich nahe gestanden und hatte wie Sir Richard Sturry, der neben ihm saß, öffentlich Vorbehalte gegenüber Richards Plänen geäußert. Beide hatten Lancaster und Bolingbroke ihre Unterstützung zugesichert, als sie am Nachmittag zuvor die *Painted Chamber* verlassen hatten.

Noch andere waren gekommen, Grafen und Herzöge und einfache Ritter, die über Richards Verhalten am vorangegangenen Tag und de Veres raschen Aufstieg in der Gunst des Königs während der letzten Monate zutiefst beunruhigt waren.

»Mein Lord.« Sturry brach das Schweigen als Erster, erhob sich und verneigte sich vor Lancaster, während er sprach. »Euer Leben ist in Gefahr. Ihr solltet …«

Lancaster brachte ihn mit einer Handbewegung zum Schweigen. »Richard würde es nicht wagen, mit Gewalt gegen mich vorzugehen.«

»Mein Lord, Euer Einfluss allein rechtfertigt in seinen Augen schon ein Vorgehen«, sagte Sturry. »Vielleicht nicht in dieser Woche oder in diesem Jahr, aber wenn Richard erst einmal glaubt, seine Macht gefestigt zu haben …«

Erneut herrschte Schweigen, dann sagte Neville: »Ihr Herren, ich stimme Sir Sturry darin zu, dass sich Lord Lancaster vor Richards Zorn in Acht nehmen muss, aber ich glaube, dass Lord Gloucester in größerer Gefahr schwebt. Und ebenso«, er hielt kurz inne, »Lord Bolingbroke.«

Im Raum erhob sich zustimmendes Gemurmel und mehrere der Anwesenden nickten mit den Köpfen.

»Es wäre das Beste, wenn mein Bruder Gloucester und mein Sohn Bolingbroke sich aus Richards unmittelbarer Nähe entfernen würden«, sagte Lancaster. »Vielleicht wäre das im Augenblick für meine ganze Familie ratsam. Weihnachten steht bevor, und die Meinen und ich können uns nach Kenilworth zurückziehen und die Weihnachtsfeierlichkeiten als Grund vorschieben.«

»Aber wenn wir uns alle in Sicherheit bringen«, sagte Mowbray, »wer soll dann etwas gegen de Vere unternehmen? Richard hat diesem Mann unbeschreibliche Macht verliehen! Wer weiß, was ihm in den nächsten Monaten noch alles in den Schoß fallen wird. Ihr Herren«, Mowbray beugte sich vor, stützte sich mit den Händen auf den Knien ab und warf wütende Blicke um sich. »Ich habe Gerüchte gehört, dass Richard der Titel des ›Herzogs von Irland‹ für seinen Günstling noch nicht gut genug ist. Unser König hat vor, in Irland einzumarschieren und de Vere zum *König* dieses Landes zu ernennen!«

»Das würde er nicht wagen!«, sagte Gloucester.

»Tatsächlich nicht?«, sagte Mowbray leise. »Und wer von uns hätte vor zwei Tagen geglaubt, dass de Vere den Tag des heiligen Melorius als Herzog von Irland beginnen würde? Ganz zu schweigen von all den anderen Begünstigungen, die er erhalten hat.«

»Richard wird gegen Lancaster und seine Verbündeten vorgehen«, sagte Neville. »Das muss er tun, um seine Macht als König zu festigen. Dazu ist es notwendig, dass er sich eine Anhängerschaft aus einflussreichen Männern schafft, die ihm ihren Rang verdanken. De Vere ist der Erste, aber wir alle wissen, dass es noch viele andere gibt, die sich nur allzu gern gegen Lancaster stellen würden.«

Wieder herrschte Schweigen und die Männer nickten. Lancaster war der mächtigste Mann Englands, und er hatte viele Feinde. Nun, da sich der König in aller Öffentlichkeit gegen ihn gestellt hatte, würden sich ihm all jene, die Lancaster seit langem seine Macht missgönnten, anschließen.

»Es wäre wohl besser gewesen, ›strahlender Prinz Hal‹«, sagte Arundel zu Bolingbroke, »wenn Ihr Euch an Eurem Hochzeitstag nicht so sehr in der Bewunderung der Massen gesonnt hättet. Lancaster mag für Richard eine ernste Bedrohung darstellen, aber Ihr seid noch viel gefährlicher. Ihr werdet die Macht Eures Vaters erben ... und habt außerdem das Volk auf Eurer Seite. Ihr seid eine unvorstellbare Bedrohung für ihn.«

»Lord Arundel«, sagte Bolingbroke und trat vor, sodass

sein Gesicht von einer Fackel in seiner Nähe beleuchtet wurde. »Ich muss sagen, es überrascht mich, Euch hier zu sehen und so besorgte Worte von Euch zu hören. Ihr seid einer von Richards engsten Beratern. Wie kommt es, dass Ihr Euch heute mit seinen ärgsten Feinden trefft?«

Arundel nickte und nahm Bolingbrokes Misstrauen zur Kenntnis. »Richard stürzt England ins Verderben. Sein Feldzug nach Katalonien wird verheerender sein, als Ihr Euch vorstellen könnt. Richard hat gar nicht vor, den Feldzug nur auf Katalonien zu beschränken – er will einen neuen Vorstoß in das Herz Frankreichs wagen.«

»Aber das wäre Wahnsinn!«, sagte Lancaster. »Wir müssen nach dem schicksalhaften Tod meines älteren Bruders erst wieder zu Kräften kommen und die Staatskasse auffüllen.«

»Richtig«, sagte Arundel, »und Richard hat die perfekte Lösung gefunden, um Gelder für seine verrückten Pläne einzutreiben. Wenn sich das Parlament im Januar trifft, will er eine neue Kopfsteuer einführen, um Geldmittel zu beschaffen und die Schulden der Krone zu tilgen.«

»Aber das Volk kann keine neue Steuer mehr bezahlen«, sagte Bolingbroke. »Gütiger Himmel, es gibt auch so schon genug Steuern. Es wird Unruhen in nie gekanntem Ausmaß geben.« Er hielt inne, und Neville wusste, dass Bolingbroke und Lancaster an Wat Tyler und Jack Trueman dachten, die immer noch auf freiem Fuße waren und den Unmut des Volkes über eine neue Steuer nutzen würden, um einen Aufstand anzuzetteln. »Richard wird genug damit zu tun haben, den Frieden im Reich zu wahren, anstatt einen Feldzug im Ausland zu führen. Und Hotspur einen solchen Feldzug anführen zu lassen ... bei den Heiligen, Richard fordert eine Niederlage geradezu heraus!«

Aus ihm sprechen Ärger und Neid, dachte Neville. *Bolingbroke will nicht, dass sich Hotspur in dem Ruhm sonnt, der ihm bei einem Erfolg des Feldzuges gewiss wäre.*

»Mein Herz gehört England«, sagte Arundel und blickte Bolingbroke in die Augen, »und Richard wird das Land ins Verderben stürzen. Beim Heiland, wahrscheinlich hat er noch fünfzig Jahre seines Lebens vor sich. Bolingbroke, wenn Ihr für England seid, dann bin ich für Euch und die Euren.«

Um Bolingbrokes Mundwinkel zuckte es. »Ich bin ein verwundeter Falke, Arundel, der hilflos am Boden flattert. Richard wird dafür sorgen, dass ich mich nie wieder in die Lüfte erheben werde.«

Arundel stand auf und ging zu Bolingbroke hinüber.

Überraschenderweise sank er vor ihm auf ein Knie. »Ich bin Euer Mann, Bolingbroke. Ihr könnt mich jeder Prüfung unterziehen.« Er hob den Blick und sah Bolingbroke in die Augen. »Seid versichert, dass es viele Männer gibt, nicht nur hier unter den Versammelten, sondern in ganz England, die ihr Leben dafür geben würden, damit Ihr Euch eines Tages wieder in die Lüfte erheben könnt.«

Neville und allen anderen Anwesenden wurde bei Arundels Worten klar, dass Lancasters Zeit vorüber war. Er mochte zwar wegen seiner Ländereien, seines Reichtums und seiner großen Armee immer noch einflussreich sein, doch Bolingbroke war derjenige, der all diesen Reichtum und die Macht erben würde und der zugleich die Liebe des Volkes auf seiner Seite hatte.

Wenn der Widerstand gegen Richard jemals stark genug werden würde, dann würde Bolingbroke an seiner Spitze stehen.

In diesem Augenblick wurde Neville klar, dass Bolingbrokes Leben nur zwei Wege nehmen konnte: Der eine würde zum Henkersbeil führen, der andere zum Thron von England. Das bedeutete entweder vernichtende Niederlage oder allumfassender Sieg.

Und die anderen Versammelten wussten es ebenfalls.

Bolingbroke nickte und nahm Arundels Worte zur Kenntnis.

Er hat es schon die ganze Zeit über gewusst, dachte Neville.

Dann wandte sich Bolingbroke an die Anwesenden.

»Wie lautet euer Rat? Was sollen wir nun tun?«

»Abwarten«, sagte Sturry. »So wie Richard noch nicht gegen Euch vorgehen kann, könnt Ihr noch nicht ...«

»Nein!« Lancaster legte Bolingbroke eine Hand auf die Schulter und zog ihn zu sich herum. »Das ist verräterisches Gerede, und das werde ich in meinem Haus nicht dulden. Richard ist jung und irregeleitet. Ihm gehört immer noch meine Treue ...«

Bolingbroke sah seinen Vater aufgebracht an. »Dann bist du ein Narr, Vater. Richard ist nicht ›irregeleitet‹, er wird Englands Untergang sein!«

Gloucester und Raby tauschten Blicke aus. »Das sind hitzige und unbedachte Worte«, sagte Gloucester, »und die Gemüter müssen sich erst wieder beruhigen, ehe wir eine Entscheidung treffen können. Wie mein Bruder Lancaster bin auch ich der Meinung, dass sich unsere Familie über den Winter nach Kenilworth zurückziehen sollte. Die Burg ist gut befestigt, und selbst wenn Richard es wagen sollte, sie zu belagern, werden wir dort sicher sein.«

»Außerdem stimmt das Parlament Richards Forderung nach einer neuen Kopfsteuer möglicherweise nicht zu«, sagte Raby. »Wozu sollen wir uns also unnötig streiten? Vielleicht braucht Richard auch nur noch ein oder zwei Jahre, um seinen eigenen Weg zu finden.«

Bolingbroke warf Raby einen finsteren Blick zu, doch Raby achtete nicht auf ihn. »Wir warten die Weihnachtszeit ab«, sagte er, »und im Augenblick sollten wir nichts tun, um Richards Zorn noch weiter anzustacheln. Womöglich«, und nun warf Raby seinerseits Bolingbroke einen finsteren Blick zu, »wäre es sogar ratsam, Richard noch einmal öffentlich Eure Treue zu schwören, Hal. Richard muss besänftigt werden … und das wird sich ebenso zu Euren Gunsten auswirken wie zu seinen.«

Bolingbroke wollte widersprechen, doch dann trat ein nachdenklicher Ausdruck in sein Gesicht und er nickte. »Ihr habt recht, Ralph, und mein Onkel Thomas ebenfalls.«

»Dann wollen wir es damit für heute bewenden lassen«, sagte Lancaster. »Die Morgendämmerung wird bald anbrechen, und keiner von euch sollte dabei gesehen werden, wie er den Savoy Palace verlässt. Neville – werdet Ihr die Edelleute einzeln zum Kai begleiten?«

Erst lange nach der Morgendämmerung bot sich Neville die Gelegenheit, in Ruhe ein Wort mit Bolingbroke zu wechseln. Sie mussten einen Plan schmieden, wie sie die Schatulle in ihren Besitz bringen konnten.

»Wir müssen bald zuschlagen«, sagte Bolingbroke, »denn Vater will noch im Lauf der nächsten Woche nach Kenilworth aufbrechen.« Er erschauerte. »Ich muss zugeben, Tom, im Augenblick bin ich ganz froh, London für eine Weile verlassen zu können.«

»Ich muss die Schatulle an mich bringen …«

»Ja, ja, aber gütiger Himmel, Tom, sie befindet sich in *Westminster*. Doch keine Sorge, Rabys Worte haben mich nachdenklich gemacht.«

Bolingbroke schwieg einen Moment. »Und Arundels Angebot, ihn einer Prüfung zu unterziehen, können wir zu unserem Vorteil nutzen«, sagte er schließlich. »Tom, ich habe einen Plan, aber er wird großen Mut von uns erfordern …«

Neville nickte und wollte etwas sagen, doch Bolingbroke brachte ihn mit einer Geste zum Schweigen. »… und von unseren Gemahlinnen. Bist du bereit, ein solches Wagnis einzugehen?«

»Bist du es denn?«, fragte Neville.

»Ja.«

Neville zögerte noch einen Moment, doch dann nickte er. »Ja, dann bin auch ich bereit, es zu wagen. Ich muss es tun, wenn ich dadurch endlich in den Besitz der Schatulle gelangen kann.«

Da war plötzlich ein Flackern in Bolingbrokes Augen, und Neville wusste nicht, ob es von Triumph oder Schmerz herrührte.

»Dann will ich es dir erklären …«, sagte Bolingbroke.

KAPITEL ZWEI

Die Sexte, an der Vigil des Festes des heiligen Franziskus
Im ersten Jahr der Regentschaft Richard II.
(Montag, 3. Oktober 1379, spät am Morgen)

– I –

Sie fuhren in einem kleinen Boot nach Westminster, anstatt dorthin zu reiten, da sich die Schatulle auf diese Weise unauffälliger unterbringen und verbergen ließe.

Außerdem würde es schneller gehen.

Und es war sicherer.

Robert Courtenay hatte sie bedrückt am Flusstor des Savoy Palace verabschiedet, weil Neville ihm nicht gestattet hatte, sie zu begleiten, und nun fuhren sie lautlos, beinahe heimlich, um die große Flussbiegung, die sie nach Westminster bringen würde. Mehrere Bewaffnete saßen im Heck des Bootes, zusammen mit den beiden Männern, die durch das kabbelige Wasser des Flusses stakten. Bolingbroke, Mary, Neville und Margaret saßen in der Nähe des Bugs auf Holzbänken, die mit weichen Kissen und Decken ausgelegt waren.

Die Spannung, die alle erfasst hatte, war mit den Händen zu greifen. Bolingbroke saß mit gesenktem Kopf da und musterte angelegentlich die Planken des Bootes. Margarets Gesicht war bleich und ihre Hände krampften sich in ihrem Schoß ineinander, denn sie fürchtete sich vor einer neuerlichen Begegnung mit Richard.

Neville warf ihr von Zeit zu Zeit einen Blick zu, hin und her gerissen zwischen seinem verzweifelten Wunsch, die Schatulle endlich an sich zu bringen, und seiner Sorge, dass Richard Margaret ein Leid zufügen könnte. *Würde sie sicher sein? Mit* Richard? *Hal hatte behauptet, dass sie die Schatulle schnell finden würden – schließlich konnten sie mit Unterstützung im Palast rechnen –, und Mary und Margaret würden sich nicht lange einer Gefahr aussetzen müssen.*

Einen Moment lang hob Bolingbroke den Kopf und sah Neville in die Augen, dann wandte er den Blick wieder ab.

Mary und Margaret müssen Richard ablenken, sagte sich Neville, trotz seiner Sorge um Margaret. *Warum habe ich nur solche Angst um sie? Margaret weiß, was auf dem Spiel steht ... sie weiß, was für ein Wagnis wir eingehen.*

Doch jedes Mal, wenn Neville die Augen schloss, glaubte er eine riesige Spinne durch ein dunkles Gemach laufen zu sehen, die Margaret mit ihren abscheulichen Beinen packte und zu Boden zwang.

Nein! So etwas durfte er nicht denken! Bolingbroke hatte recht ... Es würde nicht lange dauern, bis sie die Schatulle in ihren Besitz gebracht hatten, und Margaret würde keiner wirklichen Gefahr ausgesetzt sein. Alles würde gut werden. An diesem Nachmittag schon würde er die Schatulle in Händen halten und endlich die Wahrheit erfahren. Richard würde nur noch ein oder zwei Tage zu leben haben.

Neville lehnte sich an die Bootswand und gestand sich schließlich ein, dass er sich um Margaret sorgte. Er konnte nicht mehr länger leugnen, dass sie eine sittsame Ehefrau war und nicht die Hure, für die er sie anfangs gehalten hatte.

Sie besaß viel mehr Ehrgefühl und Mut, als er ihr ursprünglich zugestanden hatte, und ein von Natur aus vornehmes Wesen. *Der Heiland möge sie behüten, damit ihr kein Leid geschehe. Der Heiland möge sie behüten …*

Neville wiederholte das Gebet immer wieder im Geiste. In seinem gegenwärtigen Zustand äußerster Furcht und Angespanntheit fiel ihm nicht einmal auf, dass dies ein seltsames Gebet war für eine Frau, von der er einst sicher gewesen war, dass er ihr widerstehen könnte, um sie für die Ziele der Engel zu opfern.

Eine Frau, in die er sich auf keinen Fall verlieben würde.

Obwohl Mary die Nervosität der anderen um sie herum bemerkte, war ihr das volle Ausmaß dessen, was vor ihnen lag, nicht ganz bewusst. Sie wusste nur, dass Richard sich gegen ihren Gemahl gewendet hatte, der sich nichts hatte zuschulden kommen lassen, außer dass er strahlender und ruhmreicher war als der König. Da Richard Bolingbroke nicht empfangen würde, konnte Mary die Bitte ihres Gemahls verstehen, für ihn eine Audienz beim König zu erlangen, damit er Gelegenheit erhielt, diesem erneut unverbrüchliche Treue zu schwören. Es war zwar bedauerlich, dass der Schwur ihres Gemahls nicht in aller Öffentlichkeit stattfinden konnte, doch dazu würde keine Zeit mehr sein, da die Familie Lancaster schon bald nach Kenilworth reisen würde. Also musste es ausreichen, doch es würden gewiss genügend Zeugen anwesend sein.

Margaret würde sie begleiten, und Mary war sehr froh über ihren Beistand.

Sie konnte nicht ahnen, wie sehr sich Margaret vor der Begegnung mit Richard fürchtete.

Als sie am Kai von Westminster angelegt hatten, stieg Bolingbroke aus dem Boot und half zuerst Mary und dann Margaret beim Aussteigen. Es blieb kaum Zeit für Worte, nicht einmal für Gedanken, doch Bolingbroke drückte kurz Margarets Hand, als sie aus dem Boot auf den Kai trat: eine ermutigende Geste, die doch vollkommen nutzlos und unzureichend war.

Sie wandte den Kopf ab und blickte ihn nicht an, und Bolingbroke fragte sich, ob sie jemals wieder mit ihm sprechen würde.

Heute ist ein so wichtiger und entscheidender Tag, dachte er, *und wir können nur hoffen, dass er uns den Sieg bringen wird. Aber ist der Sieg den Schmerz wert, den Margaret erleiden muss?*

Und dann dachte Bolingbroke an die ewigen Qualen der Hölle, die sie erwarteten, sollten sie an diesem Tag scheitern und Neville Margaret nicht sein Herz schenken. Deshalb wappnete er sich und wandte sich von Margaret ab.

Er sah nicht, wie Neville Margaret einen solch besorgten Blick zuwarf, dass er Bolingbrokes Befürchtungen um einiges hätte lindern können, wenn er ihn gesehen hätte.

Arundel wartete am Flusstor auf sie, das in die Palastanlage von Westminster führte, und als sie sich ihm näherten, wechselte er ein paar leise Worte mit den Wachen, die ihre Lanzen hoben und Bolingbroke und seine Begleiter durchließen.

Bolingbroke blickte Arundel fragend an, und der Graf nickte.

»Wir haben getan, was wir konnten. Kommt. Wenn wir noch länger zögern, wird der König bereits zu seiner nachmittäglichen Jagd aufgebrochen sein.«

Sie nahmen rasch einen Weg, der in westliche Richtung führte, ehe sie sich entlang der Westmauer des großen Saals nach Süden wandten. Ein Großteil des alten Daches war verschwunden, und der Saal war nun den Elementen schutzlos ausgeliefert. Handwerker und andere Arbeiter eilten auf den breiten Streben des neuen Daches hin und her und arbeiteten ohne Unterlass, um das Dach fertigstellen zu können, ehe der Herbst- und Winterregen einsetzte.

Abgesehen von ein paar Bewaffneten sah niemand in ihre Richtung.

Arundel brachte sie zu einem Durchgang, der zu einem kleinen Vorzimmer im südlichsten Teil der Palastanlage führte. Von dem Vorzimmer gingen drei Türen ab, hinter denen der kleine Saal, die *Painted Chamber* und die Zimmerfluchten lagen, die als Königinnengemächer bezeichnet wurden.

Hier hatte Richard sein Domizil aufgeschlagen.

Das Vorzimmer war kahl und trostlos. An allen drei Türen standen Wachen, die die Neuankömmlinge mit gleichgültigem Blick musterten.

Arundel ging zu den beiden Wachtposten hinüber, die vor der Tür zu den Königinnengemächern standen.

»Die Gräfin von Hereford und ihre Begleiterin wünschen eine Audienz beim König.« Arundel lächelte. »Ich kann Euch versichern, dass sie außer ihrem weiblichen Charme keine Waffen bei sich haben.«

Mary straffte die Schultern und hielt dem Blick der Wachtposten stand, während Margaret mit bleichem und angespanntem Gesicht zu Boden sah.

Einer der Wachmänner verschwand und kehrte kurz darauf wieder zurück.

»Edle Damen«, sagte er und trat einen Schritt zurück, damit sie eintreten konnten.

Während Margaret Mary in das Gemach folgte, drehte sie

sich noch einmal um und warf Neville einen solch angsterfüllten Blick zu, dass dieser einen Schritt auf sie zu machte und Bolingbroke ihn am Arm packen musste, um ihn zurückzuhalten.

Von diesem Blick hing das Schicksal der ganzen Welt ab.

Die Tür schloss sich hinter den beiden Frauen, und Neville starrte die schmucklose Holzfläche an.

»Tom!«, flüsterte Bolingbroke. »Tom!«

Neville holte tief Luft und zwang sich, sich von der Tür abzuwenden.

Alles würde gut werden. Margaret würde sicher sein. Es würde nicht lange dauern.

Dann öffnete sich die Tür, die zur *Painted Chamber* führte, und Sir Richard Sturry trat in das Vorzimmer hinaus.

»Ihr Herren!«, sagte er und mimte Überraschung. »Der Himmel meint es gut mit mir. Seine Majestät hat mich gebeten, einige der Verzeichnisse, die er studiert hat, in die Abtei zurückzubringen, und ich habe schon verzweifelt nach jemandem gesucht, der mir dabei helfen kann.«

Er strahlte über das ganze Gesicht und breitete die Hände aus. »Und hier stolpere ich über Lord Hereford, Arundel und Neville, mit einem ganzen Kontingent kräftiger Soldaten. Edle Herren, dürfte ich euch bitten ...«

Bolingbroke lächelte. »Meine Männer stehen zu Euren Diensten, Sturry. Ich friere mir in diesem eiskalten Gemach die Füße ab und warte, bis mein König Zeit für mich hat, aber das heißt nicht, dass meine Bediensteten das gleiche Schicksal erleiden müssen. Nehmt sie mit Euch, wenn Ihr wollt, damit sie sich bei der Arbeit im Dienste Gottes warm halten können.«

Sturry erwiderte sein Lächeln. »Dieses Gemach ist kalt

und ungemütlich, nicht wahr? Warum kommt Ihr nicht mit in die *Painted Chamber* und wartet dort, bis Richard Euch rufen lässt? Ich bin mir sicher, dass seine Männer«, er verneigte sich vor den Wachtposten, »Euch von dort holen können, wenn es so weit ist.«

Einer der Wachtposten wollte Einwände erheben, doch Arundel fiel ihm ins Wort.

»Ich bürge für Lord Hereford und Lord Neville«, sagte er. »Es wird Euch kein Schaden daraus entstehen, wenn sie in der *Painted Chamber* warten.«

Der Wachtposten schloss den Mund wieder und dachte nach. Arundel und Sturry waren enge Vertraute des Königs und Arundel außerdem ein Mitglied des Geheimen Rates.

»Einverstanden«, sagte er.

Bolingbroke dankte ihm höflich und bedeutete seinen Männern, ihm zu folgen, während er sich Arundel und Sturry anschloss.

Neville bildete das Schlusslicht, allerdings nicht, ohne noch einmal einen Blick auf die Tür zu werfen, durch die Margaret verschwunden war.

»Lady Hereford«, sagte Richard und stand von seinem Stuhl am Feuer auf. Er war offenbar betrunken, denn seine Lippen waren feucht, und der Weinbecher, den er mit zitternder Hand auf den Tisch neben sich stellte, schwankte bedenklich und wäre beinahe umgekippt.

Mary machte einen tiefen Knicks vor Richard, und Margaret folgte ihrem Beispiel.

»Und Lady Neville«, sagte Robert de Vere von seinem Platz auf der Kante des mit üppigen Behängen geschmückten Bettes. »Was für ein glücklicher Zufall.«

»Was führt Euch hierher, Mary?«, fragte Richard, den

Blick auf Margaret gerichtet, während sich beide Frauen wieder erhoben.

»Majestät«, sagte Mary, »ich bin im Auftrag meines Gemahls hier. Wenn Ihr der Meinung seid, er hätte sich gegen Euch verschworen, dann irrt Ihr Euch. Nein, bitte lasst mich ausreden!«

Richard legte den Kopf schief, und seine Augen schossen zu Margaret hinüber.

»Lord Hereford ist Euer treuer Untertan, Majestät. Sein einziges Ziel ist es, Euren Ruhm und Glanz zu mehren. Mein Gemahl bittet Euch, dass er vor Euch das Knie beugen darf, um Euch noch einmal seine Gefolgschaft und Treue zu bezeugen. Er wartet draußen, in der Hoffnung, dass Ihr ihm eine Audienz gewährt.«

Richard schwieg und spielte mit einem breiten Band, das von einem seiner Ärmel herabhing. Er verlagerte das Gewicht von einem Bein auf das andere und musterte Mary neugierig.

»Bitte, Majestät«, sagte Mary. »Ich flehe Euch an als Frau, die ihren Gemahl mit seinem König versöhnt sehen möchte. Lord Hereford wird alles tun, um Euch seine Ergebenheit zu beweisen.«

»Alles?«, fragte de Vere, stand vom Bett auf und gesellte sich zu ihnen.

Marys Augen wanderten zwischen de Vere und Richard hin und her.

»Es gibt nichts, was er nicht für Euch tun würde«, sagte sie. »Gar nichts.«

Richard lächelte. »Wirklich gar nichts?«

Und an dem Ausdruck in seinem Gesicht erkannte Mary plötzlich, dass Margaret und sie in schrecklicher Gefahr schwebten. Außer ihnen und den beiden Männern befand sich niemand in dem Gemach. Niemand würde ihnen zu Hilfe kommen, denn die Steinmauern waren dick und die massive Eichenholztür ließ keinen Laut durch.

»Wirklich gar nichts?«, fragte Richard noch einmal, und dieses Mal bemühte er sich gar nicht erst, sein böses Lächeln zu bemänteln.

Mary öffnete den Mund, brachte jedoch nichts hervor.

»Gar nichts?«, sagte Richard und packte ihren Arm.

Mary schrie auf, doch als Margaret einen Schritt vortrat, verdrehte Richard Mary den Arm und zwang sie auf die Knie.

»Gar nichts«, sagte Richard, stieß Mary zu Boden und packte Margaret.

»Nein!«, schrie sie entsetzt, doch es war zu spät.

Sturry führte Bolingbroke und Neville in die *Painted Chamber* und direkt auf das Podest zu.

»Seht!«, sagte er zu dem überfordert dreinblickenden Buchhalter, der dort saß. »Ich habe ein paar Männer gefunden, die uns helfen werden.«

Der Buchhalter blinzelte überrascht.

»Um die Truhen zu tragen, die auf Wunsch Seiner Majestät in die Bibliothek der Abtei zurückgebracht werden sollen«, sagte Sturry.

Der Buchhalter runzelte die Stirn. »Ich wusste nicht, dass ...«

»Ach«, sagte Sturry. »Ich glaube, Ihr wart nicht hier, als Seine Majestät davon gesprochen hat. Lord Arundel ... wann war das gewesen?«

»Gestern«, sagte Arundel zu dem Buchhalter. »Während Ihr und Eure Gehilfen beim Vespergottesdienst wart.«

»Nun dann.« Der Buchhalter zuckte mit den Achseln und seufzte. »Als hätte ich nicht schon genug zu tun. Also gut, was soll fortgeschafft werden?«

Sturry tat so, als könne er sich nicht recht erinnern und ging die Tische entlang, die mit Schatullen, Stapeln von Verzeichnissen und Schriftrollen bedeckt waren.

Als der Buchhalter gerade nicht hinsah, warf Sturry Bolingbroke einen fragenden Blick zu.

»Wo ist sie?«, flüsterte Bolingbroke Neville zu.

Nevilles Blick wanderte fieberhaft über den Tisch, der dem Rand des Podests am nächsten war. Die Schatulle hatte sich irgendwo auf diesem Tisch befunden, oder hatte Richard sie womöglich an einen anderen Ort gestellt …?

Nein! Dort war sie!

Er nickte leicht in diese Richtung, und Sturry trat zu dem Tisch, legte eine Hand auf die Schatulle und hob erneut fragend die Augenbrauen.

Neville nickte.

Gütiger Himmel, er konnte hören, wie sie nach ihm rief …

»Nein!« Mary rappelte sich auf, so entsetzt über das, was gerade geschah, dass sie schon glaubte, sie sei in einem Albtraum gefangen und müsse nur aufwachen, um dem grauenhaften Geschehen ein Ende zu bereiten.

»Nein!«, sagte sie noch einmal, doch Richard wandte sich nur einen Moment lang von Margaret ab und versetzte Mary einen kräftigen Schlag ins Gesicht.

»Wenn du dich einmischst, du wimmernde Göre, dann werde ich dafür sorgen, dass dein Gemahl vor dem Henkersbeil das Knie beugt!«

»Mary!«, sagte Margaret, ihre Stimme voller Schmerz und Furcht. »Tu es nicht …«

»Braves Mädchen«, sagte de Vere hinter ihr, und dann packten er und Richard sie mit ihren kräftigen Händen und zerrten sie zum Tisch hinüber.

»Du bist verschwendet auf diesen sauertöpfischen Mönch, den du geheiratet hast«, sagte Richard und schob den Weinkrug und die Becher vom Tisch. »Verschwendet.«

Er stieß sie rücklings auf die Tischplatte und lachte, als sie vor Furcht aufschrie.

»Diese hier«, sagte Sturry und klopfte auf den Deckel der Schatulle, »und ... diese« – er berührte eine andere, die direkt daneben stand, und drehte sich dann zu dem Tisch hinter ihm um – »und diese drei.«

»Gut«, sagte Arundel und schnippte mit den Fingern in Richtung der Soldaten.

Sie traten vor, und Neville erstarrte, als einer der Männer die Schatulle – seine Schatulle – nahm und die Stufen des Podests hinunterstieg.

Neville eilte ihm hinterher, unfähig, den Blick von der Schatulle abzuwenden. Endlich ... endlich ...

»Ein herrlicher Tag«, sagte Richard keuchend, während er in Margaret eindrang. »Nicht nur wird Bolingbroke vor mir das Knie beugen, sondern es ist mir auch endlich vergönnt«, er hielt inne, stöhnte und sprach dann mit Mühe weiter, »mich mit Nevilles schöner Gemahlin zu vergnügen.«

Margaret hörte seine Worte kaum. Sie hatte die Augen fest zugekniffen und die Hände zu Fäusten geballt, während ihr Körper so steif war, dass sich ihr Rücken durchbog und vom Tisch löste. Ihre ganze Welt bestand nur noch aus der Schändung, die sie erdulden musste. Wie Richards Keuchen, rasselte auch ihr Atem in der Kehle, doch aus einem ganz anderen Grund.

Irgendwo ... irgendwo in der Ferne glaubte sie Marys nutzlose Schreie zu hören und de Veres Lachen, während er

Richard drängte, *sich zu beeilen, weil er ebenfalls seinen Spaß haben wollte.* Und dann wurden Richards Stöße noch quälender, und sie glaubte, die Schmerzen kaum mehr ertragen zu können. Doch schlimmer noch … schlimmer noch war der Gedanke, dass er jeden Moment seinen Samen in ihr vergießen würde. Sie glaubte nicht, dass sie sich jemals wieder von dem Wissen erholen würde, dass etwas so Widerwärtiges tief in ihr seine Spuren hinterlassen hatte.

Und dann verspritzte Richard sein abscheuliches Gift, und Margaret verlor fast den Verstand, wand sich und schrie und hämmerte mit den Fäusten auf den Tisch, doch es war zwecklos.

Jetzt hatten auch die anderen Soldaten ihre Lasten ergriffen und folgten Neville und dem Mann, der die kostbare Schatulle trug, durch die *Painted Chamber.*

Neville nahm sie kaum wahr. Sein ganzes Denken richtete sich nur noch auf die Schatulle, die er in Sicherheit bringen musste, um endlich …

Plötzlich blieb er stehen und drehte sich zu der Wand um, hinter der die Königinnengemächer lagen.

Es war nichts zu hören gewesen, doch Neville hatte mit einem Mal ein solches Grauen gepackt, dass er nicht mehr weitergehen konnte.

Bolingbroke trat zu ihm. »Tom?«

Neville blickte ihn entsetzt an. »Es ist Margaret, gütiger Himmel, Hal, es ist …«

»Still!«, sagte Bolingbroke und sah sich um, um sich zu vergewissern, dass niemand sie gehört hatte. »Wir können verflucht noch mal nichts tun. Wir müssen erst die Schatulle in Sicherheit bringen …«

»Ihr Herren?« Ein Wachmann trat durch eine Seitentür in den Saal. »Seine Majestät ist jetzt bereit, Euch zu empfangen.«

Richard hatte sich von Margaret gelöst und mit höhnischem Grinsen zugesehen, wie sie versuchte, sich in Sicherheit zu bringen, während er seine Kleider geordnet hatte. Er hatte de Vere einen Blick zugeworfen und genickt und war dann zur Tür gegangen, hatte sie geöffnet und mit dem Wachmann, der davor stand, leise ein paar Worte gewechselt. Währenddessen hatte de Vere Margaret gepackt und sie zum Tisch zurückgezerrt, damit auch er sich an ihr vergehen konnte.

Er war ein großer Mann, wesentlich kräftiger als Richard, und seine Stöße fügten Margaret noch unerträglichere Qualen zu.

Das Einzige, was Margaret rettete und sie davor bewahrte, vollkommen den Verstand zu verlieren, war, dass Mary neben ihr auf dem Boden kauerte und ihre Hand ergriffen hatte, die über die Tischkante herabhing. Als Margaret den Druck ihrer Hand erwiderte, flüsterte Mary ihr tröstende und freundliche Worte zu, die Margaret die Kraft verliehen, das grauenhafte Geschehen zu überstehen.

Margaret, Margaret, glaubte sie Mary flüstern zu hören, *kehr heim, Margaret, kehr zurück, keine Sorge, Margaret, ich bin hier, ich bin bei dir … Margaret, liebste Meg, halte meine Hand, fürchte dich nicht, Margaret …*

Von all den Menschen, die sie hätten retten können, von all den Menschen, die sich an diesem Tag im Palast befanden und ihr hätten helfen können, war es die Frau, die Margaret eigentlich am meisten hassen müsste, die ihr in ihrer Not zur Seite stand.

»Schnell!«, sagte Neville, packte Bolingbroke am Arm und zog ihn auf die Tür zu, auf die der Wachmann gewiesen hatte.

»Und die Schatulle?«, zischte Bolingbroke.

»Geht!«, sagte Arundel leise neben ihnen. »Sturry und ich werden uns um die Schatulle kümmern. So geht doch schon!«

Neville und Bolingbroke folgten dem Wachmann, und als sie sich in dem Gang befanden, der zu Richards Gemächern führte, hielt Neville Bolingbroke zurück.

»Wenn er Margaret etwas angetan hat …«

»Was dann?«, sagte Bolingbroke. »Was willst du dann tun? Du kanntest das Wagnis, das wir eingegangen sind, und ist es das etwa nicht wert gewesen?«

Neville antwortete nicht.

»Wenn Margaret oder Mary etwas geschehen ist, können wir nichts tun, jedenfalls nicht jetzt«, fuhr Bolingbroke fort. »Wir müssen die Schatulle von hier fort und in den Savoy Palace bringen. Wir werden beide das Knie vor Richard beugen und ihm unsere Liebe und Treue schwören und uns unsere Rache für den Tag aufheben, wenn wir tatsächlich etwas gegen ihn unternehmen können. Hast du verstanden? Im Moment können wir nichts tun.«

Er verstummte, als der Wachmann vor einer Tür stehen blieb. Als Bolingbroke und Neville zu ihm getreten waren, klopfte der Wachmann an.

Die Tür öffnete sich augenblicklich, und Richard stand vor ihnen, sein Gesicht zu einem verächtlichen Ausdruck verzogen, doch weder Bolingbroke noch Neville sahen ihn an.

Stattdessen richteten sich ihre Blicke auf den Tisch an der gegenüberliegenden Wand und Robert de Vere, der gerade von Margaret abließ, die halb nackt und geschunden darauf lag.

Vor ihren Augen zog sich de Vere die Hose hoch, und Margaret schob sich vom Tisch herunter und sank neben Mary zu Boden.

Mary hielt immer noch ihre Hand fest umklammert.

Kapitel Drei

Die Non am Fest des heiligen Franziskus
Im ersten Jahr der Regentschaft Richard II.
(Montag, 3. Oktober 1379, Mittagszeit)

– II –

Neville stieß ein paar unzusammenhängende Worte hervor und wäre in das Gemach gestürmt, hätte Bolingbroke ihn nicht festgehalten.

»Majestät«, sagte Bolingbroke und verneigte sich vor Richard.

Neville blickte immer noch über Richards Schulter und rührte sich nicht.

»Eure Gemahlinnen sind höchst entgegenkommend gewesen«, sagte Richard leise und bedrohlich, »und es würde Euch gut anstehen, Ihr Herren, wenn Ihr ihre Bemühungen angemessen würdigen würdet.«

Neville blickte Richard in die Augen. »Ihr …«

Bolingbroke streckte die Hand aus und packte Neville warnend an der Schulter. »Tom!«

Neville kämpfte gegen das übermächtige Verlangen an, seinen Dolch aus dem Gürtel zu ziehen und ihn Richard in den Leib zu stoßen, während ein anderer Teil seines Verstandes Richard dafür bewunderte, dass er trotz der Gefahr so gelassen vor ihnen stand. Dann brachte er eine Art Verbeugung zustande, obwohl jeder seiner Muskeln vor Empörung über die Erniedrigung aufschrie.

Richard nickte zufrieden. Er machte Platz und bedeutete Bolingbroke und Neville, einzutreten.

»Eure Gemahlin behauptet, Ihr hättet mir etwas zu sagen«, sagte Richard zu Bolingbroke, während er die Tür hinter ihnen schloss.

Auf der anderen Seite des Zimmers war es Mary gelungen, Margaret aufzurichten, und sie zog nun ruhig Margarets Röcke herunter und brachte ihr Mieder in Ordnung, als wären sie unter sich.

Margaret zitterte und ihr Gesicht war tränenüberströmt, doch sie gab keinen Laut von sich und blickte auch nicht zu Bolingbroke und Neville hinüber.

Mary legte die Hand auf Margarets Wange und flüsterte ihr etwas ins Ohr, und Margaret schloss kurz die Augen und nickte zaghaft.

»Dann danke ich meiner Gemahlin für ihre Worte«, sagte Bolingbroke.

»Und?«, sagte Richard.

Bolingbroke beugte vor Richard das Knie, zog Neville mit hinab, und neigte das Haupt. Neville hingegen hielt den Kopf aufrecht und blickte zu Margaret und Mary hinüber.

Margaret wich seinem Blick aus. Ihr Atem ging heftig und sie hielt Marys Hand umklammert. Neville wurde klar, dass sie kurz vor dem Zusammenbruch stand.

»Majestät«, sagte Bolingbroke. »Es gibt keinen Grund, an meiner Liebe und Treue gegenüber der Krone zu zweifeln.«

Ein leises, spöttisches Lachen war zu hören – es stammte von de Vere, der sich auf Richards Bett niedergelassen hatte.

»Deshalb möchte ich noch einmal den Schwur erneuern,

den ich an Eurem Krönungstag geleistet habe«, fuhr Bolingbroke fort. »Ich bin Euer treuer Vasall und werde Euch dienen in Friedens- wie in Kriegszeiten …«

»Ach, spart Euch die Lügen«, sagte Richard gelangweilt. »Mich könnt Ihr nicht täuschen! Steht auf und geht mir aus den Augen. Ich habe Lancaster wissen lassen, dass er für Euch und Eure Taten verantwortlich ist und dass ich weder Euch noch ihn vor der Versammlung des Parlaments im neuen Jahr zu sehen wünsche.«

Bolingbroke erhob sich langsam. »Es ist nicht ratsam, das Haus Lancaster gegen sich aufzubringen, Majestät.«

»Wollt Ihr mir etwa drohen? Habt Ihr völlig den Verstand verloren? Verschwindet!«

»Hal«, sagte Mary leise.

Neville gelang es schließlich, seine Erstarrung abzuschütteln. Er ging zu Margaret und Mary hinüber und streckte die Hand nach seiner Gemahlin aus, doch Margaret wich vor ihm zurück, sobald er sie berührte.

»Fass mich nicht an!«, sagte sie, und Neville zuckte zurück.

Zumindest haben wir die Schatulle … zumindest das.

Doch seltsamerweise schenkte ihm dieser Gedanke keinen Trost. Stattdessen spürte er Grauen und ein tiefes Schuldgefühl in sich aufsteigen, als wäre seine Seele zerrissen worden.

Als Margaret vor ihm zurückgewichen war, war ihm so, als hätte er aufgehört zu leben.

Mary führte Margaret zur Tür. Als sie an Richard vorbeigingen, streckte dieser die Hand aus und strich sanft über Margarets Wange.

Sie wimmerte und zuckte so heftig vor seiner Berührung zurück, dass sie gestürzt wäre, wenn Mary sie nicht festgehalten hätte.

Als die Frauen das Gemach verlassen hatten, ging Neville zu Bolingbroke hinüber, der immer noch vor Richard stand.

Neville verneigte sich mit hasserfüllter Miene vor Richard. »In diesem Leben«, sagte er zu Richard, »seid Ihr mein König und herrscht über mich und meine Gemahlin. Aber es gibt noch ein anderes Leben, das auf uns wartet, und dort werdet Ihr auf ewig für das Leid büßen, das Ihr heute angerichtet habt.«

Zum ersten Mal trat ein unsicherer Ausdruck in Richards Gesicht.

Bolingbroke sagte leise und drohend: »Ich habe gehört, Richard, dass die Tore der Hölle seit vielen Jahren offen stehen und dass Satans Diener sich unter die Menschen gemischt haben. Gebt acht, dass sie Euch nicht holen, ehe Eure Zeit gekommen ist.«

Und damit ging er aus dem Zimmer, gefolgt von Neville.

Als sie Richards Gemach verlassen hatten und die Türen sich hinter ihnen geschlossen hatten, wandte sich Neville an Bolingbroke:

»Warum drohst du Richard mit den Dienern der Hölle«, sagte er, »wenn sie doch seinem Befehl unterstehen?«

Aber Bolingbroke warf Neville nur einen schwer zu deutenden Blick zu, ohne zu antworten. Die beiden Männer gingen zu Mary und Margaret hinüber, die erschöpft an einer Wand lehnten, und brachten sie zum Kai zurück, wo Arundel besorgt auf und ab ging.

Margaret klammerte sich den ganzen Weg über an Mary und stolperte hin und wieder, während sie leise in sich hinein weinte. Sie ließ weder Neville noch Bolingbroke in ihre Nähe.

Kapitel vier

Nach der Non, an der Vigil des Festes des heiligen Franziskus Im ersten Jahr der Regentschaft Richard II. (Montagnachmittag, 3. Oktober 1379)

– III –

Während der Stunde, die sie im Palast gewesen waren, hatten sich dichte Wolken über London und Westminster zusammengezogen, und der Himmel schien schwer und unheilvoll. Mary murmelte beruhigende Worte in Margarets Ohr, die starr und teilnahmslos dastand, und konnte sie schließlich dazu bewegen, vom Kai in das Boot zu steigen und sich zu setzen. Dann holte Mary einen Umhang herbei, legte ihn Margaret um die Schultern und zog den schweren Stoff schützend über ihren Kopf.

Sie schloss Margaret in die Arme und zog sie an sich, während sie weiterhin beruhigende Worte murmelte.

Neville stieg nach ihnen ins Boot. Er zögerte einen Moment, blickte zu Mary und Margaret hinüber und sah sich dann suchend im Boot um.

Dort war sie!

Die Schatulle stand halb verborgen unter einer der Bänke, und Neville ging dorthin und setzte sich. Er beugte sich vor und berührte die Schatulle, als wollte er sich vergewissern, dass sie tatsächlich existierte, und sah dann wieder zu Margaret hinüber.

Es war die Sache ganz sicher wert gewesen. Margaret würde sich wieder erholen. Schließlich musste Frauen doch klar sein, dass ihre Reize die Männer manchmal zu unüberlegten Handlungen trieben und sie den Preis für ihre Schönheit zahlen mussten …

»Oh, gütiger Himmel«, flüsterte Neville und rieb sich zitternd mit der Hand über das Gesicht, angewidert von seinem Versuch, zu rechtfertigen, was Richard Margaret angetan hatte. *Und er hatte zugelassen, dass es geschah!* »Gütiger Himmel!«, flüsterte er. »Gütiger Himmel …«

Er tastete mit dem Fuß erneut nach der Schatulle, doch diesmal schenkte ihm die Berührung keinen Trost und konnte auch das Schuldgefühl nicht lindern, das ihn langsam zu überwältigen drohte.

Es hätte doch gewiss einen anderen Weg gegeben, um die Schatulle in seinen Besitz zu bringen.

Nein, nein, das war die einzige Möglichkeit gewesen. Und das Ergebnis – die Rettung der Menschheit vor den Armeen des Bösen, die die Christenheit zu überrennen drohten – war das Leid einer Frau wert. Ganz bestimmt …

»Ganz bestimmt«, flüsterte er. »Ganz bestimmt … oh, gütiger Himmel, ganz bestimmt!«

Oder vielleicht doch nicht?

Bolingbroke war noch am Kai stehen geblieben, um ein paar Worte mit Arundel zu wechseln.

»Mein Freund«, sagte Bolingbroke und ergriff Arundels Arm, »ich danke Euch. Ihr und Sturry habt uns heute Eure Treue bewiesen.«

Arundel nickte. »Ich muss zurück.«

»Gewiss. Gebt gut auf Euch Acht, Arundel. Ich weiß nicht, was Richard tun wird, wenn er entdeckt, dass die Schatulle verschwunden ist.«

»Und Ihr ebenfalls. Ihr bleibt doch sicher nicht mehr lange im Savoy Palace?«

»Wir werden morgen früh abreisen. Oder noch eher, sollte sich die Lage zuspitzen.«

Sie blickten einander an, eine stille Bekräftigung der Verbindung, die zwischen ihnen geknüpft war, dann wandte sich Arundel abrupt ab und ging den Kai entlang zum Tor des Palastes zurück. Kurz darauf stieg Bolingbroke in das Boot und gab den Ruderern Befehl abzulegen, woraufhin diese ihre Stangen nahmen und das Boot vom Kai abstießen.

Bolingbroke ging an den beiden Frauen vorbei zu Thomas hinüber, ohne auf den wütenden Blick zu achten, den Mary ihm zuwarf.

»Nun?«, fragte er.

Neville holte tief Luft und hoffte, dass sich in dem Moment, wenn er die Schatulle öffnete und ihre Geheimnisse erfuhr, sein Schuldgefühl verflüchtigen würde. Er griff unter die Bank und zog die Schatulle hervor.

Sie war nicht sonderlich schwer und ließ sich ohne Schwierigkeiten bewegen.

Bolingbroke setzte sich ebenfalls und betrachtete die Schatulle, die zwischen ihm und Neville auf der Bank stand.

»Sie sieht so unschuldig aus, für etwas, das solche Geheimnisse und solche Macht enthält«, sagte er.

»Ja«, erwiderte Neville. Er streckte die Hand aus, stellte erschrocken fest, dass sie zitterte, und griff rasch nach dem gewölbten Deckel der Schatulle, ehe Bolingbroke sein Zittern bemerken konnte.

Warum empfand er nicht mehr Freude und Erleichterung, nun da die Schatulle vor ihm stand?

Er betrachtete sie und richtete seine ganze Aufmerksamkeit darauf.

Warum jubilierten die Engel nicht?

Marys leises, beruhigendes Murmeln lenkte Neville ab …

Die Schatulle … die Schatulle …

Bolingbroke hatte recht. Sie wirkte äußerst harmlos. Sie schien aus geschnitztem Ulmenholz zu bestehen und hatte Messingbeschläge, sonst war jedoch nichts Besonderes daran zu erkennen, wenn Neville nicht gewusst hätte, was sie enthielt.

Die Geheimnisse der Engel. Die Wahrheit.

Die Mittel, mit deren Hilfe er die Dämonen, die sich unter die Christenheit gemischt hatten, in die Hölle zurückschicken konnte.

Bolingbroke legte Neville warnend die Hand auf den Arm.

»Wir öffnen sie lieber im Savoy Palace«, sagte er. »Hier ist es zu gefährlich.«

Neville nickte, und den Rest der Bootsfahrt über konzentrierte er sich auf die Schatulle und versuchte vergeblich, Margarets Elend aus seinen Gedanken zu verdrängen.

An der Anlegestelle des Savoy Palace stiegen sie so unauffällig wie möglich aus dem Boot, doch Katherine, Lancasters Gemahlin, befand sich gerade im Kräutergarten im Palasthof, als sie durch das Flusstor des Palastes traten.

Katherine, die selbst während ihrer ersten Ehe mit Hugh Swynford missbraucht worden war, wusste sofort, was geschehen war.

»Holt Lord Lancaster!«, befahl sie dem Kammerherrn ihres

Gemahls, der gerade mit ihr über einige Angelegenheiten des Haushaltes beraten hatte. »Sofort!«

Während der Kammerherr davoneilte, gesellte sich Katherine zu Mary und Margaret. Sie hob kurz den Stoff an, der Margarets Gesicht schützend umgab und wechselte dann einen Blick mit Mary.

»Richard«, sagte Mary, »und de Vere.«

Katherines Gesicht verlor alle Farbe – selbst ihr herrliches, glänzendes Haar wirkte plötzlich stumpf.

Dann sah sie zu Bolingbroke und Neville hinüber, die hinter den beiden Frauen standen und die Schatulle zwischen sich trugen.

Alle Sanftheit war aus ihren Augen gewichen.

Da waren plötzlich Schritte zu hören, und Lancaster, Raby und Gloucester betraten den Hof des Savoy Palace. Courtenay folgte wenige Schritte hinter ihnen.

Verzweiflung stieg in Neville auf.

Nein! Nicht Raby! Was würde sein Onkel denken, wenn er erfuhr, dass Margaret geschändet worden war?

Raby hätte niemals untätig daneben gestanden.

Und Gloucester? Was würde er sagen?

Ausreden wirbelten in Nevilles Kopf umher, und er klammerte sich verzweifelt an jede einzelne von ihnen, um sie sogleich wieder zu verwerfen. Er wusste, dass er die selbstgerechten Vorwürfe, die er Gloucester nach dem Tod seiner Gemahlin gemacht hatte, schon bald selbst zu hören bekommen würde.

Katherine wandte sich ihrem Gemahl zu. »Richard und de Vere«, sagte sie nur, und ebenso wie Marys Worte brauchten auch die ihren keine weitere Erklärung. Dann wandte sie sich an Courtenay und bat ihn leise zu gehen. »Eurer Herrin wird es bald wieder besser gehen«, flüsterte sie. »Bitte lasst uns jetzt allein.«

Courtenays Blicke wanderten zwischen Katherine und Margaret hin und her, und er sah, wie Mary mit den Lippen die Worte *Bitte geht* formte. Er verbeugte sich steif und ging dann mit leidvoller Miene davon.

Lancaster, Raby und Gloucester sahen zu Margaret hinüber, während sie warteten, bis Courtenay verschwunden war, und richteten dann ebenfalls vorwurfsvolle Blicke auf Bolingbroke und Neville.

»Was immer ihr für eine Entschuldigung habt, sie kann nicht ausreichen …«, begann Lancaster.

»Vater. *Wir haben die Schatulle!*«

Lancasters Blick schien noch wütender zu werden, wenn das denn überhaupt möglich war. Im Moment beherrschte er sich jedoch, wandte sich an Katherine und Mary und sagte leise: »Bringt sie ins Haus. Sofort.«

Katherine nickte und führte Margaret gemeinsam mit Mary über den Hof zur Eingangstür des Palastes.

Lancaster wartete, bis ihre Schritte verklungen waren.

»War diese Schatulle die Schändung Eurer Gemahlin wert?«, sagte er mit ruhiger Stimme zu Neville.

»Mein Lord«, begann Neville und musste sich dann räuspern und noch einmal anfangen. »Mein Lord, diese Schatulle enthält den Schlüssel, mit dem ich das Böse in die Hölle zurückverbannen kann …«

»Und um diese Schatulle in Euren Besitz zu bringen, habt Ihr Eurer Gemahlin das Leben zur Hölle gemacht, Neville. Ihr habt Euch der Kräfte des Bösen bedient, um Eure Ziele zu erreichen, und seid dadurch selbst dem Bösen verfallen.«

Neville öffnete den Mund, doch er brachte kein Wort heraus. Lancasters Miene war so missbilligend, dass Neville den Kopf abwandte … nur um Rabys Blick zu begegnen.

Raby sah ihm in die Augen und wandte dann seinerseits den Kopf ab.

»Onkel, wir mussten die Schatulle an uns bringen …«

»Und der beste Plan, der Euch eingefallen ist, war Margaret Richards Gelüsten zu opfern?«, erwiderte Gloucester, und seine Stimme klang ebenso vorwurfsvoll wie die Lancasters. »Ihr, der Ihr mir einst gepredigt habt, es sei die oberste Pflicht eines Mannes, seine Gemahlin zu beschützen? Sie zu achten und zu ehren?«

Neville blickte zu Boden und ließ plötzlich den Griff der Schatulle los, sodass Bolingbroke taumelte, als ihn das Gewicht der Schatulle aus dem Gleichgewicht brachte.

Neville schloss die Augen und versuchte einen Moment lang, sich vorzustellen, er sei allein in dieser finsteren Welt. Doch es gelang ihm nicht, denn er spürte immer noch Lancasters, Rabys und Gloucesters Blicke auf sich ruhen.

Er schlug wieder die Augen auf. »Wir müssen sie öffnen«, sagte er. »Wenn sie erst einmal geöffnet ist …«

»Selbst dann«, sagte Raby, »wird nichts die Schande mindern können, die du heute auf dich geladen hast.«

KAPITEL FÜNF

Nach der Non, an der Vigil des Festes
des heiligen Franziskus
Im ersten Jahr der Regentschaft Richard II.
(Montagnachmittag, 3. Oktober 1379)

– IV –

Katherine wollte Margaret zunächst in das Gemach führen, das sie mit Neville bewohnte, doch Margaret stieß einen kleinen Schrei aus, als sie bemerkte, wohin sie gingen.

»Vielleicht in mein Gemach …«, begann Mary.

»Nein!«, sagte Margaret; das erste Wort, das sie seit ihrer Schändung herausbrachte. »Nein. Nicht dahin, wo Ihr und Hal schlaft.«

»Dann werden wir Euch in mein Gemach bringen«, sagte Katherine entschlossen, und dagegen erhob Margaret keine Einwände.

Bolingbroke und Neville trugen die Schatulle zu Lancasters Morgenzimmer.

Hinter ihnen folgten die schweren Schritte der anderen drei Männer.

Als sie dort angelangt waren, schloss Lancaster die Tür hinter ihnen und verriegelte sie.

»Erzählt mir, was vorgefallen ist«, sagte er.

Bolingbroke begann ihm kurz zu berichten, was sich ereignet hatte, doch er war noch nicht weit gekommen, als Lancaster ihn unterbrach.

»Ihr habt Sturry und Arundel bloßgestellt? Mein Gott, Hal, was ist denn nur in euch gefahren?«

Noch ehe Bolingbroke etwas erwidern konnte, trat Raby vor, packte ihn bei der Schulter und riss ihn zu sich herum.

»Wie dumm Ihr seid!«, sagte er. »Glaubt Ihr etwa, Ihr könnt Euch mit der Größe Eures Vaters messen? Wollt Ihr den mächtigen Adligen des Reiches spielen? *Wo habt Ihr Euren Verstand gelassen?* Ihr habt nicht nur Sturry und Arundel in Gefahr gebracht, gute Männer, die ihre Treue sicher teuer bezahlen müssen, sondern auch Euren Vater. Gütiger Himmel, Hal, Richard würde einen Mann schon wegen eines Stück Fleischs hinrichten lassen, das er aus seiner Küche gestohlen hat, ganz zu schweigen von einer Schatulle, die so bedeutsam ist, wie es diese hier angeblich sein soll!«

Raby holte wütend Luft. »Wahrscheinlich habt Ihr mit dieser närrischen Gedankenlosigkeit das ganze Haus Lancaster dem Untergang geweiht! Und du«, er wandte sich an Neville, »hast einen wertvollen Menschen zerstört.«

»Sie hat dir immerhin so viel bedeutet, dass du sie verlassen hast, Onkel!«, erwiderte Neville und machte seinen Schuldgefühlen Luft, indem er seinerseits seinem Onkel Vorwürfe machte. Schließlich hatte dieser es einst kaum erwarten können, sich Margarets zu entledigen, als ihm die Ehe mit Lancasters Tochter in Aussicht gestellt worden war.

»Genug!«, brüllte Lancaster. »Mir reicht es. Neville, öffnet die verfluchte Schatulle. Wir wollen doch sehen, ob ihr Inhalt es wert war, Margaret und dieses gesamte Haus ins Verderben zu stürzen.«

Bolingbroke und Neville hatten die Schatulle auf dem Boden abgestellt, als sie den Raum betreten hatten. Nun hob Neville sie hoch und setzte sie auf einem Tisch ab. Sie war verschlossen, und Neville besaß keinen Schlüssel dafür, doch er hatte keinerlei Erbarmen mit einem Gegenstand, der so viel Leid verursacht hatte. Deshalb zog er sein Messer aus dem Gürtel, schob die Klinge unter das Schloss und riss sie mit der ganzen Kraft seiner Wut und Verzweiflung nach oben.

Das Schloss fiel klappernd zu Boden, und alle zuckten zusammen.

Neville holte tief Luft und stieß den Deckel auf.

Agnes war auf dem Weg in den Garten gewesen, wo sie mit Rosalind spazieren gehen wollte, als ihr Courtenay begegnet war. An seinem Gesichtsausdruck hatte sie sofort erkannt, dass etwas Schreckliches geschehen sein musste. »Was ist passiert?«, hatte sie gefragt, und er hatte lediglich »Lady Margaret« geflüstert. Diese beiden Worte hatten ausgereicht, um Agnes sofort in den Palast zurückeilen zu lassen.

Sie traf die drei Frauen an der Tür zu Katherines Gemach.

Wie Katherine musste auch Agnes nur Margarets Gesicht sehen, um zu wissen, was passiert war. Sie wechselte einen Blick mit den anderen Frauen.

»Sie wird ein Bad brauchen«, sagte Katherine, als sie die Tür öffnete. »Wir müssen sie reinwaschen von diesem Schmutz, ihren Körper und auch ihre Seele. Agnes ... du heißt doch Agnes, nicht wahr? ... Gut. Agnes, lass rasch etwas Wasser bringen. Am besten Rosenwasser. Kommt, wir wollen Margaret aufs Bett legen und ihre kleine Tochter hier auf das Kissen, damit wir uns an die Arbeit machen können.«

Agnes verließ das Gemach und eilte zur Küche. Sie bat darum, dass die Pagen die Wasserkrüge vor der Tür des Gemachs abstellten, und kehrte dann mit einem kleinen Krug erwärmtem Rosenwasser zurück.

Mary und Katherine waren dabei, Margaret zu entkleiden, und diese stöhnte und versuchte immer wieder, sich mit den Tüchern zu bedecken, mit denen die Frauen sie waschen wollten. Katherine blickte auf, als Agnes mit dem Rosenwasser eintrat.

»Gut«, sagte sie und wandte sich dann wieder der stöhnenden und sich kraftlos wehrenden Frau zu. »Margaret, meine Liebe, wir sind hier unter uns. Hört auf zu zappeln, dann können wir … *gütiger Himmel*!«

Mary hatte Margaret die Unterkleider ausgezogen, und Katherine erblickte das ganze Ausmaß der Verletzungen und Blutergüsse, die Margaret davongetragen hatte.

Sie blickte zu Mary hinüber. »Wie konnte das geschehen?«

Mary holte zittrig Luft und berichtete ihr dann in knappen, ruhigen Worten, was passiert war.

Währenddessen fing Rosalind an zu weinen.

Neville blickte in die Schatulle. Sie war mit elfenbeinfarbenen Pergamentrollen gefüllt.

Endlich! Endlich!

»Nun?«, sagten Lancaster und Bolingbroke im Chor, die hinter Neville getreten waren.

»Wartet«, sagte Neville mit angespannter Stimme und streckte die zitternde Hand nach der obersten Pergamentrolle aus.

Es war so still. Das dürfte es eigentlich nicht sein. Der Chor der Engel müsste jubilieren … und meine Seele von großer Freude erfüllt sein … Warum ist mir stattdessen so schwer ums Herz?

Neville nahm die erste Rolle heraus – Wynkyn de Wordes Buch musste sich unter den Pergamenten befinden –, und hob sie vorsichtig hoch.

Sie war erstaunlich leicht für die gewichtigen Geheimnisse, die sie enthielt.

»Öffne sie!«, sagte Bolingbroke, und Neville hätte sich am liebsten umgedreht und ihn wegen seiner Ungeduld geschlagen.

»Wartet«, sagte er noch einmal.

Nevilles Hände zitterten inzwischen so stark, dass er die Pergamentrolle beinahe fallen gelassen hätte, als er sie umdrehte, um sie zu öffnen. Er musste innehalten und sich zur Ruhe zwingen, ehe er fortfahren konnte.

Schließlich hatte er sie entrollt und auf dem Tisch ausgebreitet, damit er und die anderen Männer sehen konnten, was sie enthielt.

Sie blickten auf das Pergament … dann fragte Lancaster: »Was soll das denn sein?«

Margaret setzte sich auf und nahm Mary den Stofflappen aus der Hand, mit dem diese sie waschen wollte. Sie schob Katherines Hände beiseite und begann wie wild über die mit Abschürfungen und blauen Flecken übersäte Haut an ihren Oberschenkeln und zwischen ihren Beinen zu schrubben.

»Margaret!«, rief Mary und streckte die Hand aus, um Margaret den Lappen wieder abzunehmen, aber Katherine hielt sie zurück.

»Nein«, sagte sie. »Lasst sie das machen. Es wird ihr guttun.«

»Aber sie wird sich noch mehr Verletzungen zufügen!«

»Mag sein«, sagte Katherine. »Aber das ist für ihre Heilung wichtig.«

Agnes hatte Rosalind auf den Arm genommen und wiegte sie hin und her, den Blick auf Margaret gerichtet.

Tränen liefen ihr über die Wangen.

Margaret schrubbte noch heftiger, dann brach sie plötzlich in lautes, heftiges Schluchzen aus und schleuderte den blutgetränkten Lappen beiseite.

Mary setzte sich neben Margaret auf das Bett und schloss sie fest in die Arme, und Margaret klammerte sich an sie, während ihr ganzer Körper vor Schmerz und Demütigung bebte.

Wie Agnes liefen auch Katherine Tränen über das Gesicht, und sie bemühte sich gar nicht erst, sie fortzuwischen.

Auf dem Gang waren Schritte zu hören, und es klopfte leise an der Tür.

»Das Wasser …«, sagte Agnes und blickte sich suchend nach einem Ort um, wo sie Rosalind ablegen konnte.

»Nein«, sagte Katherine. »Behalte das Kind auf dem Arm. Ich kümmere mich um die Krüge.«

Sie drehte sich um und ging zur Tür. Nach einem Bad in warmem Rosenwasser würde es Margaret gleich viel besser gehen.

Zumindest körperlich, doch vielleicht würde es auch ihrer Seele guttun.

Neville sah sich den Pergamentbogen genauer an und versuchte zu begreifen, was er da sah. Der Bogen war mit merkwürdigen Strichen und Symbolen bedeckt … Er schüttelte den Kopf, während er sich fragte, ob es sich dabei wohl um irgendeine geheimnisvolle Sprache der Engel handelte, die er erst noch entschlüsseln musste, um …

Da schrie Lancaster plötzlich auf und nahm Neville das Pergament aus der Hand. Er riss es in Stücke und warf es auf den Boden. Dann schob er Neville zur Seite, griff tief in die

Schatulle hinein, wühlte in den Pergamentrollen herum und ließ sie achtlos zu Boden fallen.

In der Schatulle war kein Buch.

Bolingbroke war einen Schritt zurückgetreten und sah Lancaster und Neville mit trübem Blick und ausdruckslosem Gesicht an.

Verwirrt und benommen hob Neville eine der Rollen auf, die Lancaster auf den Boden geworfen hatte und öffnete sie.

Dieselben rätselhaften Linien …

»Verflucht sollt ihr sein!«, brüllte Lancaster und warf Bolingbroke eine der Rollen ins Gesicht. »Schaut euch an, was ihr da gestohlen habt!«

Bolingbroke hob ebenfalls eines der Pergamente auf und entrollte es ein wenig.

In seinem Gesicht zuckte es, dann sagte er mit einem Ausdruck größter Überraschung: »Aber … aber das sind ja …«

»Die gesamte verfluchte Schatulle ist mit Bauplänen für das neue Dach des Saals von Westminster gefüllt«, sagte Lancaster. »Keine himmlischen Beschwörungen. Keine göttlichen Geheimnisse. Nichts, was beweisen könnte, dass Richard tatsächlich ein Dämon ist, wie ihr behauptet! *Was habt ihr nur getan?*«

Neville blinzelte und plötzlich fiel es ihm wie Schuppen von den Augen. Die Rolle, die er in der Hand hielt, war mit komplizierten Zeichnungen von Dachbalken, Trägern und Türmen bedeckt …

Fassungslos schrie er auf und augenblicklich herrschte Stille im Raum.

Lancaster wandte sich wieder Neville zu und streckte die Hand aus, doch Neville sprang auf, packte die leere Schatulle und warf sie mit Schwung durch das geschlossene Fenster des Morgenzimmers.

Glas zersplitterte, und alle außer Neville wandten sich ab, um ihre Gesichter zu schützen.

»Was habe ich getan?«, flüsterte Neville. Blut lief an seinem Gesicht hinab. An seiner Stirn hatte sich ein Glassplitter in seine Haut gebohrt. »*Was habe ich nur getan?*«

Ein kalter Wind wehte durch das zerbrochene Fenster herein, und die mit Blut und Glassplittern bedeckten Pergamentrollen zu Nevilles Füßen bewegten sich und raschelten leise. Neville begann zu lachen – ein raues, verzweifeltes Geräusch, das in Bolingbrokes Ohren wie das Rauschen von Engelsschwingen über den Eiswüsten des Himmels klang.

Kapitel sechs

Vesper an der Vigil des Festes des heiligen Franziskus
Im ersten Jahr der Regentschaft Richard II.
(Montag, 3. Oktober 1379, früher Abend)

– V –

Er setzte sich zu ihr, doch sie wandte den Kopf ab und weigerte sich, ihn auch nur anzusehen.

Sie hatte sich zusammengerollt und hielt Rosalind im Arm, als sei das kleine Mädchen das Einzige, was die Erinnerung an die grauenhaften Ereignisse dieses Tages lindern könnte.

»Margaret ...«

Immer noch schwieg sie.

»Tom ...«

Er drehte sich um. Mary stand hinter ihm, und Agnes saß etwas abseits neben einem Kohlebecken.

»Verschwindet!«, sagte Neville.

Marys sonst so gutmütiges und friedfertiges Gesicht war von Zorn erfüllt. »Wie könnt Ihr es wagen, so mit mir zu sprechen? Wer seid Ihr, dass Ihr glaubt, Ihr könntet ihr mehr Trost spenden als ich? Welches Recht habt Ihr, an Margarets Seite zu sein und mich fortzuschicken?«

»Mary ...«

»Für Euch *Mylady*, Neville! Mag sein, dass ich meinem Gemahl nicht genug bedeute, als dass er mir seine düsteren Geheimnisse anvertrauen würde, aber jeder konnte sehen, mit welcher Sorgfalt Ihr über diese Schatulle gewacht habt, die Ihr aus Westminster gestohlen habt. Selbst ich weiß inzwischen, dass der Auftrag, den Ihr mir und Margaret gegeben habt, nur eine List war, damit Ihr Euren eigenen Angelegenheiten nachgehen konntet, während Eure Gemahlin Richard schutzlos ausgeliefert war.«

Sie holte tief Luft, und Neville zuckte zusammen, als er ihren Gesichtsausdruck sah.

»Nicht Richard und de Vere haben Margaret geschändet«, sagte Mary sehr beherrscht, »sondern Ihr ... Ihr und mein Gemahl.«

Neville wandte den Blick ab, denn er konnte die Anklage und Abscheu in Marys Augen nicht ertragen.

»Ich werde gehen«, sagte Mary, »denn ich will mit Euch nicht mehr in einem Raum sein. Aber Agnes wird hierbleiben und über Margaret wachen, und Ihr werdet sie nicht fortschicken.«

Neville sah zu Agnes hinüber, und ihr Gesichtsausdruck glich Marys entschlossener Miene.

Er nickte, und Mary musterte ihn noch einen Moment lang und ging dann schließlich aus dem Zimmer.

Neville streckte die Hand aus, um Margarets Gesicht zu berühren, doch ihre Stimme ließ ihn innehalten.

»Fass mich nicht an.«

»Margaret ... Meg ...«

»Ist die Schatulle das wert gewesen, Tom? Kennst du jetzt die Geheimnisse der Engel? War mein Leiden notwendig, um in den Besitz dieser kostbaren Schatulle zu gelangen?«

Neville rang um Worte. Er betrachtete Rosalind, die friedlich schlief, obwohl sie von so viel Wut und Schmerz umgeben war.

Dann blickte er wieder hoch und sah Margaret in die Augen, und plötzlich wurde ihm mit Schrecken klar, dass sie wusste, was geschehen war.

»Es war die falsche Schatulle«, flüsterte er.

Margaret begann zu lachen, so bitter und verzweifelt wie Neville in Lancasters Morgenzimmer.

»Die falsche Schatulle sagt Ihr? Nun, mein lieber Gemahl, vielleicht sollte ich mich dann noch einmal schänden lassen – oder zwei- oder dreimal, wenn das nötig sein sollte –, damit ihr Gelegentheit habt, auch noch die hintersten Ecken von Richards Gemächern nach der richtigen Schatulle zu durchsuchen.«

»Ich werde dich nicht noch einmal um so etwas bitten!«

»Es reicht schon, dass du mich einmal darum gebeten hast, Tom.«

Er ließ den Kopf hängen und begann zu weinen. »Margaret, es tut mir leid …«

»Nein, das tut es nicht. Ist das nicht die Aufgabe, für die die Engel dich auserwählt haben? Den großen frommen Geistlichen, der kaltherzig genug ist, um im Namen seiner göttlichen Mission selbst Unschuldige den Flammen zu überantworten?«

Thomas hob den Kopf. »Margaret, ich kann dir gar nicht sagen, wie sehr ich meine Tat bereue!«

Sie sah die Tränen, die ihm die Wangen hinunterliefen und stellte dann fest, dass es sie nicht bekümmerte. Nicht heute Abend. Heute Abend wollte sie nur dem traurigen Gedanken daran nachhängen, was hätte sein können, und sich dem Hass hingeben, den sie für ihn empfand.

»Und wie geht es nun weiter?«, fragte sie leise.

Er streckte zögernd die Hand aus und legte sie auf die ihre, die auf Rosalinds Köpfchen lag.

Sie zog die Hand nicht weg, doch Neville spürte, wie sie erstarrte.

»Morgen brechen wir nach Kenilworth auf«, sagte er. »Das ist ein schöner Ort, und du wirst dort von Menschen umgeben sein, die dich lieben.«

»Werden Mary und Katherine dort sein? Und Rosalind? Kann ich Agnes mitnehmen?«

»Ja, natürlich.«

»Dann werde ich tatsächlich von Menschen umgeben sein, die mich lieben.«

Neville zuckte erneut zusammen.

»Ich wünschte, es gäbe keine Männer auf der Welt«, sagte Margaret mit tonloser Stimme. »Dann würde es weder Schmerz noch Leid geben.«

Darauf wusste Neville nichts zu erwidern.

Bolingbroke kam spät am Abend zu ihr. Sie öffnete die Augen und sah ihn neben ihrem Bett stehen.

Katherine, die die Nacht an ihrem Bett verbringen wollte, saß ein paar Schritte entfernt auf ihrem Stuhl und schlief fest. Es hatte Bolingbroke einige Mühe gekostet, sie mit einem Zauber zu belegen.

Sie betrachtete sein Gesicht, das in der Dunkelheit kaum zu erkennen war. Von der Nase bis zum Mund hatten sich Falten der Erschöpfung hineingegraben, und unter den Augen hatte er dunkle Ringe.

In seinem Blick lag tiefe Trauer.

»Und, ist der Tag zu Eurer Zufriedenheit verlaufen, mein Lord?«, fragte sie.

Er presste die Lippen aufeinander. »Wir können beide zufrieden sein«, sagte er. »Wir haben unser Ziel erreicht.«

»Ich glaube nicht, dass ich seine Liebe will«, sagte sie. »Jetzt nicht mehr.«

»Wir müssen zu Ende führen, was wir begonnen haben, Margaret. Das weißt du. Außerdem hast du dem Plan zugestimmt. Du wolltest Nevilles Liebe erringen.«

Sie verzog das Gesicht. »Ich habe ›zugestimmt‹? Du hast mich mit deinem Ehrgeiz dazu gezwungen, Hal. Ich habe es damals eine abscheuliche Täuschung genannt, und dieser Meinung bin ich immer noch.«

Er sagte nichts dazu, doch er blickte ihr fest in die Augen.

Sie seufzte und sah auf Rosalind hinab, die in ihren Armen schlief. Sehr vorsichtig legte sie das Kind neben sich, schob die Bettdecke zur Seite und stand unter großen Schmerzen auf.

Sie war vollkommen nackt.

Bolingbroke sog scharf die Luft ein, doch Margaret achtete nicht auf ihn. Auf einem Tisch in der Nähe brannte eine Öllampe, und Margaret ergriff sie und hielt sie so, dass das Licht auf ihren Leib fiel.

»Siehst du, was sie mir angetan haben, Hal?«

Sie ging auf ihn zu, ergriff seine Hand und legte sie auf eine ihrer mit Blutergüssen übersäten Brüste, führte sie dann zu den geschwollenen Abschürfungen auf ihrem Bauch und den frisch verschorften Wunden weiter unten.

»Spürst du es?«, flüsterte sie, hob abrupt seine Hand und legte sie auf seine Brust. »Spürst du es hier drin?«

»Margaret …«, sagte er mit erstickter Stimme und begann noch einmal. »Margaret, sie werden dafür bezahlen. Sie werden es teuer bezahlen.«

»Das lindert den Schmerz trotzdem nicht, mein Geliebter.«

»Es war notwendig …«

»Du wirst deinem Vater immer ähnlicher, Hal! Ich frage mich, wie du das erträgst!«

»Lancaster ist …«

»Ich spreche nicht von Lancaster. Ich rede von deinem wahren Vater, dem Ungeheuer, das Blanche geschwängert hat.«

»Du gehst zu weit!«

»*Du* bist heute zu weit gegangen, Hal. Ich bin verletzt worden und Mary ebenso. Hast du überhaupt schon mit ihr gesprochen, Hal? Hast du deiner Gemahlin eine Erklärung für das gegeben, was geschehen ist?«

»Mary …«, sagte Bolingbroke, als hätte er sich soeben erst wieder an sie erinnert.

»Mary war dabei, Hal, und meine Schändung hat sie ebenso mitgenommen wie mich. Und dennoch hat sie ihr eigenes Entsetzen beiseitegeschoben, um mir Trost zu spenden. Du kannst deine Gemahlin nicht einfach übergehen. Sie ist eine großartige Frau, und es ist eine Schande, dass du sie dazu überreden konntest, dich zu heiraten. Was immer du mit ihr vorhast, Hal, ich werde dir nicht dabei helfen. Nicht nach dem, was heute geschehen ist.«

Kapitel Sieben

Matutin am Fest des heiligen Franziskus
Im ersten Jahr der Regentschaft Richard II.
(Dienstag, 4. Oktober 1379, früher Morgen)

In der Kapelle war es kalt und ruhig, und Nevilles Atem hing in Dunstwolken über seinem gesenkten Kopf.

Er kniete vor dem Altar, hatte die Hände vor der Brust gefaltet und die Augen geschlossen; sein Rücken und die Schultern waren steif. Hin und wieder kam ein leises Stöhnen über seine Lippen, gefolgt von eilig geflüsterten verzweifelten Gebeten, die nach kurzer Zeit wieder verstummten.

Neville wollte Richard mit jeder Faser seines Wesens hassen und verabscheuen ... doch sein Hass und seine Abscheu richteten sich nur gegen sich selbst.

Vor den geschlossenen Augen sah er die Gesichter von Lancaster, Raby und Gloucester. Manchmal glaubte er zu seinem Entsetzen auch die schattenhaften Gestalten von Richard und de Vere zu erkennen, die abwechselnd Margarets Leib schändeten.

Und er wusste, dass die Schatulle irgendwo versteckt auf ihn wartete ... und über ihn lachte.

Er ballte die Hände zu Fäusten und glaubte schreien zu müssen, und wenn auch nur, um die vorwurfsvolle Stille im Inneren der Kapelle zu durchbrechen.

Du hast getan, was du für richtig hieltest. Mehr kann ich nicht von dir verlangen.

Neville sprang auf, stolperte, als seine steifen Muskeln sich verkrampften, und drehte sich um.

Hinter sich sah er ein sanft strahlendes Licht und die Gestalt des Erzengels Michael, der ihm die Hände entgegenstreckte, als wolle er ihm Trost spenden.

»Soll mich das etwa beruhigen?«, fragte Neville.

Du musst stark sein, Thomas. Du kannst nicht wissen, welche Prüfungen das Böse dir auferlegen wird, um …

»Ich habe zugelassen, dass meine Gemahlin geschändet wurde … für nichts und wieder nichts!«

Sie ist nicht von Bedeutung! Sie hat ihren Zweck erfüllt. Ist es deine Schuld, dass du die falsche Schatulle mitgenommen hast? Zumindest hast du es versucht. Du hast das Richtige getan.

»Warum hasse ich mich dann so sehr für das, was ich getan habe?«

Thomas, du musst dich vor der Versuchung hüten …

»Meine Gemahlin dazu zu benutzen, an die Schatulle zu gelangen, war eine Versuchung! Und was hat es mir eingebracht? Gar nichts!« Nevilles Stimme wurde zu einem Flüstern. »Aber was habe ich ihr damit angetan?«

Thomas …

Neville sank vor dem Erzengel auf die Knie und streckte bittend die Hände aus. »Ist das der Grund, warum ihr mich auserwählt habt?«, sagte er und wiederholte Margarets Worte. »Weil ich kaltherzig genug bin, um für meinen göttlichen Auftrag selbst Unschuldige den Flammen zu überantworten?«

Nichts ist wichtiger als Gottes Auftrag. Das weißt du. Thomas, die Schatulle wartet noch immer auf dich. Du darfst jetzt nicht an dir zweifeln …

Nevilles Gesicht verzerrte sich vor Qual. »Geh mir aus den Augen. Verschwinde!«

Thomas …

»Ich bin ein Mensch, Engel. Ein Mensch! Ich kann das Leid nicht mit ansehen, das meine Taten verursachen und dann so tun, als ginge mich das nichts an. Scher dich fort, Engel! Geh!«

Du bist ein Mensch, *Thomas? Ach, mein Lieber, da irrst du dich …*

»Scher dich fort. Verschwinde!«

Neville wartete die Antwort des Engels nicht ab. Er sprang auf, warf dem Erzengel einen letzten verzweifelten und wütenden Blick zu und stürmte aus der Kapelle.

Der heilige Michael war verschwunden, lange bevor die Tür hinter Neville ins Schloss gefallen war.

Kurz darauf brach die Familie Lancaster, mit ihnen auch Raby und seine Gemahlin Johanna, sowie Bolingbroke mit seinem Gefolge, nach Kenilworth in Warwickshire auf. Gloucester wollte noch eine Weile in London bleiben, um dann nach einem Abstecher zu seinen Landgütern ebenfalls nach Kenilworth weiterzureisen.

Im Morgengrauen hatte Bolingbroke die nutzlose und etwas angeschlagene Schatulle mitsamt ihrem Inhalt von zwei Männern Arundel bringen lassen, damit dieser sie wieder an ihren Platz im Palast von Westminster zurückstellte.

Wenn Richard überhaupt bemerkt hatte, dass die Schatulle jemals verschwunden war, so bestrafte er jedenfalls nicht die Männer, die etwas mit ihrem Verschwinden zu tun gehabt haben konnten.

Letztlich war es eine ziemlich unwichtige Schatulle.

Kapitel acht

Am Fest der Entrückung des
heiligen Eduard des Bekenners
Im ersten Jahr der Regentschaft Richard II.
(Donnerstag, 13. Oktober 1379)

Während sich die Gerüchte über Jeanne d'Arc und das Wiedererwachen des französischen Stolzes im Norden und der Landesmitte Frankreichs immer mehr verbreiteten, und nachdem die arbeitsreiche Erntezeit vorüber war, legte das einfache Volk zu Hunderten die Hacken und Schaufeln nieder und bewaffnete sich mit Schwertern und Lanzen. Sie machten sich auf den Weg nach La Roche-Guyon und schworen dort Karl die Treue. Es kamen auch viele Adlige mit ihren Anhängern, die nicht auf dem Schlachtfeld von Poitiers das Leben verloren hatten: Manche, weil sie den Gerüchten Glauben schenkten, dass Jeanne Gottes Stimme war, andere, wie Philipp der Schlechte, weil sie hofften, die Situation zu ihrem Vorteil nutzen zu können.

Wenn sie etwas gemeinsam hatten, dann den Wunsch, die Engländer ein für allemal aus ihrem geliebten Land zu vertreiben.

Doch nicht nur bewaffnete Männer kamen nach La Roche-Guyon. Papst Clemens VII. schickte eine Abordnung aus Avignon, die vom Erzbischof von Reims, Regnault de Chartres, angeführt wurde. Clemens glaubte nicht recht an das Gerede über eine heilige Jungfrau, sondern betrachtete es als wahrscheinlicher, dass dieses Bauernmädchen eine Hexe war, die den Dauphin für ihre eigenen Zwecke missbrauchen wollte.

Der römische Papst, Urban VI., hielt die Gerüchte für gänzlich lächerlich und verlangte lediglich mehr Wein, wann immer jemand den Namen dieser törichten Jungfrau erwähnte. Wenn sich Karl mit verrückten Bauernmädchen umgeben wollte, dann war das seine Sache.

Andere, denen die Geschichten über Jeanne zu Ohren gekommen waren, lehnten sich nur zurück und beobachteten das Ganze, während sie darauf warteten, dass sich für sie eine günstige Gelegenheit ergab, wie es bei emotionsbeladenen religiösen Bewegungen stets der Fall ist.

Katherine stand auf den Zinnen von La Roche-Guyon und blickte auf das Armeelager hinab, das sich etwa eine Meile weit um die Burg herum erstreckte. Inzwischen hatten sich dem Dauphin so viele Männer angeschlossen, dass die Burg sie unmöglich alle beherbergen konnte.

Sie hörte Schritte hinter sich, wandte sich um und lächelte. »Philipp.«

Er gesellte sich zu ihr an der Brüstung und gemeinsam blickten sie auf das Lager hinab.

»Mit einer solchen Armee«, sagte Philipp, »könnte ein Mann die ganze Welt erobern.«

»So groß ist sie nun auch wieder nicht«, sagte Katherine. »Es sind nur etwa sieben- bis achttausend Mann. Johann standen bei der Schlacht von Poitiers wesentlich mehr zur Verfügung.«

Philipp drehte sich ihr zu. »Aber Johann hatte nicht, was

Karl jetzt hat – die heilige Jungfrau Jeanne. Sie ist allein so viel wert wie zwanzigtausend Mann.«

»Schenkst du ihren Worten Glauben, Philipp? Betest du sie als Heilige an, oder hältst du sie eher für ein Werkzeug in den Händen desjenigen, der stark genug ist, sich ihrer zu bedienen?«

Philipp wusste nicht recht, was er von Jeanne halten sollte. Das Mädchen war zweifellos von einer Aura des Heiligen umgeben … aber war da wirklich Gott im Spiel oder litt sie lediglich unter Wahnvorstellungen?

»Glaubst du Jeanne«, fragte Katherine leise und musterte sorgfältig Philipps Gesicht, »wenn sie behauptet, Gott habe Karl für diesen Kampf auserwählt?«

Immer noch gab Philipp keine Antwort. Auch wenn er sich selbst nicht sicher war, ob er Jeanne Glauben schenken sollte, wusste er doch, dass Katherine das Mädchen von ganzem Herzen hasste. Den Grund dafür kannte er nicht. Vielleicht war sie eifersüchtig, weil ein Bauernmädchen einen solchen Einfluss auf ihren Bruder ausüben und sein Herz gewinnen konnte. Er fragte sich, was sich hinter Katherines Hass verbarg. Er wusste nur, dass Jeanne in gewisser Weise dafür verantwortlich war, dass Katherine nun das Lager mit ihm teilte, und dafür schuldete er dem Mädchen Dank. Wenn auch nur ein klein wenig … ganz gewiss nicht so viel, dass er darüber seine eigenen ehrgeizigen Ziele vergessen hätte.

»Ich kann mir nur schwer vorstellen, dass Gott Karl auserwählt haben soll«, sagte Philipp schließlich, »es sei denn, er ist unter den jetzigen Umständen die einzige Möglichkeit.«

Katherines Mundwinkel zuckten, doch Philipp bemerkte es nicht.

»Nicht nur Karls Knie sind weich«, fuhr Philipp fort, »sondern sein ganzes Wesen.« Er ließ den Blick wieder über das

Armeelager schweifen. »Es ist nun schon fast ein Jahr her, seit die Engländer durch den Tod Eduards und des schwarzen Prinzen geschwächt wurden. Damals hat Karl nichts unternommen, außer Ausflüchte zu ersinnen, obwohl so viele Männer an seine Seite eilten. *Gütiger Himmel!*« Er schlug vor Wut mit der Faust gegen die Mauer neben ihm. »Warum sitzen wir immer noch sinnlos in dieser Festung herum?«

Katherine lachte. »Wie ich meinen Bruder kenne, geht er abends ins Bett, zieht sich die Laken bis zum Kinn hoch und zittert bei dem Gedanken, dass er tatsächlich Blut vergießen müsste, um sein Königreich zurückzuerobern.«

Philipp verzog das Gesicht. »Als wir Paris von den verfluchten Rebellen befreit haben, hat er kaum einen Finger gerührt. Ich musste alles allein machen.«

»Ja«, sagte Katherine, ohne sich bei der Erwähnung der Pariser Rebellen etwas anmerken zu lassen. Sie hatte Etienne Marcel gut gekannt und trauerte immer noch um ihn. »Er ist ein furchtbarer Nichtsnutz, und wenn du die ganze Arbeit für ihn erledigst, warum sollst du dann nicht auch die Lorbeeren dafür ernten? Warum nicht selbst den Thron besteigen?«

»Weil«, sagte Philipp leise, beinahe im Flüsterton, »die heilige Jungfrau Jeanne gesagt hat, Karl sei Gottes Auserwählter … und nicht ich. Wie kann ich gegen Gottes Wort aufbegehren? Man würde mich dafür auf dem Scheiterhaufen verbrennen.«

»Und wenn sich Jeanne nun als Betrügerin herausstellte?«, fragte Katherine. »Wenn wir beweisen könnten, dass sie im Auftrag des Bösen spricht und nicht in Gottes Namen? Was dann?«

Er sagte nichts, sondern schaute sie nur aus seinen dunklen Augen an.

»Sollte sich Jeanne als Betrügerin erweisen«, fuhr Katherine fort, »dann würde Karl zusammenbrechen. Er würde Mutters Behauptung Glauben schenken, dass er nichts als der uneheliche Sohn eines Bauern sei, würde sich verkriechen und sich mit einem beschaulichen Leben an irgendeinem lasterhaften Hof zufriedengeben. Dann wäre der Weg frei für einen starken Mann«, Katherine streckte die Hand aus und berührte Philipps Arm, »um sich dieser Armee zu bedienen«, sie wies über die Mauer, »und den Thron zu sichern. Frankreich braucht einen starken Mann … nicht Karl. Diese Männer dort unten sind Frankreich zuliebe hier, mein Geliebter, nicht Karls wegen.«

»Wenn Jeanne sich *tatsächlich* als Betrügerin erweisen sollte«, sagte Philipp nach einer Weile.

Katherine zuckte mit den Achseln. »Sie behauptet, eine Jungfrau zu sein, aber welches gesunde Bauernmädchen in einem Armeelager kann denn überhaupt eine Jungfrau sein?«

Philipp schenkte ihr ein anzügliches Lächeln, doch Katherine ging nicht darauf ein. »Jeanne behauptet, die Stimme Gottes und der Engel zu sein … doch welches Bauernmädchen erkennt schon den Unterschied zwischen Gottes Wort und den verführerischen Dingen, die ihr Dämonen ins Ohr flüstern?«

Philipp wandte sich von Katherine ab und stützte sich mit den Armen auf die Brüstung, den Blick in die Ferne gerichtet.

»Regnault de Chartres ist vor drei Tagen eingetroffen«, sagte er.

Katherine lächelte. »Und der gute Erzbischof hegt sicherlich seine Zweifel. Er könnte ein wichtiger Verbündeter sein.«

»Warum hasst du Jeanne so sehr, Katherine?«

»Weil sie die Macht besitzt, all meine Pläne zunichtezumachen.«

Philipp drehte sich wieder zu ihr um, musterte sie und hob ihr Kinn ein wenig an. »Und was passiert, meine Liebe, wenn du einmal der Meinung sein solltest, *ich* hätte die Macht, deine Pläne zunichtezumachen? Wenn du glaubst, ich würde dir im Weg stehen?«

Ihre Augen füllten sich mit Tränen. »Ich hoffe bei Gott, dass es niemals dazu kommt.«

Er beugte sich vor und küsste sie.

»Das hoffe ich auch«, flüsterte er. »Das hoffe ich auch.«

KAPITEL NEUN

Die Vigil am Fest des heiligen Simon und des heiligen Judas
Im ersten Jahr der Regentschaft Richard II.
(Donnerstag, 27. Oktober 1379)

Vierzehn Tage lang war die Burg von Getuschel und versteckten Andeutungen erfüllt, während der Erzbischof Regnault de Chartres und sein Gefolge Karl und Jeanne genau beobachteten, ehe die Zweifler sich offen an den Dauphin wandten.

Und ihre Worte gefielen ihm ganz und gar nicht.

Karl saß auf einem Holzstuhl im Burgsaal, sichtlich unruhig angesichts der Abordnung, die sich bei ihm eingefunden hatte. An ihrer Spitze stand der große, hagere Erzbischof, die schmalen Hände vor der Brust gefaltet und würdevoll in schwere Gewänder gehüllt. Er trug die Insignien seines Amtes. Hinter ihm hatten sich einige Geistliche versammelt – Priester, Mönche und ein paar Ordensbrüder –, mehrere Würdenträger von Karls Hof und einige der ranghöchsten Offiziere König Johanns, die sich Karl in La Roche-Guyon angeschlossen hatten.

Alle trugen ernste und ehrerbietige Mienen.

Karl ließ den Blick bis zum anderen Ende des Saals wandern. Doch dort standen nur einige Wachtposten, von denen keine Hilfe zu erwarten war.

Karls Augen glitten nach links.

Dort saß seine Mutter in einem mit aufwändigen Schnitzereien verzierten Eichenholzstuhl. Sie stützte sich auf die Armlehne, ihr Kinn ruhte in der gewölbten Hand, und ihre Augen funkelten vor Spott.

Er wusste, was sie dachte: *Ein Mann von edler Herkunft wüsste, was er auf diese Anschuldigungen zu erwidern hatte. Doch der uneheliche Sohn eines Bauern würde sich genauso winden wie du … einen Bastard erkennt man an seinem Verhalten.*

Karl erschauerte und wandte den Blick von Isabella ab. Neben seiner Mutter stand seine Schwester Katherine und beobachtete ihn ruhig. Ihre Gedanken vermochte er nicht zu erraten, doch Karl wünschte sich verzweifelt, er würde ein wenig von ihrer Gelassenheit besitzen.

Philipp stand zwischen seiner Mutter, seiner Schwester und Karl selbst, und als er Karls Blick bemerkte, nickte er ihm aufmunternd zu.

Doch er sagte nichts und unternahm auch sonst nichts, worauf Karl insgeheim gehofft hatte … obwohl er wusste, dass er Philipp dafür gehasst hätte, weil dieser damit erst recht seine Schwäche bewiesen hätte.

Karl holte tief Luft und es gelang ihm, die Tränen zu unterdrücken, die in ihm aufsteigen wollten. *Warum musste der Erzbischof ihm solche Schwierigkeiten bereiten?*

Dann blickte er, kaum zur Überraschung der Anwesenden, zu dem Mädchen Jeanne hinüber. Sie stand zu seiner Linken, unter einem Wandbehang, auf dem die Jungfrau mit dem Kind zu sehen war.

Karl versuchte aus der Symbolik neue Kraft zu schöpfen, doch er wurde dadurch nur noch nervöser. Mit jedem Tag kamen mehr Männer nach La Roche-Guyon, und es gab Gerüchte, wonach es schon bald genug für eine ganze Armee seien, mit deren Hilfe man den Süden Frankreichs von den Engländern zurückerobern könnte.

Warum sind sie mit Paris nicht zufrieden?, dachte Karl. *Warum müssen wir unser Leben aufs Spiel setzen, um auch noch den verfluchten Süden zurückzuerobern? Wir könnten doch sicher zu einer zufriedenstellenden Einigung mit den Engländern gelangen! Sie könnten Aquitanien und die Gascogne behalten und wir die nördlichen und schöneren Gebiete. Das wäre doch gewiss ein vernünftiger Plan …*

Jeanne bemerkte Karls Blick und schenkte ihm ein liebenswürdiges Lächeln, legte die Hand auf die Brust und verneigte sich vor ihm.

Sie wird noch mein Untergang sein!, dachte Karl und verlor den Kampf gegen die Tränen. Die Ereignisse gerieten völlig außer Kontrolle …

Er blinzelte, während ihm eine einzelne Träne über die Wange lief, und wandte sich dann an den Erzbischof. »Verehrter Erzbischof von Reims, wie könnt Ihr solche Zweifel äußern? Ist es denn nicht offensichtlich, dass Jeanne von Gott auserwählt ist und mit seiner Stimme spricht?«

Karl konnte sich zwar durchaus vorstellen, dass es ihm besser ginge, wenn Jeanne als Betrügerin entlarvt würde … doch in diesem Moment bereitete ihm der Erzbischof mit seiner Abordnung noch mehr Unbehagen als die Jungfrau. Er sah zu Philipp hinüber und stellte erleichtert fest, dass der König von Navarra ihn nicht auslachte.

Regnault de Chartres unterdrückte ein Seufzen und fragte sich, warum Gott in seiner Weisheit ihnen nicht einen willensstärkeren Prinzen geschickt hatte, um die verhassten Engländer zu vertreiben. Die Tatsache, dass das Bauernmädchen Jeanne diesen feigen Nichtsnutz unterstützte, ließ sie ihm umso verdächtiger erscheinen.

Gott wusste es doch gewiss besser?

»Majestät«, sagte de Chartres, »wir hoffen alle sehr, dass Jeanne tatsächlich von Gott auserwählt ist und mit seiner Stimme spricht. Was könnten wir uns mehr wünschen«, er machte eine Geste, die nicht nur seine Begleiter, sondern den ganzen Saal mit einschloss, »als Euch als den wahren Erben des ruhmreichen Throns von Frankreich bestätigt zu sehen … als unseren König, sollte der mächtige Johann in der Gefangenschaft dem kalten Gift der Engländer erliegen.«

»Warum zweifelt Ihr dann an Jeanne?«, rief Karl und versuchte vergeblich, seiner Stimme einen ruhigen Klang zu verleihen. »Will sie nicht das Gleiche, was Ihr angeblich wollt?«

»Weil wir uns sicher sein müssen«, sagte de Chartres, dem das Wort »angeblich« gar nicht gefiel. »Wäre es nicht besser, wenn wir uns jetzt davon überzeugten, dass Jeanne tatsächlich die Wahrheit spricht, damit es später keine Zweifel gibt? Sollte nicht lieber ich sie befragen als jemand, der womöglich voreingenommen ist? Ich will nur das Beste für Frankreich, Majestät, und es wäre ein wahrer Segen festzustellen, dass sie tatsächlich die Wahrheit sagt. Wenn wir das zweifelsfrei bewiesen haben, muss Euch niemand mehr mit Fragen quälen.«

»Tatsächlich?«, fragte Karl.

»Tatsächlich«, erwiderte de Chartres.

Karl sah zu Jeanne hinüber, die nun zu ihm herüberkam und neben dem Podest stehen blieb.

Sie schenkte ihm ein ermunterndes Lächeln. »Ich habe keine Einwände dagegen, vom Erzbischof befragt zu werden, Majestät«, sagte sie. »Ich bin nur ein armes, unwissendes Bauernmädchen, und wenn ich seltsame Dinge sage, dann nur, weil Gott mir diese Worte eingegeben hat. Wenn mich der Erzbischof befragen will«, sie drehte sich um und wandte sich direkt an de Chartres, »so wird Gott ihm antworten, nicht ich.«

Jeannes Stimme war von großer Macht erfüllt, und de Chartres wurde blass und wollte gerade etwas erwidern, als Isabella von Bayern sich einmischte.

»Ihr Herren«, sagte Isabella, erhob sich von ihrem Stuhl und ging zu Jeanne hinüber, bis sie nur noch eine Armlänge von ihr entfernt stand. Sie würde nicht zulassen, dass diese unwissende Kindfrau sie übertrumpfte. »Das ist gut gesprochen, und es freut mich, dass der Erzbischof Gelegenheit erhalten soll, herauszufinden, ob Jeannes Worte von Gott stammen oder die verführerischen Einflüsterungen des Teufels sind, doch ich spreche als Frau und als solche hege ich meine eigenen Zweifel an dem, was das Mädchen behauptet.«

Während Isabella sprach, wanderte Jeannes Blick zwischen ihr und Katherine hin und her. Sie wusste, was Karls sündige Mutter als Nächstes sagen würde.

»Dieses unwissende Bauernmädchen sagt«, fuhr Isabella fort, »sie sei eine reine und unbefleckte Jungfrau und könne deshalb mit der Stimme der Tugend sprechen. Aber, ihr Herren«, Isabella breitete die Hände aus und zuckte leicht mit den Achseln, »ist sie nicht mit Männern unterwegs gewesen und hat viele Nächte mit ihnen verbracht, ohne eine Anstandsdame an ihrer Seite zu haben? Lebt sie nicht jetzt in einer Burg, die starke Männer mit fleischlichen Gelüsten beherbergt? Sie ist ein junges, gesundes Mädchen, und es wäre nur natürlich, wenn sie den Schmeicheleien des einen oder anderen Mannes in dieser Burg erlegen wäre.«

»Sie ist nicht wie Ihr, Mutter!«, schrie Karl und sprang auf.

Isabella verzog verächtlich das Gesicht. »Man hört allenthalben«, sagte sie, »dass sie dich nicht nur mit Worten unterstützt, Karl!«

»Ja!«, rief eine Stimme aus dem hinteren Teil des Saals. »Ich habe mit dieser Jeanne schon oft das Lager geteilt, und ich schwöre bei Gott, dass sie längst keine Jungfrau mehr war, als ich sie in mein Bett geholt habe!«

Isabella atmete erleichtert auf. Der Wachmann hatte genau zum richtigen Zeitpunkt gesprochen ... ihr Geld war gut angelegt gewesen.

»Ihr lügt«, sagte Jeanne mit ruhiger Stimme, die dennoch durch den ganzen Saal hallte. Sie richtete ihre Blicke auf den Wachmann, der das Wort ergriffen hatte, und rief: »Und für Eure Lügen und Eure verdorbene und feige Seele wird Gott Euch noch vor Ende dieses Tages zur Rechenschaft ziehen.«

Der Wachmann, der gerade eine obszöne Geste machen wollte, erstarrte. Dann erinnerte er sich jedoch daran, wie viel Isabella von Bayern ihm bezahlt hatte und dass er ihren Zorn mehr fürchtete als Gottes Vergeltung, und vollendete die Geste mit mehr Nachdruck, als er ursprünglich vorgehabt hatte.

Jeanne blickte ihn unverwandt an, und den Wachmann überkam erneut ein Angstgefühl und er trat stolpernd in die Reihe seiner Kameraden zurück.

Jeanne wandte sich wieder Karl zu. »Ich bin eine Jungfrau«, sagte sie. »Ich schwöre bei Gott, dass ich in meinem Leben noch keinem Mann beigelegen habe.«

»Ich glaube dir!«, sagte Karl.

»Aber es wäre doch sicher besser, Gewissheit zu haben«, sagte der Erzbischof. »Meint Ihr nicht auch?«

Er blickte Isabella an. »Madam, da dies eine Aufgabe ist, die weder ich selbst noch die Mitglieder meiner Abordnung erfüllen können, möchte ich Euch bitten ...«

»Meine Damen und ich erklären uns gern bereit, das Mädchen zu untersuchen«, sagte Isabella.

»Nein!«, rief Karl.

»Habt keine Angst, Majestät«, sagte Jeanne und streckte die Hand aus, um Karl zum Schweigen zu bringen. »Ich habe nichts zu verbergen. Gott und der mächtige Erzengel Michael sind meine einzigen Gefährten, meine einzigen Vertrauten gewesen.«

Katherine lächelte spöttisch. *Ein zu vertraulicher Umgang mit Engeln kann sich als Fluch erweisen, Jeanne. Glaub ja nicht, deine Frömmigkeit würde dir all die verschlungenen Wege offenbaren, die das Böse nehmen kann.*

Jeanne blickte kurz zu Katherine hinüber, und einen Moment lang empfand sie Mitleid mit dieser Frau, deren sündige Natur all ihre Gedanken vergiftete. *Ich werde für Euch beten,* dachte Jeanne, *aber ich bezweifle, dass Gebete eine Seele retten können, die von Geburt an mit einem Fluch belegt ist!*

»Ich stehe morgen bereit«, sagte Jeanne an den Erzbischof und Isabella gewandt. »Denn ich würde gern noch eine Nacht im Gebet verbringen und Gott um Beistand bitten, ehe ich mich dieser Prüfung unterziehe.«

Beide neigten zustimmend den Kopf, und Karl sank schmollend in seinen Stuhl zurück.

Wie jeden Abend kniete Jeanne vor dem kleinen Altar in dem schmucklosen Zimmer, das sie statt der geräumigen Gemächer gewählt hatte, die Karl ihr angeboten hatte. Auf dem Altar stand eine kleine Holzstatue der Heiligen Jungfrau mit dem Kind, flankiert von zwei kleinen, dicken Kerzen, die blakten und deren Schein kaum ausreichte, um das heitere Gesicht der Jungfrau zu beleuchten. Jeanne hatte die Hände so fest vor der Brust gefaltet, dass die Fingerknöchel weiß hervortraten, und an den Stellen, wo sich vor lauter Inbrunst ihre Fingernägel in ihre Hände gebohrt hatten, liefen kleine Rinnsale Blut zu ihren Handgelenken hinab.

Jeanne trug nichts als ein einfaches, ärmelloses Gewand, das ihr bis zu den Oberschenkeln reichte. Das dichte, verfilzte Haar hatte sie sich achtlos hinter die Ohren geschoben, und ihre nackten, schwieligen Füße waren schmutzig.

Eine Gänsehaut überzog ihre Glieder, doch Jeanne war so in ihr Gebet versunken, dass sie die Kälte gar nicht spürte. Ihr Rücken war gebeugt und alles an ihr – ihr Gesichtsausdruck, die Haltung, die zitternden Muskeln, selbst das strähnige Haar und ihr ungewaschener Leib – zeugte von ihrer großen Frömmigkeit. Der Erzengel Michael war bei ihr.

Der Erzengel erschien Jeanne beinahe jeden Abend, und normalerweise schenkte er ihr Kraft und Trost mit Visionen über den Sieg der starken und gottesfürchtigen Franzosen über die Dämonen und Engländer.

Doch heute Abend war es anders. Heute hatte sich das Böse vor aller Augen gegen Jeanne gewandt, und deshalb würde der Erzengel die Mauern von La Roche-Guyon heute Abend noch mit seiner Rache heimsuchen.

Auch wenn sie sich über die Anwesenheit des Erzengels freute, zitterte Jeanne, denn sein Zorn war grauenerregend.

Bilder der Gewalt durchströmten ihren Geist: Schlachtfelder, auf denen Männer im Sterben ihren Hass herausschrien; Frauen, die vor Freude jauchzten, während sie auf dem Scheiterhaufen verbrannten; tyrannische Könige, die von ihrem eigenen Zepter durchbohrt wurden; und Männer … die obszöne Gesten gegen die Auserwählten Gottes machten. Männer, die schmutzige Worte benutzten … Männer, die logen … Männer, die Frauen mit ihrem Geschlecht aufspießten wie mit einem Speer …

Jeanne zitterte heftig und fragte sich, warum der Erzengel ihren Geist mit solch grausigen Bildern füllte.

Augenblicklich änderte sich die Szenerie. Sie sah einen Mann ... den Mann, der sie heute Nachmittag mit üblen Worten und Gesten belegt hatte.

Wut durchströmte Jeanne und sie wurde von Rachedurst überwältigt. Von gerechtem Zorn, rachsüchtigem Zorn ... dem Zorn des Erzengels.

Jeanne zuckte zusammen und stieß ein Fauchen aus.

Sie hatte sich selbst verloren.

Der Wachmann ging an den Mauern der Burg entlang. Der Wein, den er sich von Isabellas Geld hatte kaufen können, erfüllte ihn mit wohliger Wärme. Und er hatte sogar noch Geld übrig ... genug, um sich damit die Gunst einer Bettgefährtin kaufen zu können, wenn seine Arbeit um Mitternacht zu Ende sein würde.

Er lächelte und erinnerte sich an die Scherze, die er mit zwei seiner Kameraden im Wachturm ausgetauscht hatte, von dem er gerade kam. Er hatte die Geschichte, wie er mit Jeanne das Lager geteilt hatte, weiter ausgeschmückt und ihnen erzählt, wie sie ihn angefleht hatte, sie in sein Bett zu holen, wie sie gebettelt und gerufen hatte, dass Gott für viele Dinge tauge, nur nicht als Bettgenosse. Seine beiden Gefährten hatten gelacht und unzüchtige Bemerkungen gemacht. Das hatte den Wachmann noch weiter angestachelt, und er hatte damit aufgetrumpft, dass die »Jungfrau« in den Künsten des Schlafgemachs bewanderter sei als jede andere Hure, die er gekannt habe, und ihnen einige der Dinge geschildert, die sie angeblich mit ihm angestellt hatte. Und seine beiden Zuhörer waren so neidisch und lüstern geworden, dass sie selbst Hand an sich gelegt hatten, um sich Erleichterung zu verschaffen.

Es war ein unterhaltsamer Abend gewesen.

Der Wachmann furzte und rülpste laut und ging dann weiter an der Mauer entlang und überlegte, welche Burghure er dafür bezahlen könnte, dass sie die Dinge mit ihm machte, in denen Jeanne seiner Erzählung nach bewandert war.

Jeannes Leib zuckte und ein leises Stöhnen drang über ihre Lippen.

Dieser Mann war wahrhaft dem Bösen verfallen.

Der Wachmann war fast am Ende des Mauerstücks angelangt, das ihm zugeteilt worden war, als vor ihm eine goldene Hand erschien.

Er blieb stehen und blinzelte überrascht.

Die Hand, die zwei Schritte von ihm entfernt auf Brusthöhe in der Luft schwebte, ballte sich zur Faust, als wollte sie ihre eigene Stärke messen.

Der Wachmann blinzelte noch einmal.

Plötzlich zuckte die Hand vor und bohrte sich mit unvorstellbarer Kraft in den Bauch des Wachmanns.

Er erstarrte, denn der Schmerz, der ihn durchfuhr, war so heftig, dass er nicht einmal mehr schreien konnte. Die Augen traten ihm aus den Höhlen, und er konnte nur noch mühsam und rasselnd Luft holen.

Die Hand im Inneren seines Leibs schloss sich um seine Eingeweide und drückte zu.

Ein dünner Schrei kam über die Lippen des Wachmanns, und sein Speer fiel mit leisem Klappern auf den Steinboden.

Die Hand schloss sich noch fester um seine Eingeweide.

Der Wachmann wurde hochgehoben, bis seine Füße über der Mauer in der Luft schwebten, und dann schleuderte die Hand ihn mit großer Wucht zu Boden.

Erst im Stürzen gelang es ihm endlich, einen Schrei auszustoßen.

Ein dumpfer, furchterregender Schlag hallte durch Katherines Träume, und sie schreckte augenblicklich hoch und schaute sich ängstlich in dem Gemach um.

Doch außer Philipp, der sich schläfrig über die plötzliche Bewegung beschwerte, war niemand im Zimmer.

»Miststück«, flüsterte Katherine.

Für den Rest der Nacht machte sie kein Auge mehr zu.

Entsetzt und angewidert über die Art und Weise, wie der Erzengel Rache genommen hatte, sank Jeanne zu Boden. *Der Wachmann hatte unflätige Worte gesprochen, das schon, aber war es nötig gewesen, ihn derart zu martern?* Sie stöhnte noch lauter und vor Übelkeit drehte sich ihr der Magen um.

Oh, gütiger Himmel, wenn das Gottes Werk war, warum fühlte sie sich dann so schlecht?

Jeanne würgte, denn die Macht des Erzengels durchströmte erneut ihren Leib, und sie konnte keinen zusammenhängenden Gedanken mehr fassen.

Die goldene Hand kroch an der Steinmauer entlang auf den Wachturm zu, wo die beiden Kameraden des Wachmannes immer noch Scherze über Jeannes Liebeskünste rissen.

Die Hand erreichte die geschlossene Tür, schwebte in die Höhe und klopfte.

Einer der Männer öffnete die Tür, in der Meinung, es handele sich um den Wachmann, der zurückgekehrt sei, um weitere schlüpfrige Einzelheiten zum Besten zu geben.

Die Hand schloss sich um das Geschlecht des Mannes und zerquetschte es.

Im nächsten Moment hielt auch der andere Mann schreiend die Hände auf die Stelle gedrückt, wo sich eben noch sein Gemächt befunden hatte.

Nachdem sie ihr blutiges Werk vollbracht hatte, schwebte die Hand hoch in die Lüfte und war verschwunden.

Jeanne wurde von Krämpfen geschüttelt und schrie, als die Macht des Erzengels sie verließ. Dann lag sie still und schwer atmend da.

Ein Mann tot, zwei andere verstümmelt.

Sie brach in Schluchzen aus, die Erinnerung an den Racheakt des Erzengels erfüllte sie mit Übelkeit.

»Es muss eine Prüfung sein«, flüsterte Jeanne, »um festzustellen, ob ich bereit bin, Gott in der bevorstehenden Schlacht zu dienen.«

Sie rollte sich zusammen, zog die Knie eng an den Leib und lag lange Zeit da, bis sie ihre Fassung wiedergewonnen hatte.

Dann stand sie ein wenig unsicher auf und strich ihr Gewand glatt.

Morgen würde sie körperlich wie geistig auf die Probe gestellt werden, und sie hoffte, dass sie sich des Vertrauens für würdig erwies, das Gott und der Erzengel in sie setzten.

Da ging mit einem Mal eine Veränderung mit der kühlen Luft im Zimmer vor sich, und Jeanne wusste, dass der heilige Michael zurückgekehrt war. Sie erstarrte und erwartete fast, dass erneut furchterregende Bilder auf sie einstürmen würden, wie er sie ihr während seines Aktes der Vergeltung gezeigt hatte, doch dann atmete sie auf, als sie den vertrauten liebevollen Blick des Engels spürte.

»Heiliger Michael?« Jeanne sah sich im Zimmer nach dem goldenen Leuchten des Erzengels um, doch es war nicht zu sehen.

Du hast keinen Grund zur Furcht, Jeanne.

Sie seufzte erneut vor Erleichterung und lächelte dann.

Gott hat mich gebeten, dir ein Geschenk zu machen, ein Wunder, das alle Zweifler davon überzeugen wird, dass du tatsächlich seine Stimme bist.

Jeanne blinzelte und wollte den heiligen Michael fragen, was er damit meinte, doch ihr blieben vor Erstaunen die Worte im Halse stecken, als sie plötzlich die Wärme spürte, die ihren Unterleib durchströmte.

»Gottes Wille geschehe«, flüsterte sie, als die Wärme sich schließlich wieder verflüchtigt hatte.

KAPITEL ZEHN

Das Fest des heiligen Simon und des heiligen Judas
Im ersten Jahr der Regentschaft Richard II.
(Freitag, 28. Oktober 1379)

– I –

Isabella von Bayern stand vor dem Kamin und rollte langsam und entschlossen ihre Ärmel hoch. Ein kleines Lächeln umspielte ihre Lippen.

Isabella kümmerte es wenig, was sich während der Untersuchung, die sie an diesem Morgen durchführen würde, ergeben mochte. Sie suchte nur nach einer Möglichkeit, das ehrgeizige Bauernmädchen gleichzeitig zu erniedrigen und in Verruf zu bringen.

Ihr Lächeln verhärtete sich. Sie hätte nie gedacht, dass ihr einmal eine solch frömmelnde Landpomeranze in die Quere kommen würde!

Isabella blickte auf, als die Tür zum Gemach sich öffnete. »Ah, Katherine. Meine Liebe, was hast du? Du siehst so blass aus …«

»Ich habe heute Nacht schlecht geschlafen, Madam.« Mit einem Nicken grüßte Katherine die drei anderen Edelfrauen, die der Untersuchung beiwohnen würden. Zwei Hebammen waren ebenfalls anwesend, und Katherine sah zu ihnen hinüber und stellte fest, dass eine der beiden für eine Frau von solch niederem Stand bemerkenswert gut aussehend war. Dann blickte sich Katherine im Zimmer um. Abgesehen von zwei großen Truhen und einer Bank, die an der Wand standen, und einem Tisch, der sich in der Nähe des Fensters befand – zweifellos des besseren Lichts wegen –, war der Raum leer. Katherine überraschte es ein wenig, dass Isabella ein Feuer im Kamin hatte anzünden lassen; die Kälte würde Jeanne ebenso wenig etwas ausmachen wie die prüfenden Finger und Augen der Frauen.

Katherine sah wieder zu ihrer Mutter hinüber, die nun ihre Ärmel hochgerollt hatte und sich vergewisserte, ob der Schleier ihres Kopfschmuckes sicher in ihrem Nacken befestigt war. »Habt Ihr gehört, dass der Wachmann, der Jeanne gestern im Saal der Hurerei beschuldigt hat, während der Nacht von den Burgmauern gestürzt ist?«

Isabella zuckte mit den Achseln. »Nein. Lag es am Wein?«

»Es war wohl eher die Hand Gottes«, sagte Katherine, ging zum Fenster hinüber, schaute hinaus und drehte Isabella wortlos den Rücken zu, um jeden Kommentar auszuschließen.

Isabella musterte einen Moment lang Katherines Rücken und beschloss dann, keinen weiteren Gedanken auf die Launen ihrer Tochter zu verschwenden. Der Spaß konnte beginnen.

»Marie«, sagte Isabella zu der hübschen Hebamme, »holst du bitte das Mädchen herein?«

Katherine drehte sich wieder um, als sie Marie mit Jeanne hereinkommen hörte. Sie setzte eine betont gleichgültige Miene auf, damit Jeanne ihre Furcht nicht bemerkte.

Gütiger Himmel, wenn das Mädchen in der Lage war, göttliche Vergeltung auf die drei niederen Wachleute herabzurufen, die sie lediglich mit Worten beleidigt hatten, was würde sie dann mit denen tun, die sie mit gefährlicheren Waffen angriffen?

Jeanne trug ein einfaches Gewand aus ungebleichtem Leinen, mit kleinem Ausschnitt und weiten Ärmeln. Ihre Füße waren nackt, ihr Haar ungekämmt und ihr Gesichtsausdruck wirkte gelassen.

Katherines Unbehagen wuchs.

Isabella klatschte in die Hände, und Katherine zuckte zusammen.

»Ich glaube, wir müssen uns nicht mit Förmlichkeiten aufhalten«, sagte Isabella, trat einen Schritt vor und schob sich die aufgerollten Ärmel hoch. »Marie, Belle, bitte zieht Jeanne das Gewand aus.«

Die beiden Hebammen traten vor, und Jeanne hob bereitwillig die Arme und schenkte Katherine dabei ein kleines Lächeln.

Marie und Belle zogen Jeanne das Gewand über den Kopf und traten zurück.

Isabella runzelte die Stirn, musterte Jeanne dann von Kopf bis Fuß, als würde sie eine Zuchtstute begutachten, und verzog angewidert das Gesicht.

»Du bist ziemlich hässlich«, sagte sie.

Ja, dachte Katherine. *Das ist sie tatsächlich. Ihre Gliedmaßen sind zu gedrungen und unförmig, ihr Hinterteil zu breit, ihre Taille nicht schmal genug, ihre Brüste zu flach und ihr Körper zu stark behaart. Sie ist nicht für die Begierde geschaffen, sondern nur für die Frömmigkeit.*

Katherine erschauerte.

Jeanne erwiderte nichts auf Isabellas Bemerkung, sondern ging zu dem Tisch hinüber und legte sich darauf.

»Gott ist mit mir«, sagte sie und hob die Beine an.

Isabella zog mit verächtlicher Miene eine Augenbraue hoch,

rümpfte die Nase und ging zu Jeanne hinüber, während sie den anderen Damen bedeutete, ihr zu folgen. Am Tisch angekommen, legte Isabella die Hände auf Jeannes Schenkel und spreizte sie unsanft.

»Vielleicht können uns die Hebammen sagen, wie viele Männer sich schon zwischen ihren Beinen getummelt haben«, sagte sie. »Sieht sie etwa wie eine Jungfrau aus, meine Damen?«

Während Isabella Jeannes Beine noch weiter spreizte, kreuzte Jeanne die Hände über der Brust und murmelte ein Gebet.

Isabella achtete nicht auf sie. Sie schob einen Finger durch Jeannes dichtes, schwarzes Schamhaar und teilte ihre Schamlippen. »Ist die Tür geöffnet, meine Damen, oder noch unversehrt?«

Und dann beugten sich Isabella, die beiden Hebammen und die drei Edelfrauen vor, um Jeannes Geschlecht aus der Nähe zu betrachten.

Katherine ging zu ihnen hinüber, doch sie war noch nicht ganz angekommen, als die anderen Frauen vor Überraschung aufkeuchten. Einige von ihnen bekreuzigten sich eilig und traten vom Tisch zurück, damit auch Katherine einen Blick auf Jeanne werfen konnte.

Sie sah jedoch als Erstes zu ihrer Mutter hinüber.

Isabella hob den Kopf und blickte Katherine ungläubig an. »Gütige Mutter Gottes!«, flüsterte Isabella. »Dieses Mädchen ist tatsächlich eine Heilige!«

Katherine wandte den Blick von Isabella ab und sah auf Jeannes Schamlippen hinab, die Isabella immer noch gespreizt hielt.

Kälte durchströmte Katherine. Jeanne besaß gar keine Geschlechtsteile … sie hatte nicht einmal Körperöffnungen, durch die sie hätte Wasser lassen oder sich erleichtern können! Glatte, weiche Haut erstreckte sich vom oberen Ende ihrer Schamlippen bis zu ihrem Gesäß.

Jeanne konnte körperlich betrachtet nichts anderes als eine Jungfrau sein.

»Eine Heilige! Eine Heilige!«, flüsterte Marie. Ehrfurcht stand ihr ins Gesicht geschrieben. »Ihr Leib besitzt nicht den Makel, der allen anderen Frauen anhaftet. Sie bringt nicht einmal die stinkenden Exkremente hervor, derer sich alle sterblichen Sünder täglich entledigen müssen. Sie ist tatsächlich eine Heilige! Ihr Leib ist die Gestalt gewordene Göttlichkeit!«

Isabella zog sich schließlich von Jeanne zurück. *Eine wahre Heilige?* Isabella verspürte den dringenden Wunsch, sich die Hände zu waschen, doch da sie nicht daran gedacht hatte, eine Schüssel mit Wasser bereitstellen zu lassen, musste sie ihre Finger an ihren Röcken abwischen.

Katherine starrte Jeanne immer noch an, unfähig zu begreifen, was sie gerade gesehen hatte.

Gütiger Himmel, mit solch einer mächtigen Gegnerin hatte sie nicht gerechnet. Was konnte Bolingbroke gegen ihre böse Magie ausrichten? Wie sollte er sie besiegen?

Schließlich hob Jeanne den Kopf, um die Frauen anzusehen, die sie immer noch ungläubig betrachteten, und sagte: »Ich bin wahrhaftig ein Werkzeug Gottes, unbefleckt und rein.« Sie ließ ihren Blick zwischen Isabella und Katherine hin und her wandern. »Nun kann es niemand mehr abstreiten.«

KAPITEL ELF

Das Fest des heiligen Simon und des heiligen Judas
Im ersten Jahr der Regentschaft Richard II.
(Freitag, 28. Oktober 1379)

– II –

Eine Stunde nach der Non versammelte der Erzbischof von Reims, Regnault de Chartres, das Gremium von Ermittlern im Saal von La Roche-Guyon. Außer ihm bestand es noch aus fünf weiteren Geistlichen.

Sie nahmen auf hochlehnigen Stühlen Platz, die in einer Reihe auf dem Podest standen. Direkt vor dem Podest befand sich eine bescheidene Bank.

Karl saß etwas abseits auf seinem Thron und hielt die Beine gekreuzt. Er hatte die Lippen besorgt zusammengepresst: *Wenn Jeanne sich nun als Betrügerin erweisen sollte … oder schlimmer noch: Wenn sie die Wahrheit sprach? Was bedeutete das dann für ihn?*

Neben Karl saßen Isabella, Katherine und Philipp. Alle drei wirkten steif und unbehaglich: Katherine hatte Philipp von den Ergebnissen von Jeannes Untersuchung an diesem Morgen berichtet, und Philipp wollte sich nun nicht mehr gegen Jeanne stellen. Er durfte nicht zulassen, dass Katherines Hass seine eigene Position gefährdete.

Nicht Gott, sondern der Teufel hat ihr zu diesem Leib verholfen, hatte Katherine ihm zugeflüstert, als sie den Saal betreten hatten. *Selbst der Heiland hatte ein Geschlecht.*

Doch Philipp hatte nur den Kopf geschüttelt und Katherine mit einer Geste zum Schweigen gebracht. Er musste sich erst selbst ein Bild von der Lage machen und sorgfältig abwägen, ehe er den nächsten Schritt wagte – wenn es überhaupt ratsam war, etwas zu unternehmen. Philipp war zu Vielem bereit, um auf den französischen Thron zu gelangen, doch sich gegen eine mögliche Heilige zu stellen, gehörte nicht dazu.

Nicht wenn der Jungfrau Gottes rachsüchtiger Zorn zu Gebote stand. Wie der ganzen Garnison war auch Philipp zu Ohren gekommen, was sich auf den Burgmauern in der letzten Nacht zugetragen hatte.

Im Saal befanden sich mehrere Dutzend Adlige und Ritter, und wie am vorangegangenen Tag waren die Wände von Wachmännern und Soldaten gesäumt.

Wenn Isabella, Katherine und Philipp unsicher wirkten, so waren es die Wachmänner und Soldaten umso mehr. Würden ihnen ihre beiläufigen derben Worte über die Jungfrau Jeanne, die sie während der letzten Wochen ausgetauscht hatten, zum Verhängnis werden und Gottes Vergeltung auf sie herabrufen? *Sie hatten doch nichts Böses im Sinn gehabt. Es war nur das gewöhnliche Gerede einfacher Soldaten gewesen, die allesamt Sünder waren!*

Die Soldaten wagten nun kaum noch, einen lüsternen Gedanken auf Jeanne zu verwenden. Sie war Jeanne d'Arc, die heilige Jungfrau Frankreichs, und im Reich der Sterblichen hatte sie nicht ihresgleichen, weder Mann noch Frau.

Eine Seitentür wurde geöffnet, und Jeanne betrat den Saal, immer noch in das einfache Gewand gekleidet, das sie bei ihrer Untersuchung getragen hatte. Sie wurde von der Hebamme Marie begleitet, die sie hin und wieder bewundernd ansah. Nachdem sie eingetreten waren, flüsterte Jeanne Marie etwas zu, und die Hebamme blieb stehen, während Jeanne allein weiterging.

Sie schenkte Karl ein liebenswürdiges Lächeln, was dieser unsicher erwiderte, und verbeugte sich dann vor den versammelten Geistlichen.

»Ihr Herren«, sagte sie, »ich grüße euch im Namen des Herrn, unseres Gottes.«

Erzbischof de Chartres gebot ihr mit einer Geste Einhalt. »Gottes Name kommt dir leicht über die Lippen, Jeanne. Vielleicht zu leicht. Nein, sag nichts …«

Jeannes Mund zuckte. Sie hatte gar nichts erwidern wollen.

»… sondern nimm auf der Bank Platz. Du wirst gleich die Erlaubnis erhalten, zu sprechen.«

Jeanne senkte den Kopf, setzte sich auf die Bank und faltete die Hände im Schoß.

»Madam Isabella«, sagte de Chartres, »heute Morgen habt Ihr diesem Gremium einen großen Dienst erwiesen, indem Ihr das Mädchen Jeanne untersucht habt, um festzustellen, ob sie tatsächlich eine Jungfrau ist, wie sie behauptet. Wollt Ihr jetzt vortreten und dieser Versammlung berichten, was Ihr herausgefunden habt?«

Isabella erhob sich langsam, trat einen Schritt vor und blieb ein Stück von der Bank entfernt, auf der Jeanne saß, stehen.

Sie sah das Mädchen nicht an.

»Verehrter Erzbischof«, sagte Isabella und hielt dann inne. Sie hatte sich schon seit mehreren Stunden auf diese Niederlage vorbereitet, doch selbst mehrere Tage hätten nicht ausgereicht, um die Ergebnisse ihrer Untersuchung mit Gelassenheit verkünden zu können.

»Ja, Madam?«, ermunterte sie de Chartres.

Isabella benetzte nervös die Lippen und wünschte sich, sie hätte den englischen Hof nie verlassen. Sogar Richard wäre dieser ganzen Angelegenheit vorzuziehen gewesen.

Sie wandte sich kurz Katherine zu. Auf dem Gesicht ihrer Tochter spiegelte sich Mitgefühl, und Isabella fasste neuen Mut. Sie würde nicht zulassen, dass dieses plumpe Bauernmädchen die Oberhand gewann.

»Verehrter Erzbischof«, sagte Isabella noch einmal, und ihre Stimme klang nun klar und fest. »Heute Morgen habe ich zusammen mit meiner Tochter Katherine, mehreren Edelfrauen und zwei Hebammen, von denen eine dort neben der Tür steht, das Mädchen Jeanne untersucht, um festzustellen, ob sie tatsächlich noch eine Jungfrau ist, wie sie es behauptet. Wir haben ihren Leib genauestens begutachtet, und unser Wort kann von niemandem hier im Saal oder außerhalb dieser Mauern angefochten werden. Ihr Herren, das Mädchen Jeanne ist wahrhaftig eine Jungfrau. Sie kann gar nichts anderes sein.«

»Was meint Ihr damit?«, fragte ein Priester namens Seguin, der rechts vom Erzbischof saß.

»Vater«, sagte Isabella, »Jeanne ist ein wahres Wunder. Sie besitzt keinerlei Geschlechtsteile. Wo sich bei anderen Frauen der Spalt befindet, der die Männer in Versuchung führt und durch den die Kinder auf die Welt kommen, und die anderen Körperöffnungen, durch die sie Wasser lassen und sich erleichtern, hat Jeanne nur glatte Haut. Sie ist vollkommen unbefleckt, so rein, dass sie nicht nur niemals einem Mann beiwohnen kann, sondern auch keine Exkremente ausscheiden muss wie alle anderen Sterblichen.«

Im Saal herrschte Schweigen, und alle Augen waren auf Isabella von Bayern gerichtet, die zu ihrem Stuhl zurückkehrte.

Dann richteten sich die Blicke aller Anwesenden auf Jeanne, und überraschtes Gemurmel breitete sich aus.

Der Erzbischof und die Geistlichen starrten die Jungfrau an und konnten kaum glauben, was Isabella gerade gesagt hatte.

Karl hob zitternd die Hand zum Mund und blickte Jeanne mit vor Ehrfurcht und Angst geweiteten Augen an, und Jeanne schenkte ihm erneut ein Lächeln.

Währenddessen glitten ihre Augen triumphierend zu Isabella hinüber und dann zu Katherine, die mit versteinerter Miene neben ihrem Bruder saß.

Schließlich wandte sie sich wieder dem Gremium auf dem Podest zu. »Ich bin gesegnet«, sagte sie. »Gott ist mit mir.«

»Bist du … schon immer so gewesen?«, fragte de Chartres.

»Nein«, sagte Jeanne. »Ich bin wie jedes andere Mädchen geboren worden und aufgewachsen, doch letzte Nacht ist mir der heilige Michael erschienen und hat mir die Körperteile genommen, die Gott den Töchtern Evas als Zeichen ihrer Schande gegeben hat. Ich trage nicht mehr länger den Makel von Evas Sünde.«

Isabella rollte mit den Augen und beugte sich zu Katherine hinüber.

»Gott hat sie mit allem gesegnet, außer mit der Tugend der Bescheidenheit!«, flüsterte sie. »Zweifellos hofft sie, eines Tages den Platz des Heilands an Gottes Seite einzunehmen!«

Katherine blickte ihrerseits zu Philipp hinüber, um sich zu vergewissern, dass er die Bemerkung ihrer Mutter gehört hatte, und flüsterte dann zurück: »Ihr Stolz verrät sie, Madam. Womöglich ist sie doch eher ein Geschöpf des Teufels als eine Heilige.«

Philipp rutschte unbehaglich hin und her und bedeutete den beiden Frauen, zu schweigen. Im Augenblick wollte er mit den Anschuldigungen gegen Jeanne nichts mehr zu tun haben. Das war wenig ratsam.

Obwohl die Geistlichen auf dem Podest Isabellas und Katherines Worte nicht gehört hatten, war nicht zu übersehen, dass einige von ihnen ähnliche Zweifel hegten. Körperliche Missbildungen konnten genauso gut das Zeichen des Teufels wie das göttlicher Auserwähltheit sein.

Wer war Jeanne in der letzten Nacht erschienen? Der heilige Michael ... oder Satan?

Seguin, einer der Priester des Gremiums, flüsterte de Chartres ins Ohr: »Vielleicht hätten wir sie nach den Zitzen einer Hexe untersuchen lassen sollen. Dass sie keine Geschlechtsteile hat, gefällt mir ganz und gar nicht.«

»Dazu werden wir immer noch Gelegenheit haben, wenn es sich als nötig erweisen sollte«, flüsterte de Chartres zurück, und Seguin nickte zustimmend.

Dann beugte er sich mit argwöhnischem Blick vor. »Du behauptest, der heilige Michael hätte mehr als einmal mit dir gesprochen. In welcher Sprache hat er geredet?«

Jeanne lächelte. »Seine Sprache war besser als Eure, Vater.«

Ein leises Kichern war im Saal zu hören – Vater Seguin sprach mit dem etwas rauen Akzent der Region Limousin in Mittelfrankreich.

Seguins Gesicht erstarrte. »Und was hat dir der heilige Michael in diesen Visionen erzählt?«

»Dass der König des Himmels mich dazu auserwählt hat, die Franzosen von dem Elend zu befreien, das sie befallen hat.«

»Und wie soll das geschehen?«, fragte de Chartres.

»Mit Waffengewalt ...«

»Aber wenn es Gottes Wille ist, die Franzosen von ihrem

Elend zu befreien«, sagte Seguin mit harter Stimme, »wozu braucht er dann Soldaten? Kann er es nicht einfach geschehen lassen?«

Jeanne drehte sich zu ihm um. Ihr Gesicht drückte Gelassenheit aus; seine Zweifel schienen sie nicht aus der Ruhe zu bringen. »Gott hat mir durch den heiligen Michael ausrichten lassen, dass sich die Franzosen gegen die verfluchten Engländer zur Wehr setzen müssen und dass ich diejenige sein werde, die das Land zum Sieg führen wird.«

Auf Seguins Miene spiegelte sich nun Wut, und auch den anderen Geistlichen standen Spott und Unglauben ins Gesicht geschrieben.

»Du?«, fragte de Chartres. »Aber du bist doch nur ein Mädchen. Wie sollst du die französischen Armeen zum Sieg führen? Wie sollen wir dir das glauben?«

»Wie könntet Ihr Gott nicht glauben?«, erwiderte Jeanne ruhig.

»Wir brauchen ein Zeichen«, sagte de Chartres. »Einen Beweis dafür, dass du tatsächlich Gottes Werkzeug bist. Ich frage dich noch einmal, wie kann es sein, dass ein junges Mädchen wie du unser Land zum Sieg gegen die Engländer führen soll?«

Jeanne senkte den Kopf und schloss die Augen. Sie hatte die Hände wie zum Gebet gefaltet.

Seguin machte eine ungeduldige Geste, aber de Chartres legte beschwichtigend die Hand auf seinen Arm und brachte ihn zum Schweigen, ehe er etwas sagen konnte.

Karl blickte Jeanne an und wartete darauf, dass sie weitersprach. Nichts von dem, was er bisher gehört hatte, hatte seine Befürchtungen über die Rolle zerstreuen können, die Gott ihm in der bevorstehenden Schlacht zugedacht hatte.

Schließlich hob Jeanne das Gesicht und sah als Erstes Karl

an. »Ihr werdet der rechtmäßige König sein«, sagte sie. »König Johann ist bei Gott in Ungnade gefallen, weil er Euch verstoßen hat, und er wird nicht mehr sehr lange zu leben haben. Bald«, sie schenkte Karl erneut ein Lächeln, der daraufhin erstarrte, »nach dem großen Sieg, den ich für Euch bei Orléans erringen werde, werdet Ihr in Reims gekrönt werden, durch den verehrten Erzbischof, der hier vor uns sitzt.«

»Das ist vollkommen lächerlich!«, rief Seguin. »Ein ›großer Sieg bei Orléans‹? Orléans befindet sich nicht einmal in den Händen der Engländer! Wie kann es sein …«

»So lauten Gottes Worte«, sagte Jeanne und wandte sich an Seguin. »Wie könnt Ihr immer noch daran zweifeln?«

Nun drehte sie sich dem Erzbischof zu. »Die Wege des Herrn sind oft unergründlich für uns Menschen, aber wir sollten sie niemals infrage stellen.«

»Euer Ehren«, sagte Philipp an den Erzbischof gewandt, stand von seinem Stuhl auf und trat an Karls Seite. »Was die Jungfrau Jeanne sagt, klingt überzeugend, und dennoch weiß sie sicher« – er drehte sich zu Jeanne um und bedachte sie mit einem ebenso liebenswürdigen Lächeln, wie sie es zuvor Karl geschenkt hatte –, »dass wir ein Zeichen von Gott brauchen. Wir sind einfache Soldaten, und es fällt uns schwer, zu glauben, dass uns ein Mädchen, mag sie noch so heilig sein, zum Sieg führen kann.«

Jeanne seufzte, als würden die Sünden der Welt schwer auf ihr lasten. »Ihr Ungläubigen«, sagte sie. »Was lässt euch weiter an meinen Worten zweifeln?«

Wieder versank sie in Schweigen, den Blick zu Boden gerichtet, und sah dann den Erzbischof an. »In La Roche-Guyon befinden sich inzwischen viele hochrangige Ritter, Herr. Männer, die jahrelange Erfahrung auf dem Turnierplatz und dem Schlachtfeld haben. Wenn ich eine Rüstung anlege und einen dieser Ritter herausfordere und ihn auf dem Turnierplatz besiege – werdet Ihr meinen Worten dann Glauben schenken?«

Alle starrten sie an. Manche waren längst überzeugt, dass sie eine heilige Jungfrau war, die in Gottes Namen sprach, andere hegten immer noch Zweifel, während wieder andere sie von ganzem Herzen hassten … aber keiner von ihnen glaubte, dass ein unerfahrenes Bauernmädchen auch nur die geringste Chance gegen einen Ritter der Garnison hätte.

Sie konnte nicht einmal auf einem Schlachtross reiten, geschweige denn eine eiserne Rüstung tragen oder mit einer schweren Turnierlanze umgehen!

Seguin lächelte verächtlich und lehnte sich in seinem Stuhl zurück, doch der Erzbischof musterte Jeanne mit etwas mehr Achtung.

»Wenn dies dein Wunsch ist«, sagte er, »und der Dauphin seine Zustimmung gibt …«

»O ja!«, sagte Karl. *Wenn sie den Tod fand, müsste er vielleicht nicht in den Krieg ziehen …*

Jeanne warf ihm einen verärgerten Blick zu.

Der Erzbischof zuckte ergeben die Achseln. »Dann soll es so sein. Du hast eine Stunde, Jeanne, um zu beten und eine Rüstung anzulegen, und dann werden wir uns alle auf dem Platz vor den Burgmauern wieder einfinden.«

Katherine kam der ganze Tag wie ein Albtraum vor, der sich endlos hinzog.

Nach den Ereignissen am Morgen und Nachmittag – Katherine hegte keinerlei Zweifel daran, dass Jeanne jeden Ritter besiegen würde, der gegen sie antrat – würde sie sehr vorsichtig sein müssen, wenn sie etwas gegen das Mädchen unternehmen wollte. Nur ein Tag … ein einziger Tag …

Katherine holte tief Luft und rief sich ins Gedächtnis, dass Jeanne trotz des Heiligenscheins, der sie umgab, eine entscheidende Schwäche hatte … und diese Schwäche war der heilige Michael. Jeanne mochte Gottes Auserwählte sein, doch Gott hatte offenkundig vergessen, dass der heilige Michael eine große Gefahr für seine Ziele darstellen konnte.

Allerdings war sogar Gott hin und wieder der Versuchung erlegen, der sich der heilige Michael hingab.

Katherine musste ein Lächeln unterdrücken. Die Saat der Vernichtung, die dem Himmel ein Ende machen würde, war schon vor langer Zeit ausgebracht worden.

Sie blickte sich um. Rund um den Turnierplatz standen Reihe um Reihe einfache Soldaten und Ritter mit ihren Knappen. Die meisten der Soldaten und ein Großteil der Ritter riefen voller Inbrunst Jeannes Namen. Fähnchen flatterten im Wind, Hunde liefen zwischen den Männern hin und her und bellten, als würden sie Dämonen aus der Hölle jagen, und der Himmel selbst schien sich zu Jeannes Ehren in sein bestes Gewand gehüllt zu haben.

Katherine zuckte innerlich mit den Schultern. Sie hoffte, Jeanne genoss das Ganze, solange sie noch konnte.

Plötzlich ging ein Raunen durch die Menge, und Jeanne trat aus einer Lücke zwischen den Soldaten. Sie hatte ein langes Kettenhemd angelegt, das ihr bis zu den Knien reichte. Darüber trug sie einen weißmetallenen Harnisch, der Brust und Rücken bedeckte, und Plattenpanzer an Armen und Beinen, die durch Gelenke miteinander verbunden waren.

Ihr Kopf war unbedeckt, und ihr schwarzes, widerspenstiges Haar hing ihr bis auf die Schultern.

Hinter ihr folgte ein einfacher Soldat, der einen Helm ohne Visier und eine Lanze trug, während von seinem Gürtel etwas herabhing, das Katherine aus der Ferne nicht erkennen konnte.

Jeanne ging zum Erzbischof hinüber, beugte vor ihm das Knie und bat ihn um seinen Segen.

De Chartres zögerte einen Moment, schlug dann aber doch das Kreuz über ihrem gesenkten Kopf.

Jeanne erhob sich und ging als Nächstes zu Karl, um vor ihm ebenfalls niederzuknien und ihn um ein Zeichen seiner Gunst zu bitten.

Karl riss eines der Bänder an seinem linken Ärmel ab, kämpfte einen Moment lang ungeschickt mit dem Stoff und band den scharlachroten Fetzen dann um Jeannes linken Arm.

Der Stoff flatterte im Wind.

Jeanne bedankte sich bei Karl und erhob sich.

Einen Moment lang zögerte sie und blickte sich auf dem Platz um ... doch dann entdeckte sie Katherine, die etwa zwanzig Schritt von ihr entfernt stand.

Jeanne bedeutete dem Soldaten, ihr zu folgen, ging zu Katherine hinüber und beugte zur Verblüffung der Zuschauer das Knie auch vor Karls Schwester.

»Ich habe eine Bitte an Euch«, sagte Jeanne und blickte zu Katherine hoch, doch in ihrem Blick lag nicht die geringste Spur von Achtung.

Katherine runzelte die Stirn.

»Mein Haar flattert so wild im Wind«, sagte Jeanne, den Blick auf Katherine gerichtet. »Nun, da ich für Gott kämpfe, brauche ich es nicht mehr so lang wachsen zu lassen, um meine weiblichen Reize hervorzuheben. Ich möchte Euch deshalb um einen großen Gefallen bitten. Schneidet es mir kurz, damit es mich in der bevorstehenden großen Schlacht nicht stört.«

Katherine lächelte. *Das war eine hübsche Rede, Mädchen, und eine eindrucksvolle Geste, aber damit wirst du den Krieg nicht gewinnen.*

Ich bin Gottes Auserwählte, gab Jeanne in Gedanken zurück, *und du die Ausgeburt des Teufels.*

Katherine schloss die Augen und wandte ihr Gesicht der Sonne zu. *Ich weiß nicht, wie es geschehen wird, Jeanne, aber eines Tages wird die Sünde dein Untergang sein. Davon bin ich fest überzeugt.*

Sie öffnete ihre Augen wieder und blickte auf Jeanne hinunter.

Jeannes Augen waren von Gelassenheit und Zuversicht erfüllt. *Deine Worte jagen mir keine Angst ein. Ich vertraue auf Gott.*

Katherine lächelte und streckte die Hand nach der Schere aus, die der Soldat ihr reichte. Sie hob sie hoch und ergriff dann eine Haarsträhne von Jeannes Kopf. *Wenn du auf deinen furchtbaren Gott vertraust,* sagte sie zu Jeanne in Gedanken, *dann haben wir schon gewonnen.* Sie packte die Haarsträhne fester, und die Schere schnitt unbarmherzig durch Jeannes Haar.

Eine Locke fiel herab, Katherine warf sie himmelwärts, und die Haare wurden vom Wind davongetragen. Dann packte sie etwas unsanft eine weitere Strähne und schnitt sie ab.

Als sie fertig war, warf sie die Schere zu Boden, drehte sich um und ging davon.

Sie brauchte sich dieses Turnier nicht anzusehen, um seinen Ausgang zu kennen.

Wenige Stunden später kam Philipp in das Gemach, das sie miteinander teilten.

Katherine stand von dem Schemel auf. Sie hatte an einem Wandteppich gearbeitet. »Hat Jeanne ihrem Gegner das Leben geschenkt, oder hat sie ihm mit der Lanze das Herz durchbohrt? Mehr will ich nicht wissen.«

Philipp warf ihr einen finsteren Blick zu und ging zu einem Tisch hinüber, um sich einen Becher Wein einzuschenken. »Sie ist tatsächlich Gottes Auserwählte, Katherine. Sie hat nicht nur ihr Schlachtross beherrscht, als sei sie auf dem Rücken eines Pferdes aufgewachsen, sie hat ihren Gegner auch noch beim ersten Anlauf aus dem Sattel gehoben.«

Katherine wartete, während Philipp einen Schluck Wein trank.

»Dann ist sie zu dem am Boden liegenden Mann hinübergeritten«, fuhr er schließlich fort, »hat die Lanze ins Gras geworfen und verkündet, dass sie niemals jemanden töten würde.«

Katherine nickte. »Ich habe die Jubelrufe bis hierher gehört.«

»Trotzdem scheinst du guter Stimmung zu sein, Katherine. Warum nur? Ich dachte, du könntest das Mädchen nicht leiden.«

»Das stimmt durchaus, und wir werden uns ihrer schon noch entledigen.« Katherine hatte lange allein vor sich hingebrütet und sich schließlich mit dem Gedanken getröstet, dass die Schwäche des heiligen Michaels früher oder später Jeannes Glauben erschüttern würde.

Die Sünde würde stets obsiegen.

Katherine lächelte, ging zu Philipp hinüber und legte ihm die Hand auf die Brust. »Aber noch nicht jetzt. Sie kann uns und unseren Zwecken noch von Nutzen sein.«

»Und wie?«

»Wäre es nicht besser, wenn wir ihr die schwierige Aufgabe

überlassen, Frankreich von den Engländern zu befreien?«, fragte Katherine. »Wenn sie das erst einmal geschafft hat …«

»Sie ist von Gott gesegnet, Katherine. Mir gefällt der Gedanke nicht, mich gegen sie zu stellen.«

Katherine hielt inne; ihre Miene wurde nachdenklich. »Früher oder später«, sagte sie, »wird Jeanne sich selbst verurteilen, und dann wird auch der Rest der Welt es tun.« Sie hielt inne, den Blick in die Ferne gerichtet. »Und ich glaube, dass dieser Tag nicht mehr fern ist.«

Kapitel zwölf

Am Vigil der Empfängnis der Heiligen Jungfrau
Im ersten Jahr der Regentschaft Richard II.
(Mittwoch, 7. Dezember 1379)

Ordensgeneral Richard Thorseby näherte sich Rom auf ganz ähnliche Weise wie einst Thomas Neville: auf einem Maultier, das Gesicht der Kälte wegen vor Unbehagen verzogen, während er versuchte, sich die eisigen Finger zu wärmen. Wie Neville machte auch Thorseby am Nordtor der Stadt, der Porta del Popolo, Halt, um den Torhüter Gerardo zu fragen, wie er das Kloster Sant' Angelo finden könnte.

Doch im Unterschied zu Neville bedankte sich Thorseby nicht bei Gerardo und gab ihm auch keine Münze.

Prior Bertrand hieß Thorseby mit größerer Herzlichkeit willkommen als einstmals Neville. Bertrand war Thorseby vor einigen Jahren schon einmal begegnet, und obwohl er ihn für einen äußerst humorlosen Mann hielt, bewunderte er ihn zugleich auch für seine Glaubensstärke und Ergebenheit gegenüber dem Orden. Nachdem Thorseby und Bertrand im Speisesaal des Klosters zu Abend gegessen und sich in die Abgeschiedenheit von Bertrands Zelle zurückgezogen hatten, um sich ungestört unterhalten zu können, wandte sich ihr Gespräch dem Thema zu, das sie beide am meisten beschäftigte: Thomas Neville.

Thorseby hatte Bertrand bereits in einem Brief über Thomas' Machenschaften in England in Kenntnis gesetzt, seit dieser von seiner unerlaubten Reise durch Europa zurückgekehrt war, doch nun erzählte er ihm noch einmal in allen Einzelheiten, was sich zugetragen hatte.

Als er fertig war, saß Bertrand mit blassem Gesicht und verkrampften Händen auf seinem Schemel. »Nevilles Verhalten ist wahrhaft ungeheuerlich!«, sagte er.

Thorseby nickte zustimmend.

»Ich habe schon immer gewusst, dass er irgendwann Unheil anrichten würde«, fuhr Bertrand fort, »aber das ...«

Thorseby schüttelte langsam den Kopf.

»Derart unverhohlen Unzucht zu treiben ... und dann sein Mönchsgewand abzulegen und sich wie ein weltlicher Herr zu verhalten ... solchen Ungehorsam an den Tag zu legen!«

Thorseby seufzte und blickte zu Boden.

»Und jetzt genießt er auch noch den Schutz des Herzogs von Lancaster?«

Thorseby nickte und seufzte noch einmal. »Und den von Lancasters Sohn, dem Herzog von Hereford. Neville besitzt mächtige Verbündete.«

»Ungeheuerlich!«, murmelte Bertrand noch einmal und bedauerte, dass er jemals auch nur einen Finger gerührt hatte, um Thomas Neville zu helfen. Was für einem Teufel hatte er hier in seinem Kloster Unterschlupf gewährt? Hatte Nevilles abstoßendes Verhalten womöglich innerhalb dieser Mauern Spuren hinterlassen, die den empfänglichen Geist eines Novizen anstecken könnten?

»Ihr versteht sicher, warum ich einen Weg finden muss, ihn seiner gerechten Strafe zuzuführen«, sagte Thorseby.

»Natürlich! Natürlich! Wir können nicht zulassen, dass ein solches Verhalten ungestraft bleibt.«

»Wenn die Versammlung vorbei ist«, sagte Thorseby, »will ich nach Norden reisen, vielleicht nach Nürnberg …«

»Ah!« Bertrands Miene hellte sich auf. »Ich habe getan, worum Ihr mich gebeten habt, mein Freund, und ich glaube, Ihr werdet mit den Ergebnissen zufrieden sein.«

Thorseby zog die Augenbrauen hoch und wagte es kaum, zu hoffen.

Bertrand öffnete einen kleinen Beutel auf seinem Schreibtisch und holte einen Brief daraus hervor. »Prior Guillaume in Nürnberg ist ebenso wie wir der Meinung, dass Neville für seine Taten zur Rechenschaft gezogen werden muss. Er hat keine Mühen gescheut und Nachforschungen angestellt. Hier.« Bertrand reichte Thorseby den Brief. »Guillaume hat zwei Männer ausfindig gemacht, die Euch von großem Nutzen sein können. Er kann arrangieren, dass sie sich nach den Weihnachtsfeierlichkeiten in Nürnberg mit Euch treffen: ein Koch aus einer Taverne in Karlsberg und ein Söldner, der mit Neville von Florenz nach Nürnberg gereist ist. Sie können offenbar ein paar höchst interessante Dinge über ihn berichten. Guillaume hielt es für das Beste, wenn Ihr selbst mit ihnen sprecht.«

Thorseby überflog Guillaumes Brief und mit jeder Zeile, die er las, schlug sein Herz höher. Guillaume hatte nicht sehr viel geschrieben, doch das wenige, das in dem Brief stand …

Mit leuchtenden Augen blickte Thorseby Bertrand an. »Mein Freund«, sagte er, »ich glaube, ich bin Euch zu größter Dankbarkeit verpflichtet.«

TEIL DREI

Lieben möcht ich

Ohne sein Schwert ist der Kämpe nur Schau,
Und was bleibt dem Gatten ohne die Hausfrau?

Thomas Tusser,
Fünfhundert Ratschläge für einen guten Haushalt

KAPITEL EINS

Das Fest des heiligen Apostel Thomas
Im ersten Jahr der Regentschaft Richard II.
(Mittwoch, 21. Dezember 1379)

– I –

Kenilworth war eine alte Burg mit einer wenig rühmlichen Geschichte. Nicht nur hatte sie im dreizehnten Jahrhundert den Rebellen Simon de Montfort beherbergt, der Heinrich III. vom Thron gestürzt hatte, in jüngster Zeit war der Vater Eduard III. von seiner Gemahlin Isabella und ihrem Geliebten Roger Mortimer in der Burg eingesperrt und des Throns beraubt worden. Eduard III. hatte Mortimer daraufhin wegen seiner Kühnheit hinrichten lassen und seine Mutter Isabella des Landes verwiesen. Die Burg und die dazugehörigen Ländereien hatte er derweil der Obhut seines vierten Sohnes, Johann von Gent, dem Herzog von Lancaster, übergeben.

Lancaster hatte alles in seiner Macht Stehende getan, um die Burg von den Gespenstern der Vergangenheit zu befreien. Als sie in seinen Besitz gelangt war, war sie eine unbezwingbare, dunkle und abweisende Festung gewesen, doch Lancaster hatte weder Kosten noch Mühen gescheut, um sie in einen wohnlichen Ort zu verwandeln – auch wenn sie weiterhin eine uneinnehmbare Festung blieb. Baumeister hatten die Wohngemächer erweitert und vergrößert und zusätzliche Kamine und Fenster eingebaut, um für frische, rauchfreie Luft zu sorgen und mehr Licht in die Räume zu lassen. Darüber hinaus hatte Lancaster einen großen Saal herrichten lassen, und hier versammelte sich nun die Familie am Abend des Festes des heiligen Apostels Thomas im späten Dezember, um mit einer ruhigen Feier Nevilles Namenstag zu begehen.

Die Tische, an denen die Gesellschaft gespeist hatte, waren abgeräumt und fortgeschafft worden, und der Herzog und seine Familie saßen nun in zwangloser Runde vor dem prasselnden Feuer des großen Kamins. Beinahe alle Mitglieder aus dem breiten Kreis der Familie Lancasters waren anwesend. Neben dem Herzog und seiner Gemahlin waren auch Katherines Kinder Johanna und Heinrich gekommen. Heinrich freute sich, seine Eltern wiederzusehen. Seine Pflichten als Bischof von Winchester nahmen ihn derart in Anspruch, dass er sie nur selten besuchen konnte. Heute Abend scherzte er mit seiner Schwester bei einer Partie Schach und neckte sie wegen ihres Mangels an Aufmerksamkeit, der dazu geführt hatte, dass er sie in weniger als acht Zügen schachmatt gesetzt hatte.

Johanna strich reumütig über ihren gewölbten Bauch und machte ihre Schwangerschaft für ihre Niederlage verantwortlich. Bis zur Geburt waren es nur noch wenige Wochen, und Lancaster und Katherine hatten darauf bestanden, dass Raby seiner Gemahlin erlaubte, ihr Kind in Kenilworth zur Welt zu bringen, wo Katherine und ihre Zofen sich um sie kümmern konnten.

Raby, der neben Johanna saß, hatte nichts dagegen einzuwenden gehabt. Er war sehr froh darüber, dass Johanna schon so bald nach ihrer Hochzeit ein Kind empfangen hatte und dass Lancaster weiterhin am Schicksal seiner Tochter Anteil nahm. Rabys Ansehen war um einiges gestiegen, seit er eine solch enge Verbindung mit Lancaster eingegangen war – auch wenn es sich in den letzten Monaten, seit Lancaster und Bolingbroke bei Richard in Ungnade gefallen waren, ein wenig verschlechtert hatte –, und er war mit seiner häuslichen Situation sehr zufrieden.

Während Heinrich die Schachfiguren neu aufbaute, damit Johanna eine Gelegenheit für eine Revanche erhielt, ließ Raby den Blick über die Runde schweifen. Seine beiden ältesten Söhne und drei Töchter waren ebenfalls über die Weihnachtszeit nach Kenilworth gekommen. Seine Söhne hatten ihre Gemahlinnen und Kinder mitgebracht, und Raby hoffte, auch für seine Töchter Ehen arrangieren zu können – Lancaster hatte viele Verwandte und Anhänger von edlem Geblüt, die nur zu gern eine Verbindung mit der aufsteigenden Familie Neville eingehen würden.

Er betrachtete Johanna nachdenklich. Sie sah abgehärmt und erschöpft aus, und Raby verspürte ein wenig Besorgnis. Das Kind, das sie in sich trug, war von großer Bedeutung. Wenn es ein Junge wurde, so hatte er eine glänzende Zukunft vor sich. Er wäre der Urenkel eines mächtigen Königs und vielleicht sogar der Neffe eines weiteren … Raby sah zu Bolingbroke hinüber, der mit seiner Gemahlin Mary am Feuer saß, und verwarf dann den Gedanken wieder … der Urenkel eines Königs zu sein, wäre gut genug. Raby kratzte sich nachdenklich am Kinn und musterte seine beiden ältesten Söhne, die sich mit Lancasters Kammerherrn unterhielten. Sie waren beide gute Männer, doch ihre Mutter war von niedererer Herkunft gewesen als Johanna … und Raby fragte sich, ob er den Titel des Barons von Raby und seit kurzem auch des Grafen von Westmorland nicht lieber einem Sohn vererben sollte, den er mit Johanna gezeugt hatte. Die Söhne aus seiner ersten Ehe würden sicherlich enttäuscht sein ... aber sie würden darüber hinwegkommen.

Johanna lachte und bekam plötzlich einen heftigen Hustenanfall, und Raby beugte sich besorgt zu ihr hinüber.

Neville, der etwas abseits von der Runde saß, hatte Raby ebenso nachdenklich gemustert wie dieser seine Kinder. Neville kannte Raby gut, vielleicht zu gut, und glaubte deshalb genau zu wissen, was seinem Onkel durch den Kopf ging. Er mochte Rabys Söhne, und wenn sein Onkel tatsächlich die Titel von Raby und Westmorland einem Sohn aus zweiter Ehe vermachen wollte, so hoffte er, dass er es wenigstens mit der größtmöglichen Umsicht und Diskretion tun würde. Der Klan der Nevilles war groß genug für eine Blutfehde, sollte Raby unbedacht handeln und seine Söhne verprellen.

Er seufzte. Wer war er, dass er über andere richten wollte, was Familienangelegenheiten betraf?

Wie von selbst glitt sein Blick zu Margaret hinüber, die bei Mary und Katherine saß, während Bolingbroke neben ihnen stand und Rosalind zu ihren Füßen mit einem scharlachroten Wollknäuel spielte. Margaret wirkte abwesend, doch als sie Nevilles Blick bemerkte, wandte sie rasch den Kopf ab.

Margaret beugte sich vor, hob Rosalind hoch und hoffte, dass Neville ihren Blick nicht bemerkt hatte. Sie drückte das Kind an sich, küsste es auf die schwarzen Locken und versuchte, nicht auf ihren Gemahl zu achten.

Sie wusste nicht, wie sie sich Thomas gegenüber verhalten sollte. Früher einmal hatte sie sich nach seiner Liebe gesehnt, doch jetzt? Körperlich hatte sie sich zwar von der Schändung durch Richard und de Vere erholt, doch die Wunden, die ihre

Seele davongetragen hatte, heilten nur sehr langsam. Ein Teil von ihr wollte Thomas immer noch bestrafen, ihn so sehr verletzen, wie seine Gefühlskälte sie verletzt hatte, und deshalb ging sie all seinen Annäherungsversuchen aus dem Weg. Wenn er sie um Vergebung bitten und freundlich zu ihr sein wollte, schenkte sie ihm keinerlei Beachtung.

Margaret lächelte grimmig, wiegte Rosalind in den Armen und gab vor, vollkommen mit dem Kind beschäftigt zu sein, gleichwohl sich ihre Gedanken nur um ihren Gemahl drehten. Bolingbroke hatte behauptet, dass sich unter der Schale aus kalter Frömmigkeit ein liebevoller und zärtlicher Mann verbarg, aber Margaret war sich dessen nicht sicher. Für Thomas zählte nur seine verfluchte Schatulle und seine Ergebenheit gegenüber seinem grausamen, abscheulichen Gott und dem Erzengel.

Er würde seinen göttlichen Auftrag niemals ihr zuliebe aufgeben.

»Margaret.« Marys leise Stimme riss sie aus ihren Gedanken. »Bitte … sprich mit mir.«

Margaret blinzelte und wischte sich mit einer ruckartigen Bewegung die Tränen ab. »Entschuldigt bitte, Mary.«

Mary drückte kurz Margarets Hand. »Es ist beinahe Weihnachten, und du bist immer noch so niedergeschlagen …«

»Ginge es Euch anders?«, erwiderte Margaret und zuckte zusammen, als ihr klar wurde, was sie da gesagt hatte. Vor zwei Wochen hatte Mary eine Fehlgeburt erlitten, und Margaret wusste, dass sie viele Nächte lang über den Verlust des Kindes getrauert hatte.

Sie hatte in den letzten sechs Wochen auch beträchtlich an Gewicht verloren, und Margaret fragte sich, ob dies ein erstes Anzeichen dafür war, dass die Krankheit, die in Mary schlummerte, bald zum Ausbruch kommen würde.

Hatte der Schatten, der auf ihrer Seele lastete, sich zum ersten Mal geregt?

»Mylady«, sagte sie leise. »Es tut mir leid. Meine Worte waren …«

Mary legte die Hand auf Margarets Arm und brachte sie so zum Schweigen. »Was ich verloren habe, ist unwiederbringlich«, sagte sie. »Aber was du verloren zu haben glaubst, kannst du wiedergewinnen.« Sie blickte Margaret ruhig an. »Vergiss, was geschehen ist. Nimm Thomas' Entschuldigung an. Du tust dir nur selbst damit weh, wenn du ihn auch weiterhin von dir stößt.«

Margaret drückte Rosalind noch fester an sich, ließ das Kinn auf dem Scheitel des Mädchens ruhen und blickte zu Boden. »Er liebt mich nicht«, sagte sie.

»Das kannst du doch gar nicht wissen«, sagte Mary, »denn du hast ihm noch keine Gelegenheit gegeben, seine Liebe unter Beweis zu stellen.«

Darauf wusste Margaret nichts zu erwidern. Auch wenn sie sich nicht sicher war, ob sie Thomas' Liebe überhaupt noch wollte, wusste sie zumindest, dass sie sich nicht mehr darum bemühen würde. Sie hatte es satt, zu kämpfen und zu hoffen, und selbst wenn Thomas sich doch endlich in sie verlieben würde, war sie nicht sicher, ob sie seine Liebe annehmen wollte. Verstört über ihre eigenen bitteren Gedanken, zwang sich Margaret, Thomas zu vergessen und stattdessen über Mary und Katherine nachzudenken. Beide Frauen hatten sich in den letzten Monaten rührend um sie gekümmert; ihre Herzlichkeit und Freundschaft hatte sie während all der Stunden am Leben erhalten, als sie sich nur noch den Tod gewünscht hatte. Rabys Gemahlin Johanna war ihr ebenfalls eine gute Freundin geworden. Margaret verzog ein wenig spöttisch den Mund … der Gedanke, sie könnte seiner Gemahlin erzählen, dass sie während des Frankreichfeldzuges im letzten Jahr das Lager mit ihm geteilt hatte, hatte dem Baron sicher einige schlaflose Nächte bereitet.

Katherine, Mary, Johanna ... sie alle standen ihr sehr nahe, aber die Welt der Frauen war nur ein Teil der wirklichen Welt, und seit ihrer Schwangerschaft – und erst recht, seit ihr klar geworden war, welche Rolle sie in der großen Schlacht spielen würde, die bevorstand – hatte sich Margaret nach der Umarmung eines Mannes gesehnt, in der sie sich geborgen fühlen konnte. Hal liebte sie, doch er zählte nicht, denn er konnte ihr nicht die Art von Liebe geben, die sie brauchte.

Außerdem hatte Hals Liebe für Margaret ihn nicht davon abgehalten, sie für seine Zwecke zu benutzen – *unsere* Zwecke, berichtigte sich Margaret. *Es ist schließlich nicht nur sein Kampf.*

Die Zeit mit ihrem ersten Gemahl Roger war schön gewesen, aber auch sehr enttäuschend. Ein zeugungsunfähiger Ehemann, der im Krankenbett dahinsiechte, brauchte selbst Liebe – er hatte ihr keine geben können. Und Raby? Margaret seufzte. Raby war ein guter Mann, doch mehr noch als viele andere Adlige verlangte es ihn nach den Titeln und der Macht, die er durch die Verbindung mit einer Frau gewinnen konnte.

Also zurück zu Thomas. Immer wieder kehrten ihre Gedanken zu ihm zurück. Doch wie konnte sie ihm vertrauen, wenn sie wusste, dass er beim nächsten Mal, wenn er sie für seine Schatulle, seinen Gott oder den Erzengel verraten würde, ihr Todesurteil unterschrieb? War das nicht das, worauf es Gott und der heilige Michael abgesehen hatten?

Wie konnte sie das Wagnis eingehen, ihn zu lieben, oder ihm gestatten, sie zu lieben, wenn nur der Tod auf sie wartete?

Neville war es schwer ums Herz, als er Margaret betrachtete. In den letzten drei Monaten, seit sie in den Norden gereist waren, hatte sie nur das Nötigste mit ihm gesprochen. *In den drei Monaten, seit jenem furchtbaren Tag, als er hatte feststellen müssen, dass seine Gemahlin für nichts und wieder nichts geschändet worden war.*

Wenn er in der Abgeschiedenheit ihres gemeinsamen Gemachs versuchte, sie zu berühren oder zu liebkosen, war sie vor ihm zurückgewichen. Neville wollte sie um Vergebung bitten, sie in die Arme nehmen und über den Schmerz hinwegtrösten, den sie seinetwegen erlitten hatte ... doch selbst das ließ Margaret nicht zu.

Neville hatte sich in den vergangenen Monaten stark verändert. Er hatte geglaubt, er sei bereit, seine Gemahlin – und die Bolingbrokes – zu opfern, wenn er dafür die Schatulle in seinen Besitz bringen könnte ... und die Feststellung, dass der Preis, den er hatte zahlen müssen, höher war als der Gewinn, war für ihn ein furchtbarer Schlag gewesen.

Neville hätte Bolingbroke die Schuld an der Sache geben können, denn das Ganze war seine Idee gewesen. Doch das tat er nicht. Er hätte auch Richard beschuldigen können, denn dieser hatte ihn zu dem Glauben verleitet, er hätte die richtige Schatulle gefunden. Aber auch das konnte er nicht. Er verabscheute Richard zwar immer noch als Dämonenkönig und verachtete ihn für das, was er Margaret angetan hatte, doch er konnte ihm nicht die Schuld geben.

Stattdessen fühlte er sich selbst schuldig. An jedem Tag, zu jeder Stunde durchlebte er im Geiste erneut den grauenhaften Moment, als ihm klar geworden war, dass der Inhalt der Schatulle wertlos war.

Wieder und wieder hörte er die Worte, die seine verletzte Gemahlin auf dem Krankenlager zu ihm gesagt hatte: *Ist das nicht die Aufgabe, für die die Engel dich auserwählt haben? Den großen frommen Geistlichen, der kaltherzig genug ist, um im Namen seiner göttlichen Mission selbst Unschuldige den Flammen zu überantworten?*

Gütiger Himmel! Er hatte Alice in den Flammentod geschickt und Margaret beinahe ebenfalls.

Er hatte immer geglaubt, er würde nichts für Margaret empfinden.

Doch nun wusste er, dass das nicht stimmte.

Er hatte geglaubt, es würde ihm nicht schwerfallen, sie zu opfern.

Jetzt war ihm klar, dass er es nicht konnte.

Er war einmal stolz genug, *blind* genug gewesen, um zu glauben, dass die Liebe keine Rolle spielte.

Nun wusste er, dass er sich geirrt hatte.

Plötzlich füllten sich seine Augen mit Tränen, doch er wischte sie nicht gleich fort – der Himmel allein wusste, wie viele Tränen er in den letzten Monaten vergossen hatte. Seine ständigen quälenden Selbstvorwürfe waren zu einer schwärenden Wunde geworden, die nicht heilen wollte und ihn seine einstige engstirnige Entschlossenheit, die Schatulle zu finden, hatte vergessen lassen. Niemals wieder würde er Margaret oder irgendjemand sonst dafür opfern, um sie in seinen Besitz zu bringen. Der heilige Michael hatte ihm gesagt, dass die Schatulle irgendwann *ihn* finden würde – so sollte es sein, er würde sich von nun an jedenfalls nicht mehr darum bemühen.

In Gedanken versunken nahm er eine Bewegung wahr. Raby war aufgestanden und näherte sich Bolingbroke, Mary, Katherine und Margaret, beugte sich vor, um Rosalind über die Wange zu streicheln – Raby hielt das Mädchen immer noch für seine Tochter –, sah dann auf und schenkte Margaret ein Lächeln.

Sie erwiderte sein Lächeln mit all der Zuneigung, die sie Thomas verweigerte – *und die ich einst ihr verweigert habe,* dachte er –, und er wurde von einem scheußlichen Gefühl übermannt.

Er hatte dieses Gefühl schon öfter empfunden, wenn Raby oder Bolingbroke Margaret angelächelt hatten, doch erst jetzt erkannte er, was es war: Eifersucht.

»Gütiger Himmel«, flüsterte Neville, »was soll ich nur tun?« Ein einfacher Fluch, dem er in seiner Überheblichkeit leicht zu entgehen geglaubt hatte, hatte ihn nun doch ereilt.

Wenn ich mir gestatte, sie zu lieben, dachte Neville, *heißt das dann, dass ich ihr auch meine Seele schenken muss? Ich weiß es nicht … ich weiß es einfach nicht …*

»Tom?« Lancaster stand von seinem Stuhl auf. »Warum steht Ihr dort so allein? Es ist Euer Namenstag, und wir haben noch gar nicht auf Euch angestoßen. Kommt, mein Lieber, gesellt Euch zu uns.«

Die anderen Familienmitglieder stimmten ihm zu, und Neville blinzelte die Tränen fort und ging zu Lancaster hinüber, der ihm einen Weinkelch reichte.

Er nahm ihn entgegen und ließ den Blick über die Runde schweifen. Die Gesichter waren freundlich, allerdings nicht übermäßig herzlich. Auch wenn die meisten Anwesenden die Einzelheiten nicht kannten, hatte es sich doch herumgesprochen, dass Nevilles unbedachte Handlungen zu Margarets großem Leid geführt hatten. Abgesehen von Bolingbroke war niemand bereit, ihm zu vergeben, ehe Margaret es nicht selbst getan hatte.

Katherine erhob sich und ging zu ihrem Gemahl hinüber, damit sie einen Trinkspruch auf Nevilles Gesundheit ausbringen konnten. Neville bemerkte den liebevollen Blick, den die beiden miteinander tauschten, und die Trostlosigkeit seiner eigenen lieblosen Ehe legte sich wie Eis auf seine Seele.

Der Abend zog sich hin, und nachdem sich die Frauen entschuldigt und zurückgezogen hatten, gesellte sich Bolingbroke zu Neville.

Seit jenem furchtbaren Tag hatte ihre Freundschaft ein wenig gelitten, nicht, weil Neville Bolingbroke für das verantwortlich machte, was mit Margaret geschehen war, sondern weil er so sehr in Selbstmitleid versunken war, dass er kaum ansprechbar gewesen war. Neville hatte weiterhin vorbildlich seinen Dienst erfüllt – hatte Bolingbrokes Ländereien verwaltet, sich um dessen Finanzen und Korrespondenz gekümmert und die Horden von hoffnungsvollen Bittstellern in Schach gehalten, die jeden mächtigen Adligen belagerten. Doch er war die ganze Zeit über mit seinen Gedanken woanders gewesen.

Margaret soll verflucht sein, dachte Bolingbroke, während er lächelte und mit Neville ein Gespräch über irgendein unwichtiges Thema anfing. *Sie hat Tom genug bestraft. Uns bleibt zu wenig Zeit, und es gibt noch zu viel zu tun, als dass sie weiterhin die Gekränkte spielen kann.*

Sie redeten eine Weile über die Schwierigkeiten, die aus der Krankheit eines der Verwalter von Bolingbrokes Landgütern entstanden waren, bis Bolingbroke schließlich auf das Thema zu sprechen kam, das ihm so sehr zu schaffen machte.

»Tom, mein Freund«, sagte Bolingbroke und blickte sich um, um sich zu vergewissern, dass keiner der anderen in Hörweite war. »Dein Kummer stimmt mich traurig. Liegt es nur daran, dass wir nicht die richtige Schatulle gefunden haben … oder weil Margaret so Schreckliches erleiden musste?«

Neville senkte den Blick und antwortete nicht.

»Bevor wir London verlassen haben«, fuhr Bolingbroke mit leiser Stimme fort, »hast du mir gesagt, es würde dir nicht schwerfallen, Margaret zu opfern, denn sie weiß, was von ihr erwartet wird, und hat sich mit ihrem Schicksal abgefunden. Du hast gesagt, dass du ihr Achtung und Mitgefühl entgegenbringen, dich aber nie in sie verlieben würdest. Vergib mir, Tom, aber der Mann, der nun vor mir steht, ist nicht mehr derselbe.«

»Ich hatte geglaubt, ich könnte Margaret einfach so opfern«, antwortete Neville schließlich, den Blick immer noch auf den Boden geheftet, »aber ... aber jetzt bin ich mir nicht mehr sicher. Hal«, Neville hob den Kopf und blickte Bolingbroke in die Augen, »ich empfinde inzwischen tiefe Reue für das, was Margaret durch meine Nachlässigkeit widerfahren ist. Ich wusste, dass Richard sich bei erstbester Gelegenheit an ihr vergreifen würde, aber ich habe mir eingeredet, dass es das Wagnis wert sei, wenn ich dafür die Schatulle in meinen Besitz bringen könnte. Aber wie wir wissen, war es nicht die richtige Schatulle. Und sie war es erst recht nicht wert, dass Margaret so sehr leiden musste ... Ach, gütiger Himmel, Hal, ich habe geglaubt, ihr Leiden würde mich nicht berühren, bis ich ihr Blut gesehen habe!«

»Aber Tom, Margaret muss geopfert werden, wenn die Menschheit gerettet werden soll ... oder etwa nicht? Hast du mir nicht gesagt, dass sie die Versuchung ist, der du widerstehen musst? Vergib mir, vielleicht habe ich dich falsch verstanden ...«

Neville holte tief Luft. »Nein, du hast mich richtig verstanden, Hal. Sie ist die Versuchung, und wenn ich mich für sie entscheide anstatt für meine göttliche Mission, dann ist die Menschheit verloren.«

»Was wirst du also tun? Ach, mein Freund, ich beneide dich nicht um diese Entscheidung.«

»Ich weiß zumindest, was ich *nicht* tun werde«, sagte Neville. »Ich werde nicht mehr länger nach der Schatulle suchen, denn meine Suche danach hat bisher nur Schmerz und Leid verursacht. Der heilige Michael hat gesagt, dass sie irgendwann von selbst zu mir finden wird, und damit werde ich mich zufriedengeben. Hal, Richard hat mich zum Narren gehalten, und dabei ist Margaret zu Schaden gekommen. Er hat mich zu dem Glauben verführt, diese wertlose Schatulle sei die, die ich suche … und ich bin ihm auf den Leim gegangen.«

»Aber …«

»Dadurch fühle ich mich Gott oder dem heiligen Michael gegenüber jedoch nicht weniger verpflichtet, Hal.«

Bolingbroke musste ein Lächeln unterdrücken.

»Der heilige Michael hat mir einmal gesagt«, fuhr Neville fort, »dass mein Weg mir zwar manchmal seltsam vorkommen wird, ich jedoch nicht an ihm zweifeln darf.«

Dieser fromme Narr hat sich seine eigene Grube gegraben, dachte Bolingbroke.

»Meine Aufgabe ist es, den englischen Hof von den Dämonen zu befreien, Hal. Mir ist ebenso wie dir daran gelegen, Richard vom Thron zu stürzen. Wenn das erst einmal geschehen ist …«

»Dann wird alles gut.«

»Ja, dann wird alles gut, und ich werde im Besitz der Schatulle und der Geheimnisse der Engel sein.«

»Aber dann wartet da noch die große Schlacht zwischen Gott und den Dämonen auf uns.«

Nevilles Gesicht verlor ein wenig von seiner Entschlossenheit. »Ja.«

»Margaret«, erinnerte Bolingbroke ihn sanft. »Du musst

dich entscheiden, was du tun willst, denn so wie jetzt kann es nicht weitergehen. Deine Trauer lenkt dich von deinem eigentlichen Auftrag ab.«

Neville zögerte einen Moment, ehe er antwortete. »Hal«, sagte er schließlich, »wenn ich sie liebe, heißt das doch nicht auch zwangsläufig, dass ich ihr meine Seele schenken muss, nicht wahr?«

»Nein. Obwohl du sicher irgendwann vor diese Entscheidung gestellt wirst. Wenn du sie liebst, wird es dir nur umso schwerer fallen, die richtige Wahl zu treffen.«

Seltsamerweise verspürte Neville Erleichterung. Er musste Margaret irgendwann widerstehen, doch bis dahin konnte er sie durchaus lieben und ihr ein wenig Trost spenden, bevor sie schließlich geopfert wurde ... oder etwa nicht?

KAPITEL ZWEI

In der Stunde vor Mitternacht am Fest
des heiligen Apostel Thomas
Im ersten Jahr der Regentschaft Richard II.
(Mittwoch, 21. Dezember 1379)

– II –

Neville regte sich und erwachte aus einem unruhigen Schlaf.

Im Gemach war es leise, wenn auch nicht vollkommen still. Ein Zischen und Summen ging von den Kohlen im Kamin aus, und die Fenster klapperten, wenn der Winterwind daran rüttelte.

Er öffnete die Augen, rührte sich jedoch nicht.

Er war allein im Bett. Zwar konnte er die Stelle neben sich nicht sehen, wo eigentlich Margaret liegen sollte, weil er ihr den Rücken zugewandt hatte, doch er konnte spüren, dass das Bett leer war.

War der Tag schon furchtbar für ihn gewesen, so würde die Nacht noch weitaus schlimmer werden.

Er unterdrückte ein Seufzen und wünschte sich, er könnte die Leere in seinem Inneren vertreiben. Er hatte diese Leere schon zweimal in seinem Leben gespürt: mit fünf Jahren, als seine Eltern gestorben waren, und an dem Tag, als Alice sich umgebracht hatte. *Als seine Geliebte Alice sich umgebracht hatte, weil er das Kind, das sie erwartete, nicht als sein eigenes anerkennen wollte.* Er hatte Alice ihrem Schicksal überlassen, und nun hatte er auch Margaret im Stich gelassen.

Jetzt war auch sie für ihn verloren. Sie war zwar immer noch an seiner Seite, aber in gewissem Sinn war sie für ihn ebenso tot und unerreichbar wie seine Eltern und Alice.

Seine Gefühlskälte hatte sie getötet.

War diese Kälte womöglich auch schuld daran gewesen, dass seine Eltern an der Pest erkrankt waren? War ihr Kind so abweisend gewesen, dass der Lebensfunke in ihnen erloschen war?

Nach dem Tod seiner Eltern hatte Neville Zuflucht in der rauen Männerwelt gesucht, im Zweikampf und in der Schlacht, im Nervenkitzel, der ihn durchströmte, wenn er einen Gegner tötete, und in den sinnlichen Freuden des Schlafgemachs.

Als Alice gestorben war, hatte Neville gehofft, in den Armen der Kirche Erlösung zu finden, und diese hatte ihn willkommen geheißen, ebenso wie Gottes Engel.

War er nicht schließlich einer der Ihren geworden? Ein Auserwählter Gottes?

Ist das nicht die Aufgabe, für die die Engel dich auserwählt haben? Den großen frommen Geistlichen, der kaltherzig genug ist, um im Namen seiner göttlichen Mission selbst Unschuldige den Flammen zu überantworten?

War es wirklich das, was Gott von ihm verlangte? Wollte Gott einen Mann, der nichts als eine selbstgerechte, kaltherzige Hülle war?

Oh, gütiger Himmel! Er spürte die Leere neben sich in seinem Bett.

Er spürte die Leere in seinem Inneren.

Es wäre doch sicher nicht schlimm, sie zu lieben … oder?

Nein, sicherlich nicht. Er konnte die schicksalhafte Entscheidung später noch treffen, wenn es nötig war.

Im Augenblick musste er die Leere in seinem Inneren füllen oder zugrunde gehen.

Neville ballte die Fäuste und versuchte, seiner Gefühle Herr zu werden, dann rollte er sich herum.

Margaret saß zusammengesunken auf der Bank vor dem großen Erkerfenster des Gemachs. Sie lehnte ihren Kopf gegen das Glas und ließ den Blick über die dunkle Winterlandschaft wandern.

Neville erhob sich leise vom Bett, nahm eine Decke, wickelte sich darin ein und ging zu ihr hinüber.

Der Erker war eine beeindruckende Konstruktion, eine der vielen prunkvollen Neuerungen, die Lancaster in Kenilworth hatte einbauen lassen. Er war etwa zehn Fuß lang, sechs Fuß tief und zwölf hoch, und das Bleiglasfenster wies auf die Felder hinaus, die sich um die Burg herum erstreckten. Dieses Fenster machte das Gemach zu einem der schönsten in ganz Kenilworth, und Neville wusste nur zu gut, dass sie allein Margaret zuliebe hier einquartiert worden waren.

Er nahm auf der mit Kissen ausgelegten Bank Platz und zog die Decke fester um seinen Leib, um sich gegen die Kälte zu schützen, die von dem eisigen Glas ausging.

Er saß ein Stück weit von Margaret entfernt. Seit jener furchtbaren Nacht war sie stets vor seinen Berührungen zurückgewichen. Drei Monate lang hatte Neville nicht einmal ihre Hand gehalten, geschweige denn ihr Gesicht gestreichelt oder sie geküsst.

Der große fromme Geistliche, der kaltherzig genug ist, um im Namen seiner göttlichen Mission selbst Unschuldige den Flammen zu überantworten.

Kaltherzig genug, um die Schändung seiner Gemahlin in

Kauf zu nehmen, wenn er dadurch eine wertlose Schatulle in seinen Besitz bringen konnte.

Zu kaltherzig, um zu lieben?

Margaret drehte leicht den Kopf und sah ihn an. Auch wenn sie nicht mit ihm sprach, nahm sie doch zumindest seine Anwesenheit zur Kenntnis.

Neville blickte ihr einen Moment lang in die Augen. In dieser Nacht sah sie wunderschön aus: Ihr rotes Haar, in dem hie und da ein paar goldene Strähnen glänzten, ihr blasses Gesicht, ihre dunklen Augen, die ebenso unnahbar waren wie die Wolken, die über den Nachthimmel dahinjagten. Sie war in einen schwarzen Umhang gehüllt, der ihren Leib so vollständig bedeckte, dass nicht einmal ihre Hände oder ihr Hals in den Falten zu erkennen waren.

Neville sah aus dem Fenster. Tief unter ihnen erstreckten sich bis zum Horizont die Felder von Warwickshire. Er hielt den Atem an, denn die Winterlandschaft war unbeschreiblich schön.

Die Felder waren mit Schnee bedeckt, die kahlen Äste der Bäume mit einer Eisschicht überzogen. Schwere Schneewolken jagten über den Himmel, während ihre Schatten über die unwirkliche Landschaft dahinglitten. Die vereisten Äste der Bäume schwankten und zitterten im Wind; ein einsamer Fuchs lief mit angelegten Ohren über einen gefrorenen Feldweg und verschwand in einem dunklen Brombeergesträuch.

Die Schönheit des Winters erinnerte ihn an eine andere atemberaubende Landschaft – deren Wundern er sich einst verschlossen hatte.

»Als ich die Alpen überquert habe«, sagte Neville, den Blick weiterhin auf die Landschaft gerichtet, »bin ich einem jungen Mann namens Johann Biermann begegnet. Ich bin damals nicht recht schlau aus ihm geworden und habe mich über ihn geärgert, weil er ständig die schneebedeckten Gipfel betrachtete und ihre Schönheit bewunderte. Für mich waren diese Berge hässlich und gottlos … unnütze Felshaufen, die nur ein Hindernis auf unserem Weg und den Zwecken der Menschen nicht dienlich waren. Doch nun?« Neville schüttelte leicht den Kopf, als sei er erstaunt über sich selbst. »Nun kann ich verstehen, warum Johann sie für schön hielt.«

Margaret schwieg weiterhin. Sie wollte nicht auf ihn eingehen.

Neville blickte sie an. »Auch dich habe ich einmal für gottlos gehalten und geglaubt, du könntest mir nur für das Erreichen meiner Ziele dienlich sein. Doch nun? Nun bist du in meinen Augen ebenso wundervoll wie die Landschaft vor uns. Du sagtest, du gehörest zu den Engeln, und wenn ich dich heute Abend so ansehe, wie du diese überirdische Landschaft betrachtest, glaube ich es, denn du bist nie schöner gewesen.«

Er zögerte und wünschte sich, sie würde ihm in die Augen sehen, doch sie blickte weiterhin ungerührt aus dem Fenster.

Die Kälte, die durch das Glas drang, ließ ihn erneut erschauern, und er zog die Decke noch fester um sich.

»Ich war ein hartherziger Mann«, sagte er und zwang sich weiterzusprechen. »Ein gefühlloser Mann. Ich habe mich immer nur für meinen göttlichen Auftrag interessiert und mit allen, die mir im Weg standen, kurzen Prozess gemacht. Du hast recht. Es ist kein Wunder, dass der heilige Michael mich auserwählt hat.«

Die letzten Worte klangen barsch und verbittert, und Margaret wandte endlich den Blick vom Fenster ab und sah Neville an.

Er holte tief Luft und erwiderte ihren Blick. »Ich habe mich heute Abend im Saal umgesehen und die anderen beobachtet, mit denen wir zusammensaßen. Lancaster und Katherine … gütiger Himmel, Margaret, in meinem ganzen Leben habe ich keine zwei Menschen gesehen, die einander mehr geliebt hätten! Und dann mein Onkel Raby und Johanna … ihre Liebe ist nicht so stark wie die zwischen Lancaster und Katherine, doch sie begegnen einander mit großer Achtung und Fürsorge, die über die Jahre sicher noch zu einer starken Liebe heranreifen wird. Und dagegen«, fuhr Neville leise fort, »Hal und Mary. Ihre Verbindung ist von Kälte und Furcht geprägt. Sie bringen einander keinerlei Achtung entgegen. Und dann«, seine Stimme wurde zu einem Flüstern, »du und ich …«

Er blickte wieder auf die schneebedeckten Felder hinaus. »Hal und ich schwimmen in einem kalten, dunklen Meer, Margaret. Für ihn kann ich nicht sprechen, aber ich für meinen Teil würde gern nach Hause zurückkehren.«

Schließlich drehte er sich zu ihr um. »Wie kann ich den Weg dorthin finden?«

»Frag deinen Gott, Tom, nicht mich!«

»Es ist nicht Gott, zu dem ich heimkehren will.«

»Gib acht, Tom, denn du bist der Verdammnis näher, als du denkst.«

»Ach«, sagte er leise. »Diese verfluchte Prophezeiung. Wenn ich dir meine Seele schenke, ist die Menschheit verloren.«

Er verfiel wieder in Schweigen und zupfte an einem losen Faden an der Decke herum.

Margaret saß steif da und ließ ihn nicht aus den Augen.

»Weißt du«, sagte er schließlich und betrachtete sie mit einem seltsamen Gesichtsausdruck. »Ich habe hier gesessen und mich gefragt, wie ich deine Schönheit am besten in Worte fassen kann. Aber«, er schenkte ihr ein Lächeln und sein jungenhafter Charme traf Margaret überraschend, »ich bin kein Dichter und finde nicht die richtigen Worte. Ich wünschte, wir wären zu Hause in Halstow, denn dann könnte ich auf die Talente Meister Tussers zurückgreifen.«

Sein Lächeln wurde breiter, und Margaret wurde mit einem Mal klar, dass er einen Scherz gemacht hatte.

»Ich würde ihn zu mir rufen«, fuhr Neville fort, »und ihn bitten, einen seiner verfluchten Verse für mich zu schreiben und darin deine Schönheit zu preisen. Kannst du dir vorstellen, was für ein Gedicht das wäre? ›Schöne Frau, Euer Antlitz strahlt heller als Heu im Sonnenschein, Eure Lippen sind zarter als der junge Spross des Hopfens.‹«

Margaret starrte ihn mit offenem Mund an und fragte sich, ob er den Verstand verloren hatte. Doch als sie seine Mundwinkel zucken und den Schalk in seinen Augen sah, wurde ihr klar, dass er ihr gerade sein wahres Gesicht gezeigt hatte – einen Mann, den außer Bolingbroke, der stets davon überzeugt gewesen war, dass es ihn gab, noch nie jemand kennengelernt hatte. Wahrscheinlich kannte Tom ihn selbst nicht einmal … und sein Gott hatte dieses verschmitzte Grinsen ganz sicher noch nicht zu Gesicht bekommen.

Nevilles Lächeln wurde noch breiter, als er Margarets überraschte Miene bemerkte. »›Eure Gestalt ist schöner als ein frisch gepflügter Acker, Eure Anmut größer als die eines neu geborenen Kälbleins.‹«

Margaret konnte nicht anders, sie musste lächeln … und während Neville ihr in die Augen blickte, wurde aus dem Lächeln ein Lachen.

Neville stockte der Atem, als ihm klar wurde, dass er sie zum ersten Mal lachen hörte.

»Und dann«, sagte er und sein Lächeln wich großem Ernst, als er von lange unterdrückten Gefühlen überwältigt wurde,

»werde ich Meister Tusser bitten, mir einen Vers zu dichten, mit dem ich meiner Gemahlin beweisen kann, dass ich sie von ganzem Herzen liebe.«

Von rasender Wut erfüllt schritt der Erzengel den Korridor entlang. Seine leuchtende Gestalt schimmerte und flackerte. Er hatte die Hände erhoben und zu Fäusten geballt; Funken stoben knisternd von seinem Haar und seinem Gesicht.

Er ging auf das Gemach zu, wo die Hexe gerade Thomas verführte …

… und musste doch stehen bleiben, als er sah, wer vor der Tür des Gemachs stand, die Beine breit, die Hände am Griff des Schwertes, dessen Spitze nach unten zwischen seine Füße zeigte.

Sei gegrüßt, Dunkler Prinz!

»Auch dir einen guten Abend«, sagte Bolingbroke. Während das Gesicht des Erzengels vor Wut verzerrt war, war Bolingbrokes von Triumph erfüllt … Und noch etwas anderes lag darin … Liebe vielleicht.

Lass mich vorbei.

»Nein.«

Der Erzengel hob die Fäuste und schrie: *Lass mich vorbei!*

»Nein«, flüsterte Bolingbroke noch einmal.

Die Gestalt des Erzengels verschwamm, während er versuchte, seine Wut zu beherrschen. *Du glaubst doch nicht etwa, dass ihr mit dieser Nacht gewonnen habt?*

»Nein«, sagte Bolingbroke. »Das glaube ich nicht. Ich bin längst nicht so anmaßend wie du.«

Er wird seine Worte widerrufen und seine Liebe zurücknehmen, wenn er euch und euer niederträchtiges Geheimnis erst durchschaut hat.

»Das glaube ich nicht.«

Ihr könnt die Schatulle nicht mehr lange vor ihm versteckt halten.

»Lange genug. Wie mir scheint, ist er inzwischen nicht mehr ganz so versessen darauf, die Schatulle zu finden.«

Selbst wenn er nicht mehr nach der Schatulle sucht, wird sie *irgendwann ihn finden!*

»Höre ich etwa Panik in deiner Stimme, Michael? Hast du solche Angst vor der Liebe?«

Der Erzengel antwortete nicht. Seine Gestalt hatte sich nun in einen blendend hellen Lichtwirbel aufgelöst.

»Scher dich fort«, sagte Bolingbroke. »Für dich ist heute Nacht hier kein Platz.«

Thomas wird seine Worte widerrufen, sagte der Erzengel noch einmal, *wenn er hinter dein dunkles Geheimnis gekommen ist.*

Bolingbrokes Gesicht verfinsterte sich vor Zorn, und er hob das Schwert, machte einen Schritt nach vorn und richtete es auf den Erzengel.

»*Mein* dunkles Geheimnis, Michael? Es ist nicht nur mein Geheimnis und auch nicht Margarets, sondern das furchtbare Geheimnis aller Engel!«

Inzwischen bestand der Erzengel nur noch aus einer zuckenden Lichtkugel. *Er wird seine Worte widerrufen, wenn er sich schließlich entscheiden muss: die ewige Verdammnis der Menschheit oder die Liebe einer Hure. Dafür wird er sie opfern … glaube mir.*

Und damit war der Erzengel verschwunden, und Bolingbroke blieb allein im Korridor zurück.

»Die Liebe einer Hure?«, flüsterte Bolingbroke. »Nein, Michael, er wird es nicht für die Liebe einer Hure tun, sondern für die Liebe der ganzen Menschheit.«

»Du kannst mich nicht lieben! Das ist unmöglich!«

»Mein ganzes Leben lang bin ich vor der Liebe davongelaufen, Margaret. Ich werde nicht mehr länger vor ihr fliehen.«

»Du wirst nicht zu deinen Worten stehen. Heute Abend sagst du vielleicht, dass du mich liebst, aber in einem Monat oder einem Jahr, oder wann auch immer du vor die Wahl gestellt wirst, wirst du dich für die Rettung der Menschheit entscheiden und nicht für mich.«

Neville senkte den Blick und zupfte wieder an dem Faden an der Decke. »Ich kann nicht glauben«, sagte er schließlich, »dass Gott von mir verlangen wird, das zu opfern, was ich liebe ...«

»Er hat es auch von Abraham verlangt! Abraham sollte seinen Sohn Isaak töten, um seine Liebe zu Gott unter Beweis zu stellen.«

»Und hat Gott Abraham dann nicht seine Gnade bewiesen?«

»Gott hat seinen eigenen Sohn getötet.«

Darauf konnte Neville nichts erwidern.

»Wenn er sogar seinen eigenen Sohn kreuzigen lassen konnte, dann glaube ich kaum, dass Gott *mir* gegenüber gnädig sein wird«, flüsterte Margaret.

»Margaret ... ich werde dich nicht noch einmal im Stich lassen. Das kann ich nicht! Gütiger Himmel, ich verabscheue inzwischen den Mann, der dich in Richards Gemach geschickt hat. Ich war so sehr von dieser verfluchten Schatulle besessen, dass ich sogar bereit war, dich zu opfern, um sie in meinen Besitz zu bringen. Und wofür? Wofür?«

Margaret schwieg.

Neville holte tief Luft. »Ich habe zugelassen, dass Alice sich umgebracht hat, anstatt ihr beizustehen oder zuzugeben, dass ich sie liebe. Ich will nicht auch noch für deinen Tod verantwortlich sein.«

»Du hast einen wichtigen Auftrag zu erfüllen, Tom. Du kannst mich nicht lieben.«

»Nichts ist wichtiger als du, Margaret«, sagte er mit grenzenloser Zärtlichkeit.

Sie begann zu weinen. »Das darfst du nicht sagen …«

»Es bereitet mir unendliche Freude, das zu sagen. Margaret … ich habe so lange dagegen angekämpft, dich zu lieben. Als Hal mir einen Plan vorgeschlagen hat, wie wir diese …«, Neville zögerte, und Margaret sah, wie er gegen den Zorn ankämpfte, der in ihm aufsteigen wollte, »diese Schatulle an uns bringen könnten, habe ich es hingenommen, dass du dadurch in Gefahr gerietst, weil ich glaubte, die Schatulle sei es wert. Doch ich habe mich geirrt. Nein, Margaret, lass mich ausreden.«

Er rutschte über die Bank auf sie zu und ergriff ihre Hand. »Margaret, selbst wenn es die richtige Schatulle gewesen wäre, wäre sie nicht das Leid wert gewesen, das Mary und du erdulden musstet. Weißt du noch, was du in jener Nacht zu mir gesagt hast? Du hast gesagt, Gott und die Engel hätten mich auserwählt, weil ich ein kaltherziger, frommer Geistlicher sei, kaltherzig genug, um für meinen göttlichen Auftrag selbst Unschuldige den Flammen zu überantworten. Margaret«, er drückte ihre Hand fester und zwang sie, ihm in die Augen zu sehen, »der kaltherzige, fromme Mann ist in jener Nacht zerbrochen. Er ist zerbrochen, als ihm klar wurde, was er getan hatte. Dass er schon wieder eine Frau in den Flammentod geschickt hatte, weil er daraus einen Vorteil ziehen konnte. Mary hat gesagt, ich sei es gewesen, der dich in jener Nacht geschändet hat. Sie hat recht gehabt. Margaret …«

Neville versagte die Stimme, und er musste einen Moment lang den Blick von ihr abwenden. »Margaret, seit drei Monaten hast du dich nun schon meinem Leben entzogen, und diese Monate waren so leer … so trostlos. Ich möchte, dass du zu mir zurückkehrst, doch ich habe nicht das Recht, dich darum zu bitten.«

Sie blickte ihn schweigend an.

»Beim Heiland«, flüsterte Neville und versuchte verzweifelt, die richtigen Worte zu finden, um zu ihr durchzudringen und das wiedergutzumachen, was er ihr angetan hatte. »Margaret, ich habe dich von dem Moment an geliebt, als ich dein Gesicht über dem der Frau sah, der ich im Juli letzten Jahres beigelegen habe, an dem Nachmittag, als wir Rosalind gezeugt haben. Dennoch habe ich diese Liebe in Hass gehüllt, denn das war die einzige Art, wie ich damit umgehen konnte. Nur so konnte ich mich retten. So bin ich auch über Alice' Tod hinweggekommen. Und über den Tod meiner Eltern. Ich habe mich in Frömmigkeit und Gleichgültigkeit geflüchtet und mir eingeredet, dass mich das zu einem großen Mann machen würde, einem Mann Gottes. Aber es hat mich nur umso nichtswürdiger gemacht – mich in einen abscheulichen Mann verwandelt, der in Gottes Augen sicherlich ebenso hässlich war wie in deinen.«

»Und der heilige Michael?«

»Der heilige Michael wird sicher verstehen …«

Margaret verzog verächtlich den Mund.

»Margaret, Margaret, die Schatulle kann für mich niemals dich und deine Liebe ersetzen.«

»Aber eines Tages wirst du sie finden«, sagte Margaret mit gebrochener Stimme, »und ihre Geheimnisse erfahren. Eines Tages wirst du die Wahl treffen müssen und mich den Flammen überantworten, wenn die Menschheit gerettet werden soll. Das weißt du!«

Neville nahm ihr Gesicht in beide Hände. »Margaret, ich

schwöre dir, wenn dieser Tag kommt, werde ich die Liebe entscheiden lassen ... nicht kalte Gleichgültigkeit oder Furcht oder fromme Engstirnigkeit oder die Worte, die ein Erzengel mir ins Ohr flüstert. Das schwöre ich dir, denn es ist die einzige Möglichkeit, wie ich wiedergutmachen kann, was ich dir angetan habe und Alice und dem Kind, das sie erwartete, und den drei Töchtern, die sie mit sich in den Tod genommen hat. Bei den Heiligen, Margaret«, Neville war völlig verzweifelt, »was soll ich sonst noch tun? Was kann ich nur tun?«

Es war genug; mehr konnte Margaret von ihm nicht verlangen. Sie schob den Umhang zurück, legte die Arme um Thomas und zog ihn an sich.

»Es ist genug, Tom. Mehr brauchst du nicht tun.«

Er küsste ihre Augenlider, ihre Stirn und schließlich ihren Mund, jede seiner Bewegungen war verhalten und furchtsam. Sie drückte ihn noch fester an sich. Sein Kuss kam ihr wie das Schönste vor, das sie in ihrem trostlosen Leben je erlebt hatte, denn er war voller Liebe und zeugte nicht von Lust oder dem Wunsch, sie zu beherrschen.

»Liebst du mich?«, fragte sie.

»O ja, ich liebe dich.«

Sie lächelte, küsste ihn und hauchte: »Das ist alles, was zählt.«

Neville erschauerte. Schließlich hob er sie hoch und trug sie zu ihrem Lager hinüber, fort von der Kälte des Fensters.

Er legte sie auf die Bettstatt und nahm ihr vorsichtig den Umhang ab.

Seit drei Monaten hatte er sie nicht mehr ohne Kleider gesehen, abgesehen von einem kurzen Blick auf nackte Haut, den er hin und wieder erhascht hatte, wenn sie ins Bett gegangen oder aufgestanden war, und ihr Anblick erschütterte ihn zutiefst.

Über ihre Brüste und die Innenseite ihrer Schenkel verliefen Narben.

Richards Spuren.

Sie sah ihn schweigend an und als sie bemerkte, dass ihm Tränen in den Augen standen, ließ sie ihm einen Moment lang Zeit, sich wieder zu sammeln. Gütiger Himmel, wie schön er war! Margaret hatte das immer schon gewusst, doch nun, da die Maske der Gleichgültigkeit gefallen war, wurde ihr plötzlich klar, wie männlich und reizvoll er aussah.

Sie streckte die Hand aus und berührte seine Wange.

»Bei allen Heiligen!«, murmelte Neville. »Ich habe nicht gewusst, dass sie dich so übel zugerichtet haben.«

»Das ist jetzt Vergangenheit, mein Geliebter«, sagte sie und zog seine Hand zu sich herab. »Es ist vorbei.«

Er küsste sie, löste sich jedoch gleich wieder von ihr. »Ich will dir nicht wehtun«, flüsterte er. Er verzehrte sich nach ihr, doch er befürchtete, dass sie nur an die Schändung durch Richard und de Vere erinnert würde, wenn er sie berührte.

»Dann tu eines für mich«, sagte sie, während sie sanft sein Gesicht streichelte.

»Was?«

»Sei mein Geliebter«, sagte sie.

Trotz seiner Tränen musste er lächeln. »Ach, meine Liebe, nichts leichter als das, denn bist du nicht schöner als die frisch geschmiedete Pflugschar? Herrlicher als die Sonnenstrahlen, die die Schollen des gepflügten Feldes wärmen?«

Sie brach in Gelächter aus, und beide waren miteinander versöhnt.

Der Erzengel Michael stieg langsam zu den himmlischen Gefilden der Engel auf. Er war zufrieden. Zwar war Thomas in dieser Nacht der Liebe erlegen, doch waren Täuschung und

Lügen daran schuld gewesen. Wenn Thomas erst einmal erfuhr, wie furchtbar er getäuscht worden war …

Der Erzengel frohlockte. Heute Nacht hatten sich Bolingbroke und Margaret ihre eigene Grube gegraben! Der heilige Michael begann zu lachen, und als er sich seinen Brüdern in den Gefilden der Engel anschloss, stimmten die himmlischen Heerscharen in sein triumphierendes Lachen mit ein.

Kapitel drei

Vor Matutin, am Donnerstag vor der Geburt unseres Herrn, Jesus Christus
Im ersten Jahr der Regentschaft Richard II.
(Donnerstag, 22. Dezember 1379, 2 Uhr morgens)

Bolingbroke stand immer noch mit Tränen in den Augen vor der Tür des Gemachs, das Schwert in der Hand.

Mithilfe seiner übersinnlichen Kräfte hatte er alles miterleben können, was zwischen Neville und Margaret vorgefallen war – zumindest ihre Empfindungen, wenn auch nicht die Worte, die sie miteinander gewechselt hatten.

Bolingbroke schob sein Schwert in die Scheide zurück und wischte die Tränen fort.

In dieser Nacht hatte sich die Hoffnung bezahlt gemacht, die er all die Jahre lang in Neville gesetzt hatte.

Verflucht, dachte er. *Ich habe schon immer gewusst, dass es einen Grund gibt, ihn zu mögen.*

Und damit ging er davon.

Als er die Tür zu seinem eigenen Gemach öffnete, stellte Bolingbroke überrascht fest, dass die Lampen im Raum angezündet waren. Mary, die vor einem Kohlebecken auf und ab ging, schaute zu ihm hinüber.

»Warum bist du so spät noch wach, Mary?«

Bolingbroke schloss die Tür hinter sich und bemerkte, dass Marys Gesicht bleich vor Furcht war.

Sie griff sich mit der Hand an den Hals und sah ihn mit weit aufgerissenen Augen an. »Ich bin aufgewacht … und du warst nicht da. Ich habe mich gefragt …«

Sie senkte den Blick und betrachtete das Schwert, das Bolingbroke trug. »Es tut mir leid, mein Lord. Ihr seid mir keine Erklärung schuldig.«

Bolingbroke machte ein paar Schritte auf Mary zu und blieb dann stehen, als sich ihre Augen noch mehr weiteten. »Mary …«

Sie wich vor ihm zurück und ging auf ihre Seite des großen Bettes hinüber. »Ich werde Euch keine Schwierigkeiten machen, Herr.«

Sie schlug die Decke zurück und kroch darunter. Aus lauter Eile und Furcht vergaß sie sogar, ihren Umhang abzulegen.

Bolingbroke betrachtete sie verwirrt, nahm seinen Schwertgürtel ab und legte ihn auf einer Truhe an der Wand ab.

Wovor fürchtet sie sich nur?, fragte er sich.

Doch dann wurde Bolingbroke klar, dass Marys Verhalten an diesem Abend nichts Ungewöhnliches war. In seiner Gegenwart war sie stets angespannt und nervös, er hatte es nur heute zum ersten Mal bemerkt, da er immer noch von der Zuneigung erfüllt war, die zwischen Tom und Margaret geherrscht hatte.

Und das war auch kein Wunder, wenn man bedachte, mit wie viel Hass und Gewalt er sie in ihrer Hochzeitsnacht genommen hatte. Und dann hatte er sie ebenso kaltblütig wie Thomas in Richards Gemach geschickt.

Einen schrecklichen Augenblick lang sehnte sich Bolingbroke nach der Freiheit des Junggesellendaseins zurück, doch es gelang ihm, der Versuchung zu widerstehen, und er schalt sich im Geist dafür, dass ihm nicht schon früher aufgefallen war, wie unwohl sich Mary in seiner Gesellschaft stets fühlte.

Mary hatte Besseres verdient, nicht nur weil die Mitgift aus ihren Ländereien und Titeln seine Macht erheblich vergrößert hatte, sondern auch, weil sie als seine Gemahlin und als ehrbare und tugendhafte Frau ein Anrecht darauf hatte.

Eine Frau, die schwer krank war.

Bolingbroke hatte gemeinsam mit Mary getrauert, als sie das Kind verloren hatte ... sie hatte gehofft, sie könnte ihm einen Sohn schenken. Doch er war nicht richtig traurig gewesen. Er hatte gewusst, dass sie kein Kind würde austragen können, selbst wenn sie von ihm schwanger wurde. Bereits als sie das Kind empfangen hatte, war ihm klar gewesen, dass sie es verlieren würde.

Hatte er nicht schon vor ihrer Hochzeit den dunklen Schatten bemerkt, der in ihrem Inneren schlummerte?

Er liebte sie nicht und würde sie auch nie lieben, doch Mary hatte sein Mitgefühl verdient, und sie sollte sich vor allem nicht vor ihm fürchten müssen.

Bolingbroke schloss kurz die Augen. Unterschied er sich überhaupt noch von Richard und all den anderen, die er verabscheute und vernichten wollte? Seine Gegner sollten sich vor ihm fürchten und hatten seine erbitterte Feindschaft verdient ... doch Mary war nicht seine Gegnerin.

Sie hatte ein Kind verloren, und Bolingbroke konnte ihre Trauer verstehen.

Das Schweigen zwischen ihnen dauerte an, und so zog Bolingbroke seine Tunika und die Stiefel aus, ging zu Marys Bettseite hinüber und löste währenddessen auch die Schnürung seines Hemdes.

Gütiger Himmel, wie ängstlich sie mich anschaut.

»Mary«, sagte er, setzte sich auf die Bettkante und ergriff ihre schlaffe Hand. »Was ist mit dir?«

»Nichts, mein Lord!«

Er strich mit dem Daumen über ihren Handrücken und wiederholte mit einem Lächeln die Worte, die er einst zu Neville gesagt hatte: »Nur in der Öffentlichkeit musst du mich mit ›mein Lord‹ ansprechen, Mary. In unseren Privatgemächern sind wir Hal und Mary. Also, was hast du?«

»Nichts ...«

Er lächelte erneut. »Etwas stimmt nicht mit dir. Wenn du es mir nicht aus freien Stücken erzählen willst«, sagte er und gab sich Mühe, seine Worte scherzhaft klingen zu lassen, »dann muss ich es dir wohl befehlen, denn jede gute und treue Ehefrau sollte sich ihrem Gemahl anvertrauen.«

Lange Zeit herrschte Schweigen, während Mary auf die Bettdecke starrte. Als sie schließlich das Wort ergriff, klang ihre Stimme suchend und furchtsam. »Ich habe mich gefragt«, sagte sie und errötete leicht, während ihr Blick zu Bolingbrokes Gesicht wanderte, »warum du so spät noch fort bist, und ich dachte ... ich dachte ... vielleicht hast du ja ...« Ihre Stimme wurde zu einem Flüstern. »Vielleicht hast du eine andere gefunden, die ...«

»Du dachtest, ich sei zu einer Geliebten gegangen?« Bolingbroke lachte, ehrlich belustigt, und Mary atmete erleichtert auf. »Nein, meine Liebe, ich habe keine Geliebte. Ich würde dir niemals solche Schande machen.«

Und eine Ablenkung kann ich im Augenblick weiß Gott nicht brauchen.

Mary wirkte zwar erleichtert, doch sie mied immer noch seinen Blick, deshalb fuhr Bolingbroke fort: »Unsere Ehe hat nicht gut begonnen, Mary, doch daran trägst nicht du die

Schuld. Ich habe mich nicht genug um dich gekümmert und bin dir ein schlechter Gemahl gewesen.«

Er drückte ihre Hand, und seine Stimme wurde ernst. »Schlimmer noch, ich habe dich vernachlässigt und dich in meine elenden Machenschaften mit hineingezogen. Und damit habe ich dich zutiefst verletzt. Ich möchte dich um Verzeihung dafür bitten. Und ich wünschte, das hätte ich schon eher getan.«

»Es ist ein schlimmer Tag gewesen, Hal. Wir haben viele unkluge Entscheidungen getroffen.«

»Ja«, sagte Bolingbroke und auf seinem Gesicht spiegelte sich Reue. *Und dennoch hat er seinen Zweck erfüllt,* dachte er, *wenn Margaret und Neville nun in Liebe vereint sind.*

»Mary.« Bolingbroke zögerte und fragte sich, wie er sich seinem nächsten Anliegen am besten nähern sollte. »Mary, ich weiß, dass Tom sich heute Nacht mit Margaret versöhnt hat, und ich schäme mich dafür, dass ich es mit dir noch nicht getan habe.«

Nun sah sie ihm in die Augen. »Als ich glaubte, du seist zu einer Geliebten gegangen … habe ich gedacht, es sei Margaret.«

Bolingbroke errötete, zutiefst erschrocken und beschämt von ihrer Enthüllung. Mary hatte Margaret für seine Geliebte gehalten, und dennoch war sie Margaret in den letzten Monaten stets mit der größten Freundlichkeit begegnet.

Er hob ihre Hand an die Lippen und küsste sie sanft. »Dein Edelmut beschämt mich, Mary. Ich habe dich nicht verdient.«

»Manchmal habe ich Angst vor dir. Du bist so ritterlich und so fröhlich, aber manchmal glaube ich, einen dunklen Schatten in dir zu erkennen, der mir Furcht einflößt. Eine Wut, die du kaum im Zaum zu halten vermagst. Ich fürchte …«

»Du musst keine Angst vor mir haben, Mary!«, sagte Bolingbroke. »Niemals! Es stimmt, ich hege manch düstere Gedanken, aber sie haben nichts mit dir zu tun. Es tut mir furchtbar leid, dass du diesen Eindruck gewonnen hast.«

Sie lächelte zufrieden und sah ihm zum ersten Mal direkt in die Augen. »Ich habe geglaubt, du würdest dir nichts aus mir machen, Hal. Und mich nicht brauchen.«

Er blickte ihr tief in die Augen, beugte sich vor und küsste sie so sanft und zärtlich, wie er es vermochte.

Die Krankheit lag immer noch tief in ihr auf der Lauer; er konnte es in ihren Augen sehen und es an ihrem Mund schmecken. Ihr blieb höchstens noch ein Jahr, vielleicht sogar weniger, und das kam Bolingbroke gut zupass.

Ja, sie verdiente sein Mitgefühl und seine Fürsorge. Das war das Mindeste, das er für sie tun konnte. Ein Jahr lang würde er sich verstellen können.

Als er sich zurücklehnte, hoffte er, dass sie die Erleichterung in seinem Blick falsch verstehen würde.

»Als du mich und Margaret an jenem Tag zu Richard geschickt hast«, flüsterte sie und berührte leicht seine Wange, »habe ich hinterher geglaubt, du hättest uns bloß für deine Ziele benutzt. Ich bin froh, dass ich mich in dir geirrt habe.«

Bolingbroke schenkte ihr ein liebevolles Lächeln. »Ich werde dich nie wieder in Gefahr bringen. Ach, Mary, ich bin ein schlechter Ehemann gewesen, im Schlafgemach ebenso wie auch sonst. Erlaubst du mir, das wiedergutzumachen?«

»Ich habe gehört, dass die Dinge, die Mann und Frau im Schlafgemach miteinander tun, sehr schön sein können«, flüsterte sie.

Er beugte sich vor und küsste sie zärtlich auf den Mund, bis er spürte, dass sie seinen Kuss erwiderte.

Schließlich löste er sich von ihr.

»Sollen wir es herausfinden?«, fragte er.

Kapitel vier

Am Fest der Geburt unseres Herrn, Jesus Christus
Im ersten Jahr der Regentschaft Richard II.
(Sonntag, 25. Dezember 1379)

Das Weihnachtsfest in Kenilworth war mit großer Freude und Besinnlichkeit gefeiert worden; die Versöhnung zwischen Neville und Margaret und ebenso zwischen Bolingbroke und Mary wurde allenthalben mit Erleichterung aufgenommen. Die Welt außerhalb der Burgmauern mochte der Familie Lancaster feindlich gesonnen sein, doch in ihrem Inneren herrschten nur Zuneigung und Zufriedenheit.

Es gab einen weiteren Anlass zur Freude, als Johanna unmittelbar nach der Schäfermesse bei Tagesanbruch die ersten Wehen bekam und einen gesunden Sohn zur Welt brachte, gerade als die Kirchenglocken zur Mittagsmesse läuteten. Katherine, Mary und Margaret sowie drei Hebammen und zwei Zofen hatten ihr bei der Geburt beigestanden. Nach den beiden furchtbaren Erfahrungen, die sie mit der Kindgeburt gemacht hatte, hatte Margaret erwartet, dass es eine anstrengende Prozedur werden würde. Stattdessen war es sogar eine sehr angenehme Erfahrung gewesen. Johanna brachte ohne weitere Schwierigkeiten ihr Kind auf die Welt, und Margaret war von der Zuneigung und Freundschaft, die die anderen Frauen ihr bezeugten, zutiefst ergriffen.

»Euer Sohn ist wahrhaft ein gesegnetes Kind«, sagte Margaret zu Johanna, beugte sich vor und strich dem Kind über die Wange, während es an der Brust seiner Mutter lag. »Denn er ist am Tag der Geburt unseres Herrn, Jesus Christus, auf die Welt gekommen.«

Johanna, der Tränen der Freude und Erleichterung über die Wangen liefen, konnte nur lächeln. Wie die meisten Frauen hatte sie sich vor der Geburt gefürchtet ... doch ihre Wehen hatten nur wenige Stunden gedauert, und ihr Kind war mit solcher Leichtigkeit auf die Welt gekommen, dass sie sich eine halbe Stunde nach der Geburt schon kaum mehr an die Schmerzen erinnerte.

Außerdem war es ein Sohn ... ihr Gemahl würde vor Freude außer sich sein!

»Ich danke Euch für Eure Hilfe und Euren Beistand«, flüsterte Johanna schließlich, hob die Hand und ergriff die Margarets. »Ich wünsche Euch, dass Ihr auch so eine leichte Geburt haben werdet, wenn Ihr im nächsten Herbst Nevilles Sohn auf die Welt bringt.«

Margaret starrte sie erschrocken an. Nicht nur wegen Johannas Worten – *Konnte es stimmen? Trug sie wirklich bereits das Kind in sich, das über Hals und ihr Schicksal entscheiden würde?* –, sondern auch wegen der Kraft, die durch ihre miteinander verbundenen Hände geflossen war. Es war die Kraft und Macht der Frauen, wurde ihr klar, gestärkt durch die gemeinsame Erfahrung der Kindgeburt.

Margarets Augen füllten sich mit Tränen, und sie beugte sich vor und gab Johanna einen zarten Kuss auf den Mund, um die Verbindung zu besiegeln. »Möge Euer Wunsch in Erfüllung gehen«, sagte sie und richtete sich wieder auf.

In diesem Augenblick regte sich das Kind und fing an zu weinen, und beide Frauen mussten lachen, trotz aller Tränen.

Nicht nur der neugeborene Junge, der ganze Tag stand unter einem guten Stern.

Raby war in Hochstimmung, und dem Wein, der in dieser Nacht zur Feier des Weihnachtsfestes ausgeschenkt wurde, wurde reichlich zugesprochen. Die Frauen, die sich ihren Männern bei der Feier angeschlossen hatten, verabschiedeten sich, sobald das Mahl beendet war, um in Johannas Gemach zurückzukehren und dort das Fest der Geburt des Herrn und den Geburtstag des neugeborenen Kindes so zu begehen, wie es unter Frauen üblich war. Gleichwohl floss auch bei den Frauen reichlich guter und süßer Wein.

Die Komplet kam und ging, und die Familie Lancasters saß immer noch um einen Tisch vor dem prasselnden Feuer im großen Saal. Schalen mit Früchten und Zuckerwerk standen überall auf der Tafel, doch sie wurden kaum angerührt. Stattdessen bedienten sich die Feiernden lieber bei den silbernen Krügen voll Wein aus der Gascogne, die um den Tisch herumgereicht wurden. Es wurde immer wieder mit allerlei derben Trinksprüchen auf Rabys Wohl angestoßen – wobei sich allerdings die Fröhlichkeit bei Rabys ältesten Söhnen ein wenig gezwungen ausnahm – und darauf, dass Bolingbroke der Nächste sei, dem man zur Geburt eines Sohnes gratulieren würde.

Bolingbroke lächelte nur und zwinkerte den anderen über den Rand seines Weinkelches zu, stellte dann seinen Wein auf den Tisch und erinnerte sie daran, dass sich Mary noch kaum von ihrer Fehlgeburt erholt hatte und es deshalb nicht der richtige Zeitpunkt sei, um über ihre Gebärfreudigkeit zu scherzen.

Die Männer amüsierten sich gut und freuten sich für Raby und Johanna, nutzten den Anlass jedoch auch dazu, für eine

Weile den unangenehmen Gedanken zu vergessen, dass zum Jahreswechsel höchstwahrscheinlich eine weitere Auseinandersetzung mit Richard bevorstand.

Der Wein war gut und wirkte Wunder, was das Vergessen anbelangte, doch er konnte nichts gegen das Unheil ausrichten, das unvermittelt durch die Doppeltüren am anderen Ende des Saals hereingestürmt kam.

Thomas von Woodstock, Herzog von Gloucester.

Gloucester war noch in London geblieben, nachdem sein älterer Bruder Lancaster mit seiner Familie und seinem Gefolge nach Kenilworth abgereist war. Nach einigen unerquicklichen Wochen hatte Gloucester London schließlich verlassen, um seinen Ländereien einen Besuch abzustatten, und hatte seinem Bruder ausrichten lassen, dass er sich ihm erst zu den Neujahrsfeierlichkeiten anschließen würde.

Seine vorzeitige Ankunft und sein finsterer Gesichtsausdruck verhießen daher nichts Gutes.

Gloucester ging auf die Tafel an der Stirnseite des Saals zu und wischte sich mit einer ungeduldigen Handbewegung den Schnee von seinem Umhang.

Lancaster erhob sich, und die anderen taten es ihm gleich.

»Bruder«, sagte Lancaster und streckte die Hand aus, um Gloucester zu begrüßen. Neville bemerkte, wie blass Gloucester aussah und tauschte einen kurzen Blick mit Bolingbroke: *Richard?*

»Was ist passiert?«, fuhr Lancaster fort. »Gibt es schlechte Neuigkeiten?«

Gloucester öffnete seinen Umhang und warf ihn auf eine Bank. »Es gibt wahrlich schlechte Neuigkeiten, Johann. Darf ich …?«

»Natürlich, natürlich!« Lancaster reichte Gloucester einen Kelch mit Wein, und dieser stürzte ihn hinunter und wischte sich den Mund mit dem Rücken seiner behandschuhten Hand ab.

Ein Tropfen Wein blieb in seinem Mundwinkel hängen und funkelte wie ein Blutfleck, und Neville spürte, wie ihm ein kalter Schauer den Rücken hinunterlief.

»Diese Nachricht hat mich über mehrere Boten erreicht«, sagte Gloucester, »und ich habe keine Mühen gescheut, sie dir zu überbringen, ehe du sie von jemand anderem erfährst. Aber zunächst einmal, setzen wir uns doch … ich muss erst zu Atem kommen. Ich glaube nicht, dass mich meine Beine noch viel länger tragen.«

Lancaster bedeutete den anderen, ihre Plätze wieder einzunehmen, und goss Gloucester noch ein wenig Wein nach, ehe auch er sich setzte.

»Ich danke dir«, sagte Gloucester, nahm den Wein und ließ sich mit offensichtlicher Erleichterung auf der Bank nieder.

Er zögerte einen Moment lang, ließ den Blick über die Tafel gleiten und sah dann seinen Bruder an. »Johann«, sagte er ruhig, »ich bringe schlimme Neuigkeiten, und ich werde erst sprechen, wenn du mir dein Wort gibst, dass du jedem Mann hier vertraust.«

Johann starrte ihn an und blickte sich dann langsam am Tisch um. Er nickte Bolingbroke, Neville und Raby zu. Und ebenso Heinrich, seinem Sohn aus der Verbindung mit Katherine – auch wenn er ein Bischof war, galt Heinrichs Treue zuallererst seinem Vater. Dann fiel sein Blick auf Rabys zwei Söhne am anderen Ende des Tisches. Er musterte sie einen Moment lang und sah dann Raby fragend an.

»Sie sind mein eigen Fleisch und Blut«, sagte Raby. »Sie werden Euch ebenso wenig verraten wie mich.«

Johann nahm Rabys Wort mit einem Nicken entgegen und bedeutete schließlich seinem Bruder weiterzusprechen.

»Vor zehn Tagen«, sagte Gloucester und ließ den Blick um den Tisch schweifen, »sind Nachrichten aus Katalonien und Aquitanien eingetroffen. Graf Pedro ist es gelungen, seinem unehelichen Halbbruder Heinrich die Macht wieder zu entreißen, ohne Hotspurs Hilfe in Anspruch nehmen zu müssen. Hotspurs Streitkräfte hatten Bordeaux noch nicht einmal verlassen, als Pedro bereits alles wieder unter Kontrolle hatte. Pedro hat Hotspur ausrichten lassen, dass er nicht mehr in Katalonien gebraucht würde – er war zu dem Schluss gekommen, dass er doch keine verfluchten Engländer auf seinem Gebiet haben wollte.«

Bolingbroke lachte. »Der arme Hotspur, auf schmähliche Weise um seinen Ruhm gebracht!«

Gloucester warf ihm einen finsteren Blick zu. »Hotspur hat nicht vor, sich um seinen Ruhm bringen zu lassen. Kannst du dir vorstellen, dass er sich mit einem Achselzucken zufriedengibt und nach Hause zurückkehrt? Nein, Hotspur hat beschlossen, dass er ein anderes Widerstandsnest ausräumen will.«

Tiefes Schweigen herrschte im Saal.

Schließlich ergriff Lancaster wieder das Wort: »Weiter, Mann, weiter!«

»Hotspur marschiert nach Norden auf Limoges zu.«

»*Was?*«, riefen Lancaster und mehrere andere Männer im Saal. »Warum zum Teufel Limoges?«

Die kleine Stadt Limoges lag etwa vierzig Meilen südlich von Chauvigny an der Vienne. Nach dem Sieg der Engländer bei Poitiers hatte sie dem schwarzen Prinzen und seinen Erben die Treue geschworen und war eine sichere Hochburg der Engländer – so hatten alle Anwesenden jedenfalls bislang geglaubt.

Gloucester lächelte spöttisch. »Auch Limoges hat inzwischen von der wundersamen Jeanne d'Arc gehört, die weithin als die heilige Jungfrau von Frankreich bekannt ist. Angestachelt von ihrem Bischof, hat die Stadt es sich anders überlegt und nunmehr Karl und Frankreich die Treue geschworen und nicht mehr den … nun ja, den verfluchten Engländern. Hotspur marschiert gen Norden, um sich mit dem Problem ›auseinanderzusetzen‹, wie es in seiner Nachricht an Richard gelautet hat.«

»Und Richard?«, fragte Bolingbroke.

»Richard ist begeistert. Seiner Meinung nach ist Limoges klein genug, um Hotspur keinen allzu großen Widerstand entgegenzusetzen, und doch wieder groß genug, dass sich alle zufrieden die Hände reiben können, wenn die Lage dort ›geklärt‹ ist.«

»Das mag ärgerlich sein«, sagte Lancaster, »besonders, wenn es Hotspur tatsächlich gelingt, die Stadt einzunehmen, aber es ist doch kein großes Drama.«

»Es sei denn, Richard und Hotspur geht es um mehr als nur um Limoges«, sagte Neville ruhig.

Erneut herrschte Schweigen. *Was könnte nach Limoges kommen?* Alle erinnerten sich an Arundels Worte in jener Nacht im Keller des Savoy Palace: *Richard hat gar nicht vor, den Feldzug nur auf Katalonien zu beschränken – er will einen neuen Vorstoß in das Herz Frankreichs wagen.*

»Es gibt noch mehr Neuigkeiten«, sagte Gloucester schließlich. »Die uns direkt betreffen. Im Augenblick ist Frankreich die geringste unserer Sorgen.«

»Ja?«, sagte Lancaster.

»Richard hat seinen Günstling mit noch mehr Titeln überhäuft.«

»De Vere?«

»Ja. Und einer davon ist besonders schwerwiegend.«

»Und welcher wäre das?«, fragte Lancaster.

Gloucester zögerte einen Moment. »König von Irland.«

In der Runde herrschte verblüfftes Schweigen. Es hatte bereits Gerüchte in dieser Hinsicht gegeben ... doch kaum jemand hatte geglaubt, dass sie sich tatsächlich bewahrheiten könnten.

»Die Iren werden das niemals hinnehmen«, sagte Raby schließlich.

»Ich habe gehört«, sagte Gloucester, »dass Richard mit einer Armee in Irland einfallen und die Iren mit Gewalt dazu zwingen will, ihren neuen König anzuerkennen. Richard will seinen Liebhaber ganz sicher nicht nur mit hübschen, aber nutzlosen Titeln überhäufen. Irland soll de Vere tatsächlich gehören.«

»Wenn er das tut, unterschreibt Richard Englands Todesurteil«, sagte Neville. »Der Krieg mit Frankreich ist noch nicht vorbei, und wenn Richard die englische Armee nun nach Irland schickt anstatt nach Frankreich ...«

»Dann müssen wir uns auf eine Invasion des schwächlichen Dauphin und seiner heiligen Jungfrau gefasst machen«, beendete Raby den Satz für ihn. »Wie wir gehört haben, hat sich ihm nun auch der Norden Frankreichs angeschlossen, und Richard kann es sich eigentlich nicht erlauben, tatenlos zuzusehen.«

»Und dann sind da noch die Steuern, die Richard erheben muss, um den Feldzug nach Irland finanzieren zu können«, warf Bolingbroke ein. »Vielleicht wirkt sich das sogar zu unseren Gunsten aus. Wir werden so verdammt arm sein, dass die Franzosen womöglich zu dem Schluss kommen, dass es sich nicht lohnt, England zu erobern!«

Keiner lachte über den Scherz, und wieder herrschte Schweigen am Tisch.

»Richard hat für Januar eine Parlamentssitzung anberaumt«, sagte Gloucester. »Er hält weiter an seiner Kopfsteuer fest und braucht die Zustimmung des Parlaments, um sie einführen zu können.«

Wie zuvor ließ Lancaster seine Augen über die Runde wandern und musterte jeden der Anwesenden genau.

»Dann ist es wohl an der Zeit, dass wir nach London zurückkehren«, sagte er.

Kapitel fünf

Am Fest der Heiligen Drei Könige
Im ersten Jahr der Regentschaft Richard II.
(Freitag, 6. Januar 1380)

Den Bewohnern der südöstlichen Grafschaften Englands war zu den Weihnachtsfeierlichkeiten nicht ganz so viel Behaglichkeit und Freude vergönnt wie der Familie Lancasters. Am Morgen des vierten Adventssonntags hielt bitterer Frost die Häuser und Felder in eisiger Umklammerung, der bis in die Woche nach Weihnachten anhielt. Nicht einmal die ältesten Dorfbewohner konnten sich an einen kälteren oder härteren Winter erinnern. Erfrorene Raben fielen vom Himmel, ausgehungerte Wildschweine griffen kleine Kinder und junge Lämmer an, und Männer und Frauen teilten ihre zu dünnen Bettdecken mit Ratten, die von der Wärme der Menschen angelockt wurden. In Gegenden, in denen die Gutsherren das Auflesen von Ästen im Herbst auf eine lächerlich geringe Menge eingeschränkt hatten, sahen sich die Bauern gezwungen, altes Stroh zu verbrennen oder ihre wenigen Schafe zu schlachten, um sich mit ihren Fellen gegen die Kälte zu schützen.

Ganze Dorfgemeinschaften versammelten sich um wenige Feuer, um Holz zu sparen und sich vom Leib ihres Nachbarn wärmen zu lassen. Sie saßen beisammen und unterhielten sich. Sie erinnerten sich gegenseitig an den Rauch, der aus den Schloten der Gutshäuser aufstieg, und fragten sich, wie angenehm und warm es wohl in den Häusern und Burgen ihrer Herren sein mochte. Sie dachten darüber nach, wie sie die restlichen Säcke schimmligen Getreides und Hülsenfrüchte, die noch von der letzten Ernte übrig waren, am besten einteilen konnten, und wünschten sich, ihre Herren würden etwas von dem feinen weißen Brot aus ihren gut gefüllten Speisekammern an sie verteilen. Außerdem fragten sie sich, woher sie genügend kräftige Männer für das Pflügen der Dorffelder am Ende des Winters nehmen sollten, wenn ihre Herren darauf bestanden, dass sie stattdessen deren Felder bearbeiteten.

Sie machten sich Gedanken darüber, dass sie sonntags in die Kirche gingen, um eine Messe auf Latein zu hören, von der sie nicht ein Wort verstanden, und wie bemerkenswert wohlgenährt ihre Geistlichen aussahen, die in behagliche Pelze und Samtstoffe gehüllt waren ... die sie von den schwerverdienten Zehnten ihrer Gemeindemitglieder erstanden hatten.

Während sie um die Feuer herum noch enger zusammenrückten und ihre Reden immer bitterer wurden, fragten sich die Bauern, wie sie das kommende Jahr überleben sollten, wenn sie all ihr Getreide und Vieh brauchten, um den Winter zu überleben. Wäre es besser, jetzt zu hungern oder im nächsten Herbst, wenn es keine Ernte geben würde, weil sie kein Saatgut mehr hatten, das sie aussäen konnten, und kein Fleisch, weil das letzte Vieh längst geschlachtet und aufgebraucht worden war.

Und mehr als einmal murmelte jemand die Worte, die John Ball mit lauter Stimme gerufen hatte, als man ihn in das Gefängnis des Erzbischofs von Canterbury geschleppt hatte:

»Als Adam pflügte und Eva spann, wer war da der Edelmann?«

Überall in der gefrorenen und trostlosen Einöde im Südosten Englands richteten sich die Blicke der Menschen auf die behaglichen Häuser der Adligen, und sie fragten sich: Welches Recht haben die Edelleute, sich Herren zu nennen, gut zu essen und sich an prasselnden Feuern zu wärmen, wenn wir doch alle Menschen sind? Wenn wir ebenso Söhne und Töchter Adams und Evas sind wie sie? Warum dürfen wir über unser Schicksal nicht selbst bestimmen und entscheiden, wo und für wen wir arbeiten wollen, wenn wir doch alle frei geboren wurden?

Als der Frost endlich nachließ und die Menschen wieder atmen konnten, ohne das Gefühl zu haben, dass Eissplitter ihre Lungen durchdrangen, verbreitete sich in den Dörfern die Neuigkeit, dass es möglicherweise bald eine neue Kopfsteuer geben würde.

In einer Welt, in der das Überleben einer Familie davon abhing, ob sie sich einen weiteren Sack Getreide leisten konnte, um damit über die Wintermonate zu kommen, reichte schon das Gerücht über eine neue Steuer – und noch dazu eine Steuer, mit deren Hilfe ein Krieg in einem anderen Land geführt werden sollte! –, um die Unzufriedenheit der Bauern in offenen Aufruhr umschlagen zu lassen.

Als das Eis auf den Feldwegen und Straßen langsam taute, machten sich Wycliffes Lollarden und Wat Tylers Aufständische erneut auf den Weg, um den Acker der Verbitterung weiter zu bestellen. Die englischen Landarbeiter hatten seit Generationen gelitten, ohne sich zu beklagen; sie hatten sich ihren Herren untergeordnet und ihre Zehnten an die Kirche bezahlt.

Jetzt hörten sie den überzeugenden Worten der Männer

zu, die ihre Dörfer besuchten, und es war ihnen mit einem Mal klar, dass es so nicht weitergehen konnte. Sie hätten schon vor Jahren aufbegehren sollen.

Wie die Adligen darauf hofften, dass das Parlament sich um ihre Beschwerden kümmerte, so vertraute das Volk auf seine Hacken und wartete darauf, dass es wärmer wurde.

Niemand war nach Aufstand zumute, solange die größte Kälte herrschte.

KAPITEL SECHS

Montag nach dem Dreikönigstag
Im ersten Jahr der Regentschaft Richard II.
(9. Januar 1380)

Ordensgeneral Richard Thorseby blickte auf seine mit Binden umwickelten Füße hinab und fragte sich nicht zum ersten Mal, ob seine Entscheidung, gen Norden nach Nürnberg zu reisen, die Frostbeulen an seinen Füßen wert gewesen war.

Die Reise von Rom hierher war grauenhaft gewesen. Thorseby hatte sich einer Reisegesellschaft aus Pilgern und Kaufleuten angeschlossen, doch die trügerische Sicherheit, die sie anfänglich vermittelte, wurde zunichtegemacht, als sie dreimal hintereinander von Banditen angegriffen wurden. Vier Pilger und einer der Söldner, die die Kaufleute begleitet hatten, waren den Angriffen zum Opfer gefallen, während die Überquerung des gefrorenen Brennerpasses fünf weitere Leben forderte. Nur durch die Gnade des Herrn hatte Thorseby überlebt. Am zweiten Tage ihrer Reise über den Pass war Thorsebys Maultier ausgerutscht und in den Abgrund gestürzt, während sich Thorseby an einem eisüberzogenen Felsbrocken hatte festklammern können. Er hatte seine Mitreisenden um Hilfe angefleht, doch sie waren so sehr mit ihrem eigenen Überleben beschäftigt gewesen, dass sie seine Schreie nicht beachtet hatten, und Thorseby war nichts anderes übrig geblieben, als Gott um Beistand zu bitten und aus eigener Kraft wieder hinaufzuklettern.

Mit Mühe und Not hatte er es geschafft, auch wenn er sich dabei die Haut an seinen Fingern abgeschürft und seine Sandalen eingebüßt hatte. Nachdem er den Rest des Tages barfuß im Schneeregen über die eisbedeckten Wege des Brennerpasses gestolpert war, hatten sich seine Füße schwarz verfärbt.

Während der Tage, die seither vergangen waren, hatte er inbrünstig zu Gott gebetet, dass seine Reisegefährten dereinst in den Feuern der Hölle schmoren sollten, da sie sich geweigert hatten, ihm eines ihrer Reittiere zu überlassen. Dass sie geritten waren, während er, ein dominikanischer Mönch, hatte zu Fuß gehen müssen, bis er sich auf der anderen Seite des Passes ein neues Reittier kaufen konnte … das war wirklich unerhört!

Letzten Endes gab Thorseby jedoch Thomas Neville die Schuld an seinem Leiden. Wäre Neville nicht gewesen, dann würde sich Thorseby jetzt in seinem behaglichen Heim in Blackfriars befinden anstatt in diesem feuchtesten, kältesten und düstersten Winkel der Christenheit.

Thorseby runzelte die Stirn und hoffte, dass das, was er heute in Erfahrung bringen würde, die Mühe wert sein würde.

Es klopfte, und der Prior des Klosters von Nürnberg, Bruder Guillaume, betrat den Raum. Er war so unglaublich dick, dass er keuchend nach Luft rang, während er zu einem Stuhl hinüberging und sich darauf setzte. Er nickte Thorseby und den beiden Geistlichen, die mit gezückten Schreibfedern an einem Pult in der Ecke saßen, zur Begrüßung zu.

»Sie sind hier«, brachte Guillaume schließlich auf Latein heraus, der universellen Sprache aller Geistlichen.

Gott sei Dank, dachte Thorseby, *denn wenn diese Ver-*

höre vorbei sind, kann ich endlich nach Hause zurückkehren.

»Dann sollten wir keine Zeit verlieren«, sagte er so freundlich wie möglich, trotz seiner schmerzenden Füße.

Guillaume nickte und gab einem der Geistlichen ein Zeichen, worauf dieser aufstand und zur Tür ging.

»Als Erstes«, sagte Guillaume, »der Koch.«

Thorseby sammelte sich, setzte eine gleichgültige Miene auf, faltete die Hände im Schoß und versteckte die Füße unter dem herabhängenden Saum seines Gewandes. Der Koch behauptete, in der Küche einer Taverne in Karlsberg gearbeitet zu haben, einem kleinen Städtchen etwa eine Tagesreise südlich von Nürnberg, und dort eine Unterhaltung zwischen Thomas Neville und einem seiner Reisegefährten belauscht zu haben. Offenbar war diese Unterhaltung so ungewöhnlich gewesen, dass sie ihm in Erinnerung geblieben war.

Thorseby war äußerst gespannt, was der Koch zu berichten hatte.

Dieser war ein Mann in mittleren Jahren mit dunkler Gesichtsfarbe, dessen feines, schwarzes Haar unter einer schlecht sitzenden Mütze hervorlugte, während seine linke Schulter merkwürdig schief herabhing. Er schien misstrauisch – schließlich war ein Verhör durch einen Dominikaner nichts Alltägliches –, zugleich aber auch verschlagen, als wüsste er um den Wert dessen, was er zu berichten hatte.

Prior Guillaume begrüßte ihn knapp und bedeutete ihm, auf dem Stuhl Platz zu nehmen, der ihm und Thorseby gegenüberstand.

Der Koch setzte sich und zog dabei seine Mütze vom Kopf, sodass ihm das lange Haar auf die Schultern fiel.

Thorseby presste die Lippen zusammen, als sei das üppige Haar des Mannes eine Beleidigung seiner Tonsur.

Guillaume sprach den Koch auf Deutsch an, dieser murmelte ein paar Worte zur Antwort, und der Prior beugte sich daraufhin zu Thorseby hinüber. »Er sagt, sein Name sei Fermond und er habe sein ganzes Leben lang in Karlsberg gelebt.«

Thorseby knurrte. »Was weiß er über Neville?«

Guillaume wandte sich wieder an Fermond, übermittelte ihm Thorsebys Frage und übersetzte die Antworten des Koches für den Ordensgeneral.

Kurz darauf beugte sich Thorseby mit funkelnden Augen vor. Fermond hatte in der Küche gearbeitet, als Thomas Neville mit einem Franzosen namens Etienne Marcel in der Taverne zu Abend gegessen hatte. Die Unterhaltung zwischen den beiden war in höchstem Maße verdächtig gewesen. *Thomas Neville hatte den Anführer der Pariser Revolte, Etienne Marcel, gekannt? Marcel hatte Neville Geld und einen Ring als Zeichen seiner Wertschätzung gegeben?*

Während Guillaume die Unterhaltung übersetzte, die sich zwischen Marcel und Neville zugetragen hatte, lehnte sich Thorseby schließlich zufrieden zurück. Was immer der andere Zeuge zu berichten hatte, er hatte bereits genug in Erfahrung gebracht, um Richard davon überzeugen zu können, Neville wegen des Verdachts auf Hochverrat festnehmen zu lassen. Dass Marcel Neville Geld und einen Ring gegeben hatte und wichtiger noch, dass Neville beides angenommen hatte, deutete darauf hin, dass zwischen ihnen eine Vereinbarung bestand. Doch was für eine Vereinbarung? Einen Aufstand in Frankreich anzuzetteln, so viel war klar. Sollte Thomas vielleicht dasselbe in England tun? Kein König würde den Komplizen eines gefährlichen Rebellen in seinem Reich dulden.

Ach, Neville, dachte Thorseby, als der Koch schließlich wieder hinausgeführt wurde, *allein die Aussage dieses Mannes reicht aus, um Euch wegen Verrats hinrichten zu lassen. Was wird wohl erst mein nächster Zeuge, der deutsche Söldner, über Euch zu berichten haben?*

Der deutsche Söldner, ein ungeschlachter, grober Geselle, der offensichtlich nicht viel für Dominikaner übrig hatte – Thorseby bemerkte, dass er während seines Berichts mehrmals nach seinem Dolch tastete –, konnte Thomas Neville anscheinend ebenso wenig leiden. Seine Worte waren unverblümt und allzu deutlich.

»Ich bin mit dem englischen Mönch von Florenz nach Nürnberg gereist«, übersetzte Guillaume die Worte des Söldners, »und während dieser Zeit ist mir klar geworden, dass der Mönch gar kein Mann Gottes war, sondern ein Dämon in Menschengestalt.«

Thorseby riss die Augen auf, und seine Hände ballten sich zu Fäusten.

»Wir sind über den Brenner gereist«, fuhr der Söldner fort, »und haben auch die Nacht auf diesem gefährlichen Pass verbracht.«

»Ja? Weiter!«, drängte Thorseby, und der Söldner brauchte keine Übersetzung, um zu wissen, dass der Ordensgeneral gebannt an seinen Lippen hing.

»Während dieser Nacht bin ich aufgewacht«, sagte der Deutsche, »und habe etwas Schreckliches gesehen. Bruder Thomas lag etwas abseits von mir in eine Decke gehüllt am Boden, aber ich konnte trotzdem nur zu gut erkennen, was für eine Kreatur ihn in jener Nacht besuchte.«

»Ja? Was war es denn?«

Der Deutsche grinste und beugte sich leicht vor. »Ein Dämon, ihr Herren. Furchtbar anzusehen, mit Hörnern und bösartigen, silbrig glänzenden Augen, hockte er bei dem englischen Mönch und unterhielt sich mit ihm. Ich brauchte nicht näher heranzugehen, um zu begreifen, was für scheußliche Vertraulichkeiten sie da austauschen … wenn Ihr versteht, was ich meine …«

Thorsebys Mund stand offen, und einen Moment lang vergaß er sogar zu atmen.

Der Deutsche grinste noch breiter. »Möchtet ihr noch mehr Einzelheiten hören, ihr Herren?«

Thorseby nickte rasch, und alle Beschwerlichkeiten seiner Reise nach Nürnberg waren vergessen, während der erfindungsreiche Deutsche mit seiner Geschichte Nevilles Untergang besiegelte.

KAPITEL SIEBEN

Am Fest des heiligen Hilarius
Im ersten Jahr der Regentschaft Richard II.
(Freitag, 13. Januar 1380)

König Johann von Frankreich hob seinen in Samt gehüllten Arm und versuchte, sich den Rotwein vom Mund zu wischen. Beim ersten Mal verfehlte er jedoch seine Lippen und stieß mit der Hand stattdessen gegen Nase und Stirn. Der betagte Monarch kicherte und gackerte. Er unternahm einen weiteren Versuch, der schließlich von Erfolg gekrönt war, und seufzte erleichtert.

Als er den vor Anstrengung zitternden Arm wieder auf die Stuhllehne legte, sahen seine beiden Gefährten, dass der himmelblaue Stoff des Ärmels fleckig und schmutzig war und sich die Fasern des Samtstoffes zu kleinen Knötchen verfilzt hatten.

Robert de Vere warf Richard einen Blick zu, und die beiden Männer lächelten einander verschwörerisch zu. *Dieser schwächliche alte Greis.*

Johann bemerkte ihre Verachtung nicht. Er war so trunken von Wein, dass seine feuchten Augen kaum noch klar sehen konnten. Er wusste nur, dass er es warm hatte, einen Kelch gewürzten Wein in der Hand hielt, der ständig wieder gefüllt wurde, und dass die beiden Männer, die ihm auf der anderen

Seite des Kamins gegenübersaßen, freundliche und herzliche Gesellen waren.

Johann wusste, dass er über irgendetwas unglücklich und besorgt sein sollte – war da nicht irgendeine Schlacht gewesen, die er verloren hatte? Wurde er nicht gegen seinen Willen gefangen gehalten, während sein Reich ohne ihn dem Untergang entgegenging? War er nicht vor kurzem dazu gezwungen worden, irgendetwas Unangenehmes zu unterschreiben? Doch Johanns Verstand war während der letzten Monate immer verwirrter geworden, und jetzt lebte er nur noch für den Augenblick.

Und augenblicklich fühlte er sich wohl und genoss sein Dasein, ohne sich über die Schatten, die in den Tiefen seines Verstandes lauerten, unnötige Gedanken zu machen.

Er hob seinen Weinkelch und prostete Richard und de Vere zu, rülpste und trank den Wein dann mit wenigen Schlucken aus.

Rotwein rann ihm am Hals hinunter und verunzierte nun auch den Ausschnitt seiner Samttunika mit roten Flecken.

De Vere verzog angewidert das Gesicht und erhob sich von seinem Stuhl, um den Kelch des französischen Königs nochmals zu füllen.

Es waren keine Diener anwesend, und die Soldaten, die zu Richards Garde gehörten, standen vor der fest verschlossenen Tür. Was auch immer in diesem Gemach geschah, es würde nicht aus seinen Mauern herausdringen.

»Ihr seid gute Gefährten«, lallte Johann. »Ihr beide.«

Er nahm einen weiteren Schluck Wein.

»Wir fühlen uns geehrt, Euch Gesellschaft leisten zu dürfen«, sagte Richard.

Die drei Männer unterhielten sich in dem höflichen Französisch, das an Johanns Hof gesprochen wurde, und Johann konnte sich so beinahe vorstellen, er sei zu Hause und spreche mit seinen Höflingen, die gekommen waren, um ihm zu schmeicheln.

Nur dass König Johanns Hof lediglich aus diesen beiden gut aussehenden Männern bestand, die mit verächtlichen Mienen ihm gegenüber auf ihren Stühlen saßen. Beide trugen schwarze, eng anliegende Tuniken und Gamaschen, die ihre wohlgeformte Gestalt betonten – de Vere hatte außerdem ein Schwert angelegt –, und darüber hinaus nur wenig Schmuck, abgesehen von einem großen Rubinring an Richards rechter Hand und einem ebenso großen Smaragdring an de Veres.

War de Vere nun nicht schließlich ebenfalls ein König?

Johann lallte etwas Unverständliches und rutschte auf seinem Stuhl vor, um sich am Hinterteil zu kratzen.

Noch mehr Wein lief an seinem Arm hinab und tropfte auf den Fußboden.

Wieder stand de Vere auf und füllte Johanns Weinkelch nach. Diesmal kehrte er jedoch nicht zu seinem Stuhl zurück. Er trat hinter Johann, blickte Richard an und hob fragend die Augenbrauen.

Richards Mund verzog sich zu einem verschwörerischen Lächeln, und er nickte leicht.

Während de Vere zur Tür ging, wandte sich Richard an Johann. »Majestät, Robert und ich haben uns gefragt, ob wir Euch nicht etwas Angenehmeres als Wein anbieten können, um Eure Gelüste zu stillen?«

»Was denn?«, fragte Johann und richtete sich mühsam, aber interessiert in seinem Stuhl auf.

De Vere hatte die Tür geöffnet und gab den Bewaffneten ein Zeichen, jemanden einzulassen.

»Seht selbst«, sagte Richard und blickte zur Tür hinüber.

»Was ist es?«, fragte Johann noch einmal und richtete den Blick ebenfalls auf die Tür.

Der Mund stand ihm offen, während er versuchte, etwas zu erkennen. »Oooh«, flüsterte er schließlich.

Ein junges Mädchen, kaum älter als vierzehn oder fünfzehn Jahre, kam durch die Tür herein, die de Vere hinter ihr wieder schloss.

Sie war sehr hübsch, hatte blaue Augen und helles, lockiges Haar, das ihr bis auf den Rücken hinabfiel. Sie trug einen Umhang, doch als sie an de Vere vorbeiging, flüsterte dieser ihr etwas zu. Daraufhin blieb sie stehen, zog sich den Umhang von den Schultern und ließ ihn zu Boden fallen.

Darunter trug sie nichts als ein lockeres, durchsichtiges Gewand. Es hatte an beiden Seiten Schlitze, die vom Saum bis zur Hüfte des Mädchens reichten, und sein Ausschnitt ging beinahe bis zu ihrer Taille.

Mit jedem Schritt wurden die Brüste des Mädchens entblößt und boten sich Johanns lüsternem Blick dar.

Richard und de Vere sahen einander erneut an und lächelten. De Vere hatte das junge Mädchen in den Gassen hinter der St. Paul's Kathedrale aufgelesen, wo sie ihren Leib feilbot. Sie war für ihr Vorhaben hervorragend geeignet: hübsch und in den Künsten des Schlafgemachs bewandert – de Vere hatte sich selbst mit ihr vergnügt, um festzustellen, ob sie ihren Ansprüchen genügte –, jung genug, um Johanns Altmännergelüste anzusprechen, und zugleich unbedarft genug, dass sie nicht sofort verstehen würde, was um sie herum geschah.

De Vere hatte sie am Nachmittag nach Westminster bringen und waschen lassen. Dann hatte er einer der Frauen aufgetragen, sie auf Flöhe und Läuse zu untersuchen und ihr ein frisches Gewand anzuziehen … wenn alles vorbei war, konnten sie den Umhang abbürsten und ihn dem Soldaten wiedergeben, der nun frierend auf seinem Posten stand.

Weder de Vere noch Richard hegten den geringsten Zweifel daran, dass das Mädchen seinen Zweck erfüllen würde.

Johann starrte die Hure immer noch mit offenem Mund an, während sie langsam auf ihn zuging. Sein Atem ging heftig und flach, als sie sich ihm näherte, und seine Hände auf den Armlehnen begannen bedenklich zu zittern.

De Vere machte rasch einen Schritt vor, nahm Johann den Weinkelch aus der Hand und ging zu einem kleinen Tisch hinüber, auf dem mehrere Tonkrüge standen. Er stellte den Weinkelch dort ab, machte dieses Mal jedoch keine Anstalten, ihn wieder zu füllen.

Johann fuhr sich mit der Zunge über die Lippen und sah zu Richard hinüber.

»Ein Geschenk«, sagte Richard. »Nehmt sie. Oder vielmehr«, er lachte schrill, »überlasst es ihr, Euch zu nehmen!«

De Vere lachte ebenfalls leise und sah König Johann an. Er setzte sich auf die Kante des Tisches, streckte bequem die Beine aus und verschränkte die Arme vor der Brust.

Es würde ihm beinahe so viel Spaß machen zuzuschauen, wie selbst am Geschehen teilzunehmen.

Einen Schritt von König Johann entfernt blieb das Mädchen stehen. Sie schenkte dem König ein verführerisches Lächeln, das nicht recht zu ihrem jungen Gesicht passen wollte, und packte mit beiden Händen den Kragen ihres Gewandes.

Johann blinzelte und aus seinem Mund tropfte etwas Speichel.

Das Lächeln des Mädchens wurde zu einer Maske und mit einer schnellen Bewegung zerriss sie das Gewand an der Mittelnaht und ließ es zu ihren Füßen hinabsinken.

Die drei Männer betrachteten sie.

Ihre Gestalt erfüllte die meisten Männer, die sie sahen, mit heftigem Verlangen. Sie hatte volle Brüste, hoch und fest, und ihre blassrosa Brustwarzen traten deutlich hervor, da sie sich mehrmals in die Brüste gekniffen hatte, während sie vor der Tür gewartet hatte. Ihre Taille war schlank und schmal genug, dass ein Mann sie mit beiden Händen umfassen konnte. Sie war noch nicht von einer Schwangerschaft verändert worden und besaß daher eine Aura von Jungfräulichkeit. Ihre Taille ging in eine rundliche und verführerische Hüfte über. Sie hatte sich das Schamhaar ausgezupft, sodass ihr Spalt deutlich zu sehen war … weich und einladend.

Johann stöhnte, und seine Hände fummelten an seiner Tunika herum.

Richards Hand war ebenfalls zwischen seine Beine gewandert, doch de Vere blieb ungerührt, den Blick fest auf das Mädchen gerichtet. Er konnte später noch seine Begierde stillen, wenn das Mädchen fort war.

»Ach«, flüsterte die Hure König Johann zu, wie de Vere es ihr aufgetragen hatte, »lasst mich das für Euch tun, Herr.« Sie ging auf Johann zu, beugte sich über seinen Schoß, schob seine Tunika und sein Hemd den runden, faltigen Bauch hoch und öffnete dann seine Gamaschen.

Johanns Augen quollen ihm fast aus dem Schädel, und sein Atem ging noch heftiger und schneller. Er packte die Brüste des Mädchens und kniff und knetete sie.

Sie zuckte zusammen und verzog das Gesicht, setzte dann jedoch rasch ein lustvolles Lächeln auf.

Außerdem gab sie ein geübtes Stöhnen von sich und wiegte sich in der Hüfte. Sie nahm den halb aufgerichteten Penis des französischen Königs in beide Hände, massierte ihn und erregte ihn, bis er steif vor ihr aufragte.

»So macht der große König von Frankreich seine Eroberungen!«, rief Richard, doch Johann hörte ihn kaum noch.

Er war in seinem Stuhl zusammengesackt und lehnte sich nun mit einem dümmlichen Gesichtsausdruck zurück, während seine trüben Augen das Mädchen vor ihm angafften. Das Blut pochte ihm in den Ohren, und seine Hände zitterten inzwischen so stark, dass sie von den Brüsten des Mädchens abzugleiten drohten.

Sie flüsterte ihm beruhigende Worte ins Ohr, hob dann ein Bein an und setzte sich rittlings auf seinen Schoß, sodass der Penis des Königs endlich in ihren Spalt eindringen konnte, bis er ganz in ihr verschwunden war.

Johann schloss die Augen, und das Rauschen in seinen Ohren und seine Begierde ließen ihn alles um sich herum vergessen.

Das Mädchen verzog angewidert das Gesicht, doch de Vere wies sie an, ihre Hüften kreisen zu lassen, und sie gehorchte.

Johann begann heftig zu keuchen, und seine Hände packten die Brüste des Mädchens so fest, dass sie vor Schmerz aufschrie.

Doch ihr Blick blieb weiterhin auf de Vere gerichtet, und sie stützte sich mit den Händen auf den Armlehnen des Stuhls ab, damit sie ihre Hüfte noch schneller bewegen konnte, bis der alte Mann unter ihr sich vor Wollust wand und stöhnte.

Das Gesicht des Mädchens war schweißüberströmt, weniger vor Lust, sondern vor Anstrengung, und sie murmelte einen Fluch und fragte sich, ob der alte französische Mistkerl es wohl noch schaffen würde, seinen Samen zu ergießen.

Und dann geschah es zur Überraschung aller Anwesenden tatsächlich, und Johann ließ die Brüste des Mädchens los, sackte in seinem Stuhl zusammen und rang keuchend nach Luft.

Mit vor Abscheu verzogenem Gesicht wollte das Mädchen aufstehen, doch de Vere bedeutete ihr, noch auf seinem Schoß sitzen zu bleiben.

»Halte ihn noch ein wenig warm«, sagte er, nahm Johanns Weinkelch und füllte ihn erneut – doch nicht aus dem Krug, den er zuvor benutzt hatte.

Als er sich umdrehte, begegnete er Richards Blick und beide Männer sahen einander entschlossen an.

De Vere ging zu Johanns Stuhl hinüber, musterte einen Moment lang den König, der zusammengesunken und von der Anstrengung halb bewusstlos in seinem Stuhl hing, und reichte dem Mädchen dann den Weinkelch. »Er muss etwas trinken«, sagte de Vere und ging zur Tür des Gemachs hinüber.

Das Mädchen seufzte – war ihre Aufgabe immer noch nicht erfüllt? –, beugte sich vor und hielt Johann den Weinkelch an die Lippen, damit der König einen Schluck daraus trinken konnte. Währenddessen beugte sich de Vere über den Umhang, der am Boden lag, und ließ ein kleines Fläschchen in eine seiner Innentaschen gleiten.

Johann schluckte den Wein hinunter und fühlte sich erfrischt genug, um erneut den Leib des Mädchens über sich in Augenschein zu nehmen.

Es war ein wahrhaft herrlicher Abend gewesen.

Plötzlich stieß er ein Keuchen aus, seine Augen traten noch weiter aus den Höhlen, und sein Körper begann heftig zu zucken.

Das Mädchen schrie erschrocken auf und wollte vom Schoß des Königs aufstehen, doch er bäumte sich so wild auf, dass es ihr kaum gelang, sich von ihm zu lösen. Im selben Augenblick sprang Richard auf, und de Vere stieß die Tür auf, zur Überraschung der Soldaten, die davor standen.

»Ein Mord!«, rief de Vere. »Ein schrecklicher Mord!«

Er deutete auf das schreiende Mädchen, das verzweifelt versuchte, vom Leib des sterbenden Königs herunterzuklettern.

Mehrere Soldaten stürmten in das Gemach, als sich das Mädchen endlich befreien konnte und stolpernd zu Boden stürzte.

Im selben Augenblick hörten die Krämpfe des Königs auf, obwohl sein Körper immer noch zitterte. Seine Augen blickten starr zur Decke des Gemachs hoch.

Seine Muskeln zuckten zwar noch ein wenig, doch König Johann war bereits nicht mehr unter den Lebenden.

Das am Boden liegende Mädchen rappelte sich auf und versuchte, auf die Beine zu kommen, doch sie war nicht schnell genug.

Richard beugte sich zu ihr hinab, packte sie am Oberarm und riss sie hoch.

»Mörderin!«, rief er.

Das Mädchen starrte ihn mit vor Schreck weit aufgerissenen Augen an. Sie konnte nicht begreifen, was hier vor sich ging, und gab lediglich ein Wimmern von sich, als mehrere Soldaten durch das Gemach zu ihr hinübergingen und sie an Schultern und Armen packten.

Richard trat einen Schritt zurück.

»Nein!«, flüsterte das Mädchen und blickte de Vere an. »Nicht ich war es …«

Weiter kam sie nicht. Noch bevor sie etwas sagen konnte, kam de Vere mit großen, wütenden Schritten auf sie zugeeilt und zog sein Schwert.

»Mörderin!«, brüllte er und rammte ihr das Schwert so heftig in den Bauch, dass seine Spitze mit einem Ekel erregenden Geräusch an ihrem Rücken wieder herauskam.

Die Soldaten sprangen beiseite, um nicht mit Blut bespritzt zu werden oder versehentlich einen Schwerthieb abzubekommen.

Das Mädchen gab ein Geräusch von sich, das halb Stöhnen und halb Schrei war, und ihre Hände zuckten hoch, als wollte sie das Schwert aufhalten … oder vielleicht de Vere um Gnade anflehen.

De Vere verzog das Gesicht. Mit der Hand auf die Schulter des Mädchens gestützt, zog er das Schwert aus ihrem Bauch heraus.

Einen Moment lang hielt sie sich noch auf den Beinen, während das Blut aus der Wunde an ihrem Bauch zu ihren Beinen hinabströmte, dann stürzte sie nach vorn und fiel zu Boden. Sie zuckte schwach, die Hände vergeblich auf ihren Bauch gedrückt, und keuchte vor Schmerz.

Richard tauschte einen Blick mit de Vere, und der ältere der beiden beugte sich vor, packte das Mädchen an den Haaren und riss ihren Kopf zurück, um dann mit zwei raschen, präzisen Schwerthieben ihren Hals zu durchtrennen.

Er richtete sich auf und sah zu den Soldaten hinüber. »Sie hat den französischen König mit irgendetwas vergiftet, das sie ihm in den Wein getan hat.«

»Vielleicht hatte sie eine Flasche Gift in ihren Kleidern versteckt«, fügte Richard hinzu.

Einer der Soldaten hob das dünne Gewand vom Boden auf, schüttelte es aus und ließ es wieder zu Boden fallen. Dann ging er zu dem Umhang hinüber, der am Boden lag. Es dauerte nicht lange, bis er mit einem triumphierenden Lächeln den anderen das kleine Fläschchen zeigte, das er gefunden hatte.

»Sie ist tatsächlich eine Mörderin!«, sagte er, und Richard und de Vere verbissen sich ein Grinsen und nickten ernst.

Nachdem beide Leichen fortgeschafft worden waren – Johanns Leiche, um gewaschen und in Staatsgewändern aufgebahrt zu werden, wie es sich für einen König gehörte, und die Leiche des Mädchens, um auf den Feldern rund um Westminster den Krähen zum Fraß vorgeworfen zu werden –, machten Richard und de Vere es sich in dem Gemach gemütlich.

Nicht nur die Leichen, auch die Blutflecken waren beseitigt worden.

Beide Männer waren in Hochstimmung. Während Richard ihnen ein wenig von dem gewürzten Wein eingoss, den sie zuvor nur sehr sparsam genossen hatten, nahm de Vere vorsichtig den Krug, der den vergifteten Wein enthielt, und goss die Reste über die glühenden Kohlen im Kamin.

Einen Moment lang zischte es und scheußliche grüne Flammen loderten auf, die jedoch sogleich wieder erstarben.

De Vere zerschmetterte den irdenen Krug vor dem Kamin auf dem Boden, suchte dann sorgfältig die Scherben zusammen und tat sie in einen Nachttopf. Sie würden sie am nächsten Morgen fortschaffen.

Doch jetzt …

Er richtete sich auf, nahm den Wein entgegen, den Richard ihm reichte, und prostete ihm zu. »Auf den König von Frankreich«, sagte er.

Richard lachte, maßlos erleichtert, dass de Veres Plan Erfolg gehabt hatte. *König von Frankreich!* Dann schwand sein Lächeln, und er runzelte die Stirn.

»Die Franzosen werden die Bedingungen des Abkommens von Westminster doch sicher anerkennen, nicht wahr?«, sagte er.

»Natürlich«, erwiderte de Vere. »Und wenn sie Einwände erheben, nun, dann wird sich Hotspur darum kümmern.«

»Ja, ja«, sagte Richard und runzelte erneut die Stirn, als ihm ein weiterer unangenehmer Gedanke kam. »Und wenn mir das Parlament die Steuern nicht genehmigen will, die ich brauche, um die Krone von ihren Schulden zu befreien und Hotspurs Feldzug zu bezahlen … und …«

»Und außerdem *unseren* Feldzug, mein lieber Freund, um die Iren meiner Herrschaft zu unterwerfen?«

»Natürlich, Rob! Ich habe dich nicht vergessen!«

De Vere lächelte, stellte seinen Weinkelch ab und nahm Richards Gesicht in beide Hände. »Das Parlament wird es nicht wagen, deine Forderung abzuschlagen«, flüsterte de Vere und strich mit den Fingern sanft über Richards glatte Wangen.

»Bist du sicher?«, flüsterte Richard.

»Ganz sicher«, murmelte de Vere, trat auf Richard zu und küsste ihn auf den Mund.

Es war ein liebevoller und inniger Kuss, und Richard stöhnte, als de Vere sich von ihm löste.

»Wirst du mich auch nie verlassen, Robbie?«

»Niemals«, flüsterte de Vere, und seine Hand glitt zwischen Richards Beine.

Jeanne lag seit vielen Stunden wach und lauschte dem Flüstern des Bösen, das der Wind herantrug, der an den geschlossenen Fensterläden rüttelte. Sie kannte zwar die Einzelheiten des Mordes nicht, der heute Nacht begangen worden war, doch seine Folgen waren ihr nur allzu klar.

Der heilige Michael hatte sie ihr offenbart.

Jeanne weinte leise und betete für die Seele des toten Königs. Doch sie konnte nicht lange trauern, denn Johanns Tod bedeutete, dass Karl nun endlich seiner Bestimmung zugeführt werden konnte.

Wenn er erst einmal erfahren hatte, dass er König von

Frankreich war, würde sich Karl sicher der Verantwortung stellen, die ihm zustand.

Jeanne rollte sich auf die Seite und stand von dem Holzbett auf, ging leise zur Tür und warf einen Blick in den Vorraum. Dort schlief die Hebamme Marie. Seit dem Tag, als Jeanne von Isabella von Bayern untersucht worden war, war Marie Jeannes Gefährtin. Mit einem flehenden Ausdruck auf ihrem hübschen Gesicht hatte sie Jeanne gebeten, sie in ihre Dienste zu nehmen. Jeanne hatte abgelehnt und ihr gesagt, dass sie keine Dienerin brauche. Allerdings hatte sie hinzugefügt, dass sie in dieser Garnison voller Männer sehr wohl eine Gefährtin gebrauchen könne, und Maries Miene hatte sich aufgehellt.

Jeanne hatte ihre Zweifel an Maries Lauterkeit gehabt. Eine Frau mit einem solch hübschen Gesicht würde doch sicher die Männer in ihrer Umgebung in Versuchung führen. Doch die Hebamme war eine rechtschaffene und fromme Zofe, und Jeanne hatte keinen Grund zur Klage. Sie hatte Gefallen an Marie gefunden, und die beiden beteten häufig am Morgen zusammen.

Jeanne runzelte die Stirn, als sie den Raum betrat, und vergewisserte sich, dass Marie nicht aufgewacht war. Die Hebamme regte sich ein wenig in ihrem Bett. Sie schlief fest, doch ihr leichtes Räkeln schien von Wollust zu zeugen.

Wovon Marie wohl träumte?

Jeanne erschauerte und blickte sich um, denn sie glaubte die Anwesenheit des heiligen Michael zu spüren … doch nein … sie musste sich geirrt haben. Außer der schlafenden und träumenden Marie und ihr war niemand im Zimmer.

Jeanne ging zur Tür, die auf den Gang hinausführte, zögerte erneut und betrachtete Marie. Wieder überkam sie das Gefühl, dass der heilige Michael in der Nähe war, doch wieder verging es, so schnell wie es gekommen war.

Marie schlief nun ruhiger, und ihr Atem war leicht und tief.

Jeanne betrachtete sie noch einen Moment lang, doch Marie lag friedlich da, und jede Spur einer Anwesenheit des heiligen Michael hatte sich verflüchtigt.

Schließlich schob Jeanne alle Zweifel beiseite und erinnerte sich wieder an ihr Vorhaben. Sie ging auf den Korridor hinaus und schloss die Tür hinter sich.

Karl musste erfahren, dass er nun der rechtmäßige König war.

Auch wenn es Jeanne gelungen war, ihr Gemach zu verlassen, ohne dass Marie aufwachte, blieb ihr Gang durch die ruhigen Kammern und Säle von La Roche-Guyon nicht unbemerkt.

Katherine, die ebenfalls wach gelegen hatte und wusste, was geschehen war, weckte Philipp und führte ihren leise vor sich hin fluchenden Geliebten auf die Galerie des großen Saals der Burg.

Von der Galerie aus beobachteten sie schweigend, wie Jeanne durch den Saal zu der Treppe ging, die zu Karls Gemächern führte.

»Was will sie bei ihm?«, flüsterte Philipp, nachdem Jeanne verschwunden war.

»Es gibt viele Formen der körperlichen Vereinigung, außer denen, die normalerweise zwischen Mann und Frau üblich sind«, sagte Katherine.

»Und woher weißt du das?«, fragte Philipp und drehte sich um, um sie in der Dunkelheit anzuschauen.

»Du hast es mir gezeigt«, sagte sie, und angesichts der kaum unterdrückten Fröhlichkeit in ihrer Stimme musste er lächeln.

Er spähte wieder in den Saal hinunter, und sein Gesichtsausdruck wurde ernst. »Ja, es gibt da tatsächlich einige Dinge … die eine Frau mit einem Mann anstellen kann, wenn sie nur will.«

Beide schwiegen, während sie sich vorzustellen versuchten, was Karl und Jeanne gerade taten.

»Mitten in der Nacht ins Gemach eines Mannes zu schleichen, ist wohl kaum etwas, das man von einer Jungfrau erwarten würde«, murmelte Katherine schließlich.

»Aber du hast doch selbst gesehen, dass sie an der Stelle, wo bei anderen Frauen der Spalt sitzt, der die Begierde der Männer weckt, nur glatte Haut hat.«

»Mitten in der Nacht ins Gemach eines Mannes zu schleichen, zeugt nicht eben von einer jungfräulichen *Seele*«, berichtigte sich Katherine.

Philipp dachte einen Moment lang nach. »Könnte es sein, dass sie statt Gottes Stimme eher ein Geschöpf des Teufels ist?«

»Das befürchte ich schon die ganze Zeit«, sagte Katherine.

»Was sollen wir tun?«, fragte Philipp. »Die Tür zu Karls Gemach aufreißen und ihr bösartiges Wesen enthüllen? Gütiger Himmel, womöglich schließt sich in diesem Augenblick ihr Mund um seinen …«

»Nein, mein Liebster. Im Moment können wir nichts tun. Aber zumindest haben wir uns mit eigenen Augen davon überzeugen können, dass Jeanne lügt. So Gott will, wird uns unser Wissen eines Tages von Nutzen sein.«

»Wir brauchen noch mehr Zeugen«, sagte Philipp. »Nicht nur uns beide.«

Katherine nickte, und Philipp ging leise aus dem Saal.

So kam es, dass fünf Augenpaare von der Galerie aus beobachteten, wie Jeanne zu ihrem Gemach zurückkehrte: Katherine, Philipp, Regnault de Chartres und zwei seiner Geistlichen.

»Ihr habt recht behalten«, sagte der Erzbischof, nachdem Jeanne gegangen war. »Was sollen wir tun?«

»Abwarten«, sagte Katherine, »und beobachten.«

Kapitel acht

Am zweiten Sonntag nach dem Fest der Heiligen Drei Könige Im ersten Jahr der Regentschaft Richard II. (15. Januar 1380)

Lancaster und sein Gefolge, zu dem sein Sohn Bolingbroke, Neville, Raby und Gloucester sowie die engsten Vertrauten der Adligen gehörten, verließen Kenilworth am Montag nach dem Dreikönigstag und reisten auf schnellstem Wege nach London. Sie wurden nicht von ihren Gemahlinnen begleitet. Johanna war nach Norden aufgebrochen, um ihren neugeborenen Sohn nach Hause in Rabys Burg Sheriff Hutton in Yorkshire zu bringen. Katherine hatte ihre Tochter begleitet, um dafür zu sorgen, dass es ihr und Katherines Enkel an nichts fehlte.

Mary würde eine Woche später mit ihren Damen, zu denen auch Margaret gehörte, nach London reisen. Bolingbroke und Neville hatten Bedenken gehabt, ihre Gemahlinnen mit nach London zu nehmen, wo sie in Richards Nähe wären, noch dazu, da sich die politische Lage zuspitzen konnte, doch Mary und Margaret hatten darauf bestanden, und ihre Gatten hatten ihnen ihren Wunsch nicht abschlagen können.

Neville schwor, dass er sich dieses Mal besser um Margaret kümmern würde.

Lancaster und sein Gefolge schlugen ein schnelles Reisetempo an, und während des Ritts wurde nur wenig gesprochen oder gescherzt. Dementsprechend hatte Neville viel Zeit, seinen eigenen Gedanken nachzuhängen.

Diese drehten sich in erster Linie um Margaret und darum, was zwischen ihnen in Kenilworth vorgefallen war.

Nun, da Neville von seiner Gemahlin getrennt war – von ihrem weichen, warmen und sinnlichen Leib –, begann er sich zu fragen, ob er wirklich das Richtige getan hatte.

War er zu weit gegangen? Hatte er den heiligen Michael und Gott verraten, indem er einer Frau seine Liebe gestand, die ihn in Versuchung führen und von Gottes Weg abbringen sollte? Hatte er damit Stärke oder Schwäche bewiesen? Würde seine Liebe zu Margaret ihn daran hindern, seinen Auftrag zu erfüllen?

Alles war so viel einfacher gewesen, als er noch Bruder Thomas und kein verheirateter Mann gewesen war.

Alles war einfacher gewesen, als er seine Liebe zu Margaret noch verleugnet hatte.

Gütiger Himmel, habe ich nicht einen großen Fehler gemacht? Habe ich meine Seele und die Rettung der Menschheit aufs Spiel gesetzt, indem ich Margaret meine Liebe gestanden habe?

Nevilles Zweifel wurden immer größer, je weiter sie sich von Kenilworth entfernten. Er wurde immer mürrischer und ließ seinen Zorn an den Menschen in seiner Umgebung aus, selbst Bolingbroke und Courtenay blieben nicht davon verschont.

Als sie am vierten Abend in einem Gasthof am Wegesrand einkehrten, mieden die meisten anderen ihn bereits.

Neville stieg vom Pferd, nahm ihm missmutig Sattel und Decke ab und schimpfte mit Courtenay, als dieser endlich kam, um das Pferd seines Herrn in den Stall zu führen.

»Du hast kein Recht, so mit Courtenay umzuspringen!«,

ließ Bolingbroke sich hinter Neville vernehmen, und dieser fuhr wütend zu ihm herum.

»Er hat getrödelt …«

»Ganz im Gegenteil, er war so schnell wie möglich bei dir, Tom. Bei allen Heiligen, Mann, was hast du nur? Tut dir ein Zahn weh? Leidest du an Bauchkrämpfen? Oder einem Pfeifen im Ohr? Was immer es ist, sorg dafür, dass es morgen früh behoben ist!«

Damit ging er davon.

Neville blickte ihm hinterher, wütend darüber, dass Bolingbroke ihn in aller Öffentlichkeit gerügt hatte … doch dann sah er Courtenay aus dem Stall kommen.

Gütiger Himmel, Robert ist nicht weniger zurechtgewiesen worden als ich.

Er ging zu ihm hinüber. »Robert, es tut mir leid. Ich bin schlechter Stimmung gewesen und habe mich im Ton vergriffen.«

Courtenay blickte ihn an und lächelte dann. »Euch lastet viel auf der Seele, Herr.«

Neville lächelte reumütig zurück. »Und du bist ein wahrer Diplomat. Ich werde mir von jetzt an Mühe geben, mein Temperament im Zaum zu halten, Robert, denn an dir sollte ich wahrhaftig nicht meine Wut auslassen.«

Der Einzige, auf den ich wütend sein sollte, dachte Neville, als er das Wirtshaus betrat, *bin ich selbst.*

Aber, gütiger Himmel, was soll ich nur gegen meine Ängste tun?

In dieser Nacht, als Neville wach in dem Schlafsaal lag, den er sich mit mehreren Gefolgsleuten Lancasters teilte, und in Gedanken mit sich haderte, überkam ihn plötzlich eine seltsame Ruhe.

Einen Moment lang glaubte er, er sei, ohne es zu bemerken, eingeschlafen und würde träumen, doch dann wurde ihm klar, dass es kein Traum war. Er hatte das Gefühl, als habe eine unbekannte Macht ihn in eine andere Welt versetzt.

Seltsamerweise verspürte er jedoch weder Furcht noch Erstaunen.

Er war nur etwas überrascht von dem Gefühl der Wirklichkeit, das er hatte, als er plötzlich festen Boden unter den Füßen spürte, und blickte sich um. Er stand auf einem Hügel, über den ein sanfter Wind hinwegstrich, der einen angenehmen Duft mit sich führte, doch am Himmel über ihm ballten sich dichte Wolken zusammen. In der Ferne konnte er die fahlen Steinmauern einer Stadt erkennen, von deren Toren eine Straße bis zu dem Hügel führte, auf dem er sich befand. Die Straße war voller Menschen.

Neville wandte den Blick von der Stadt ab und richtete ihn auf seine unmittelbare Umgebung. Neben ihm war ein Kreuz errichtet.

An seinem Fuß kauerte eine Frau, weinte leise und wischte sich in ihrer Trauer Erde auf Gesicht und Hals, die mit Blut getränkt war. Sie war jung und hatte dunkles Haar, und obwohl sie auf den Knien kauerte, konnte Neville sehen, dass sie recht stattlich gebaut war. Sie verlagerte ein wenig das Gewicht, sodass sich ihr helles Leinengewand um ihren Leib straffte, und Neville bemerkte, dass sie im fünften oder sechsten Monat schwanger war.

Neville hielt den Atem an, und sein Herz hämmerte in seiner Brust. Einen Moment lang konnte er die weinende Frau am Fuß des Kreuzes nur anstarren, doch dann hob er langsam den Blick.

An dem Kreuz hing ein halbnackter Mann und blickte auf

ihn herab. Er war brutal an Hand- und Fußgelenken an das Holz genagelt worden, und auf seiner blutenden Stirn saß eine Dornenkrone. Sein Lendentuch war dunkel von dem Blut, das an seinem Leib hinabgelaufen war.

Doch trotz seiner Qual schenkte der Mann Neville ein solch liebevolles Lächeln, dass diesem der Atem stockte.

Er sank auf die Knie, unfähig, den Blick von dem Mann am Kreuz abzuwenden, worauf die Frau ihm ein wenig Platz machte.

»Thomas«, flüsterte der Heiland und hustete, und einige Blutstropfen rannen aus seinem Mund. »Warum zweifelst du?«

Neville konnte kaum ein Wort herausbringen und wusste nicht, wie er erklären sollte, was ihn so sehr bedrängte. Schließlich sagte er es in ganz einfachen Worten, denn er war sich sicher, dass Jesus bereits wusste, was ihn bewegte. »Ich liebe eine Frau und habe ihr meine Liebe gestanden. Doch zugleich weiß ich, dass die Menschheit verloren ist, wenn ich diese Frau liebe und ihr meine Seele schenke.«

Jesus seufzte und Tränen traten ihm in die Augen, und Neville weinte mit ihm und härmte sich, weil er die Qualen des Heilands noch verschlimmert hatte.

»Thomas«, sagte Jesus schließlich, »opfere ich mich nicht für die Liebe? Gebe ich nicht mein Leben, weil ich die Menschen liebe? Schenke ich dir nicht aus Liebe meine Seele?«

Aus den Augenwinkeln sah Neville, dass die Frau ihn voller Mitgefühl anschaute. Etwas an ihr brachte ihn dazu, sie noch einmal genauer zu betrachten. Ihr Gesicht kam ihm vertraut vor, als würde er sie kennen, doch er irrte sich: Ihr Gesicht war das einer Fremden. Er dachte nicht mehr weiter darüber nach und wandte seine Aufmerksamkeit wieder dem Heiland zu.

»Ich habe diese Frau geliebt«, sagte Jesus. »Und jetzt gebe ich mein Leben für sie. Ja, Thomas ... Ich habe mich für sie geopfert und ihr meine Seele geschenkt.«

Neville weinte noch stärker, weil er den sterbenden Heiland mit seinen Worten gekränkt hatte.

»Ist meine Liebe etwa ein Fluch für die Menschheit?«, flüsterte Jesus.

»Nein! Nein! Deine Liebe ist die Erlösung!«

»Ja«, flüsterte Jesus. »Ja. Was also muss ich tun, Thomas, damit du meinen Worten Glauben schenkst? Warum erkennst du die Wahrheit nicht? Die Liebe ist nicht Verdammnis ... sondern Erlösung. Wie konntest du dich in die Irre führen und dich so sehr in Lügen verstricken lassen?«

Neville weinte und streckte flehentlich die Hände aus, und die Blutstropfen, die am Leib des Heilands hinabliefen, fielen auf seine Handflächen.

Die Liebe ist Erlösung, Thomas. Nicht Verdammnis. Wie konntest du das nur falsch verstehen?

Neville senkte den Kopf. Er war außerstande, den leidenden Christus noch länger anzusehen. *Warum hatte er es nur so lange falsch verstanden?*

Ein Schluchzen ließ seinen ganzen Körper erbeben, und Neville sank zu Boden, bis er ausgestreckt im Staub des Kalvarienbergs lag, und ließ den Wind des Todes über sich hinwegstreichen, wohl wissend, dass er die Schuld am Leid Christi trug.

So wie er auch die Schuld an Alice' Leid getragen hatte.

»Die Liebe ist Erlösung«, flüsterte der Heiland, und Neville verlor das Bewusstsein.

Er erwachte mit einem Ruck und begann zu zittern, als er sich an die Vision erinnerte, die ihm zuteil geworden war. Eine

Weile lang lag er nur da und starrte die Decke des Schlafsaals an, dann hob er seine zitternden Hände.

Über seine Handflächen zogen sich getrocknete Blutspuren. Er schloss die Augen, ballte die Fäuste und holte tief Luft. Eine herrliche Ruhe überkam ihn, und er atmete erleichtert auf und ließ sich von dem Frieden und der Schönheit der Liebe des Heilands einhüllen.

Wie in seinem Traum traten ihm Tränen in die Augen und liefen ihm an den Wangen hinab.

Wie hatte er sich so täuschen lassen können? Der Heiland hatte aus Liebe zur ganzen Menschheit sein Leben gegeben. Die Liebe war nicht Verdammnis, sondern Erlösung.

Neville atmete die süße Morgenluft ein. Er hatte das Gefühl, dass er sich noch nie so ruhig und sicher gefühlt hatte. Christus hatte ihm in der letzten Nacht die Erlösung geschenkt, sodass er nun lieben konnte, ohne sich schuldig zu fühlen oder sich fürchten zu müssen.

Neville lächelte, und die feinen Linien des Schmerzes und der Sorge, die Jahre des Hasses in sein Gesicht gegraben hatten, verblassten langsam und verschwanden schließlich vollkommen.

Er hatte das Richtige getan. Neville dachte über die seltsame Feindschaft nach, die zwischen Margaret und dem heiligen Michael bestanden hatte, und einen Moment lang überkamen ihn Zweifel. *Wenn es richtig war, Margaret zu lieben, warum brachte der heilige Michael ihr dann so viel Verachtung entgegen?* Doch dann erinnerte sich Neville wieder an den Heiland, der ihm erschienen war, an seine Stärke und seine Liebe. Und diese Vision war so stark gewesen, dass die Feindschaft zwischen Margaret und dem Erzengel dagegen ein Nichts war. Christus' Segen war alles, was zählte, und wenn der Heiland selbst seine Liebe zu Margaret guthieß, dann brauchte Neville keine höhere Macht mehr, um zu wissen, dass er das Richtige getan hatte. Außerdem, hatte Margaret nicht gesagt, dass im Himmel Uneinigkeit herrschte? Vielleicht war ja sogar der heilige Michael getäuscht worden. Es war weithin bekannt, dass auch die Engel manchmal Fehler machten … War nicht Satan ein gefallener Engel? Der Heiland war Neville erschienen und hatte ihm den rechten Pfad gewiesen, und Neville war mit jeder Faser seines Wesens davon überzeugt, dass der Heiland niemals getäuscht oder in die Irre geführt werden konnte.

Auch wenn es Neville noch nicht recht bewusst war, war seiner einstigen Ergebenheit gegenüber dem heiligen Michael der letzte, entscheidende Schlag versetzt worden. Nevilles Vertrauen gegenüber dem Erzengel hatte bereits bei seinem Erscheinen in jener Nacht, als Margaret geschändet worden war, Risse bekommen, als Neville von Schmerz und Schuldgefühlen erfüllt gewesen war und ihn die Worte des Heiligen entsetzt hatten, der ihn für seine Taten gelobt hatte. Erfüllt von der Erinnerung an die Liebe des Heilands löste sich ein Gutteil des alten, kaltherzigen Neville von ihm und die Botschaft der Hoffnung zog in sein Herz ein.

Die Liebe ist Erlösung, nicht Verdammnis.

Er seufzte glücklich und lächelte und war immer noch in Träumereien versunken, als Courtenay kam, um ihn zu wecken.

Am frühen Abend des zweiten Sonntags nach dem Dreikönigsfest legten sie mit dem Boot am Savoy Palace an. Die Pferde und ein Großteil ihres Gepäcks würden zwar erst zwei Tage später eintreffen, doch Lancaster hatte entschieden, dass es schneller und auch sicherer wäre, das letzte Stück ihrer Reise von Kenilworth nach London per Boot zurückzulegen.

Die Männer in den drei Booten waren mit angehaltenem Atem an Westminster vorbeigefahren, doch ihre Boote glitten nahezu geräuschlos dahin, und obwohl sie zweifellos von den Fenstern des Palastes aus beobachtet wurden, hatte niemand Zeter und Mordio geschrien.

Lancasters Kammerherr, Simon Kebell, erwartete sie auf der Treppe am Kai des Savoy Palace. Er machte einen angespannten Eindruck, doch seine Miene hellte sich sichtlich auf, als er sah, dass sein Herr und dessen Begleiter sicher angekommen waren.

Neville wartete, bis Lancaster, sein Bruder Gloucester, Bolingbroke und Raby ausgestiegen waren, bevor auch er sich anschickte, das Boot zu verlassen. Er war gerade aufgestanden und schüttelte seinen Umhang aus, als er Lancasters Stimme hörte.

»*Was?*«

Neville blickte auf. Lancaster, Bolingbroke, Raby und Gloucester starrten Kebell ungläubig an.

Kebell erwiderte etwas mit leiser Stimme, das Neville nicht verstand, doch noch bevor er zu Ende gesprochen hatte, begannen Lancaster und seine Begleiter wütend miteinander zu streiten. Raby war bleich geworden und Gloucester rot angelaufen und hatte seine Hand auf den Griff seines Schwertes gelegt, während Bolingbroke nach einem kurzen Wortwechsel mit seinem Vater nun die aus den Booten aussteigenden Gefolgsleute und Diener nach Neville absuchte.

Schließlich entdeckte er ihn und winkte ihn gebieterisch zu sich.

»Was ist passiert?«, fragte Neville, als er schließlich bei Bolingbroke angekommen war.

»Johann ist tot«, sagte Bolingbroke.

»Tot? Wie ist er denn gestorben?«

»Angeblich hat eine der Straßenhuren ihn so sehr gehasst, dass sie ihm Gift eingeflößt hat, während er sich mit ihr vergnügte.«

»Aber …«

Raby wandte sich mit finsterer Miene von Lancaster ab und unterbrach Neville. »Es gibt drei Soldaten, die das bezeugen. Sie haben das Mädchen auf Johanns Schoß gesehen und den Weinkelch in ihrer Hand. Außerdem haben sie ein Fläschchen mit Gift gefunden, das sie in ihrem Umhang versteckt hatte.«

»War sie allein mit Johann?«, fragte Neville, und Raby und Bolingbroke lächelten beide freudlos.

»Nein«, sagte Raby. »Sie war nicht allein mit ihm. Richard und de Vere waren ebenfalls anwesend und haben natürlich sofort erkannt, dass es sich um einen Mord handelte!«

»Woher habe ich nur das Gefühl«, sagte Neville ruhig, »dass das Mädchen nichts mehr zu ihrer Verteidigung vorbringen kann?«

Nun gesellte sich auch Gloucester zu ihnen, während Lancaster in den Palast ging und seinen Dienern Anweisungen erteilte.

»De Vere hat sie getötet, bevor sie ihre Unschuld beteuern konnte«, sagte Gloucester.

Einen Moment lang herrschte Schweigen, dann sagte Raby: »Johanns Tod spielt keine Rolle …«

»Weitaus beunruhigender ist allerdings«, fiel Bolingbroke ihm ins Wort, »dass Richard und de Vere es inzwischen wagen, einen Mord zu begehen, und ungestraft davonkommen. Und noch dazu an einem König!«

Rabys Blicke wanderten zwischen Bolingbroke und Gloucester hin und her. »Keiner von uns ist mehr sicher«, sagte er,

»doch ihr beide seid am meisten in Gefahr. Wenn Richard und de Vere anfangen, jeden beiseitezuräumen, der ihnen im Weg steht, dann werden eure Namen sicher ganz oben auf ihrer Liste stehen. Vielleicht wäre es das Beste, wenn ihr …«

Gloucester und Bolingbroke wechselten einen Blick.

»Wir bleiben«, sagte Bolingbroke mit finsterer und zorniger Miene. »Vor Richard werde ich nicht davonlaufen.«

Spät am Abend standen Neville und Bolingbroke in ihre Umhänge gehüllt auf den Zinnen der dem Fluss zugewandten Mauer des Savoy Palace. Sie blickten nach Südosten, in die Richtung, in der sich Westminster befand.

»Was können wir gegen ihn unternehmen?«, fragte Neville.

Bolingbroke schwieg.

Neville wandte sich von den Lichtern Westminsters ab und sah Bolingbroke an. Der Prinz sah angespannt aus, und in seinem Blick lagen Zorn und Verzweiflung.

»Wir müssen offen miteinander reden«, sagte Neville ruhig, und Bolingbroke blinzelte und drehte sich zu Neville um. »In den letzten Monaten sind wir zu sehr abgelenkt gewesen, um miteinander sprechen zu können«, fuhr Neville fort, »doch heute Nacht müssen wir es tun. Hal, Richard muss gestürzt werden. Er ist das Gestalt gewordene Böse, der Dämonenkönig, und England ist dem Untergang geweiht, wenn er noch lange an der Macht ist. Aber, gütiger Himmel, Hal, wir« – Neville machte eine Geste, die den ganzen Savoy Palace und alle Verbündeten, die sich darin befanden, mit einschloss – »reden immer nur davon, dass wir ihn ›stürzen‹ oder ›gegen ihn vorgehen‹ müssen. Doch wie wollen wir das tun? Niemand ist bereit, etwas zu unternehmen, oder wagt auch nur, einen handfesten Vorschlag zu machen. Alle«, in Nevilles Stimme schwang Verzweiflung mit, »reden stets nur davon, abzuwarten … und die Lage zu beobachten …«

Bolingbroke richtete den Blick wieder auf Westminster. »Wir müssen etwas gegen Richard unternehmen, und uns bleibt nicht mehr viel Zeit«, sagte er. »Aber, bei den Heiligen, Tom, du weißt doch, dass wir auf der Hut sein müssen.«

»Auf der Hut? Wovor? Vor Richards Kreis mächtiger Verbündeter mit de Vere, Northumberland und Hotspur an der Spitze?«

»Ja, vor ihnen auf jeden Fall …«

»Aber für einen einzelnen Mann müsste es doch ein Leichtes sein, sich in Richards Gemach zu schleichen und ihn mit dem Dolch …«

Bolingbroke fuhr erbost herum und packte Neville fest am Arm. »Deine Worte zeigen, wie jung und unerfahren du bist. Von Staatskunst verstehst du offenbar nicht viel.«

Nevilles Gesicht lief rot an, doch Bolingbroke ließ ihm keine Gelegenheit, etwas zu erwidern.

»Tom, wir können Richard nur mit Unterstützung des ganzen Reiches vom Thron stürzen. Es wäre nicht schwierig, ihm einen Dolch zwischen die Rippen zu stoßen oder nachts in seinem Gemach Feuer zu legen oder dafür zu sorgen, dass sein Hengst scheut und ihn abwirft. Aber das wäre eine Katastrophe.«

Neville schmollte immer noch, weil Bolingbroke ihn als jung und unerfahren bezeichnet hatte. »Inwiefern?«

»Du hast gesehen, wie wir auf die Nachricht von Johanns Tod reagiert haben – und wir waren nicht die Einzigen, die Verdacht geschöpft haben. Kebell hat erzählt, dass sich in ganz London Gerüchte über den Mord an Johann verbreiten … und darüber, wer dahinterstecken könnte. Wenn Richard überraschend und unter ungewöhnlichen Umständen sterben sollte, würden sich auch über seinen Tod Gerüchte verbreiten. Tom, wir wissen, was er ist, und verabscheuen ihn deswegen, doch die Bewohner Londons – das englische Volk – weiß es nicht! In ihren Augen ist er lediglich der hübsche junge Mann, der durch tragische Umstände auf den Thron gelangt ist. Sie bringen ihm Sympathie entgegen.«

Neville dachte schweigend nach, und Bolingbroke ließ endlich seinen Arm los.

»Tom, wenn Richard unerwartet eines gewaltsamen Todes sterben würde, würde ganz England glauben, dass sein hübscher, junger König ermordet wurde ... und wer immer nach ihm auf den Thron gelangte, würde ihn bald wieder verlieren, da sich im Volk so viel Argwohn und Unmut regen würde, dass die Fürsten sich gegen ihn auflehnen würden.«

»Willst du damit sagen, dass das Volk erst noch erkennen muss, was für ein Übeltäter Richard ist?« Neville ging erst einmal nicht weiter auf Bolingbrokes vorsichtige Formulierung »wer immer nach ihm auf den Thron gelangte« ein.

»Ja«, sagte Bolingbroke. »Wenn jemand gegen Richard vorgehen will, kann er es nur in aller Öffentlichkeit tun und mit dem Einverständnis des Volkes, damit die anderen Fürsten es nicht wagen, ihn anzugreifen. Das ist die einzige Möglichkeit ...«

»Wenn Richard tatsächlich die Kopfsteuer einführt ...«

»... und das englische Volk erst einmal eine Zeitlang unter dieser neuen Belastung geächzt hat ...«

»Dann ist die Zeit zum Handeln gekommen.«

»Ja«, sagte Bolingbroke noch einmal und nickte bedächtig. »Wenn sowohl die Fürsten als auch das Volk bereit sind, einen neuen Thronanwärter zu unterstützen.«

Neville musterte Bolingbroke sorgfältig. »Und du wirst

derjenige sein, der Richards Platz einnimmt. Du willst der nächste König von England sein, habe ich recht, Hal?«

Eine heftige Bö fegte über die Themse hinweg und wehte Bolingbroke das silbrige Haar aus der Stirn. Sonst war alles an ihm vollkommen unbeweglich, und seine blassgrauen Augen waren ruhig auf Neville gerichtet.

»Wer sonst?«, sagte er leise.

»Lancaster«, sagte Neville. »Gloucester. Sie stehen dem Thron beide näher als du.«

»Das Volk wird meinen Vater niemals akzeptieren – es verabscheut ihn schon seit Jahren. Und Gloucester … Gloucester ist nicht Manns genug dafür. Also«, Bolingbroke holte tief Luft, und Neville wurde klar, dass dies vermutlich das erste Mal war, dass Bolingbroke diese Worte laut aussprach, »ja, Tom, ich habe vor, Richards Platz auf Englands Thron einzunehmen.«

Er zögerte ein wenig. »Was sagst du, Thomas Neville? Bist du für mich oder gegen mich?«

Neville zögerte nicht einen Augenblick. Er beugte vor Bolingbroke das Knie und ergriff die Hand des Prinzen. »Ich bin auf Eurer Seite, Lord Hereford. Ich bin Euch treu ergeben, bis in den Tod.«

Bolingbroke lächelte.

KAPITEL NEUN

Am Montag nach Septuagesima
Im ersten Jahr der Regentschaft Richard II.
(23. Januar 1380)

Margarets Reise nach London verlief weitaus angenehmer als die Nevilles. Mit Mary und den anderen Damen, die sie begleiteten, befand sie sich in guter Gesellschaft; es war sonnig, wenn auch bitterkalt, und Rosalind war guter Stimmung und lachte und jauchzte bei jedem neuen Anblick, der sich ihr bot. Um ihr Glück voll zu machen, war sich Margaret nun beinahe sicher, dass sie wieder schwanger war. Sie wusste, dass diese Schwangerschaft Schwierigkeiten mit sich bringen würde und dass Hal sie letzten Endes dazu benutzen würde, um seine – *ihre* – Ziele zu erreichen, doch im Augenblick freute sie sich nur darüber. Sie und Tom hatten dieses Kind in aufrichtiger Liebe gezeugt, während Rosalinds Empfängnis von Aufruhr und Hass begleitet gewesen war.

Und dieses Mal würde auch die Geburt in einer liebevollen Umgebung stattfinden.

Margaret war so glücklich darüber, dass Neville ihr endlich seine Liebe gestanden hatte, und über die Herzlichkeit und Freundschaft, die ihr die Frauen der Familie Lancasters entgegenbrachten, dass sie Hals Machenschaften nicht mehr länger kümmerten. Wie einst in Halstow Hall wusste Margaret zwar tief in ihrem Inneren, dass ihr Glück nicht von Dauer und ihre augenblickliche Zufriedenheit nur eine kurze Atempause sein würde, doch im Moment störte sie das nicht weiter. Sie würde noch einige Monate lang glücklich sein können, ganz gleich, was sich um sie herum ereignete, und sich ganz der Liebe und Zufriedenheit hingeben.

Monate, in denen sie noch nicht darüber nachdenken musste, was geschehen würde, wenn Tom irgendwann die Wahrheit herausfand.

Plötzlich überkam sie eine schreckliche Niedergeschlagenheit, und sie sog scharf die Luft ein und packte die Zügel ihres Zelters fester.

»Margaret?« Mary kam zu ihr herübergeritten. »Was ist mit dir?«

Margaret schluckte und kämpfte gegen die Trauer an, die so plötzlich in ihr aufgestiegen war. *Sie würde sich diesen schönen Tag nicht verderben lassen. Es gab keinen Grund, traurig zu sein und sich zu fürchten … noch nicht.*

»Ach, Mylady, ich habe gerade daran gedacht, was uns in London erwartet. Ob wohl unsere Gatten in Sicherheit sind? Was Richard wohl vorhat?«

Mary wollte über Margarets Sorgen lachen, doch sie beherrschte sich. Sie konnte nicht über etwas lachen, das nur allzu sehr der Wirklichkeit entsprechen mochte. »Ich habe Angst um Hal«, sagte Mary so leise, dass die anderen Damen und die Soldaten ihrer Eskorte es nicht hören konnten. »Er ist ein sehr ehrgeiziger Mann.«

Dankbar darüber, von ihren eigenen Ängsten abgelenkt zu werden, warf Margaret Mary einen verstohlenen Blick zu. Sie wusste nur wenig darüber, was zwischen Mary und Hal in den letzten Wochen vorgefallen war, doch sie freute sich für Mary, weil diese nun viel glücklicher war. Selbst wenn Hal

Mary nicht richtig liebte, schien er ihr nun zumindest mit mehr Freundlichkeit und Achtung zu begegnen.

»Was hat er dir erzählt?«, fragte Margaret. Im Lauf der letzten Monate waren Mary und Margaret enge Freundinnen geworden, trotz des großen Unterschieds zwischen ihrer gesellschaftlichen Stellung. Wenn sie unter sich waren, verzichtete Margaret deshalb inzwischen auf die förmliche Anrede und hatte das Gefühl, dass sie über fast alles mit Mary reden konnte. Fast alles. Von den Geheimnissen, die Hal und sie miteinander teilten, durfte sie Mary natürlich nichts erzählen.

Mary zuckte mit den Achseln und einen Moment lang sah sie unglücklich aus. »Über seine Pläne? Nichts. Aber ich habe Augen und Ohren, Margaret, und einen Kopf zum Denken ... und ich weiß, dass zwischen ihm und dem Thron nur noch Richard steht.«

Nun musterte Mary Margaret ebenso sorgfältig wie diese zuvor sie. »Ich glaube, ich kann dir das erzählen, Margaret, denn Tom und du, ihr habt keine Geheimnisse voreinander ...«

Margaret fühlte sich ein wenig schuldig.

»... und ich glaube, Hal steht Tom näher als jedem anderen Menschen auf der Welt.«

Mary hatte den Blick wieder auf die Straße vor sich gerichtet, und Margaret nutzte die Gelegenheit, um kurz die Augen zu schließen und gegen das Schuldgefühl anzukämpfen, das sie überkommen wollte.

»Ich glaube, Hal will Richard vom Thron stürzen«, sagte Mary im Flüsterton und blickte sich vorsichtig um, um sich zu vergewissern, dass niemand in Hörweite war.

»Ja«, sagte Margaret. »Es überrascht mich nicht, das zu hören. Mary ... Tom und ich haben uns in den letzten Wochen versöhnt, und ich weiß, dass auch du mit Lord Hereford Frieden geschlossen hast. Ich bin sehr glücklich und du musst es wohl auch sein.«

Sie hatte nicht direkt eine Frage gestellt, doch sie hatte genug angedeutet, in der Hoffnung, dass Mary darauf eingehen würde.

Zu Margarets Überraschung stieg Röte in Marys Wangen.

»Margaret, bitte verzeih mir für das, was ich dir jetzt erzählen werde. Ich bin eine Närrin gewesen, und ich schäme mich sehr …«

»Mylady, was ist es?«

Mary wurde noch röter. »An einem Abend kurz vor dem Weihnachtsfest kam mein Gemahl erst spät nachts in unser Gemach zurück. Ich hatte Angst – du weißt, dass ich stets die größten Befürchtungen hatte –, weil ich dachte, er sei womöglich bei einer Geliebten gewesen.«

Margaret war erschüttert. Sie hatte gewusst, dass sich Mary und Bolingbroke miteinander versöhnt hatten, aber sie hatte keine Ahnung von Marys Verdacht gehabt. »Mylady! Lord Hereford würde doch sicher nicht …«

»Damals habe ich das geglaubt, Margaret! Außerdem dachte ich, du seist diese Geliebte.«

Margaret konnte Mary nur entsetzt anstarren, während ihr beinahe die gleichen Gedanken durch den Kopf gingen wie Bolingbroke, als Mary ihm von ihrem Verdacht erzählt hatte. *Mary hat mich für Hals Geliebte gehalten, und trotzdem ist sie stets nur freundlich zu mir gewesen? Gütiger Himmel, Hal hat diese Frau nicht verdient!*

Mary lachte leise und zuckte mit den Schultern. »Ich habe mich geirrt, ich weiß, aber meine Anschuldigungen haben eine Tür für Hal und mich aufgestoßen, denn in jener Nacht haben wir uns lange unterhalten …«

»Und wohl auch noch andere Dinge getan«, sagte Margaret.

Marys Wangen und ihr Hals röteten sich noch mehr. »Ja ... auch noch andere Dinge. Hal ist damals sehr offen zu mir gewesen, Margaret, und er hat viele meiner Ängste zerstreut.«

»Inwiefern?«

»Nun ... zum einen über das, was Männer und Frauen im Schlafgemach miteinander tun.« Mary lachte erneut und legte die behandschuhte Hand auf ihren Bauch. »Ich hoffe, dass ich bald wieder schwanger sein werde, Margaret. Und dieses Mal weiß ich, dass ich das Kind auch zur Welt bringen werde.«

Margaret nickte und lächelte, sagte jedoch nichts dazu. Das dunkle Leiden in Marys Inneren war in den letzten Wochen stärker geworden, hatte in ihr Fuß gefasst, und wie Hal konnte auch Margaret nun erkennen, wo es sich befand.

Kein Wunder, dass sich Hal so sicher gewesen war, dass Mary ihm nie einen Erben gebären würde. Und kein Wunder, dass er im Schlafgemach nun so zärtlich zu ihr war. Er konnte es sich erlauben.

»Doch vor allem«, fuhr Mary fort, »muss ich mich nicht mehr länger vor ihm fürchten.« Sie lachte erneut. »Margaret, ich wusste, dass er finstere Gedanken hegt, und dachte, sie seien gegen mich gerichtet. Doch jetzt weiß ich es besser.«

»Ich freue mich für dich«, sagte Margaret, doch sie wandte den Blick ab, damit Mary die Trauer in ihren Augen nicht bemerkte.

Mary fiel in Schweigen und dachte wahrscheinlich über die erfreuliche Wendung nach, die ihre Ehe genommen hatte. Margaret richtete den Blick auf den Weg, alle Freude und alles Glück waren von ihr gewichen. *Gütiger Himmel, Mary,* dachte sie. *Wenn du nur wüsstest, dass sich Hals finstere Ge-*

danken eines Tages tatsächlich gegen dich richten könnten, wenn du nicht so schnell das Zeitliche segnest, wie er es sich erhofft.

Mary hatte recht. Bolingbroke war in der Tat ein sehr ehrgeiziger Mann.

Einen Tag später erreichten sie den Savoy Palace. Margaret ließ besorgt den Blick über den Hof schweifen. Sie war auf der Suche nach Neville und fragte sich, ob er während der Zeit ihrer Trennung womöglich schon wieder bereut hatte, dass er ihr seine Liebe gestanden hatte.

Doch als sie ihn mit froher Miene auf sich zukommen sah, wusste sie, dass er sie immer noch liebte, und sie lachte voll Erleichterung, als er sie mit Schwung von ihrem Zelter hob und in seine Arme schloss.

»Mein Lord«, sagte sie atemlos, als sich ihre Lippen endlich voneinander gelöst hatten, »Ihr müsst sanft mit mir umgehen!«

»Seid Ihr denn so zerbrechlich, edle Dame?«, fragte er mit einem Grinsen.

»Eigentlich nicht«, sagte sie, ergriff seine Hand und legte sie sich auf den Bauch, »aber Eurem Sohn zuliebe solltet Ihr etwas vorsichtiger sein.«

Neville starrte sie ungläubig an, dann drückte er sie noch fester an sich. »Du bist einfach wunderbar«, flüsterte er.

Just in dem Moment drehte sich Bolingbroke, der etwas abseits stand, zu ihnen um, während sich Mary den Staub der Reise vom Umhang klopfte, und ihm entging nicht, dass Margaret Nevilles Hand auf ihren Bauch legte. Seine Augen verengten sich argwöhnisch.

An diesem Abend ging Bolingbroke nach dem Abendessen zu Marys Morgenzimmer, klopfte kurz an und trat ein.

Er blieb erstaunt stehen und konnte sein Glück kaum fassen: Außer Margaret war niemand im Raum.

Sie saß auf einem Schemel am Feuer und hielt einen Gedichtband in der Hand. Sie blickte ihn ebenso überrascht an wie er sie, sammelte sich dann jedoch und lächelte. »Hal.«

»Wo ist Mary?«, fragte Bolingbroke und schloss leise die Tür hinter sich.

»Sie ist mit ihren Damen in die Kapelle gegangen.«

»Und du bist lieber hiergeblieben?«

»Du weißt, dass ich überall zu Jesus Christus bete, nur nicht in einer Kapelle«, sagte sie.

»Ja. Und Tom?« Bolingbroke setzte sich auf der anderen Seite des Kamins auf eine Bank. In ihrer Nähe, aber nicht zu nah. Mary würde sicher bald zurückkehren.

Margaret verzog den Mund zu einem spöttischen Lächeln. »Er kümmert sich um Eure Haushaltsbücher, mein Lord. Die werden mich noch zur Witwe machen.«

Bolingbroke lächelte ebenfalls, doch nicht über Margarets Worte. »Dann haben wir also endlich Gelegenheit, uns richtig zu unterhalten. Es ist nicht leicht, dich einmal allein anzutreffen.«

Sie neigte den Kopf, sagte jedoch nichts.

»Tom liebt dich«, sagte Bolingbroke.

Margaret zögerte und nickte dann.

»Gut. Und besser noch, du bist wieder schwanger.«

Sie nickte erneut, diesmal jedoch deutlich zurückhaltender.

»Wann ist es so weit?«

»Am nächsten Michaelistag.«

Bolingbroke lachte. »Ach, meine Liebe, das glaube ich nicht! Hast du es absichtlich so eingerichtet?«

»Ich bin nicht ein solcher Intrigant wie du, Hal.«

»Ich bin ein Kämpfer, Margaret, kein Intrigant. Und vergiss nicht, dass ich auch für dein Leben kämpfe und für das all unserer Brüder!«

»Hal, es tut mit leid. Meine Worte waren schlecht gewählt.«

Er nickte und nahm ihre Entschuldigung an.

»Hal …«

»Ja?«

»Ich weiß, dass du härter gekämpft hast als die meisten anderen … abgesehen von …«

»Sprich ihre Namen nicht aus, Meg!«

»… nun, abgesehen von den beiden, die über uns stehen. Ich habe eine Frage, Hal: Warst du für Alice verantwortlich?«

Bolingbroke runzelte die Stirn. »Ich verstehe nicht, was du damit meinst.«

»Toms Schuldgefühle haben ihn dazu gebracht, mir seine Liebe zu gestehen, doch es lag nicht nur an dem, was mir zugestoßen ist.«

»Ah, Alice. Er hat sie verlassen, und sie hat sich daraufhin das Leben genommen, und nun will er denselben Fehler nicht noch einmal machen.«

Sie verzog das Gesicht. »Das hoffe ich sehr. Aber genau das ist es, was ich gemeint habe. Alice' Schicksal ist für uns von Vorteil gewesen, Hal. Ihr ist es zu verdanken, dass Neville sich in mich verliebt hat. Ich muss es wissen, Hal. *Hast du Alice in den Selbstmord getrieben?*«

Bolingbroke musterte sie einen Moment lang, ehe er antwortete. »Würdest du mir so etwas zutrauen, Margaret?«

Margaret schwieg.

»Gütiger Himmel, Margaret, Alice hat nicht nur sich selbst umgebracht, sondern auch ihre drei Töchter und ihr ungeborenes Kind! *Glaubst du, ich würde unschuldige Kinder töten?* Glaubst du das wirklich?«

»Hal«, sagte Margaret leise, mit Tränen in den Augen. »Ich habe dich von dem Moment an geliebt, als ich dich zum ersten Mal gesehen habe, als ich wusste, dass es in dieser Hölle, die wir Leben nennen, jemanden wie dich gibt! Natürlich will ich nicht glauben, dass du Alice für unsere Ziele ermordet hast … Aber im Laufe des letzten Jahres bist du so kaltherzig und berechnend geworden …«

»Bei den Heiligen«, flüsterte Bolingbroke, »wenn wir Erfolg haben wollen, muss ich kaltherzig und berechnend sein! Meg, ich will dich so gern in den Arm nehmen, dich festhalten und trösten und dir sagen, dass alles gut wird. Aber wir müssen vorsichtig sein …«

In diesem Moment ertönte vor der Tür des Gemachs leises Gelächter.

»… glaube mir, meine Liebe, *an Alice' Tod trage nicht ich die Schuld, sondern allein Gott!*«

Margaret holte tief Luft. »Dann hat Gott einen großen Fehler begangen, mein Lieber.«

Die Tür ging auf, und Mary kam mit zwei ihrer Gefährtinnen herein.

»Hal!«, rief Mary.

Bolingbroke drehte sich auf der Bank um und schenkte seiner Frau ein Lächeln. »Ich dachte, ich würde dich hier finden, meine Liebste, aber stattdessen musste ich dich Gott überlassen. Margaret hat mich währenddessen mit ein paar Versen von Chaucer unterhalten.«

Mary erwiderte sein Lächeln und nahm seine Worte ohne

den geringsten Zweifel hin. Sie ging zu ihm hinüber und setzte sich neben ihm auf die Bank, während ihre beide Damen ein paar Stühle ans Feuer stellten, und schon bald waren die fünf rege ins Gespräch vertieft.

»Heilige Jungfrau?«

Jeanne hob den Kopf und blickte zur Tür ihres kleinen Gemachs hinüber, während sie sich bemühte, freundlich auszusehen. Sie hatte eigentlich gehofft, den Nachmittag im Gebet verbringen zu können …

Ihre Gefährtin Marie stand in der Tür. Sie wirkte unsicher und rang die Hände. »Heilige Jungfrau … ich komme ungelegen. Vielleicht …«

»Nein.« Jeanne stand auf und streckte ihr die Hand entgegen. »Du kommst nicht ungelegen, Marie. Komm, wir wollen uns auf die Bank setzen.«

Sie nahmen Platz, und Marie zögerte und wagte es nicht, Jeanne ins Gesicht zu sehen.

Jeanne ergriff Maries Hände. »Fürchte dich nicht, Marie. Was bedrückt dich?«

»Gesegnete Jungfrau«, sagte Marie hastig und blickte zu Boden. »Ich weiß nicht, an wen ich mich sonst wenden könnte … In diesen Mauern gibt es keinen Geistlichen, der heiliger wäre als du … Niemand, dem ich mich so rückhaltlos anvertrauen könnte.«

»Du kannst mir vertrauen«, sagte Jeanne sanft und aufmunternd. Dass sie bei ihren Gebeten gestört worden war, spielte nun keine Rolle mehr. »Marie, komm, sag mir, was du auf dem Herzen hast.«

Maries Wangen röteten sich und sie blickte in Jeannes Augen. Als sie schließlich sprach, stolperten ihre Worte übereinander, so sehr beeilte sie sich, sie loszuwerden.

»Heilige Jungfrau, mir fällt es schwer, darüber zu sprechen. Ich weiß nicht, was mit mir passiert ist, was über mich gekommen ist. Es liegt nicht an fehlender Frömmigkeit oder nachlässigen Gebeten …«

»Ich habe noch nie eine Frau getroffen, die frommer gewesen wäre als du«, sagte Jeanne aufrichtig.

»Ach, wenn ich doch nur so tugendhaft sein könnte wie du«, sagte Marie. »Dann wäre ich nie schwach geworden, hätte niemals eine so schwere Sünde begangen, hätte nie …«

»Marie, erzähl mir bitte, was geschehen ist.«

Marie holte tief Luft. »Heilige Jungfrau, du weißt, dass ich einmal verheiratet war und dass mein Gemahl nur wenige Monate nach der Hochzeit gestorben ist?«

Jeanne nickte.

»Ich habe ihn wirklich geliebt und geachtet«, fuhr Marie fort, »aber die körperliche Seite der Beziehung zwischen Mann und Frau war mir immer zutiefst zuwider.«

»Das ist keine Sünde, Marie. Deine Abscheu ist nur ein Beweis für deine tugendhafte Seele.«

Marie zuckte leicht mit den Achseln. »Obwohl ich sehr um ihn getrauert habe, war ich zugleich erleichtert, dass ich nun nicht mehr meine Pflichten als Ehefrau erfüllen musste.«

Jeanne nickte Marie ermutigend zu, damit sie weitersprach.

»Doch in letzter Zeit wurde ich des Öfteren von Träumen heimgesucht, die … die …«

Jeanne runzelte die Stirn und erinnerte sich an die Nacht, als sie zu Karl gegangen war, um ihm mitzuteilen, dass sein Großvater von den englischen Teufeln ermordet worden war. Damals hatte sie gesehen, wie sich Marie im Schlaf herumgewälzt hatte, als würde sie einem Mann beiliegen. »Was für Träume sind das, Marie?«

»Sie sind von höchst sinnlicher Natur«, flüsterte Marie und wurde noch röter. »Heilige Jungfrau, das ist noch nicht alles. Das Schlimmste und Sündigste an diesen Träumen ist, dass mein Leib dabei vor Vergnügen bebt.«

Jeanne wandte den Blick ab. Sie war enttäuscht von Marie. Sie hatte gehofft, dass die Hebamme trotz ihrer Schönheit eine wahrhaft tugendhafte Frau war, doch nun musste sie feststellen, dass sie die elende Seele einer Hure in sich trug. Sie ließ Maries Hände los. »Träumst du von einem Mann, Marie?«

Marie nickte ruckartig, und Tränen liefen ihr über die Wangen.

»Und wessen Gesicht trägt er?«

»Er hat kein Gesicht. Ich spüre nur das Gewicht und die Bewegung seines Körpers … und …«

»Und?«

»Und manchmal sehe ich eine große golden leuchtende Hand«, flüsterte Marie. »Eine wunderschöne goldene Hand. Sie streichelt meinen Leib und verursacht mir solche Lust, dass ich …«

»Genug!«, sagte Jeanne, entsetzt über Maries Worte. *Wie konnte sie nur andeuten, dass der heilige Michael …*

Jeanne hielt erschrocken inne. Marie hatte gar nichts »angedeutet«. Jeanne hatte selbst ihre Schlüsse aus Maries Worten gezogen. Sie erinnerte sich wieder an das Gefühl, das sie in jener Nacht beim Anblick der schlafenden Marie überkommen hatte, das Gefühl, dass der heilige Michael in der Nähe war …

Nein! Nein! Das konnte nicht sein!

Und dennoch, die goldene Hand …

Nein! Nein!

»Es sind nur Träume«, sagte Jeanne ruhig und ergriff erneut Maries Hände. »Vielleicht haben die Dämonen sie dir eingegeben …«

Ja! Das musste es sein! Vielleicht hatte Katherine Jeannes willensschwacher Gefährtin Albträume geschickt, in der Hoffnung, Jeanne damit zu verwirren.

»… und wir wollen zusammen beten, dass du die Kraft findest, ihnen zu widerstehen.«

Ja, diese Träume waren gewiss das Werk von Katherines Hexerei. So musste es sein.

Marie schien erleichtert. »Ich danke dir, heilige Jungfrau, ich danke dir!«

Katherines Hexerei … ganz sicher.

In dieser Nacht erschien der heilige Michael Jeanne während ihres Gebets. Vorsichtig, weil sie ihn nicht verärgern wollte, erzählte Jeanne dem Erzengel von ihrem Verdacht in Bezug auf Katherine.

Die Dämonen werden dich mit allen möglichen Listen zu täuschen versuchen, Jeanne. Du musst stets auf der Hut sein.

Jeanne wurde von großer Ruhe durchströmt. »Ja, Heiliger.«

Du musst mir vertrauen, Jeanne.

»Oh, Heiliger, das tue ich! Ja, das tue ich!«

Und dennoch hättest du dich von der schrecklichen Tücke der Dämonen beinahe täuschen lassen.

Jeanne ließ den Kopf hängen. »Das wird mir nicht noch einmal passieren, geliebter Erzengel.«

Du bist ein braves Mädchen, Jeanne.

Am nächsten Morgen fragte Jeanne Marie, wie sie geschlafen habe.

Marie lächelte. »Ich habe so fest geschlafen, gesegnete Jungfrau, dass ich mich an nichts mehr erinnere. Ich danke dir für deine Hilfe und Besorgnis.«

Jeanne nahm Maries Gesicht in beide Hände und küsste sie erleichtert.

KAPITEL ZEHN

Der Donnerstag während der Oktave der Bekehrung des heiligen Paulus
Im ersten Jahr der Regentschaft Richard II.
(26. Januar 1380)

– I –

Neville befand sich in dem Gemach, das Bolingbroke als Amtsstube diente. Es war einmal ein geräumiges, helles Zimmer gewesen. Doch nun hatten sich dort vom Dielenboden bis zur Stuckdecke Truhen und Aktenschränke mit Stapeln von Schriftstücken, Regale voller Register und Haushaltsbücher, diplomatischer Korrespondenzen, Manuskripte, Landkarten, Navigationskarten, Reiserouten, Bauzeichnungen und Berichte von Baumeistern angesammelt. Sternenkarten gab es und astrologische Voraussagen, medizinische Texte und Diagramme. Dazwischen tauchten drei halbfertige und zwei fertig gebaute Uhren auf, Listen von Lehrmeistern der Akademie von Florenz und ihren jeweiligen Fachgebieten sowie zwei vor kurzem verfasste geisteswissenschaftliche Traktate und ein Kommentar zu Platons Dialogen. Ein Sack mit einer neuen Züchtung von Weizenkörnern, ein stinkendes, öliges Wollvlies, fünf Pakete Gemüsesamen und mehrere Körbe süßer Äpfel und Birnen rundeten das Bild ab.

Bolingbrokes Interessen und Verantwortlichkeiten umfassten buchstäblich jeden Bereich menschlichen Tuns.

Wie an den meisten Tagen, wenn er Bolingbrokes Amtsstube aufräumte, verfluchte Neville auch heute dessen Wissbegierde und befriedigte zugleich seine eigene. Bolingbroke hatte erstaunliche Verbindungen, insbesondere zu der neuen Generation von Gelehrten, den Geistes- und Naturwissenschaftlern und Mathematikern Norditaliens und Deutschlands, und das meiste von dem, was sie Bolingbroke schickten, übte eine starke Faszination auf Neville aus.

Bisweilen jedoch versetzten Neville manche von Bolingbrokes Neuerungen in Erstaunen. So hatte dieser beispielsweise angeordnet, dass alle Haushalts- und Verwaltungsberichte fortan in dem neuen System der arabischen Zahlen verfasst werden sollten, das auch die erst vor kurzem eingeführte Null beinhaltete. Das arabische Zahlensystem war zweifellos einfacher und weniger umständlich als die römischen Ziffern ... doch mitunter konnte sich Neville ein spöttisches Lächeln nicht verkneifen, wenn er die arabischen Zahlen benutzte. Der dominikanische Orden, dem er einst angehört hatte, hatte seit Jahrzehnten gegen die Einführung der Null gewettert, mit der Begründung, dass es sich dabei um das Zeichen Satans handelte, das das »Nichts« darstellte. Bolingbroke hatte jedoch nur gelacht, als Neville ihn daran erinnert hatte, und erwidert, dass die Kirche nur deshalb gegen die arabischen Ziffern sei, weil die Geistlichen nicht zugeben wollten, dass die *Ungläubigen* ein besseres und einfacheres Zahlensystem besaßen. Bolingbroke zog sogar in Erwägung, das neue Zahlensystem innerhalb seines Hauses auch für die Zeitrechnung zu verwenden, und damit würde sich Neville nur schwer abfinden können. Zugegeben, die Zeit mithilfe der sich ständig wandelnden Feiertage des christlichen Jahreszyklus zu berechnen, war umständlich, aber es war ein althergebrachter und schöner Brauch, den man Nevilles Ansicht nach nicht durch kalte, herzlose Zahlen ersetzen sollte.

Doch an diesem Tag hatte er keine Zeit, sich darüber Gedanken zu machen, ob die Tage mit Zahlen oder den Namen von Heiligen bezeichnet werden sollten. Er musste sich um andere Dinge kümmern: Bolingbroke war ein äußerst großzügiger Mäzen der Wissenschaft, und Nevilles Aufgabe war es auch, die Haushaltskosten mehrerer Gelehrter an den Colleges von Oxford, eines Mathematikers an einer flämischen Akademie und zweier etwas exzentrischer Londoner Uhrmacher, die zugleich Astrologen und Schiffsnavigatoren waren, zu berechnen, die von Bolingbroke Unterstützung erhielten.

Neville seufzte und legte den Bericht eines der verrückten Uhrmacher beiseite, der behauptete, mithilfe eines mechanischen Apparats, mit dem sich Länge und Breite ermitteln ließen, den Ozean westwärts überqueren zu können. Neville hielt das ganze Unterfangen für reichlich abenteuerlich – beinahe so aberwitzig wie die Unterwasser-Segelmaschine, die sich ein anderer von Bolingbrokes Günstlingen im letzten Monat ausgedacht hatte –, aber Bolingbroke hatte seine Freude daran, und vermutlich hielt es auch den Uhrmacher davon ab, noch bizarrere mechanische Kuriositäten zu erfinden, die womöglich eher gefährlich als unterhaltsam waren. Mit einem Federstrich wies Neville dem Exzentriker für das nächste Jahr einen Betrag von neun Pfund zu. Das sollte für seine Unterkunft und Verpflegung ausreichen.

Neville war jedoch nicht allein bei seiner Arbeit. Zwei Schreiber waren an einem Pult ihm gegenüber damit beschäftigt, die Korrespondenz zu führen, die das Leben eines hochrangigen Edelmannes mit sich brachte, während ein weiterer zwischen Regalen, Truhen und Aktenschränken hin und her eilte und Neville all das heraussuchte, was er für seine Arbeit brauchte. Wie üblich stand Robert Courtenay an der Tür, spielte nervös mit seinem Dolch und hielt sich bereit, für den Fall, dass Neville etwas aus dem Savoy Palace benötigte. Außerdem saß Margaret auf einem Stuhl nahe dem Kamin an einem fast niedergebrannten Feuer, stopfte eines von Nevilles Hemden und behielt Rosalind im Auge, die zu ihren Füßen mit einer großen, dicken getigerten Katze spielte, die schläfrig vor sich hin schnurrte.

Neville legte die Schreibfeder beiseite und faltete den Bericht über den Navigationsapparat sorgfältig zusammen. In Gedanken versunken, fuhr er bedächtig mit der Hand über die Falten, damit das Pergament bei der Lagerung möglichst wenig Platz wegnahm. Im Zimmer war es warm und behaglich; es freute ihn, Margaret und Rosalind bei der Arbeit um sich zu haben, und einige der Berichte und Schriftstücke, die er in den letzten ein bis zwei Stunden durchgesehen hatte, waren höchst aufschlussreich gewesen … doch eigentlich wollte Neville die ganze Zeit über lieber an einem anderen Ort sein.

Irgendwo dort draußen fiel die Entscheidung über das Schicksal der ganzen Welt – und er saß hier fest und kümmerte sich um nebensächliche Dinge, die schließlich keinerlei Bedeutung hatten.

Er rutschte missmutig hin und her, und Courtenay und Margaret warfen ihm einen besorgten Blick zu, schwiegen jedoch, weil sie den Grund für seine Verärgerung kannten. Es war derselbe Grund, der Courtenay unruhig von einem Fuß auf den anderen treten ließ.

In diesem Augenblick fand sich das Parlament im Kapitelsaal der Abtei von Westminster ein. Lancaster, Bolingbroke, Raby und Gloucester waren alle dort versammelt, doch für

Gefolgsleute war in dem Saal kein Platz, und deshalb hatte Neville im Savoy Palace zurückbleiben müssen.

Gütiger Himmel, er würde seinen rechten Arm dafür geben, um zu erfahren, was in diesem Augenblick in Westminster geschah.

Richard würde vor das Parlament treten und ihm seine Forderung nach einer neuen Kopfsteuer vorlegen, um damit – wie er behauptete – einen weiteren Feldzug nach Frankreich zu finanzieren. *Es wird der letzte Feldzug sein,* würde er wahrscheinlich sagen, *denn bis Dezember werden wir Frankreich in die Knie gezwungen haben!*

Doch Neville wusste, dass das Parlament seine Begründung nicht ohne weiteres hinnehmen würde. Viele argwöhnten bereits, dass Richard die Steuer in Wirklichkeit erheben wollte, um damit einen Feldzug nach Irland zu finanzieren, um die Iren zu zwingen, de Vere als ihren König anzuerkennen.

Richard würde es nicht leicht haben ... und wenn es nach Gloucester ging, würde sein Anliegen gänzlich scheitern.

Neville nahm sich einen weiteren Bericht vor und öffnete ihn. Sein Blick glitt gedankenverloren über die eng beschriebene Seite. Gloucester würde sich gegen die Steuer aussprechen, um de Veres Einfluss bei Hofe zu schwächen, und wollte auch andere Edelleute für seinen Standpunkt gewinnen. Neville wusste, dass sich Lancaster, Raby und Bolingbroke bis tief in die Nacht hinein mit Gloucester darüber besprochen hatten, was bei der Parlamentssitzung gesagt und getan werden durfte. Sie stimmten Gloucester zwar durchaus zu, doch hielten sie es für höchst leichtsinnig, Richard im Parlament direkt anzugreifen.

Gloucester setzte jedoch Vertrauen in die Macht des Parlaments und den Einfluss der dort versammelten Adligen. Das

Parlament hatte sich schon oft erfolgreich gegen einen König gestellt. Vielleicht würde es dies jetzt wieder tun.

Die Frage ist jedoch, dachte Neville, während er zum zehnten Mal das Pergament vor ihm glättete, *wer von den Adligen zu den Dämonen gehört und wer ein gewöhnlicher, gottesfürchtiger Sterblicher ist.*

Der Tag verging quälend langsam und erst, als die Glocken zur Vesper läuteten, während Neville gerade eine interessant aussehende Schatulle unter dem Tisch hervorholte, die er bislang noch nicht geöffnet hatte, hörte er im Hof das Getrappel von Pferdehufen. Die Schatulle war vergessen, und Neville stand so hastig von seinem Schreibpult auf, dass mehrere Schriftstücke zu Boden fielen. Margaret und Rosalind hatten schon vor einiger Zeit den Raum verlassen – Margaret wollte Mary Gesellschaft leisten, und Rosalind sollte von Agnes ins Bett gebracht werden –, und die drei Schreiber hatten sich ebenfalls verabschiedet. Courtenay war der Einzige, der noch bei ihm geblieben war.

Als Neville nun auf den Gang hinaustrat, folgte Courtenay ihm auf dem Fuß.

Auf dem Hof drängten sich unzählige Pferde – deutlich mehr Männer waren in den Savoy Palace zurückgekehrt, als ihn am Morgen verlassen hatten. Abgesehen von Lancaster mit seinem Gefolge erkannte Neville Warwick und Arundel, beide hochrangige Adlige, die sich vor drei Monaten im Vorratsraum des Savoy Palace mit Lancaster getroffen hatten. Doch da waren auch noch andere, die Neville nicht kannte – viele dem Aussehen nach Edelleute, andere Gefolgsleute.

In diesem Moment entdeckte Neville seinen Onkel. Er bahnte sich einen Weg durch die Männer und Pferde und packte Raby am Ärmel.

»Onkel! *Was ist passiert?*«

Raby drehte sich zu ihm um, und Neville schrak angesichts von Rabys erschöpfter Miene zusammen.

»Gloucester hat sein Anliegen vorgetragen«, sagte Raby ohne Umschweife. »Viele der Edelleute haben ihm Gehör geschenkt. Die Parlamentssitzung wurde vertagt, um über die Kopfsteuer zu beraten, aber es scheint darauf hinauszulaufen, dass das Parlament ihr nicht zustimmen wird. Richard ... Richard ist wütend.«

Das glaubte Neville gern. »Was wird ...«, begann er, doch weiter kam er nicht.

Raby hatte sich umgedreht und rief durch die Menge zu Gloucester hinüber: »Mein Lord! Mein Lord! Hierher!«

Und Neville wurde plötzlich klar, was der Menschenauflauf zu bedeuten hatte. Richard war so wütend, dass alle um Gloucesters Leben fürchteten. Wie es aussah, wollten Raby und die anderen Gloucester so schnell wie möglich aus London fortschaffen. Daher die Menschenmenge. In der Menge war Gloucester sicherer.

Doch was immer sie vorhatten, Gloucester wollte sich offenbar nicht darauf einlassen. Lancaster und Arundel hatten sich schützend an seine Seite gestellt, aber Gloucester weigerte sich, ihrem Rat zu folgen und in das Boot zu steigen, das am Kai auf ihn wartete. Er kümmerte sich nicht um Lancasters Aufforderungen und schüttelte Arundels Hand ab, die dieser ihm auf die Schulter gelegt hatte, und begann sich stattdessen einen Weg durch die Menge zu bahnen.

Neville sah Lancaster und Arundel hinter ihm her eilen, und Bolingbroke, der mehrere Schritte hinter ihnen folgte.

Dann waren sie einen Moment lang inmitten der dichten Menge aus Pferden und Menschen verschwunden und –

– *und Neville erinnerte sich daran, wie Lancaster und*

Gloucester am Weihnachtsfest vor einem Jahr versucht hatten, sich einen Weg durch die Menge der Tänzer zu bahnen –

– Neville stieß einen warnenden Ruf aus und schob zwei Männer beiseite, die ihm die Sicht versperrten, doch als er an ihnen vorbeieilte, wurde er von einem Pferd gestreift und wäre beinahe gestürzt. Als er das Gleichgewicht wiedergefunden hatte und weiterlaufen wollte, hörte er wilde Schreie, Stiefeltritte, das Aufstöhnen von Männern, die niedergeschlagen worden waren, und ein seltsames Klappern, als sei ein Messer auf die Pflastersteine gefallen …

Die Menge teilte sich vor ihm, und Neville stolperte ins Freie. Direkt vor ihm auf dem Pflaster lagen zwei blutüberströmte Leichen.

Gloucester und Arundel.

Lancaster, der neben dem leblosen Körper seines Bruders kniete, hob langsam den Kopf und starrte Neville mit leerem Blick an.

Der Herzog hob die blutverschmierten Hände.

»Besitzt Richard so große Macht«, flüsterte er, »dass er meine Familie mitten ins Herz treffen kann? Ist er sich seiner Sache so sicher?«

KAPITEL ELF

Der Donnerstag während der Oktave
der Bekehrung des heiligen Paulus
Im ersten Jahr der Regentschaft Richard II.
(26. Januar 1380)

– II –

Lange Zeit wagte niemand, sich zu rühren oder etwas zu sagen. Aller Blicke waren auf die beiden Toten und Lancaster gerichtet, der sich über sie beugte und fassungslos seine blutverschmierten Hände betrachtete.

Die Stille wurde schließlich nicht von einem der Männer, sondern von Mary durchbrochen.

Sie war unbemerkt aus dem Palast auf den Hof getreten, hatte sich durch die Menschenmenge einen Weg gebahnt und tauchte erst jetzt in Nevilles Blickfeld auf, als sie sich neben Lancaster niederkniete.

Sie legte dem Herzog beschwichtigend die Hand auf den Arm. »Vater. Wir können hier nichts mehr tun. Wir müssen sie in den Palast bringen und sie so aufbahren, wie es sich für ihre edle Herkunft geziemt.«

Es schienen weniger ihr Auftauchen oder ihre Worte zu sein, die den Bann brachen, der über dem Hof lag, sondern vielmehr die Sanftheit ihrer Stimme.

Lancaster blinzelte, ließ die Hände sinken und sah Mary an. Der verwirrte Ausdruck in seinem Gesicht war verschwunden und war unbändiger Wut gewichen – gleichwohl eine Wut, die nicht gegen Mary gerichtet war.

»Ihr könnt nichts mehr für sie tun«, sagte Mary noch einmal und hielt dem Blick ihres Schwiegervaters stand. »Wir müssen sie hineintragen.«

Margaret war nun hinter ihnen aufgetaucht, und Mary sagte zu ihr: »Sorge dafür, dass im großen Saal zwei Tische aufgebaut werden. Dort können wir sie dann aufbahren.«

Margaret nickte und eilte davon, und Mary half Lancaster auf die Beine.

Unter den Menschen auf dem Hof erhob sich ein Geraune. Die Männer gerieten in Bewegung und flüsterten miteinander, dann begannen manche, laut Anschuldigungen zu rufen und mögliche Verdächtige beim Kragen zu packen.

Keiner von ihnen, dachte Neville, *hat so schnell und vernünftig gehandelt wie Mary. Warum sind es immer die Frauen, die über Geburt und Tod wachen?*

Einen Moment lang war Neville in Grübeleien versunken. Etwas an der Art, wie Mary neben Lancaster niedergekniet war, war ihm seltsam vertraut vorgekommen …

»Tom?«

Bolingbroke. Neville erwachte mit einem Ruck aus seinen Gedanken und wandte sich Hal zu. Der Prinz sah bleich und mitgenommen aus. Er schien weniger über die Toten erschrocken zu sein als vielmehr über die Dreistigkeit, mit der Richard sie hatte ermorden lassen, nicht nur in Lancasters Haus, sondern buchstäblich vor seinen Augen.

»Wer kann das gewesen sein?«, fragte Neville mit halblauter Stimme.

Bolingbroke schüttelte den Kopf und rang offensichtlich

um Fassung. »Ich weiß es nicht«, sagte er. »Es war so voll auf dem Hof, so viele Stimmen, so viele Menschen … ich weiß es einfach nicht. Oh, gütiger Himmel, Tom. Ich hätte nicht gedacht, dass Richard es wagen würde, so rasch zu handeln …«

»Hal, Tom, in den Palast … *sofort!*« Raby trat zwischen sie und schob sie unsanft über den Hof auf die Eingangstür des Palasts zu.

»Ralph …«, sagte Bolingbroke.

»Schnell«, sagte Neville und zog Bolingbroke nun ebenfalls mit sich. *Die Mörder waren womöglich noch in der Nähe.*

Als sie die Schwelle des Palastes überschritten hatten, kam Bolingbroke wieder ein wenig zu Verstand und schüttelte Toms und Rabys Hände ab.

»In den Saal«, sagte Raby.

Soldaten hatten die Leichen hereingetragen und sie auf den Tischen aufgebahrt, die Margaret hatte aufstellen lassen. Mary und Margaret waren bereits damit beschäftigt, die Leichen zu waschen und sie zurechtzumachen.

Als sie damit fertig waren, schickte Lancaster alle außer Raby, Thomas Beauchamp – den Grafen von Warwick –, Bolingbroke und Neville aus dem Saal.

Lancaster hatte sich selbst noch nicht das Blut abgewaschen und als er nun vor den beiden Toten stand, hob er anklagend die Hände und richtete den Blick auf die vier Männer, die vor ihm standen.

»Diesmal ist Richard zu weit gegangen«, sagte er mit tonloser Stimme. »Das hier«, er wies mit der Hand auf die beiden Leichen, »ist nicht das Werk eines irregeleiteten Jünglings, sondern das eines bösen Mannes. Neville und Hal, ihr beide habt mich bereits vor Monaten vor Richard gewarnt. Ich habe nicht auf euch gehört. Das hier … ist das Ergebnis.«

Er ließ die Hände sinken. »Jetzt werde ich euch zuhören. Nein, ich werde mehr tun als nur zuhören.«

Warwick warf Bolingbroke einen Blick zu und ergriff dann das Wort. »Mein Lord, es gibt viele, die Euch unterstützen, aber auch viele, die sich gegen Euch stellen werden. Richard hat mächtige Verbündete: den Schmeichler de Vere, mit all seinen Vertrauten, und Northumberland, der Euch und Raby nur zu gern Eurer Macht beraubt sehen will und selbst ebenfalls viele Anhänger hat.« Warwick nannte noch sechs oder sieben andere Namen, hohe Adlige des Reiches, hinter denen noch viele weitere Edelleute von niederem Rang standen. »Außerdem hat Richard die Kirche auf seiner Seite«, schloss Warwick, »und die Kirche hält Euch für verdächtig, weil Wycliffe unter Eurem Schutz steht.«

Neville wechselte einen Blick mit Bolingbroke, doch keiner von beiden sagte etwas.

»Worauf wollt Ihr hinaus?«, fragte Lancaster.

»Ich will damit sagen, mein Lord, dass Ihr zwar auf größere Unterstützung zählen könnt als jeder andere Adlige in England, Richard eingeschlossen, doch Ihr könnt es nicht mit der großen Macht all jener aufnehmen, die hinter Richard stehen.«

»Wie sieht es mit dem Parlament aus?«

»Wenn die Parlamentsmitglieder von Gloucesters und Arundels Tod erfahren«, sagte Bolingbroke, »werden sie sich mit Richard gut stellen wollen. Gloucester war die treibende Kraft des Widerstands gegen die Kopfsteuer und Arundel sein stärkster Verbündeter. Beide sind nun tot. Niemand wird danach drängen, ihren Platz einzunehmen.«

»Richard wird Gloucesters und Arundels Ländereien an sich reißen und dadurch noch mächtiger werden«, fügte Raby hinzu. »Viele Adlige werden vor Richard zu Kreuze kriechen, in der Hoffnung, dass er ihnen einige dieser Ländereien und Titel vermacht.«

»Er wird es nicht wagen, Anspruch auf Gloucesters Besitz zu erheben!«, sagte Lancaster.

Niemand sagte etwas.

»Oh, gütiger Himmel«, sagte Lancaster erschöpft. Er seufzte und fuhr dann mit festerer Stimme fort: »Richards Macht wird schwinden. Sie muss es einfach. Früher oder später wird er einen Fehler machen und die Adligen Englands gegen sich aufbringen. Und wenn das geschieht ... müssen wir bereit sein.«

»Bereit wofür, Vater?«, fragte Bolingbroke.

Lancaster hielt inne, Jahrzehnte der Treue und Ergebenheit gegenüber seinem Vater und seinem Bruder ließen ihn zögern, Worte des Verrats auszusprechen. Er richtete sich auf, und ein Abglanz von seiner einstigen Stärke kehrte in sein Gesicht zurück.

»Bereit, Richard vom Thron zu stürzen, wenn es nötig sein sollte. Wenn wir es nicht tun, ist das ganze Reich dem Untergang geweiht.«

»Und Ihr wollt seinen Platz einnehmen?«, fragte Warwick sehr vorsichtig.

Lancaster schenkte ihm ein kleines Lächeln. »Nein, nicht ich, Warwick. Ich bin zu alt und zu müde.« Er nickte Bolingbroke zu. »England braucht meinen Sohn, nicht mich.«

KAPITEL ZWÖLF

Am Fest des heiligen Chad
Im ersten Jahr der Regentschaft Richard II.
(Freitag, 2. März 1380)

Sie waren still und ruhig in jener merkwürdigen Übergangswelt zwischen Wachen und Schlafen versunken. Ihre Glieder waren miteinander verschlungen, ihre Leiber schwer und träge. Es gab keinen Grund, sich zu bewegen oder etwas zu sagen, höchstens noch das Bedürfnis zu atmen, während sie in dem riesigen Bett lagen und die ganze Welt um sich herum vergessen hatten.

Neville konnte das leise Pochen von Margarets Herz an seinen Rippen spüren und das leichte Heben und Senken ihrer Brust an der seinen. Unter seiner rechten Hand, die auf ihrem Bauch ruhte, glaubte er den Herzschlag des Kindes in ihrem Leib zu spüren und vielleicht sogar das Heben und Senken seiner kleinen Brust.

Ein Sohn, hatte sie gesagt, und Neville hatte ihr nur zu gern geglaubt. Sie gehörte zu den Engeln, war ein zauberhaftes, reines Geschöpf des Himmels und mochte deshalb das Geschlecht des Kindes erahnen können, das in ihr heranwuchs. Neville verspürte den Drang zu lächeln, doch er fühlte sich zu faul und schläfrig dazu. Stattdessen richtete er ein dankbares Gebet an den Heiland, dass er in seiner Güte Margaret zu ihm geschickt hatte und ihn hatte erkennen lassen, dass er sich vor der Liebe nicht zu fürchten brauchte.

Wie viele Jahre habe ich verschwendet, dachte er, *und mich der Liebe verweigert? Wie viele kalte, dunkle Jahre bin ich vor ihr davongelaufen?* Dieser Gedanke kam ihm stets, wenn er eng an Margaret geschmiegt erwachte. Die Erscheinung des Heilands hatte ihn zutiefst ergriffen und ihn so sehr verändert, dass sich Neville fragte, ob er immer noch derselbe war. Mit dem Mann, der Alice einst in den Tod hatte gehen lassen, mit jenem kalten, herzlosen Gesellen, der die Liebe verabscheute, hatte er kaum noch etwas gemein.

Er dachte nur selten an den heiligen Michael und wenn, dann nur flüchtig. Er fühlte sich immer noch seinem göttlichen Auftrag verpflichtet, doch nun eher dem Heiland zuliebe als dem heiligen Michael.

Ich danke dir für deinen Segen, o Heiland, betete Neville im Geiste und spürte, wie ihn Dankbarkeit durchflutete. *Ich danke dir …*

Er schmiegte sich noch enger an Margaret, legte den Arm um sie und lächelte, als sie schläfrig vor sich hin murmelte, ehe sie wieder in Schlummer versank. Er konnte sein Glück kaum fassen, dass ihm der Himmel diese schöne Frau geschickt hatte, damit er sie lieben und von ihr geliebt werden konnte. Und dass sie ihm bereits ein Kind geschenkt hatte und nun ein weiteres von ihm erwartete, war mehr, als er sich hätte träumen lassen.

»Der Heiland hat dich zu mir geschickt«, flüsterte er in ihr Haar und ließ seine Hände von ihrem Bauch zu ihren Brüsten hinaufwandern. Wie hatte er jemals glauben können, sie sei der Feind, den die Dämonen zu ihm geschickt hatten? Wie hatte er den Lügen Glauben schenken können, dass die Menschheit verloren sei, wenn er sich für Margaret entschied anstatt für seinen göttlichen Auftrag? Der heilige Michael musste sich geirrt haben; vielleicht hatte auch er sich von den Listen der Dämonen täuschen lassen? Es war weitaus besser, den Worten des Heilands Glauben zu schenken.

Seine Hand streichelte Margarets Brüste nun etwas fordernder. Sie hatten noch ein wenig Zeit, ehe Agnes eintreten würde, um ihnen Rosalind zu bringen, und Robert Courtenay eintraf, um seinem Herrn beim Waschen und Ankleiden zur Hand zu gehen, ehe die Sorgen der Welt wieder über sie hereinbrachen und Neville daran erinnerten, dass ihn dieser Tag seinem Ziel, Richard und seine dämonischen Verbündeten ihrer Macht zu entheben, wieder einen Schritt näher bringen würde.

»Margaret«, flüsterte er seiner Gemahlin ins Ohr, »wach auf.«

Sie murmelte erneut etwas und streckte sich träge, während sie sich auf den Rücken drehte.

Neville musste ein Stöhnen unterdrücken, als er spürte, wie sich ihr Leib an seinem rieb, beugte sich dann vor und weckte sie mit einem leidenschaftlichen Kuss.

Er knetete mit der Hand Margarets Brust und kniff sie leicht in die Brustwarze.

»Tom«, rief sie und zuckte zusammen. »Bitte nicht.«

Er bereute es sofort, als ihm einfiel, wie empfindlich ihre Brüste nun wegen der Schwangerschaft waren, murmelte eine Entschuldigung, küsste sie sanft und streichelte den Schmerz fort.

Sie atmete erleichtert auf und rieb sich so wollüstig an ihm, dass Neville keine weitere Zeit mehr auf das Vorspiel verschwendete. Er legte sich auf sie, lächelte und küsste sie, als sie die Beine für ihn spreizte, und glitt vor Begierde stöhnend in sie hinein.

»Tom?«

Neville rollte sich so schnell von Margaret herunter, dass sie aufschrie und die Decke hochzog, um ihre Blöße zu bedecken.

»Tom? Margaret? Komme ich ungelegen?«

Neville setzte sich im Bett auf, zog sich ebenfalls die Decke über den nackten Leib und verfluchte Bolingbroke im Stillen. »Ja«, sagte er.

Bolingbroke lächelte nicht einmal. Er hatte das Gemach betreten, ohne dass Tom und Margaret es bemerkt hatten, doch nun schlug er die Tür hinter sich zu und kam zu ihnen herüber.

»Dann möchte ich mich bei euch entschuldigen«, sagte Bolingbroke, »aber diese Neuigkeiten sind wichtiger als eure morgendliche Tändelei.«

Margaret errötete und senkte den Blick, doch Neville vergaß seine Verärgerung angesichts von Bolingbrokes ernster Miene sofort. »Es gibt Neuigkeiten?«, fragte er.

»Ja.« Bolingbroke setzte sich neben Neville auf die Bettkante. »Aus Frankreich sind Nachrichten eingetroffen. Von Hotspur.«

»Und?«

»Hotspur hat die Situation in Limoges in der Weise ›geklärt‹, die er für richtig hielt.«

Bolingbroke hielt inne, und weder Neville noch Margaret, die ihn gebannt anstarrten, sagten etwas.

»Er hat die Stadt niedergebrannt«, sagte Bolingbroke und sein Blick zuckte zu Margaret hinüber. »Und sämtliche Männer, Frauen und Kinder in ihren Mauern niedergemetzelt.«

»Ach, Hal!«, rief Margaret. »Nein! Nicht die Kinder!«

Sie waren alle so bestürzt, dass Neville nicht einmal auffiel, dass Margaret Bolingbroke mit seinem Vornamen angesprochen hatte. »Warum?«, fragte Neville. »Ein solch grausames Vorgehen wäre doch sicher nicht nötig gewesen?«

»Für Hotspur war es nötig!«, sagte Bolingbroke und ballte wütend die Hand auf seinem Schenkel. »Hotspur wollte Richard beeindrucken. Er musste für ihn einen Sieg erringen, also«, Bolingbroke sprach langsam und wog jedes seiner Worte sorgfältig ab, »hat er jeden einzelnen Mann, jede Frau und jedes unschuldige Kind in Limoges ermordet.«

Margaret hatte die Hände vor den Mund geschlagen und begann zu weinen. »Die Kinder ...«, flüsterte sie fassungslos. »Aber warum denn die Kinder?«

»Habe ich euch nicht gerade den Grund genannt?«, schrie Bolingbroke, und Margaret zuckte erschrocken zusammen.

»Hal ...«, sagte Neville, doch weiter kam er nicht.

»Bei den Heiligen«, sagte Bolingbroke. »Verzeiht mir, Margaret. Es gab keinen Grund, Euch so anzuschreien. Es ist nur ...«

»Das ist alles so furchtbar«, sagte sie und nahm seine Entschuldigung an, denn sie konnte sich vorstellen, wie sehr diese Nachricht ihn mitgenommen haben musste. Männer wussten, was sie in den Kriegen erwartete, die sie viel zu oft führten, und in gewissem Maße mussten auch ihre Frauen darunter leiden. Aber Kinder ... Kinder waren so unschuldig! Sie herzlos niederzumetzeln ...

»Wann wird das endlich ein Ende haben?«, fragte Bolingbroke leise. »Was können wir nur dagegen tun?«

»Wo befindet sich Hotspur jetzt?«, fragte Neville.

»Er marschiert gen Norden, um noch mehr« – Bolingbrokes Stimme klang bitter – »ruhmreiche Taten zu begehen.«

Er hielt inne. »Er marschiert auf Orléans zu. Er will die Stadt für Richard einnehmen.«

Nachdem Bolingbroke gegangen war, erhob sich Neville aus dem Bett und zog sich eilig seine Kleider an.

Margaret blieb noch liegen und beobachtete Neville mit besorgtem Blick.

»Kann Bolingbroke nicht irgendetwas unternehmen?«, fragte sie.

Neville setzte sich und zog seine Stiefel an – *Verflucht! Wo war Courtenay, wenn er ihn brauchte? Er hatte sich einen schönen Morgen zum Verschlafen ausgesucht!*

»Was denn?«, fragte er und fluchte, als er mit dem Daumen in einer Stiefelschnalle hängen blieb.

»Gegen Richard, meine ich«, sagte Margaret.

Neville blickte sie an. »Was soll er denn tun?«, fragte er noch einmal ärgerlich und seufzte dann. »Ach, meine Liebe, heute Morgen wirst du von allen Männer nur angeschrien, nicht wahr? Verzeih mir bitte meine schlechte Laune.«

»Ich dachte, Bolingbroke und Lancaster ...« Margaret verstummte, denn sie wollte die verräterischen Worte nicht laut aussprechen. Neville hatte ihr erzählt, was Lancaster nach Gloucesters und Arundels Ermordung geschworen hatte, doch seither hatte er darüber fast kein Wort mehr verloren.

Neville hörte auf, an seinen Stiefeln herumzufummeln, und drehte sich zu seiner Gemahlin um. »Das braucht Zeit, Margaret. Nicht einmal gemeinsam sind Hal und Lancaster stark genug, um ... nun ja, um Richard herauszufordern. Richard hat viele mächtige Verbündete. Und nun ist auch noch das Parlament auf seiner Seite.«

Die Parlamentsmitglieder waren so entsetzt und verängstigt über Gloucesters Tod gewesen, dass sie Richards Kopfsteuer zugestimmt hatten. Neville hatte gehört, dass bereits Steuereintreiber in die Grafschaften geschickt worden waren, um von jedem Haushalt sechs Pennies zu erheben. Es war nicht viel – ein Tageslohn vielleicht –, doch es reichte aus, um im Volk für Unmut zu sorgen.

»Ich kann einfach nicht glauben, dass ganz England von Richard in die Knie gezwungen wurde«, sagte Margaret.

»Nein. Nicht ganz England. Es gibt viele, die der Meinung sind, dass man ihn in seine Schranken weisen sollte. Aber wir reden darüber, ein Bündnis gegen den Thron zu schließen, und das ist kein leichtes Unterfangen. Brave Männer zögern stets, sich gegen die hergebrachte Ordnung zu erheben. Richard ist schließlich ihr rechtmäßig gekrönter König, und es wird Wochen brauchen, vielleicht sogar Monate, um mit vereinter Kraft losschlagen zu können.«

»Monate«, flüsterte Margaret, und Neville bemerkte, wie sie unter der Decke die Hand auf ihren Bauch legte.

Er beugte sich über das Bett zu ihr hinüber und küsste sie. »Uns wird nichts passieren«, sagte er. »Hab keine Angst.«

»›Uns wird nichts passieren‹«, wiederholte sie seine Worte. »Hast du das auch gesagt, als Gloucester und Arundel ermordet wurden, Tom?«

Sie konnten nichts tun, außer den Gerüchten zu lauschen, die sich in ganz London über die Ereignisse in Frankreich verbreiteten. Im Allgemeinen hörte man nur Äußerungen des Stolzes: Hotspur hatte einen großartigen Sieg gegen Frankreich errungen und marschierte weiter gen Norden, um noch mehr Männer, Frauen und Kinder der verhassten Franzosen zu ermorden.

Die Londoner hatten für ihre Nachbarn auf dem Festland nie viel übrig gehabt.

Neville beriet sich etwa eine Stunde lang mit Bolingbroke und Lancaster und kehrte dann äußerst niedergeschlagen zu seinen Pflichten zurück. Die Arbeit eines Sekretärs hörte nie auf, und er musste noch die entsprechenden Briefe für Bolingbrokes fünf Günstlinge verfassen, bevor an Mariä Verkündigung die Gelder für ihre Ausbildung und ihren Unterhalt fällig wurden.

Doch Neville hatte sich kaum an die Arbeit gemacht, als Courtenay die Tür der Amtsstube aufriss und ihn störte.

»Mein Lord? Es tut mir leid, aber …«

Weiter kam er nicht, denn in diesem Moment drängte sich ein Mann an ihm vorbei in das Gemach.

Neville stand auf, und ehe er es verhindern konnte, verzog sich sein Mund zu einem Lächeln. »Meister Tusser!«

Tusser verbeugte sich und richtete sich dann wieder auf. Auf seinem Gesicht lag ein Ausdruck höchster Dringlichkeit; er konnte sich nicht vorstellen, dass es weltliche Dinge gab, die wichtiger waren als die Verwaltung von Nevilles Ländereien.

»Ich bringe Euch die Haushaltsbücher!«, sagte Tusser und legte mehrere dicke Bände vor Neville auf den Tisch.

Neville betrachtete sie, hob dann den Blick und bemerkte unglücklicherweise Courtenays Belustigung über Tussers wichtigtuerische Art, noch ehe er etwas erwidern konnte.

Seine Lippen zuckten, und er brach in Gelächter aus, unterdrückte es jedoch sogleich wieder, als er Tussers verletzten Blick bemerkte.

»Verzeiht mir, Meister Tusser«, sagte Neville und bedeutete Courtenay, sie allein zu lassen. »Es ist ein merkwürdiger Tag gewesen, und ich habe höchst unangemessen auf Eure Ankunft reagiert. Ich freue mich, dass Ihr hier seid. Neuigkeiten aus Halstow Hall sind mir höchst willkommen, nachdem ich nun so lange nur mit Londoner Hofintrigen zu tun hatte.«

Ein wenig besänftigt zog sich Tusser einen Schemel an den

Tisch heran, setzte sich und nahm den Kelch mit verdünntem Wein an, den Neville ihm reichte.

»Ich habe eine lange Reise auf mich genommen, um Euch diese Bücher zu bringen«, sagte Tusser.

»Ich weiß, Meister Tusser, und es tut mir sehr leid …«

»Eigentlich müsste ich zu Hause sein und das Aussäen der Gerste überwachen, um sicherzustellen, dass die Männer sie gut unterpflügen. Denn wenn sie es nicht tun, werden die Krähen die Saatkörner fressen. Außerdem muss der Hopfen gepflanzt werden … Dabei müsste ich eigentlich auch zugegen sein … Und mit dem Veredeln muss begonnen werden … Aber nein, stattdessen sitze ich hier. ›Er wird froh sein, mich zu sehen‹, habe ich mir gedacht …«

»Tusser …«

»›… und sich darüber freuen, wie gut ich die Haushaltsbücher seiner Ländereien geführt habe.‹ Aber nein, stattdessen lacht Ihr nur, wenn ich …«

»Tusser, es tut mir wirklich außerordentlich leid!«

Tusser verfiel in missmutiges Schweigen, und um die Stille zu unterbrechen, zog Neville das erste der schweren Bücher zu sich herüber und schlug es auf. Er überflog drei oder vier Seiten, und sein Schuldbewusstsein verstärkte sich mit jedem Eintrag, denn Tusser hatte mit der Buchhaltung wirklich hervorragende Arbeit geleistet und Nevilles Gelächter nicht verdient.

»Ich habe großes Glück mit Euch«, sagte Neville ruhig und schloss das Buch, »und Margaret wird zutiefst betrübt sein, wenn sie erfährt, wie ich Euch Eure Arbeit vergolten habe.«

Tussers Mund wirkte schon etwas weniger missmutig. »Lady Margaret ist hier?«

»Ja, und sie ist bereits mit unserem zweiten Kind schwanger.« Neville hatte die Neuigkeit bisher noch kaum jemandem erzählt, doch er glaubte, Tussers verletzte Gefühle etwas besänftigen zu können, indem er ihn ins Vertrauen zog.

Ein breites Lächeln trat auf Tussers Gesicht. »Mein Lord, Ihr seid wahrhaft von Gott gesegnet!«

Neville lächelte nun ebenfalls und ein träumerischer Blick trat in seine Augen. »Das bin ich in der Tat«, sagte er.

»Nun«, sagte er schließlich forsch, »vielleicht könnt Ihr mir einen kurzen Überblick verschaffen, ehe die Glocken zur Non läuten. Ich bin sicher, dass sich Margaret danach mit Freuden um Euch kümmern und Euch ein reiches Mahl vorsetzen wird, damit Ihr Euch von der beschwerlichen Reise erholen könnt.«

Tusser hatte schließlich beschlossen, Nachsicht zu üben, und begann nun, Neville von den wichtigsten Ereignissen auf seinen Ländereien und von der Ernte des letzten Herbstes zu berichten. Neville hatte bereits in Kenilworth aus Tussers Briefen einige Einzelheiten über die Ernte erfahren, doch nun füllte sein Verwalter die noch verbliebenen Lücken. Sie hatten gerade beschlossen, im Frühjahr noch mehr Männer für die Heumahd auf Halstow Halls riesigen Wiesen anzustellen, als Neville plötzlich die Besorgnis in Tussers Blick bemerkte.

»Meister Tusser«, fragte Neville und beugte sich über den Tisch. »Was habt Ihr?«

Tusser antwortete nicht sofort. Seine Finger trommelten auf das offene Haushaltsbuch, das vor ihm lag, und er runzelte die Stirn.

»Vielleicht ist es nichts weiter«, sagte er schließlich.

»Aber?«

»Aber … Herr, die Kopfsteuer hat für Unmut bei den Bauern gesorgt.«

»Hat sie große Not verursacht?«

»Nur in wenigen Fällen, mein Lord, aber das ist es nicht, was die Leute zornig macht.«

Neville wartete.

»Herr«, Tusser beugte sich vor und musterte Neville ängstlich, »Ihr wisst, dass die Löhne seit der Zeit der Pest gestiegen sind.«

Neville nickte. Die Pest hatte so viele Leben gefordert, dass die überlebenden Unfreien höhere Löhne und niedrigere Mieten verlangen konnten und sich in manchen Fällen sogar vollkommen hatten freikaufen können. Vielen Familien ging es seither wesentlich besser.

Tussers Stimme war wachsende Besorgnis anzuhören. »Doch das Volk argwöhnt seit Jahren, dass der Adel und das Parlament nur auf eine passende Gelegenheit warten, um es wieder unter die Knute der Leibeigenschaft zu zwingen. Die Menschen befürchten, die Kopfsteuer könne der erste Schritt sein, sie wieder dem Lehnswesen zu unterwerfen.«

»Es war Richard, der die Steuer eingeführt hat«, sagte Neville.

Tusser zuckte mit den Achseln. »Aber das Parlament und die Edelleute werden dafür verantwortlich gemacht. Mein Lord, ich fürchte mich vor dem kommenden Sommer.«

»Warum?«

Tusser blickte Neville in die Augen. »Herr, man hört gerüchteweise, dass es einen Aufstand geben wird. Die Menschen sind der Meinung, dass sie sich gegen das Parlament zur Wehr setzen sollten, das ihnen neue Abgaben aufzwingen will. Sie werden sich weigern, die Kopfsteuer zu bezahlen.«

»Einen Aufstand? Aber sie können unmöglich damit Erfolg haben!« Neville musste an Wat Tyler denken. Steckte Tyler hinter diesen Gerüchten?

»Außerdem glauben die Leute«, fuhr Tusser fort, »dass Richard die Steuer zurücknehmen wird, wenn er erst einmal erfährt, wie groß der Widerwille des Volkes dagegen ist.«

Neville musste beinahe lachen. Richard? Aus Mitleid mit dem einfachen Volk die Kopfsteuer zurücknehmen?

»Er wird sie eher niedermetzeln lassen«, erwiderte er und fragte sich dann, warum er das gesagt hatte.

Wenn Richard tatsächlich der Dämonenkönig war, würde ihm ein Aufstand des Volkes dann nicht sogar entgegenkommen?

Kapitel Dreizehn

Passionssonntag
Im ersten Jahr der Regentschaft Richard II.
(11. März 1380)

Immer wieder in den vergangenen Monaten hatte sich Jeanne gefragt, wie es Thomas unter den Dämonen ergangen war. Nun weinte sie voll Kummer, als der heilige Michael ihr erzählte, dass Thomas der Dämonin Margaret verfallen war.

»Wie konnte er sich von ihr nur verführen lassen?«, sagte sie und faltete die Hände vor der Brust, während sie vor dem Erzengel kniete.

Thomas ist ein Mann und schwach, was die Sünden des Fleisches betrifft. Er besitzt keinen tugendhaften Leib, so wie du. Die Dämonin hat ihn davon überzeugt, dass sie reinen Herzens sei, und Thomas hat ihr geglaubt.

»Dann sind wir verloren.« Jeanne konnte nicht wissen, dass der Erzengel keineswegs so verzweifelt über Thomas Lage war, wie es ihr vorkam.

Sie spürte seinen Zorn, und ihr sank der Mut. »Vergib mir meine Zweifel, o Heiliger!«

Glaube nicht, dass wir damit nicht gerechnet haben.

Jeanne war so erschrocken über den Zorn des Erzengels, dass ihr die Worte im Hals stecken blieben.

Thomas entspricht in allem unseren Erwartungen. Er wird bald erfahren, wie sehr er getäuscht wurde … und dann … dann wird ihm das große Geheimnis enthüllt werden.

»Was für ein Geheimnis, o Heiliger?«

Nun spürte Jeanne die Belustigung des Erzengels, und seine Güte durchströmte sie wieder.

Thomas ist ein Auserwählter Gottes. Ab dem Tag, an dem das Geheimnis gelüftet wird und er seine wahre Bestimmung erfährt und erkennt, wie sehr er betrogen wurde, wird er uns nicht mehr im Stich lassen. Glaube mir.

»Das tue ich, heiliger Michael.«

Das Geheimnis ist wie eine Versuchung, Jeanne, und es hat sich bereits gezeigt, dass sich Thomas leicht verführen lässt.

»Deine Voraussicht ist höchst bewundernswert, gesegneter Heiliger.«

Der heilige Michael dachte über Jeannes letzte Bemerkung nach und fragte sich, ob sich das Mädchen nicht ein wenig zu viel anmaßte. *Schweig, Jeanne. Ich muss mit dir noch über etwas anderes sprechen als Thomas' Schwäche.*

»Ja, o Heiliger?«, fragte Jeanne.

Ich habe dir bereits von der Bedeutung Orléans' erzählt.

»Ja, Gesegneter.«

Schon bald wird einer der verfluchten Engländer Orléans mit einer Armee angreifen. Sie werden die stolze Stadt mit einer Belagerung in die Knie zwingen wollen. Es wird Zeit für unseren ersten Gegenschlag. Setze Karl darüber in Kenntnis, dass du die französische Armee nach Orléans führen wirst, um dort der Belagerung durch die Engländer ein Ende zu bereiten. Es wird ein glorreicher Sieg werden.

Jeanne sagte nichts, sondern hob nur die gefalteten Hände vor die Stirn, während sie den Erzengel mit vor Inbrunst leuchtenden Augen anblickte.

Danach wirst du nach Reims weiterziehen, um Karl zum König von Frankreich zu krönen.

»Erzengel Michael!«

Von da an wirst du zahlreiche Siege erringen. Du wirst die Engländer aus dem Land vertreiben und dann …

»Ja, o Heiliger?«

Wenn Frankreich geschlossen hinter dir steht, wirst du die Armeen Gottes über das Meer in das Lager des Dämonenkönigs selbst führen.

Jeanne war so sehr von Ehrfurcht und Dankbarkeit überwältigt, dass Gott sie für diese Aufgabe auserwählt hatte, dass sie nichts erwidern konnte.

Sei auf der Hut, Jeanne. Viele haben sich gegen dich verschworen.

»Sie werden mir nichts anhaben können. Ich kann es mit ihnen aufnehmen.«

Ach, Jeanne, ich bete darum, dass es gelingt. Aber dieser Dämonenkönig ist äußerst gerissen. Was wie eine Falle aussieht, kann in Wahrheit der richtige Weg sein, und der richtige Weg führt mitunter zum Tod.

Er hielt inne und betrachtete das Mädchen. Es gab noch etwas, das sie wissen musste, doch nicht er sollte derjenige sein, der es ihr sagte.

Jeanne traute ihren Augen kaum, als plötzlich zwei leuchtende Gestalten vor ihr standen. Eben war es nur der heilige Michael gewesen, doch nun …

»Erzengel Gabriel!«, rief sie vollkommen überwältigt und verbeugte sich so tief, dass sie mit der Stirn den Boden berührte.

Liebes Kind, sagte Gabriel, *wie du weißt, haben sich die Dämonen unter die Menschen gemischt, aber ich fürchte, dass du die schlimmsten von ihnen womöglich nicht erkennen wirst.*

Jeanne schwieg und wartete darauf, dass der Erzengel weitersprach.

Nimm dich vor Katherine in Acht, fuhr Gabriel fort, *denn sie ist abgrundtief böse.*

»Ja, Heiliger«, flüsterte Jeanne. »Ich habe ihre Bösartigkeit bereits gespürt.« Sie versuchte die Selbstzufriedenheit zu unterdrücken, die in ihr aufsteigen wollte, doch es gelang ihr nicht ganz. Sie beschloss, ein Gebet für Katherines verdorbene Seele zu sprechen.

Sie ist äußerst hinterlistig und wird dich in eine Falle locken, sagte Gabriel.

»Mit deiner Hilfe«, flüsterte Jeanne, »wird es mir gelingen, ihrer Falle zu entgehen.« Sie war stark. Sie würde siegreich sein. Das wusste sie.

Du bist von größter Anmut, flüsterte Gabriel in Jeannes Geist, und da sie den Kopf immer noch geneigt hatte, konnte sie nicht sehen, dass die Hand des Erzengels über ihrem Kopf schwebte … dann ihren Rücken hinabglitt … und schließlich unter ihre Arme wanderte, wo sich ihre Brust wölbte …

Sie verlagerte ein wenig das Gewicht, und die Hand zuckte zurück.

Der heilige Michael ergriff wieder das Wort. *Du bist Gottes Auserwählte, Jeanne, und wenn du die Franzosen zum Sieg führst, wirst du das Zeichen seiner Gnade tragen.*

Das Licht veränderte sich, ein leichtes Flackern war zu sehen, und bevor Jeanne ihrer Verwunderung Ausdruck verleihen konnte, sah sie vor sich auf dem Fußboden ein großes Stück weißen Stoffs Gestalt annehmen.

Es war eine Kriegsstandarte.

In ihre Mitte war ein Wappen gestickt, und Jeanne musste wegen des Leuchtens des Erzengels ein wenig die Augen zusammenkneifen, um es erkennen zu können.

In der oberen Hälfte des Wappens befand sich ein Gesicht, das von mächtigem Zorn erfüllt war, und Jeanne begriff, dass es das Antlitz des Himmelskönigs war. Darunter waren zwei Erzengel abgebildet: der heilige Michael und der heilige Gabriel, die gemeinsam die Erde in ihren Händen hielten. Darum herum rankten sich ineinander verschlungene Lilien – Karls Wappenzeichen.

Trage diese Standarte, sagte der Erzengel Michael, *und niemand wird es mit dir aufnehmen können.*

»Karl wird nicht einverstanden sein«, sagte Jeanne. »Er ist so schwach und haltlos.«

Du musst ihm die Kraft dafür geben, sagte Gabriel. *Sag ihm, dass auf eurem Marsch nach Südosten ein Wunder geschehen wird, um zu beweisen, dass Gottes Segen mit euch ist und ihr den Sieg davontragen werdet.*

»Heiliger Gabriel, was für ein Wunder wird das sein?«

Der Erzengel beugte sich zu ihr vor und sagte es ihr.

GLOSSAR

AQUITANIEN: eine große und reiche Provinz, die einen Großteil des Südwestens von Frankreich einnimmt. Aquitanien war nicht nur unabhängig von Frankreich, sondern es wurde auch von der englischen Krone regiert, nachdem Eleonore von Aquitanien die Provinz als Teil ihrer Mitgift in ihre Ehe mit Heinrich II. eingebracht hatte.

ARUNDEL, RICHARD: Graf von Arundel und Surrey, Mitglied von Richards Geheimem Rat.

AVIGNON: von Frankreich regierte Stadt. Neben Rom zweiter Sitz der Päpste.

BALL, JOHN: ein abtrünniger Geistlicher.

BALLARD, AGNES: MARGARET NEVILLES Zofe und Kindermädchen ihrer Tochter Rosalind.

BEAUCHAMP, THOMAS: Graf von Warwick.

BEAUFORT, HEINRICH: unehelicher Sohn von JOHANN VON GENT und seiner dritten Gemahlin KATHERINE SWYNFORD. Heinrich ist der Bischof von Winchester.

BEAUFORT, JOHANNA: uneheliche Tochter von JOHANN VON GENT und seiner dritten Gemahlin KATHERINE SWYNFORD. Verheiratet mit RALPH NEVILLE.

BERTRAND: Mönch im Konvent Sant' Angelo in Rom.

BIERMANN, JOHANN: ein junger Kaufmann, der THOMAS NEVILLE in *Hüter der Macht* auf seiner Reise über die Alpen begleitet.

BOHUN, CECILIA DE: die verwitwete Herzogin von Hereford, Mutter von MARY DE BOHUN.

BOHUN, MARY DE: Erbin des Herzogtums Hereford, Gemahlin von HAL BOLINGBROKE.

BOLINGBROKE, HEINRICH (HAL): Herzog von Hereford und Graf von Derby, Sohn von JOHANN VON GENT und seiner ersten Gemahlin Blanche von Lancaster.

BORDEAUX: eine Hafenstadt an der Mündung der Garonne im Südwesten Frankreichs und Hauptstadt des Herzogtums AQUITANIEN. Bordeaux war Sitz des SCHWARZEN PRINZEN in Frankreich (sein Sohn RICHARD wurde dort geboren).

BRANTINGHAM, BISCHOF THOMAS: Bischof von Exeter und Oberster Schatzmeister von England.

CHARTRES, REGNAULT DE: Erzbischof von Reims.

CHÂTELLERAULT: eine stark befestigte Stadt etwa dreißig Kilometer nördlich von CHAUVIGNY in Mittelfrankreich.

CHAUVIGNY: eine Stadt, die aus fünf miteinander verbundenen Burgen besteht und auf einem Hügel über dem Fluss Vienne liegt. Sie befindet sich östlich von Poitiers und etwa dreihundertdreißig Kilometer südlich von Paris. Thomas Neville machte hier 1378 Zwischenstation auf seinem Weg nach England und traf auf LANCASTER, den SCHWARZEN PRINZEN und BOLINGBROKE.

CLEMENS VII.: der Mann, der von den italienischen Kardinälen zum Gegenpapst gewählt wurde, nachdem die Wahl URBANS VI. wegen der Einmischung der Bevölkerung Roms für ungültig erklärt worden war. Clemens regierte von AVIGNON aus, während URBAN, der sich weigerte, zurückzutreten, weiterhin seinen Sitz in Rom hatte.

COURTENAY, SIR ROBERT: Knappe von THOMAS NEVILLE. Siehe auch: Knappe.

D'ARC, JEANNETTE (JEANNE oder JOHANNA VON ORLÉANS): zweite Tochter Jacques d'Arcs. Wegen ihrer hellseherischen Fähigkeiten und Prophezeiungen als die Jungfrau von Frankreich bekannt.

DATIERUNG: die Europäer des Mittelalters benutzten fast nie den offiziellen Kalender. Stattdessen orientierten sie sich mithilfe des religiösen Kreislaufs von Kirchenfesten, Feiertagen und Heiligentagen. Obwohl jeder Tag des Jahres einem Heiligen gewidmet war, hielt man sich in den meisten Regionen nur an wenige von ihnen. Die durchschnittliche Anzahl von Feiertagen, die zum Beispiel in England begangen wurde, betrug zwischen vierzig und sechzig. In Florenz waren es bis zu 120. Die Jahre wurden in der Regel nach der Länge der Regierungszeit eines Monarchen datiert, jedes neue Jahr begann an dem Tag, an dem der Monarch gekrönt wurde – bei EDUARD III. war dies der 1. Februar 1327, demzufolge begann während seiner Regierungszeit das neue Jahr stets am 1. Februar. Das Gerichtsjahr wurde in England von Mariä Verkündigung (25. März) an gerechnet, in rechtlicher Hinsicht begann das neue Jahr also am 26. März. Siehe auch STUNDENEINTEILUNG und meine Webseite zum Thema mittelalterliche Zeitrechnung für eine umfassende Erklärung, wie im Mittelalter das Jahr gezählt wurde (www.saradouglass.com/medtime.html.).

DAUPHIN: der offizielle Titel des französischen Thronfolgers, Prinz KARL, Enkel von König JOHANN.

EDUARD III.: inzwischen verstorbener König von England. Großvater von RICHARD II.

GABRIEL, DER HEILIGE: ein himmlischer Erzengel.

GASCOGNE, DIE: eine Provinz im Süden Frankreichs, berühmt für ihren Wein und ihre Pferde.

GERARDO: Italiener, Hüter des Nordtores (Porta del Popolo) von Rom.

GLOUCESTER: siehe WOODSTOCK, THOMAS.

HALSTOW HALL: THOMAS NEVILLES Landgut in Kent auf der Halbinsel Hoo nahe der Mündung der Themse.

HOTSPUR: siehe PERCY, HEINRICH.

HUNDERTJÄHRIGE KRIEG, DER: ein erbitterter Krieg zwischen Frankreich und England, der etwa von Mitte des vierzehnten bis Mitte des fünfzehnten Jahrhunderts dauerte. Er wurde durch viele Faktoren ausgelöst, hauptsächlich jedoch durch das Beharren EDUARD III. darauf, dass er der wahre Erbe des französischen Throns sei. Die königlichen Familien Englands und Frankreichs hatten schon seit mehreren Generationen untereinander geheiratet, und Eduard war tatsächlich der nächste männliche Thronerbe. Doch sein Anspruch ergab sich durch seine Mutter, welche die Tochter eines französischen Königs war, und die Lex Salica ließ keine Thronfolge über die weibliche Linie zu. Der Krieg war auch entstanden aus den jahrhundertealten Spannungen darüber, welche Gebiete England in Frankreich besaß (meist mehr als ein Drittel des gesamten Königreichs).

ISABELLA VON BAYERN: Gemahlin von Prinz LUDWIG von Frankreich, Mutter von KARL und KATHERINE.

JOHANN, KÖNIG: betagter König von Frankreich, der derzeit von den Engländern als Geisel gehalten wird, nachdem der SCHWARZE PRINZ ihn in der Schlacht von Poitiers gefangen genommen hatte.

JOHANN VON GENT: Herzog von Lancaster und Aquitanien, Graf von Richmond, König von Kastilien und Prinz des Hauses Plantagenet. Vierter Sohn EDUARD III. (Eduard Plantagenet) und seiner Gemahlin Philippa, neben GLOUCESTER der einzige überlebende Sohn König EDUARDS. Johann von Gent war der einflussreichste und wohlhabendste englische Adlige des Mittelalters. Der Name John of Gaunt (sein volkstümlicher Name) ist an die Stadt Gent angelehnt, wo er geboren wurde. Er war zuerst mit Blanche von Lancaster verheiratet, danach mit Konstanze von Kastilien; beide starben. Mit Blanche hatte er einen Sohn, HEINRICH (HAL) BOLINGBROKE, und mit Konstanze zwei Töchter (die Königinnen von Kastilien und Portugal wurden). Seine langjährige Geliebte KATHERINE SWYNFORD schenkte ihm zwei außerhalb der Ehe geborene Kinder, HEINRICH und JOHANNA BEAUFORT. Johann ist inzwischen mit Katherine verheiratet.

KARL, DER DAUPHIN: Enkel des französischen Königs JOHANN, Sohn von Prinz LUDWIG und ISABELLA VON BAYERN und Erbe des französischen Throns. Älterer Bruder von KATHERINE.

KATHERINE: Tochter von Prinz LUDWIG von Frankreich und ISABELLA VON BAYERN, jüngere Schwester von DAUPHIN KARL.

KENILWORTH: Hauptwohnsitz JOHANN VON GENTS in Warwickshire.

KNAPPE, DER: im frühen vierzehnten Jahrhundert veränderte sich die gesellschaftliche Stellung und die Bedeutung des Wortes »Knappe« gegenüber den früheren Vorstellungen des Rittertums, nach denen ein »Schildknappe« ein »Ritter in der Ausbildung« war. Im späten vierzehnten Jahrhundert kann ein Knappe die Funktion eines Kammerherrn oder sogar eines Feldwebels haben. Er war für gewöhnlich von adliger Herkunft, musste aber nicht unbedingt ein »Ritter in seinen Lehrjahren« sein.

LANCASTER, HERZOG VON: siehe JOHANN VON GENT.

LA ROCHE-GUYON: eine Burg östlich von Paris.

LOLLARDEN, DIE: volkstümliche Bezeichnung für die Anhänger JOHN WYCLIFFES. Es ist ein abwertender Begriff, der von dem im vierzehnten Jahrhundert verbreiteten englischen Wort »lolling« abgeleitet wurde, das so viel wie »vor sich hin murmeln« bedeutet.

LUDWIG: einziger Sohn König JOHANNS von Frankreich. Ludwig hatte eine unglückliche Begegnung mit einem Pfau, die ihn in den Wahnsinn trieb, und so wurde sein Sohn KARL Erbe von König JOHANN.

MARCEL, ETIENNE: ein wohlhabender und einflussreicher Pariser Tuchhändler und Vorsteher der Kaufleute von Paris, ein Amt, das in etwa mit dem des Oberbürgermeisters vergleichbar ist. Er starb während des Aufstands in Frankreich (der auch als die Jacquerie bekannt ist), etwa zwei Jahre vor den Ereignissen von *Diener des Bösen*.

MICHAEL, DER HEILIGE: ein himmlischer Erzengel.

MOWBRAY, THOMAS: Graf von Nottingham und Herzog von Norfolk, Jugendfreund RICHARD II.

NAVARRA: ein wohlhabendes Königreich im äußersten Nordwesten Spaniens, das seit mehreren Generationen von französischen Adligen und Königen beherrscht wurde. Seit dem frühen vierzehnten Jahrhundert besaß der König von Frankreich auch den Titel König von Navarra, doch komplizierte Auseinandersetzungen um die Thronfolge führten zur Aufspaltung der beiden Königreiche in zwei verschiedene Zweige derselben Familie. Gegenwärtig wird es von Philipp regiert, auch als PHILIPP DER SCHLECHTE bekannt.

NEVILLE, MARGARET: Gemahlin von THOMAS NEVILLE. Sie haben zusammen eine Tochter namens Rosalind.

NEVILLE, RALPH: Baron von Raby und Graf von Westmorland. Ein mächtiger Adliger aus dem Norden Englands. Onkel von THOMAS NEVILLE.

NEVILLE, THOMAS: Angehöriger der einflussreichen Familie Neville. Neffe von RALPH NEVILLE. Verheiratet mit MARGARET, mit der er zusammen eine Tochter namens ROSALIND hat. Neville war einst ein dominikanischer Mönch.

NORTHUMBERLAND, GRAF VON: siehe PERCY, HEINRICH.

NOTTINGHAM, GRAF VON: siehe MOWBRAY, THOMAS.

NOYES, SIR GILLES DE: ein französischer Adliger.

PEDRO VON KATALONIEN: Graf von Katalonien im Nordosten Spaniens.

PERCY, HEINRICH: Graf von Northumberland und nach LANCASTER einer der mächtigsten Adligen Englands. Northumberland ist seit langem ein Rivale LANCASTERS und seiner Anhänger, zu denen auch RALPH NEVILLE und THOMAS NEVILLE gehören.

PERCY, HEINRICH (»HOTSPUR«, dt. Heißsporn): Sohn und Erbe des Grafen von Northumberland und selbst ein einflussreicher Adliger.

PHILIPP DER SCHLECHTE: König von Navarra und Graf von Évreux, Cousin König JOHANNS und eine wichtige Persönlichkeit in der französischen Politik. Philipp herrscht nicht nur über NAVARRA, sondern besitzt auch umfangreiche Ländereien im Westen Frankreichs.

PHILIPPA: Tochter von HEINRICH PERCY, dem Grafen von Northumberland, Schwester von HOTSPUR und Gemahlin ROBERT DE VERES, des Grafen von Oxford.

POITIERS: eine Stadt in Mittelfrankreich und Schauplatz eines der größten Siege des SCHWARZEN PRINZEN während des HUNDERTJÄHRIGEN KRIEGES.

RABY: siehe NEVILLE, RALPH.

RICHARD II.: König von England, Sohn des verstorbenen SCHWARZEN PRINZEN und Johanna von Kents.

RÜSTUNG: die Rüstung eines Ritters war eine komplizierte Angelegenheit, die in verschiedenen Ländern und Generationen ganz unterschiedlich aussah. Im Allgemeinen trugen die Ritter entweder Kettenhemden oder Plattenpanzer oder eine Mischung aus beidem, je nachdem zu welchem militärischen Zweck sie eingesetzt wurden. Kettenhemden bestanden aus Tausenden von kleinen Eisen- oder Stahlringen, die miteinander vernietet waren und ein lockeres Hemd bildeten (manchmal mit Ärmeln); Plattenpanzer bestanden aus einer Reihe von Metallplatten, die an den Körper und die Gliedmaßen eines Ritters angepasst wurden – die den ganzen Körper bedeckende Rüstung war vor dem fünfzehnten Jahrhundert noch nicht sehr weit verbreitet. Helme (entweder Kesselhauben oder gänzlich geschlossene Helme), Ketten- oder Metallplattenhandschuhe und Waffen vervollständigten die Ausrüstung eines Ritters.

SALISBURY, SIR ROGER: HAL BOLINGBROKES oberster Knappe. Siehe auch KNAPPE.

SAVOY PALACE: Residenz des HERZOGS VON LANCASTER am STRAND, direkt vor den westlichen Stadtmauern Londons.

SCHWARZE PRINZ, DER: der inzwischen verstorbene erste Sohn von EDUARD III. und seiner Gemahlin Philippa. Der schwarze Prinz war mit Johanna von Kent verheiratet und Vater von RICHARD II.

SEGUIN: einer der Geistlichen, die zum Gefolge von REGNAULT DE CHARTRES gehören, dem Erzbischof von Reims.

SHERIFF HUTTON: Burg und Hauptwohnsitz von RALPH NEVILLE, Baron von Raby und Graf von Westmorland, etwa fünfzehn Kilometer nordöstlich von York.

STRAND, THE: eine wichtige Straße, die von London am Nordufer der Themse entlang bis nach Westminster führte und an der die Paläste der Adligen lagen.

STUNDENEINTEILUNG: obwohl sich gegen Ende des vierzehnten Jahrhunderts langsam die Erfassung der Zeit mithilfe der Uhr durchsetzte (die Uhrzeit umfasst einen Tag, der in vierundzwanzig gleich lange Stunden aufgeteilt ist), orientierten sich die meisten Menschen in Hörweite von Kirchen- oder Klosterglocken mithilfe der kanonischen Stunden innerhalb des Tages. Die Kirche unterteilte den Tag in sieben Abschnitte, entsprechend den sieben Gebetszeiten:

- Der Tag begann mit der *Matutin*, normalerweise ein oder zwei Stunden vor der Morgendämmerung.
- Die zweite Stunde war die *Prim* – der Tagesanbruch.
- Die dritte Stunde war die *Terz*, etwa um neun Uhr.
- Die vierte Stunde war die *Sext*, am späten Morgen (ursprünglich Mittag).
- Die fünfte Stunde war die *Non*, etwa um drei Uhr nachmittags, die jedoch im dreizehnten Jahrhundert näher an den Mittag heranrückte.
- Die sechste Stunde war die *Vesper*, normalerweise am frühen Abend.
- Die siebte Stunde war die *Komplet*, Schlafenszeit.

Diese Zeiten waren sowohl innerhalb des Tages als auch des Jahres stets unterschiedlich, weil sie sich am Auf- und Untergang der Sonne orientierten. Deshalb konnten sie je nach Jahreszeit kürzer oder länger sein.

STURRY, SIR RICHARD: ein Berater RICHARD II.

SUDBURY, SIMON: Erzbischof von Canterbury und Kanzler von England.

SWYNFORD, LADY KATHERINE: Gemahlin von JOHANN VON GENT, des Herzogs von Lancaster. Ihr erster Ehemann war der inzwischen verstorbene Sir Hugh Swynford, ein Mitglied des Gefolges von JOHANN VON GENT. Katherine ist die Schwägerin von Geoffrey Chaucer. Mit Johann von Gent hat sie zwei Kinder, HEINRICH und JOHANNA BEAUFORT, die zwar außerhalb des Bundes der Ehe geboren, vom Parlament jedoch als eheliche Kinder anerkannt wurden.

THORSEBY, RICHARD: Ordensgeneral von England, dem alle Dominikaner und ihre Klöster im englischen Königreich unterstehen.

TONSUR: eine runde, geschorene Stelle auf dem Kopf eines Geistlichen.

TRUEMAN, JACK: ein Priester der LOLLARDEN.

TUSSER, THOMAS: Verwalter der Ländereien THOMAS NEVILLES.

TYLER, WAT: ein Soldat, der zum Haus Lancaster gehört.

URBAN VI.: der Mann, der nach dem Tod Gregors XI. 1378 von der Versammlung der Kardinäle zum Papst gewählt wurde.

VERE, ROBERT DE: Graf von Oxford und enger Vertrauter RICHARD II. De Vere ist mit Philippa verheiratet, der Tochter HEINRICH PERCYS, des Grafen von Northumberland.

WARWICK, GRAF VON: siehe BEAUCHAMP, THOMAS.

WESTMINSTER: im mittelalterlichen England war Westminster ein eigener Stadtbezirk, der unabhängig von London war, wenn auch untrennbar mit der Stadt verbunden. Der größte Teil Westminsters wurde im frühen neunzehnten Jahrhundert durch ein Feuer zerstört; es bestand aus einer großen Palastanlage, die drei Säle (von denen nur noch einer erhalten ist) und eine Klosterkirche umfasste.

WOODSTOCK, THOMAS VON: Graf von Buckingham und Herzog von Gloucester, siebter und jüngster Sohn von EDUARD III.; Constable von England.

WORDE, WYNKYN DE: der letzte dominikanische Mönch, der den Willen der Erzengel auf Erden ausführte. THOMAS NEVILLE sucht nach de Wordes verschwundener Schatulle.

WYCLIFFE, JOHANN: ein exzentrischer englischer Geistlicher und Vorstand des Balliol College in Oxford.

Ausblick auf Band vier:

Auch wenn Thomas Neville mit seiner Gemahlin Margaret Frieden geschlossen und ihr seine tiefen Gefühle gestanden hat, steht ihm die schwierigste Prüfung noch bevor. Denn gemeinsam mit Nevilles bestem Freund, Hal Bolingbroke, bewahrt Margaret ein düsteres Geheimnis, das erst enthüllt werden kann, wenn Neville die rätselhafte Schatulle des Mönchs Wynkyn de Worde gefunden hat.

Derweil sinnt der Ordensgeneral der Dominikaner in England, Richard Thorseby, wegen der erlittenen Schmach auf Rache und setzt alles daran, um Neville in seine Gewalt zu bringen. Es gelingt ihm sogar, König Richard zu seinem Verbündeten zu machen. Richard hingegen kennt nur ein Ziel: Er will Bolingbroke und seinen Vater, den Herzog von Lancaster, zu Fall bringen und damit jeden Widerstand gegen seine Königsherrschaft im Keim ersticken.

Zugleich braut sich in England großes Unheil zusammen. Angestachelt von Wat Tyler und John Wycliffes Lollarden erhebt sich das englische Volk, um gegen die Einführung der Kopfsteuer zu protestieren. Die englischen Bauern wollen sich nicht mehr in die Knechtschaft zwingen lassen, sondern fordern ihre Freiheit und die gleichen Rechte, wie sie Adel und Kirche besitzen.

In Frankreich gelingt es Jeanne d'Arc endlich, Dauphin Karl zum Handeln zu bewegen und mit einem Heer gen Orléans zu ziehen, das von der Armee des grausamen Feldherrn Hotspur belagert wird. Eine gewaltige Schlacht steht bevor …

Inhaltsverzeichnis

Sara Douglass

Hüter der Macht

Das dunkle Jahrhundert 1.
432 Seiten. Aus dem australischen Englisch von Sara Riffel.
Piper Taschenbuch

Im 14. Jahrhundert wüten Pest und verheerende Kriege in Europa. Da entdeckt der junge Dominikanermönch Thomas Neville, dass Dämonen in unsere Welt eindringen und nach der Herrschaft über die Menschen trachten. Allein die Macht eines magischen Buchs könnte dem Bösen Einhalt gebieten. Aber das Buch ist seit Langem verschollen. Neville begibt sich auf eine waghalsige Suche, die ihn zu der geheimnisvollen Margaret führt. Kann Neville ihr vertrauen? Oder ist er längst zum Spielball einer dunklen Riege von Verrätern und Dämonen geworden?

Sara Douglass

Tochter des Krieges

Das dunkle Jahrhundert 2.
Aus dem australischen Englisch
Bestseller auf Bestseller. *von Sara Riffel. 416 Seiten.*
Piper Taschenbuch

Das 14. Jahrhundert, ein Zeitalter der Mysterien und dunklen Künste. Im Winter 1378 lodern Kriegsfeuer in Europa. Dämonen dringen aus dem Schattenreich in unsere Welt ein. Um sie zu bannen, muss der Dominikanermönch Thomas Neville ein legendäres magisches Buch finden. Es soll am englischen Hof versteckt sein, doch als Thomas dort ankommt, muss er feststellen, dass das Buch entwendet wurde. Auch die betörende Lady Margaret weiß mehr, als sie Thomas offenbart. Besiegelt seine Liebe zu ihr den Untergang, oder verheißt sie Rettung?

05/2448/01/L

05/2449/01/R

Sara Douglass

Die Erben der Götter

Tencendor – Im Zeichen der Sterne 1. Aus dem australischen Englisch von Hannes Riffel und Sara Schade. 336 Seiten. Piper Taschenbuch

Endlich herrscht Frieden in Tencendor. Die Himmelsgötter führen ein idyllisches Leben, und die alten Feindseligkeiten unter den Völkern scheinen vergessen. Bis plötzlich innere Unzufriedenheit das Reich zu entzweien droht. Aus der verarmten Provinz des Westens fliehen die Bewohner – ausgerechnet ins Herrschaftsgebiet ihrer ärgsten Widersacher. Auch dort breiten sich Unmut und Groll aus. Doch dann geschieht ein grausamer Mord. Und der Hauptverdächtige, Drago Sonnenflieger, verstrickt sich in einem Netz wahnwitziger Träume und heimtückischer Intrigen …

»Ein Feuerwerk an Action, Magie und Romantik.«
Locus

05/2229/02/L

Sara Douglass

Dämonensturm

Tencendor – Im Zeichen der Sterne 2. Aus dem australischen Englisch von Hannes Riffel und Sara Schade. 336 Seiten. Piper Taschenbuch

Axis' und Aschures Sohn Caelum herrscht über das geeinte Tencendor. Als durch seine Unbesonnenheit Tausende von Kriegern sterben, verzweifelt er an seinem Herrschaftsauftrag und an sich selbst. Seine Eltern indessen versuchen mit aller Macht, ihren göttlichen Status zu erhalten. Doch alle Zwistigkeiten verlieren an Bedeutung, als sich furchtbare Dämonen ihren Weg durch das Sternentor bahnen, um Tencendor mit Krankheit und Tod zu überziehen. Hoffnungslosigkeit und Verzweiflung senken sich über das einst blühende Land.

»Sara Douglass' Romane sind unwiderstehlich.«
Booklist

05/2289/02/R